KB117929

# 리얼 라이즈

T. M. 로건 장편소설

이수영 옮김

REAL
리얼 라이즈
LIES

arte

샐리, 소피, 톰을 위해

사랑이 변해 생긴 미움만큼 천상의 분노를 사는 것은 없다.

－윌리엄 콩그리브, 『비탄하는 신부』


거짓말을 하려면 기억력이 좋아야 한다.

－퀸틸리아누스, 『웅변술 교본』

REAL
LIES

# 차
# 례

**일러두기**

옮긴이주는 괄호 안에 '옮긴이'를 함께 넣어 표기하였습니다.

가끔 궁금하다.

그날 아내의 차를 보지 못했다면 어땠을까. 만약 신호등이 빨간 불이 아니라 초록 불이었다면. 아들아이가 졸고 있었거나 딴 생각에 빠져 있었거나 다른 곳을 보고 있었더라면. 느려터진 런던 시내 도로의 차량 정체 덕분에 5초 늦거나, 아니면 5초 빨랐더라면.

어떻게 되었을까?

하지만 나는 아내의 차를 보았다.

그 순간부터 모든 흐름이 시작되어 중력에 이끌리듯 점점 더 빨라지며 멈출 수도, 거스를 수도 없게 되었다. 피할 수 없는 일이 되었다.

그대로 집을 향해 차를 몰았더라면 달라졌을까?

그럴 수도 있고 그렇지 않았을 수도 있다.

어쩌면 운명이었을 수도.

# 목요일

## 1

아이가 태어나 처음 배운 말은 아빠나 엄마가 아니라 아우디였다. 이상한 일이었다. 나는 아우디를 몬 적도 없으니까. 내 월급으로는 앞으로도 힘들 것이다. 윌리엄은 걷기 전부터 장난감 차를 가지고 놀았고, 글자를 깨치기 훨씬 전부터 자동차 로고들을 구별했다. 네 살이 되고 얼마 안 되어서는 벌써 전문가 티를 내며, 런던 북부의 교통 정체 속을 느릿느릿 헤쳐나가는 우리 차 뒷좌석 카시트에 앉아 주변 차들의 차종을 맞히는 놀이를 하고 있었다.

"아우디…… 르노…… BMW……."

집에 거의 다 온 참인데 앞쪽의 신호등이 빨간 불로 바뀌었다. 우리 차 앞으로 두 대가 멈춰 서 있었다. 백미러로 보니 아이는

난생처음으로 받은 '우리 학교 슈퍼스타' 상장을 바람에 날아갈세라 양손으로 꼭 쥐고 있었다. 카스테레오 CD에서는 동요가 작게 흘러나왔다. 나는 음악하는 사람, 너랑 놀려고 왔지…….

윌리엄은 자동차 이름 부르기를 계속했다. "포드…… 또 포드…… 엄마 차."

나는 미소 지었다. 나의 아내이자 윌리엄의 엄마는 폭스바겐 골프를 몰았다. 윌리엄은 골프를 볼 때마다 폭스바겐이라고 하는 대신 엄마 차라고 불렀다.

"아빠, 저거 봐. 엄마 차야."

그때 마침 내 전화기가 거치대에서 띵 울렸다. 페이스북 알림이었다.

"정말, 윌?"

"저기, 봐!"

앞쪽 중앙분리대 건너편, 반대 차선 끝에서 차들이 오른쪽 도로로 빠져나가려 줄지어 기다리고 있었다. 퇴근길에 고속도로로 몰렸던 차들이 흩어지고 있는 것이다. 낮게 뜬 태양에 눈이 부셨지만 폭스바겐 골프가 언뜻 보였다. 정말 아내의 차처럼 보였다. 청회색 파이브 도어, 스폰지밥 햇빛 가리개가 뒤창에 붙어 있는.

"야, 잘 발견했네. 정말 엄마 차랑 똑같다."

창문을 내리자 서늘한 바람이 들어왔다. 골프가 속도를 높여 오른쪽 도로로 빠져나가자 다른 차들도 서둘러 뒤를 따랐다. 자동차 번호판에 59가 들어 있었다. 아내의 차도 같은 59였다. 번호판을 제대로 보려고 눈을 가늘게 떴다.

아내의 차 번호판이었다. 아내의 차랑 같은 차종이 아니라 아내의 차였다. 익숙한 설렘, 아내를 만나면 아직도 느끼곤 하는 작은 불빛이 가슴에 반짝 켜졌다. 큰길에서 빠져나간 폭스바겐은 깜빡이를 켜더니 '프리미어 인' 호텔로 들어갔다. 그리고 지하 주차장의 어두운 입구로 사라졌다.

일 때문일 거야. 고객을 만나러 가는 거겠지. 방해하지 말아야지. 요즘 늦게까지 일하는 날이 많으니까.

"우리, 엄마 보러 가?" 윌리엄이 흥분하기 시작했다. "엄마 보러? 엄마 보러?"

"월, 엄마는 바쁠 거야. 일 때문에."

"상장 보여줘야 돼."

윌리엄은 상땅이라고 발음했다.

뒷차가 경적을 울려서 보니 신호등이 녹색으로 바뀌었다.

"그래……."

"아빠, 응?" 월이 카시트 안에서 온몸을 들썩였다.

"깜짝 놀라게 해줄 수도 있겠다." 나는 미소를 지으며 이제 거의 주말이니까 하고 생각했다. "그렇지?"

나는 자동차 기어를 바꾸고 내 인생을 바꿀 충동적 결정을 내렸다.

"가서 엄마를 놀래주자."

**2**

나는 좌회전을 하기 위해 교통 정체를 뚫고 두 차선이나 가로
질러야 했다. 맹렬한 경적 세례를 받으며 간신히 끼어들자 신호
등이 또 빨간 불로 바뀌었다.

"엄마 어디로 휭 갔어?"

"금방 찾을 수 있을 거야. 걱정 마."

거치대 안의 전화기가 파란빛으로 페이스북 알림을 깜빡였
다. 화면을 누르자 학교 운동장에서 유치반 교사에게 받은 상장
을 들고 있는 윌 사진이 나왔다. 내가 찍어 올린 사진이 네 개의
좋아요를 받았고 윌의 대모인 리사의 댓글이 달렸다.

아아 너무 귀엽고 착하기까지! :) 나 대신 뽀뽀 좀, 쪽쪽

나는 댓글에 좋아요를 눌렀다.

그때 신호등이 녹색으로 바뀌었고, 나는 핸들을 돌려 아내의
차가 사라진 쪽으로 따라갔다. 큰길을 빠져나가 프리미어 인 호
텔의 정문을 지나 지하 주차장으로 내려갔다. 낮은 콘크리트 천
장 아래로 군데군데 어두컴컴한 구역을 천천히 통과하며 주차
된 차들을 살폈다.

아내의 차를 발견했다. 폭스바겐 골프가 엘리베이터 옆에 주
차돼 있었다. 멀은 보이지 않고 콘크리트 기둥에 붙은 경고문이
눈에 띄었다. '프리미어 인 고객용 주차장입니다.'

멀의 차 근처에는 빈자리가 없어 주차장을 한 바퀴 더 돈 후 뒤쪽에 자리를 발견했다. 주차 공간에 비해 너무 커 보이는 대형 흰색 SUV 맞은편에 후진 주차했다.

"이제 엄마 보러 가는 거야?" 월이 여전히 두 손으로 상장을 꼭 잡고 물었다.

"그래, 얼른 올라가서 찾아보자. 엘리베이터가 저쪽에 있네."

엘리베이터라는 말을 듣자 월이 눈을 반짝였다. "내가 버튼 눌러도 돼?"

호텔 로비 바닥은 반들거리는 검은색이었고 실내 장식은 별다른 특색이 없었다. 안내 데스크에는 스무 살도 안 돼 보이는 조끼 차림의 직원이 있었다. 월의 따뜻하고 작은 손을 꼭 잡고 멀을 찾아보았다. 서류가방과 정장 보관 백을 들고 체크아웃을 하는 지친 표정의 후줄근한 남자 뒤로 여자와 10대 소녀가 기다리고 있었다. 나이 지긋한 일본인 부부가 소파에 앉아 지도를 보고 있었지만, 멀은 보이지 않았다.

"엄마는 어디 갔어?"

"그래…… 찾아보자."

로비 저쪽에 엘리베이터와 식당 표지판이 보였다. 그리로 가서 모퉁이를 돌았다. 식당은 거의 비어 있었지만 입구 옆에 커다란 검은 안락의자와 낮은 탁자 몇 개가 놓인 휴게 공간이 마련돼 있었다. 거기에 멀이 있었다. 등을 돌리고 앉아 있었지만 가느다란 목선과 금발 머리를 알아볼 수 있었다.

거기 있었군. 놀래줄까? 그런데…….

멀은 혼자가 아니었다. 뭔가 열심히 말하는 남자. 나는 멈춰
섰다. 나도 아는 남자였다.

벤 딜레이니. 멀과 가장 가까운 친구의 남편이었다. 벤 딜레이
니는 그냥 열심히 말하는 게 아니라 드러나게 화를 내고 있었다.
표정을 확 구기며 멀의 말을 막았고, 손가락질을 하며 으르렁거
렸다. 멀이 몸을 기울여 그의 팔에 손을 얹었다. 그러자 벤은 고
개를 절레절레 흔들며 물러나 앉았다.

뭔가 문제가 있는 상황이었다.

나는 본능적으로 윌 앞을 막아서며 시야를 가렸다. 가서 멀을
도와줘야 하나 싶었지만, 아들을 데리고 갈 수는 없었다. 이제는
멀이 말을 시작했지만, 벤은 노려보며 계속 고개를 저어댔다.

윌이 이런 장면을 보게 해서는 안 된다.

"가자, 윌. 엄마가 바쁘네. 주차장으로 돌아가자."

"엄마 갔어?"

"차 안에서 기다리자, 친구. 금방 올 거야."

"그때 상장 보여주면 돼?"

"응."

우리는 다시 엘리베이터를 타고 지하로 내려가 차로 갔다. 멀
의 전화번호는 내 핸드폰 즐겨찾기 목록의 맨 위에 있었다. 전화
를 걸자 곧장 음성 사서함으로 넘어갔다.

"안녕하세요, 멀입니다. 메시지를 남겨주시면 최대한 빨리 연
락드리겠습니다." 삐―

나는 전화를 끊고 다시 걸었다. 역시 음성 사서함으로 연결되

었다. 이번에는 메시지를 남겼다.

"안녕, 자기. 나야. 음성 확인하는 대로 전화해줄래? 당신 괜찮은지 궁금해서……. 별일 없는지 말이야. 전화해."

5분 정도 기다리다 보니 왠지 바보가 된 기분이 들었다. 지금쯤이면 집에 도착해서 윌을 목욕시키고 있어야 했다. 와인 한 잔 따라 마시면서 말이다. 그러고 나서 남아 있는 채점도 슬슬 해야 했다. 그런데 여기 노스서큘러 바로 옆 호텔 지하 주차장에 이러고 앉아 있었다. 위층에서 대체 무슨 일이 벌어지고 있는 건지 이해하려 애쓰면서 말이다. 아내한테 가보고 싶었지만 윌을 혼자 놔둘 수도 없었다. 셔츠가 목을 조여오는 것 같고 땀방울이 가슴 근육을 따라 흘러내렸다.

어떻게 하지? 정말 멀에게 문제가 생긴 거라면? 핸드폰 신호도 약한 데서 계속 이러고 앉아 궁금해하고만 있어야 하나?

아무 생각이 안 났다. 아무것도 할 수 없었다. 그냥 앉아서 아내를 기다리다가 놀라게 해주는 수밖에. 이렇게 되고 나니 뭘 해야 할지 알 수 없었다.


3


아이패드로 앵그리버드(새들이 돼지에게 도둑맞은 알을 찾기 위해 장애물을 격파하는 내용의 모바일 게임 - 옮긴이) 어플을 연 다음 윌에게 주고, 나는 라디오를 틀어 지루함을 달랬다. '파이브 라이브'가 데이트 웹사이트들에 대한 품평을 하며 완벽한 짝을 찾는 여자들과 짧은 인터뷰를 이어갔다. 기대 수준이 꽤 높아 보였다.

그녀들의 이상형은 180센티미터 이상 키에 유머 감각이 있고 미소가 멋지며 복근이 또렷해야 했다. 강한 남자이지만 마초는 아니고 감성적이지만 집수리에도 능해야 했으며 자신감은 있지만 이기적이면 안 되었다. 돈도 잘 벌면서 집안일을 할 시간을 낼 수 있어야 하는 것이다. 어이가 없었다. 듣기만 해도 심신이 지치는 기분이었다.

멀에게 다시 전화를 걸었지만 곧바로 음성 사서함으로 넘어갔다. 라디오 진행자가 계속 떠드는 소리를 들으며 나는 창문을 내리고 팔꿈치를 내놓은 채 멍하니 오른쪽 팔목의 검은 가죽 팔찌를 빙글빙글 돌렸다. 멀이 결혼기념일 선물로 준 것이었다. 가죽을 선물하는 게 좋다고 하는 3주년 기념일 때 말이다.

곧 중요한 이벤트가 다가오고 있었다. 이제 10주년이었다. 몇 가지 아이디어는 벌써 생각해두었다. 10주년(ten)에는 양철(tin)로 된 선물을 하는 거라지만 다이아몬드면 더욱 좋다고들 한다. 그러고 싶다. 초년생 교사 때 처음 주었던 것보다는 큰 보석을 아내에게 선물하고 싶은 마음은 늘 있었으니까.

"아빠?"

"왜, 아들?"

"나 햄스터 키워도 돼?"

"어, 글쎄다, 윌리엄. 생각해보자."

생각해보자란, 부모 입장에서 나는 다시 그 얘기 꺼낼 생각 없고 네가 잊어버릴 때까지 기다릴 거야라는 뜻의 암호다.

"제이컵은 햄스터 있어."

"아, 그래?"

"미스터 초콜릿이라는 아이야."

"이름 좋네."

나는 웃으며 아이패드를 가지고 노는 아이를 백미러로 바라보았다. 피부색과 머리색, 커다란 갈색 눈까지 자기 엄마 생김새를 쏙 빼닮은 아들은 숱한 여자들을 울리고 다니는 남자로 자랄 게 분명했다.

그때 아내가 주차장에 나타났다. 빠른 걸음으로 자기 차로 갔다. 분홍색 아디다스 후드티 테니스 복장을 한 예쁜 아내는 높이 묶어 올린 금발 머리를 푹 숙인 채 인상을 쓰고 있었다.

금방이라도 울음을 터뜨릴 것 같은 표정이네. 갑자기 이리 오길 잘했다는 생각이 들었다.

"윌리엄, 나 잠깐 나가서 누구랑 얘기 좀 하고 올게, 알았지? 넌 여기 얌전히 있어야 한다. 금방 돌아올게."

윌이 커다란 갈색 눈을 들어 나를 보았다. "엄마 왔어?"

"여기서 잠깐 기다려. 나오지 말고. 알았지? 그럼 곧 엄마를 볼 수 있을 거야."

"나쁜 사람이 오면 어떻게 해?"

"나쁜 사람은 안 와. 우리 아들도 다 컸는데. 차 안에 있어도 아빠가 보일 거야. 나도 계속 너 보고 있을게."

윌은 미심쩍은 표정을 지었지만 고개를 천천히 끄덕였다.

나는 전화기를 가지고 차 밖으로 나가 리모컨으로 문을 잠갔다. 지하 공간의 눅눅하고 퀴퀴한 공기가 코끝을 자극했다. 그때 멀의 폭스바겐이 빠른 속도로 후진해 나왔다. 아직 주차된 차들을 두 줄이나 더 지나야 하는데.

나는 손을 흔들며 말했다. "멀!"

폭스바겐이 급정거하더니 멀이 한 손으로 안전띠를 매며 출구를 향해 액셀을 콱 밟았다. 나를 못 본 것이다. 나는 주차된 차들 사이를 헤치고 나가다가 바닥 구조물에 걸려 넘어질 뻔하며 다시 외쳤다.

"멀!"

낮은 콘크리트 천장에 갇혀버린 외침을 뒤로하고 멀의 차는 출구를 빠져나갔다. 그리고 목요일 저녁 차량 행렬 속으로 사라졌다.


4


그때 주차장 저쪽에서 엘리베이터 벨 소리가 땡 하고 작게 울렸다. 엘리베이터 문이 열리고 벤이 나타났다. 서류가방을 들고 담배를 물고 있었다. 불을 붙이더니 고개를 젖히고 연기를 내뿜었다. 그리고 청바지 주머니에서 전화기를 꺼내다가 곁눈으로 나를 본 듯했다.

분명 봤다. 하지만 벤은 못 본 척 계속 걸어갔다.

"벤!" 나는 손을 흔들며 외쳤다.

벤은 걸음을 늦추고 나를 잠시 노려보다가 어쩔 수 없다는 듯 손을 들어올렸다. 내가 그쪽으로 가자 자기 차, 진줏빛 포르쉐 옆에 멈춰 섰다. 승리자(WINNR)라는 번호판을 단 포르쉐 카이엔이었다. 복장은 캐주얼이지만 엄청 비싼 티가 나는 디자이너 청바지에 맞춤 재킷을 입고 정말 보기 싫은 사람을 만난 표정을 짓고 있었다. 벤이 담배를 한 모금 더 빨아들이는 동안 잠시 어색한 침묵이 흘렀다.

"조셉." 벤이 결국 입을 열며 서류가방을 내려놓았다. "여기서 뭐 하는…… 음…… 어, 잘 지냈어, 덩치?"

"잘 지냈지. 아주 잘 지냈어. 너는?"

"그래, 좋지. 사업이 잘되잖아. 넌 여전히 학교에 열정을 불태우고 있고?"

나는 어색한 사이의 남자들과 나누는 대화에 능숙한 편이 아니다. 게다가 벤은 나를 동등하게 봐주지 않는 편이었다. 자기가 사는 이전투구의 세계선 5분도 못 버틸 공공 부문의 샌님, 2등 시민쯤으로 보는 것이다.

"그렇지 뭐." 나는 억지로 미소를 짜내며 대꾸했다. "호텔에서 미팅이 있었던 거야?"

벤은 입을 열려다 급하게 다물더니 내 뒤쪽을 힐끗 살폈다. "그래……." 담배를 한 모금 더 빨고 입 옆으로 불어냈다. "미팅이 있었지."

"사업 관계?"

"잠재 고객이랄까. 오래 공을 들여온 표적인데⋯⋯."

"멀은 못 봤어?"

"뭐?"

"내 아내 말이야, 멀도 여기 있었거든."

벤은 화들짝 놀랐지만 곧 표정을 수습했다. 그리고 고개를 저으며 검은 눈동자로 자기 차를 흘긋거렸다.

"아니, 친구. 못 봤어."

강한 수컷 특유의 태도로 늘 자신만만해하던 벤에게서 이런 모습은 처음 보는 것이었다. 마지못해 대꾸를 하고 어쩔 줄 몰라하며 당장 도망이라도 치고 싶은 듯한 모습. 내가 딱 한 번 참석했던 벤의 집 포커 모임 때, 벤은 자기 회사를 그만두고 경쟁사를 창업한 예전 직원 이야기를 좌중에 풀어놓았다. 배신감을 느끼고 개인적인 자원까지 총동원하여 잠재 고객들에게 경고하고 놈의 업계 평판을 쓰레기통에 처박았다고. 놈의 새 회사는 파산하고 놈은 집까지 잃게 되었다며, 경쟁자를 무너뜨린 이야기에 자부심을 가득 담았다. 황소를 잡아 죽이면 뿔도 따라 얻는다는 의미도 곁들여서. 적으로 만들고 싶지 않아지는, 그런 남자가 벤이었다.

"정말 못 봤어? 위층에서 같이 얘기했던 것 같은데. 심각한 얘기처럼 보였어."

"아니." 벤이 담배꽁초를 튀겨 버렸다. "이봐, 조셉. 난 이만

가봐야겠어."

갑자기 넥타이가 유난히 죄어오는 기분이 들었다. 벤은 나를 지나쳐 가려 했고 나는 본능적으로 그의 팔을 잡았다.

"캐물으려는 건 아니지만, 벤, 걱정이 돼서…….."

벤이 확 뿌리치며 달려들더니 내 멱살을 움켜잡아 자기 SUV에 처박았다. 작은 키치고는 놀랄 만큼 힘이 셌다. 게다가 놈의 갑작스러운 분노에 나는 허를 찔렸다.

"좀 내버려두라고!" 벤의 외침 속에 북부 억양이 강하게 실렸다. 담배 입김이 얼굴에 확 끼쳤다. "그냥 좀 놔둬! 이 덩치만 큰 새끼! 아무것도 모르면서! 전형적인 지지리 궁상 주제에, 그러니 맨날 그 꼴이지!"

벤에게 분노의 힘이 있다면 190센티미터의 나에겐 덩치의 힘이 있었다. 놈보다 20센티미터는 크고 20킬로그램은 더 나갔으니까.

"뭘 내버려두라는 거지? 내가 뭘 모른다는 거야?"

"짜증나도록 아둔하니 알 리가 없지."

"뭐를?"

벤이 어이없다는 듯 고개를 절레절레 저었다. "아무리 멍청해도 모를 수는 없어. 모르고 싶은 거겠지, 조셉. 안 그래?"

그러면서 벤은 나를 확 잡아당겨 또 자신의 커다란 포르쉐에 처박았다. 뒤통수 아랫부분에서 통증이 솟았다. 나도 주먹을 꽉 움켜쥐었지만, 나보다 작고 가벼운 사람을 칠 수는 없다고 오래전 운동장에서 배웠던 규칙이 아직 막고 있었다. 절대 공정한 싸움은 될 수 없었다. 나는 대신 벤의 손을 꽉 잡아 내 덜미에서 뿌리치며 살짝 밀쳐냈다.

벤은 비틀거리다가 자기 서류가방에 걸려 넘어졌다. 미처 팔을 벌려 바닥을 짚지도 못했다. 콘크리트에 머리를 부딪히며 뭔가 쩍 하는 소리가 났다.

나는 잠시 그대로 서 있었다.

벤은 한쪽 다리를 이상하게 접은 채 바닥에 쓰러져 눈을 감고 입을 벌리고 있었다.

"벤?"

움직임이 없었다. 일어나! 나는 속으로 생각했다. 방금 무슨 소릴 한 건지 말을 해줘야지. 왜 그렇게 화가 났는지도.

"벤?"

발끝으로 그의 구두를 툭 쳐보았다. 혹시 기절한 척하는 게 아닌가 싶어서.

"벤, 괜찮은 거야?"

세상에서 가장 멍청한 질문이었다. 대답을 알고 있을 때만 던지는 질문. 하지만 아무 대답이 없었다. 숨은 쉬는 건가? 나는 그 자리에 웅크리고 앉아 고개를 빼고 살펴보았다. 좀 움직여, 벤. 뭐라도 해봐.

"벤, 내 말 들려? 일어나 봐!"

공포가 밀려왔다. 벤의 귀에서 핏방울이 흘러나오고 있었다. 오, 신이여. 아, 안 돼.

"앨리스 아빠는 왜 저래?"

뒤쪽에서 들린 조그만 목소리에 나는 화들짝 놀라 돌아보았다. 스웨터 아래로 하얀 교복 셔츠가 비어져 나온 윌리엄이 기웃거리며 움직이지 않는 벤의 몸을 살펴보고 있었다. 나는 벌떡 일어나서 윌리엄의 시야를 가렸다.

"어, 아저씨가 넘어졌어."

"많이 아프대?"

"괜찮을 거야. 지금은 좀 쉬고 있는 중이야."

벤의 귀에서 흘러나온 피가 바닥에 떨어져 고였다. 오, 주여. 내가 무슨 짓을…….

"피다, 아빠."

아이의 목소리가 갈라지며 내가 너무 잘 아는 조짐이 나타났다. 윌은 뭔가 더 말하려 했지만 숨이 가르랑거리는 소리만 나왔다.

"아저씬 괜찮을 거야. 윌, 너 괜찮니?"

윌의 가슴이 다시 들썩거렸다. "숨이 안……."

나는 윌 앞에 쭈그리고 앉아 시야를 가렸다. 얼굴에서 핏기가 빠져나가고 있었다. 윌이 한 살도 안 됐을 때 느닷없이 시작된 천식 발작은 내 평생 가장 무서운 경험이었다. 윌이 천식 발작을 일으킬 때마다 그때의 기억이 자꾸 되살아났다. 지금처럼.

윌이 끼익거리며 힘겹게 숨을 들이마셨다. 메마른 갈대를 입에 물고 불 때처럼. 휘둥그레진 눈이 겁에 질렸다. 아이를 지켜야 한다. 흡입기를 찾아야 한다.

"푹푹이 어딨니, 윌?" 나는 다급하게 물었다.

윌이 고개를 저으며 잠시 멈췄다가, 바늘구멍만 하게 수축된 기관으로 다시 억지로 숨을 들이마시며 끼익거렸다. 나는 윌을 들쳐 안고 차로 달려갔다. 조수석 글러브박스에 남는 흡입기가 있는지 뒤져보았다. 하지만 없었다. 제기랄!

윌리엄의 학교 가방을 뒤집어 조수석에 털어냈다. 책들, 색깔 펜들, 필통, 장난감 차들, 사탕 포장지, 열쇠, 구겨진 편지. 흡입기는 없었다.

또다시 공포가 밀려들었다. 어디서 흡입기를 구하지? 호텔 안내 데스크? 아냐. 시간이 없어. 집이 제일 가깝고 확실한 곳이야. 하지만 벤은 어쩌지?

순간 정신이 확 들며, 주변 모든 것들이 또렷하고 명징하게 머릿속에 차례로 배열되었다. 검은 가죽으로 된 벤의 구두 밑창, 출입구로 들어서는 검은색 레인지로버, 멀리서 들려오는 사이렌 소리. 아이가 또다시, 더욱 힘겹게 쥐어짜듯 숨을 들이마셨다. 그리고 비틀거리기 시작했다.

결단을 내려야 해. 그것도 당장. 벤은 여전히 바닥에 누워 꼼짝 않고 있었다. 아들이 먼저야.

호텔로 올라가 직원을 데려와야 했다. 구급차를 불러야 했다. 아니, 내가 직접 벤을 병원으로 데려가야 했는지도 모른다. 그러나 그때 내 귀엔 아들의 숨이 막혀가는 소리만 들렸다. 그래서 벤을 위해 아무것도 하지 않았다. 공황 상태에 빠졌던 거다.

나는 다급히 윌을 카시트에 앉힌 후 안전띠를 매고 운전석으로 뛰어갔다.

# 5

빨간 신호등 두 개를 그냥 지나치며, 집으로 가는 길에 약국이, 혹은 슈퍼마켓이나 의원이 있는지 기억해내려 애썼다. 윌리엄은 조수석에서 들썩이며 씩씩거리고 있었다.

괜찮을 거야, 아들. 곧 집이야. 낫게 해줄게. 제발 버텨줘.

중간에 약국이 있었지만 닫혀 있었다. 나는 그대로 차를 몰아 막 빨간색으로 바뀌려던 노란 불을 그냥 지나갔다. 차들 사이로 마구 빠져나가는 나를 향해 사방에서 경적이 울렸다.

"버틸 수 있지, 윌? 곧 집에 도착해. 금방 푹푹이 갖다줄게. 알았지?"

윌이 파래진 입술로 힘없이 고개를 끄덕였다. 눈꺼풀이 감기고 있었다. 우리는 한산한 노스서큘러에 들어섰다. 나는 액셀을 더욱 세게 밟으며 밴 한 대를 따라잡고 하얀 SUV를 지나쳐 차선을 바꿨다.

벤.

호텔에 전화해 도움을 요청해야 했다.

하지만 전화기가 보이지 않았다. 재킷 주머니에도, 청바지 주머니에도 들어 있지 않았다. 계기판의 거치대도 비어 있었다. 글러브박스에서도 못 보았다. 차를 몰면서 운전석 바닥을 더듬어 보았지만 없었다. 집전화를 쓰는 수밖에 없었다.

내 생애 가장 긴 운전처럼 느껴졌다.

드디어 집 앞에 도착해 미친놈처럼 차를 막 세웠다. 윌리엄을 끌어안고 그대로 집으로 뛰어들어가 여분의 흡입기가 보관된 주방 서랍을 향해 달렸다. 제발 거기 있어야 할 텐데, 제발……. 윌을 주방 의자에 앉히고 흡입제 벤톨린을 들이마시게 했다. 아이가 그제야 숨을 깊게 내쉬었다. 한 번, 또 한 번. 나는 윌 앞에 무릎을 꿇고 앉아 아이를 꼭 잡아주고 기다렸다. 숨소리가 점차 깊어지고 길어지며 정상으로 돌아왔다.

"됐다, 윌. 괜찮아졌네. 좀 어떠니?"

아이가 고개를 끄덕였다. "좀 나아졌어."

뺨에도 다시 혈색이 돌아왔다. 나도 정신이 들며 안도감에 휩싸였다.

"잠시 그대로 앉아 있어, 친구. 쉬고 있어라."

좀처럼 쓰는 일이 없던 집전화가 주방 싱크대 위에 걸려 있었다. 전화번호 안내 서비스에서 곧바로 호텔로 연결시켜주었다. 여섯 번이나 신호음이 울린 후에야 자동 응답 목소리가 번호들을 나열했고 나는 맨 마지막 상담원 통화를 택했다.

"이봐요, 당신네 지하 주차장에 남자가 쓰러져 있어요. 다쳤을지도 모릅니다. 누굴 좀 보내서 살펴봐줘요."

"죄송하지만, 선생님, 여기는 레드필드의 프리미어 인인데요. 번호를 맞게 거신 건가요?" 10대를 못 벗어났거나 20대 초반인 남자애의 목소리였다.

"그래요! 남자가 쓰러졌다니까. 바닥에 머리를 부딪혔어요. 이름은 벤 딜레이니고. 가서 확인 좀 해보라고요."

"우리 호텔 손님인가요?"

"아뇨! 하지만 당신네 호텔에 있다니까요. 가서 확인 안 해볼 거예요?"

"저는 안내 데스크를 벗어날 수 없습니다. 하지만 곧 제 상사가 올 거예요. 그 전에 구급차를 불러야 한다고 생각하신다면 이 전화를 끊고 바로 전화해주세요."

"당신이 좀 내려가서 살펴보면 안 돼요? 잠깐만 문을 닫고 내려가서 한 바퀴 돌아보면 되잖아요?"

직원은 잠시 말이 없었다. "이거 장난 전화인가요?"

"관둬요." 나는 전화를 끊었다.

윌리엄에게 물을 갖다주고 잠깐 꼭 안아준 후 숨소리를 들어보았다. 다시 정상으로 돌아와 있었다. 흡입기를 재킷에 넣고 아이를 안았다.

"우리 어디 가, 아빠?"

"목욕하기 전에 차 타고 잠깐 나갔다 오자."

"또 레이싱하려고?"

"그렇게 빨리 달리진 않을게."

윌리엄의 천식 위급 상황이 지나가자 상상력이 달음질치며 새로운 생각들이 풀려나오기 시작했다. 아까 본 일들을 모두 다시 떠올리며 뭐가 어떻게 된 건지 가늠해보려 애썼다.

내가 뭘 본 거지?

정말 무슨 일이 있었던 거야?

벤은 화를 냈고 아내는 괴로워했다. 벤이 뭐라고 했기에?

벤이 주차장 바닥에 누워 있었다. 눈을 감은 채. 그리고 피.

아직도 거기 누워 있는 게 아닐까? 설마 그렇진 않겠지.

그럴지도 모른다.

그럼 어쩌지?

그러고 나서 새삼, 벤의 머리가 콘크리트에 부딪힐 때 났던 쩍 하는 소리가 생각났다.

머리가 깨졌을지도 모른다. 그것 때문에 죽을 수도 있나? 물론 그렇겠지. 그대로 아무 도움도 못 받게 되면 그럴 수도.

어쩌면 내가 다시 가보면 경찰이 벌써 현장에 와 있을지도 몰랐다. 경찰 저지선을 치면서. 증거물에 번호표를 세우면서. 대낮 같은 조명을 비추고. 시체 주변에 하얀 가림막을 치고 있을지도 모르지.

입이 바짝 말랐다. 머리가 빙빙 도는 듯했다. 아무래도 뭔가 내 삶이 제 궤도에서 이탈한 듯했다.

피 흘리는 사람을 그냥 내버려뒀어.

그래도 호텔로 돌아가기로 한 건 올바른 결정이었다. 일을 바로잡을 필요가 있었다. 그때는 그렇게 생각할 수밖에 없었다. 늘 틀에 박혀 있던 나의 목요일 일정이 느닷없이 돌변하여 혼란스럽고 무시무시한 초현실이 되었지만 아직 제 궤도에 올려놓을 시간은 있었다. 적절한 조치로 바로잡기만 하면 말이다.

벤은 괜찮을 거야. 머리에 혹이 난 것뿐이겠지. 멀은 어떻게 해야 할지 알 거야. 의논해서 해결해나가면 돼.

무엇보다 아내와 연락을 하고 싶었다. 아까 벤과 격앙된 만남을 마친 아내가 괜찮은지 확인하고 싶었다. 멀만 괜찮으면 돼. 다른 일은 풀어나가면 되니까. 함께 말이야. 핸드폰이 없어진 지 한 시간도 안 되었지만 벌써 온 세상과 단절된 기분이었다.

차창을 내리고 회색빛 도시의 공기를 들이마셨다. 신경도 잠깐 딴 데 돌리고 싶어 라디오를 켰다. 음악 채널에 맞췄다. 노스 서큘러를 벗어날 때쯤엔 벤이 정말 괜찮을 것 같은 확신까지 피어올랐다. 지금쯤 햄스테드의 큰 집으로 돌아가 거실 바에서 비싼 싱글몰트 위스키를 마시고 있을 것 같았다.

넘어져서 머리 좀 다쳤다고 죽지 않아. 사람이 그렇게 쉽게 죽으면, 토요일마다 도심에서 30명씩은 죽어나갈걸.

나는 호텔 앞으로 들어섰다. 전면창으로 들여다보니 아까 본 조끼 입은 남자애가 여전히 안내 데스크에 서서 전화를 받고 있었다.

지하 주차장으로 들어가는 입구가 입을 쩍 벌리고 있는 듯했다. 다가가자 차단기가 올라갔다. 진입로를 천천히 내려가 칙칙한 형광등이 비추는 어둑한 콘크리트 공간으로 들어섰다. 주차를 하고 다시 윌리엄은 차에 남겨둔 채 밖으로 나갔다. 주차된 차들 사이를 두리번거리다가 한 시간 전 벤의 차가 주차돼 있던 곳을 찾았다.

범죄 현장 출입을 막는 노란 테이프 같은 건 없었다. 하얀 가림막도, 경찰도 보이지 않았다.

아무것도 없었다.

벤도, 그의 차도 사라졌다.

# 6

내 핸드폰도 없었다.

내가 기억하는 한, 이곳에서 마지막으로 핸드폰을 가지고 있었다. 벤에게 가면서 핸드폰을 손에 들고 있었으니까. 벤이 내 멱살을 잡을 때 놓쳤던 게 아닐까 싶다. 어디 떨어뜨렸지? 나는 둘러보다가 재킷 주머니를 다시 한 번 확인하고 무릎을 꿇고 차들 아래를 들여다보았다. 안 보였다. 젠장. 다른 곳으로도 가서 쭈그리고 찾아보았다. 어두운 곳도 자세히 살폈다. 하지만 보이지 않았다. 망할. 속이 쓰렸다. 걱정거리가 하나 더 늘었다. 혹시 아까 집으로 돌아갔을 때 어디 떨어뜨렸나? 찾아봐야겠다.

다시 집에 돌아와 집전화로 멀에게 세 차례 전화를 더 했다. 계속 음성 사서함으로 넘어가서 결국 음성을 남겼다.

"나야. 이거 들으면 전화해줄래? 당신이 괜찮은가 해서. 혹시나 당신이…….", 나는 망설였다. 혹시나 어떻다는 말을 하고 싶은 거지? "전화해줘. 사랑해."

별일 없어야 할 텐데. 제발……. 그 밖의 문제는 내가 해결할 수 있다. 한 번에 한 가지씩.

벤 걱정을 괜히 했나 하는 생각이 들었다. 그냥 전화해보면 될 것 같았다. 그래서 대체 무슨 일인지, 무슨 일이 있기는 한 건지 물어봐야 했다.

하지만 전화를 할 수가 없다. 전화번호는 다 핸드폰 안에 저장이 돼 있는데, 핸드폰을 잃어버렸으니까. 멀의 아이패드에 백업은 해두었지만 멀이 직장에 가지고 갔다. 집전화는 별 소용이 없다. 거기 저장된 번호는 몇 개 안 됐다.

나는 차가운 맥주를 들고 목욕 의자에 쭈그리고 앉아, 나머지 목요일 저녁 일과를 수행해나가는 수밖에 없었다. 윌리엄은 욕조 안에서 플라스틱 배와 동물 인형을 소규모 함대처럼 물에 띄우고 손으로 휘휘 저으며 학교 얘기를 조잘댔다. 나는 계속 응응……. 정말? 저런!을 반복하며 대충 넘길 수밖에 없었다. 창턱에 놓아둔 집전화는 꿈적도 안 했다.

"엄마는 언제 와?" 윌리엄이 거품을 자기 뺨에 발라 하얀 수염을 만들며 물었다.

"어, 뭐라고?"

"엄마."

"곧 올 거야."

"내 수염 봐, 아빠. 산타 같지?"

"그러네. 나한테 선물 줄 거야?"

"이거 진짜 아니야. 거품 수염이야."

그때 열쇠로 현관문을 여는 소리가 들려 화들짝 놀랐다. 멀이 늘 그렇듯 우리를 불렀다.

"엄마!" 윌이 외쳤다.

"우리 위층에 있어!" 내가 덧붙였다.

멀이 욕실로 오자 나는 말할 수 없는 안도감에 그녀를 껴안으며 뺨에 키스해주었다. 늘 그렇듯 짭짤한 땀과 향수가 섞인 맛이 났다. 그리고 속삭였다. "이제야 왔어?"

"이제야 오지, 그럼. 환영 인사가 거창하네?" 멀이 몸을 떼어내며 말했다.

"오늘은 안아줘야 할 것 같아서."

멀이 미소를 지으며 부드럽게 뽀뽀해주었다.

"늘 그렇지." 멀은 대답과 함께 잠시 나를 살펴보다가 가지고 있던 물병에서 물을 한 모금 마셨다. "무슨 일 있어?"

"끔찍한 저녁이었어. 하지만 이젠 괜찮아."

"왜? 무슨 일이야?"

"아무것도 아냐. 나중에 얘기해줄게. 실은 당신이 걱정됐어."

"나를?"

"응. 당신 괜찮아?"

"물론이지. 내가 왜?"

"아까 당신을 봤는데……."

"엄마! 엄마!"

"왜, 왜?"

"이것 봐, 엄마, 나 수염 생겼어."

"멋지네, 윌리엄." 멀이 물을 다 마시고 수도를 틀어 병을 채웠다.

"그리고 나 천식 왔어. 나랑 아빠랑 푹푹이 가지러 집에 얼른 왔어."

"아, 맙소사. 이젠 괜찮니, 우리 아기? 많이 힘들었어?" 멀이 욕조 옆에 무릎을 꿇고 월의 뺨을 쓸었다.

"응. 아빠가 진짜 빨리 차를 몰았어."

멀이 나를 보며 한쪽 눈썹을 치켰다. "그랬어?"

"흡입기를 주니 금방 괜찮아졌어. 차에 있는 줄 알았는데, 저번에 쓰고 채워놓질 않았나 봐. 내 잘못이지."

멀은 다시 아이를 보았다. "학교는 어땠니, 윌리엄?"

"정말 끝내줬어, 엄마. 나 그린 선생님한테 슈퍼스타 상장 받았어."

멀이 깜짝 놀라며 함박웃음을 지었다. "그래? 정말 멋지다, 윌리엄."

"전체 회의 때 얌전히 앉아 있었다고."

"착하기도 하지, 우리 아들."

"응. 하지만 아빠는 안 착했어."

멀이 다시 나를 보며 한쪽 눈썹을 올렸다. "그래?"

나는 억지 미소를 지으며 고개를 저어 보였다.

예상을 했어야 했는데. 윌에게 먼저 설명을 했어야 했어.

"응, 안 착해." 윌리엄이 말했다.

"뭐가 그렇게 안 착했어?"

"윌리엄……." 내가 끼어들었다.

"재미있는 얘기 같은데." 멀이 내 말을 막았다.

"아무 일도 아니었어."

나는 재빨리 대꾸하며 어떻게 하면 아들의 말을 막을 수 있을까 머리를 굴렸다.

"아무 일도 아닌 거 아냐." 윌리엄이 말했다.

멀이 물을 한 모금 또 마시며 나를 보았다. "그래? 왜 아빠가 나빴어?"

"나한테 햄스터 못 키우게 했으니까."

나는 긴장이 탁 풀렸다. "어이, 내가 언제 그랬니? 생각 좀 해보자고 했지."

갑자기 윌리엄이 욕조에서 벌떡 일어서며 손을 뻗었다. "수건, 아빠! 수건, 수건, 수건!"

나는 아들을 번쩍 안아 올려 아이 몸집보다 큰 수건으로 푹 감쌌다.

멀이 팔짱을 꼈다. "햄스터?"

나는 어깨를 으쓱했다. "생각해보지 뭐."

멀이 욕실에서 나가며 말했다. "나도 얼른 샤워할게."

내가 불러세웠다. "저기, 멀?"

"응?"

"정말 괜찮은 거지?"

"물론이지. 왜?"

"아까 당신을 봤는데 기분이 안 좋은 것 같더라고. 그래서 메시지를 남겼는데 답도 없고."

멀이 인상을 쓰며 고개를 갸웃했다. "배터리가 나가서. 아까 언제?"

"5시쯤. 노스서큘러 옆 호텔에서."

멀이 다시 물을 천천히 한 모금 마셨다. 그리고 또 한 모금.

그때부터 내가 알던 세계가 산산이 흩어지기 시작했다.

# 7

"호텔이라고?" 멀이 말했다.

"브렌트크로스 근처. 걱정했어."

멀은 고개를 저었다. "나는 호텔에 안 갔는데, 조셉. 목요일 저녁엔 테니스 하잖아. 거기 갔었지."

"하지만 내가 봤는걸."

"그럴 리 없어, 조셉. 오늘 브렌트크로스 근처에는 가지도 않았다고."

나는 대체 무슨 상황인지 이해하려 애써보았다. "그랬다고?"

멀은 짧게 웃었다. "그랬다면 힐러리 페인에게 6 대 1이나 6 대 0으로 질 리도 없었겠지."

"하지만 월도 봤어. 당신 차였고."

"맥주를 너무 많이 마신 거 아냐? 난 얼른 샤워하고 차 한잔 마셔야겠어."

멀은 돌아서서 가버렸다.

나는 욕실 문만 멍하니 바라보았다. 그리고 윌리엄의 연갈색 머리칼을 수건으로 말려주기 시작했다. 부부 침실 쪽에서 샤워 소리가 들렸다.

거짓말이다.

멍하고 혼란스러웠다. 내려가는 에스컬레이터에서 거꾸로 올라가고 있는 기분이었다.

거짓말이다. 왜 거짓말을? 왜 다들 거짓말을 하는 거지?

멀이 나를 보호하려는 걸 수도 있었다. 아니면 윌리엄을, 아니면 나와 윌리엄 둘 다를.

정말 그렇게 생각해?

아니.

그럼 다른 누구를 보호하려 한다고?

아니, 그것도 절대 아니야.

무엇을 믿어야 할지 알 수 없었다. 왜냐하면 '다른 누구'란 벤을 의미했으니까. 멀이 벤을 보호하려 거짓말을 한다고는 믿을 수 없었다.

나는 멀이 독립적인 사람이라는 걸 알고 결혼했다. 그 점을 존중하고 좋아하기도 했다. 멀은 자기만의 시간과 취미와 친구가 필요한 사람이었다. 같은 방식으로 멀은 내가 그녀의 친구들 남편과 다르다는 점을 알고 존중해주었다. 나는 윌리엄과 집에 있는 걸, 아이와 시간을 보내는 걸 좋아했으니까. 윌리엄이 태어난 후 좀 더 많은 시간을 함께 보낼 수 있도록, 나는 일주일에 3일로 일을 줄였고 그걸 후회해본 적이 없었다. 멀은 네 달의 출산 휴가 후 다시 전일제로 직장에 복귀했다. 나는 그녀의 선택을 이해하고 전적으로 동의했다. 교사인 나보다는 그녀의 월급이 더 많았고 자기 일을 좋아했으며 그것도 무척 잘해냈다. 우리는 퍼즐 조각이 하나로 맞춰지듯 완벽한 짝을 이뤘다.

우리는 서로에게 거짓말을 하지 않았다.

하지만 이제는 모든 친숙했던 것들이 속수무책으로 손아귀를 빠져나가는 것 같다. 우리는 10년의 결혼 생활을 포함해 12년을 함께한 사이였다. 아내는 거기서 벤을 만나고도 거짓말을 했어.

그제야 다시 벤 생각이 났다. 멀과 윌리엄에게만 신경 쓰느라 벤을 잊고 있었다. 벤과 얘기를 해봐야겠다. 아까 무슨 얘기를 하려던 건지 알아낸 다음 멀과의 문제를 해결해야 했다.

벤은 별일 없겠지. 피 흘리는 채로 놔두고 왔는데도?

윌리엄이 수건 아래서 고개를 내밀었다. "아빠, 왜 그래?"

"아무것도 아냐."

"슬퍼 보여."

"안 슬퍼, 윌. 피곤해서 그래."

윌이 하품을 했다. "나는 안 피곤해."

"너도 피곤한 것 같은데. 안 그래? 책 읽기 전에 딸기우유 마실까?"

"웅!" 그리고 윌은 방방 뛰기 시작했다. "밀크셰이크! 밀크셰이크!"

주방 식탁에 윌리엄을 앉힌 후 우유를 먹이고 자동차 색칠공부 책과 펜을 주었다. 그리고 멀을 위해 보드카를 많이 넣은 블러디메리를 만들었다. 멀은 목요일에는 블러디메리를 마시고 금요일에는 진 토닉을 마셨다. 수백 일을 계속해온 습관이다. 손을 움직이면서도 머릿속엔 같은 생각이 맴돌았다.

만남, 다툼, 거짓말……

멀이 주방에 나타났다. 한 손엔 수건을, 다른 손엔 아이폰을 들고 있었다.

블러디메리를 건네고 뺨에 키스했다. "내 전화기 혹시 봤어? 잃어버려서."

"언제?"

"오늘 저녁에."

멀이 고개를 흔들고 블러디메리를 한참 마셨다. "나야 오늘 아침에 싱크대 위에서 충전되고 있는 걸 본 게 다지."

내 전화기는 주방 식탁에도 없었고 식당 테이블 위에도 보이지 않았다. 충전기가 있는 집전화 옆에도 없었다. 거실 어디서도 눈에 띄지 않았다. 나는 위층으로 한 걸음에 두 계단씩 뛰어올라가 부부 침실과 욕실은 물론 윌리엄의 침실까지 찾아보았다. 혹시 장난감 차와 섞여 윌리엄이 가져갔을 수도 있으니까.

내가 빨래 바구니를 뒤집어 바지 주머니들을 찾아보고 있는데 멀이 다가왔다.

"못 찾았어?"

"없네. 사라졌어."

멀이 팔짱을 끼고 문틀에 기댄다. "또 무슨 문제 있어, 조셉? 그것뿐이야?"

"아직 모르겠어."

"그게 무슨 말이야?"

나는 멀을 지나쳐 욕실 문을 나가 다시 아래층으로 내려갔다. 내 전화기의 연락처가 백업돼 있는 멀의 아이패드를 집어 들었다. 심장이 빠르게 뛰었다.

멀이 긴장된 목소리로 아래층에 대고 외쳤다. "무슨 일인지 말해줄래, 조셉? 내가 도와줄 수도 있잖아."

아이패드를 보니 내 페이스북에 19개의 알림이 떠 있었다. 이상한 일이었다. 나에게 이렇게 많은 알림이 뜬 것은 처음이었다. 내가 그렇게 활발한 사용자도 아니었고, 내 인생이 그렇게 재미가 있는 것도 아니니까 하고 언젠가 멜에게 얘기했더니, 그럼 SNS를 하는 의미가 없는 거 아니냐고 했다. 올리는 글도 거의 없고 보통은 댓글도 많이 달리지 않았다. 19개라니, 하루 저녁은 고사하고 한 달 동안 달리는 댓글 수보다도 많았다. 윌리엄이 상 받은 사진 때문인가?

일단 페이스북은 무시하고 연락처로 가 벤의 전화번호를 찾았다. 집전화를 발견하고 나도 유선전화로 걸었다. 기다리는 동안 페이스북을 눌러보았다. 익숙한 흰색과 푸른색의 화면이 나타났다. 나의 페이스북 친구들의 일상은 평소와 다를 바 없었다. 외출을 한 사람, 집에서 이런저런 걸 먹고 텔레비전을 보는 사람, 누구는 벌써 술에 취했고 누구는 하루를 일찍 마무리하기로 했으며 누구는 이제 막 저녁 일정을 시작했다. 신호음을 들으며 사람들이 나에 대해 무슨 말을 하고 있는지 알아보려 알림 표시를 눌러보았다. 새로운 업데이트 목록이 떴다.

폴 커피, 타냐 페인, 톰 패리시가 나의 상태에 댓글을 남겼습니다.

제일 위의 내용을 눌러보았다. 발밑이 흔들리는 듯했다. 나는 전화를 끊고 아이패드 화면을 노려보았다.

뭐지?

내가 게시물을 하나 더 올렸던 거다. 혹은 내 계정에서 게시물이 하나 더 올라와 있었다. 윌리엄의 상장에 대한 게시물 이후에 말이다. 새로운 게시물 옆에도 나의 프로필 사진이 떠 있었다.

새로운 게시물은 사진 하나와 문장 하나뿐이었다.

조셉 린치 — 2시간 전
엇, 이런 걸 잃어버리면 안 되지 #결혼기념일 선물

바닥에서 가까운 각도로 찍힌 사진이었다. 아예 카메라를 바닥에 놓고 찍은 듯했다. 지하 주차장에서 벤의 자동차 번호판이 오른쪽에 보이고 '프리미어 인 고객용 주차장입니다'라는 안내판이 있었다.

내 전화기. 내 스마트폰에 연동된 페이스북 계정에서 올린 게 분명했다.

아, 젠장.

사진을 클릭해서 확대했다. 앞쪽에 뭔가 있었다. 초점이 안 맞았지만 똑똑히 알 수 있었다. 검은 가죽 팔찌. 내 것 같다. 멍청히 팔목을 들어보니 팔찌가 없었다. 엇, 이런 걸 잃어버리면 안 되지. 벤과 실랑이할 때 벗겨졌나? 그리고 그 사진이 수억 명의 사용자를 자랑하는 소셜 네트워크 사이트에 게재되었다. 피처럼 보이는 검붉은 액체가 그 옆에 고여 있고 말이다.

# 8

입안이 바짝 마르는 듯했다. 어찌해야 할지 알 수 없었다. 팔
이 묶인 채 속수무책으로 쓰러지는 느낌.

내가 싸움에, 폭력에, 범죄에, 직장을 잃고 감옥에 갈 수도 있
는 사건에 연루되었다는 것을 암시하는 게시물이 세계에서 가
장 큰 SNS 네트워크 중 하나에 올라왔다. 사람들이 그 게시물을
보고 댓글까지 달고 있었다. 나의 목요일 저녁이 온 세상에 밝혀
져 논평의 대상이 되고 있었다.

그리고 내가 올린 것으로 돼 있는 게시물이 하나 더 있었다.

조셉 린치 ─ 1시간 전
프리미어 인 NW2 시설이 훌륭하네. 특히 지하 주차장이
말이야. 우연히 친구들과 마주치기 아주 좋아.

나는 게시글을 읽고 또 읽으며 의미를 파악해보려 애썼다. 여
덟 개의 좋아요를 받고 다섯 개의 댓글이 달렸다. 지인들도 포
함된 폭넓은 관계망, 페이스북 친구가 될 정도로 나를 알고 있
는 251명의 사람들에게 게시글이 전달되었다. 어릴 때부터 알
던 친구들도, 내가 일하는 학교인 헤이든 파크 아카데미의 동료
들도, 나를 알고 존중해주던 사람들, 가족들, 여동생, 사촌, 삼촌,
이모…… 제기랄, 어머니도 페이스북 친구다.

게다가 내 프로필은 전체 공개다. 개인 정보 보호 설정을 고쳐

보려 한 적도 있었지만, 결국 해결 못 했다. 그러니 내 계정에서 올린 게시물을 누구나 볼 수 있는 거다. 화면을 밀어올리니 댓글들이 나타난다.

톰 패리시 — 1시간 전
조셉, 이게 뭐야? 트립어드바이저(TripAdvisor)에 주차장 추천하려고? 설명 좀

캐런 클라크 — 54분 전
엉?? 이게 뭔 소린지 모르겠네!!! 너 괜찮니?

앤디 스탬퍼드 — 41분 전
녀석아, 토닉은 더 넣고 진은 조금만 넣어

폴 커피 — 39분 전
친구, 드디어 쫓겨난 거냐? 멀이 언젠간 정신 차릴 것 같더라 ㅍㅎㅎ

타냐 페인 — 15분 전
그래서 거기서 누구랑 마주친 거야? 글이 암호 같아!! @.@

이제 다들 알게 되었다. 게시물을 보고 내가 어디 있었는지 알

게 된 거다. 제기랄. 갑자기 어항 속에 살고 있는 금붕어가 된 기분이었다. 생각을 해보자. 두 게시물 다 저녁에 올라왔다. 내가 프리미어 인에서 나온 게 오후 5시 10분경. 두 게시물은 그 후 90분 사이 올라왔으며 댓글들은 그로부터 한 시간 동안 달렸다. 나는 페이스북 메뉴에서 설정을 누르며 속으로 간절히 기도했다. 제발 암호가 먹히기를. 내 계정에서 쫓겨나지 않기를. 나는 숨을 멈췄다.

먹혔다! 설정에 들어왔다. 암호는 바뀌지 않았다. 나는 안도의 숨을 내쉬며 암호를 바꾸고 오늘 저녁 게시물들을 지웠다. 아마도 내 계정 자체를 삭제하는 것이 현명할지 몰랐다. 존재하지 않는 계정을 해킹할 수는 없으니까. 하지만 다른 계정에서 나나 멜이나 우리 가족에 대한 게시물이 올라오기 시작한다면 그것도 문제였다. 하루 정도 지켜보고 계정을 삭제하자. 그 전까지는 계속 지켜보면서 또 무슨 일이 있지는 않은지 확인해야지.

그런 다음 나는 통신 회사에 전화를 걸어 전화기를 잃어버렸다고 하고 서비스를 차단해달라고 했다. 전화를 받은 직원이 토요일 아침까지는 임시 전화기가 지급된다고 했다. 그 말을 들으며 와인을 한 잔 따르는데 손이 떨렸다.

내 삶이 또 다른 초현실적 전환을 맞이했다. 생각해보자. 잠깐 생각을 해보자. 이게 다 무슨 일이지? 오늘 일들은 교통사고나 마찬가지였다고 생각했다. 하지만 이 페이스북 사건은, 내 SNS 계정을 도둑맞은 사건은 전혀 그런 게 아니었다. 그리고 서서히 깨달았다. 적어도 희망적인 면이 하나는 있었다. 내가 벤에 대해

46

잘은 모르지만, 당하고는 못 사는 놈이라는 건 알았다. 사업에서든, 가정에서든, 심지어 운전을 할 때도, 우라질 게임을 할 때조차 이겨야 하는 놈이라는 걸. 한마디로 자기 빼고는 모두가 져야만 속이 시원한 것이다. 오늘 저녁 다툼의 현장에서 내 전화기를 이용해 올라온 게시물은 벤이 올린 것일 수밖에 없다. 벤이 살아 있기에 이런 짓을 하고 있는 것이다.


# 9


멀이 어떤 것에 대해서든 나에게 거짓말하리라는 생각은 해본 적이 없었다. 예전에는 단 한순간도 걱정해본 적이 없었다. 하지만 이제는 다른 생각은 하기도 힘들 정도다. 내 아내가 거짓말을 했다. 나보다 벤이 더 중요하다는 의미일까? 벤이 나보다 나은 게 뭔가? 분명 돈은 많다. 큰 집도 가지고 있다. 비싼 차도 여러 대. 그거야? 그래서 그런 거야?

이제 내가 둘에 대해 알게 되었고 갑자기 벤보다 우위에 서게 되었다. 사실 갑자기라고 할 수는 없다. 내가 벤보다 훨씬 몸집이 컸으니까. 나는 학교 때부터 별 노력도 기울이지 않았는데도 대부분의 아이들보다 크고 강하고 빨랐다. 열세 살에 벌써 180센티미터가 넘고 80킬로그램 이상 나갔다. 대부분의 아이들이 여전히 소년일 때 나는 어른의 몸이었고 사춘기를 신나게 보낼 수 있었다. 벤 같은 아이들은 꿈도 못 꿀 사춘기를. 적어도 육체적으로는 말이다. 그러다가 싸움을 걸어 힘에서 밀리게 되니까 무슨 짓을 벌였는지 보자. 나의 평판을 엉망으로 만들려 했다. 아주 공개적인 곳에서, 속임수를 이용해서. 속속들이 벤다운 방식이다.

벤은 스마트폰 앱을 만드는 기업가다. 백만장자로 변모한 학창 시절 찌질이인 것이다. 핸드폰에 안전장치를 하지 않거나 최신 아이폰이 없거나 모든 기기에 똑같은 비밀번호를 쓰는 사람을 보면 혀를 차는 부류. 그런 전화기를 잠시 내버려두면 몰래 가져가서 언어 설정을 한국어나 아랍어로 바꿔놓는 게 취미다. 그러고 나서 엉뚱한 언어로 된 전화기의 설정을 찾아들어가 다시 영어로 바꿔놓는 고생을 하는 사람을 비웃으며, 안 잠그고 놔둔 네 탓이라고 하는 놈. 사용자 잘못.

나의 페이스북 계정에 올린 놈의 메시지는 어쩌면 모종의 경고일 수도 있었다.

멀이 잠옷을 입고 나타났다. 레드 와인을 한 병 더 꺼내 자기 잔을 채웠다. 오늘 밤 한순간도 그냥 보내지 않을 작정인 것이다. 주방 식탁 의자를 꺼내 내 맞은편에 앉았다. 우리 사이엔 잠시 침묵이 흘렀다.

그러다 결국 멀이 입을 열었다. "무슨 일이야, 조셉? 얘기 좀 해봐."

나는 와인을 한 모금 마시고 조심스레 다시 식탁에 내려놓았다. 그리고 멀을 똑바로 보았다. "당신이 내게 말해줘야 할 것 같은데."

"무슨 말이야?"

"아까 그 호텔에 있었잖아. 벤이랑 같이. 난 봤어." 이 말을 해야 하는 게 너무 싫었다. 내 입에서 나오는 말소리가 혐오스러웠다. "당신은 테니스 치러 가지 않았어. 적어도 퇴근해서 바로 간 건 아냐."

멀은 입을 열었다가 다시 닫으며 고개를 저었다. 한숨을 쉬며 시선을 피했다.

나는 무너지는 심정으로 말했다. "말해." 제발 사실이 아니길.

"이럴 줄 알았어. 이런 일이 일어날 거라고 이미 그에게도 말했는데."

"무슨 일?"

멀은 식탁을 내려다보며 얼굴을 붉혔다. "아아, 조셉, 당신도 알잖아. 내가 비밀 잘 못 지키는 거."

나는 멀을 노려보며 온몸의 피가 역류하는 기분이 들었다. 방 안의 공기가 모두 빠져나간 듯했다. 딜레이니네와 우리 가족이 마지막으로 모였던 때가 언제더라? 여름방학 말쯤 일요일 오후에 딜레이니 집에 갔다. 벤이 최신 가스 바비큐를 자랑하고 멀은 손에 잔을 들고 그 주변을 맴돌며 놈이 세상에서 제일 흥미로운 인간이라는 듯이 말을 걸고 미소를 지었다. 그냥 내 상상일 뿐이라고 생각했는데.

"그럼 말해봐." 나는 침착하려 애쓰며 말했다.

"당신 말이 맞아. 나 거기 갔어."

# 10

"벤이랑 만나고 있었지?" 내가 말했다.

"맞아, 하지만 당신이 생각하는 그런 거 아니야."

"내가 뭐라고 생각하는데?"

"당신 표정으로 봐서 내가 나쁜 짓을 했다고 생각하는 것 같은데."

"그랬어?"

"아니야, 이 바보." 멀이 미소를 지으며 내 손을 꼭 잡았다. 따뜻하고 안심이 되었다. 사실 그거면 충분했다. "일이 있어서 만났을 뿐이야."

"무슨 일?"

"음…… 실은 벤이 절대 기밀로 해달라고 했거든. 누구에게도, 당신에게도 말하지 않겠다고 약속했어. 하지만 당신도 비밀을 지켜준다면 배경 설명은 약간 해줄게." 그러면서 졌다는 듯 손을 들어올렸다. "현장을 들켜버렸으니."

나는 안도의 심정을 느끼며 미소를 지었다. "얘기해봐."

멀은 와인 잔을 들어 한 모금 마시고 다시 내려놓았다. "벤은…… 자기 회사 내부에 문제가 있다고 생각해. 스파이 말이야. 여러 가지 핵심 프로그램이 다른 회사의 애플리케이션에서 나타나고 있어. 내부의 누군가가 팔고 있다고 생각해. 개발 팀에서 세 명 정도를 의심하고 있는데, 노동법에 대해 조언을 달라고 해서. 어떻게 하면 최대한 빨리, 문제없이 해고할 수 있을까 하고.

거기다가 경찰 수사도 요청할 생각이 있으니 거기에 대해서도 조언을 해줬어."

"그 회사에도 인사 담당자가 있을 거 아냐?"

"혐의를 받고 있는 남자랑 결혼한 여자래."

"그래서 당신한테 자문을 부탁했다고?"

"외부에서 믿을 수 있는 사람을 찾은 거지."

멀은 많은 기업들의 인사 관리자로 일해왔다. 현재는 거대 소매점 프랜차이즈 기업 중 하나를 위해 일한다. 분쟁 조정자 역할을 자주 맡는데, 문제들이 커지기 전에 빠르고 조용하게 해결하는 것이다. '해결'이라 함은 돈을 주어 막거나 해고해버린다는 의미였다. 이전 일터에서는 '대검을 휘두르는 여자'라는 별명을 얻기도 했다. 가차없이 사람들을 잘라버리며 포로를 살려두는 경우가 드물었다.

"내일 낮에 만나면 안 되는 일이었어?"

"오늘 오후에 세 번이나 전화해서 급하다고 하더라고. 성격 어떤지 알잖아." 멀이 살짝 웃으며 말했다. "뭐든지 당장 해치워야 직성이 풀리지. 게다가 회사 밖에서 직접 만나 얘기하고 싶어 했어. 전화 도청 같은 데 의심이 많잖아. 배신자들이 눈치챌 수도 있고. 3년 전에도 문제 직원을 해고했다가 당할 뻔했다고 했어. 당신도 들었지?"

"응. 매슈인가 그랬던 것 같은데."

"매슈 고링. 비밀회의 같은 게 열리고 사람들이 쑥덕이는 걸 보고 눈치챘지. 잘릴 걸 알고, 겨우 몇 시간밖에 없었는데도 당시 벤의 회사가 만들고 있던 게임 앱에 심각한 포르노 사진들을 심어놓았어. 게임 중 새로운 단계로 들어설 때마다 진짜 혐오스러운 이미지가 나타났거든. 가축이랑 하는 여자 같은 거.”

“그런 말까진 못 들었던 것 같은데.”

“그랬을 거야. 끔찍한 일이었으니까. 출시 직전에, 마지막 점검 때야 발견했거든. 그대로 시장에 풀렸더라면 회사가 망했을 거야. 어린아이들을 대상으로 한 게임이었으니까.”

“벤도 그런 짓 할 것 같은데.”

“그러니까. 생각하는 방식이 똑같으니까 알아낼 수 있었지. 그래서 범인이 눈치 못 채게 조심도 하는 거고.”

“당신이랑 벤이 만나는 거 봤는데. 엄청 화가 난 것 같더라고.” 얼굴을 일그러뜨리고 손가락질을 해대던 기억이 났다.

“완전 펄펄 뛰었지.”

“자기 직원이 배신한 것 때문에?”

멀이 고개를 끄덕였다. “회사 안에서는 화를 낼 수가 없으니까. 나한테 털어놓고 있었던 거야. 깡패들을 고용해서 골목에서 놈을 습격하겠다고 하더라고. 쇠막대로 올러대면서 털어놓게 만든다고.”

“맙소사, 정말?”

“응. 다행히 내가 그런 짓은 못 하게 설득했지. 인사 관리의 정석과는 거리가 머니까.”

“잘했네. 역시 멀이야, 사람들이 정도를 걷게 만들지.”

“그렇지, 여보.” 멀이 미소를 지었다. “언제나 꼭 그런 건 아니지만."

나도 미소를 지으며 기대앉았다. 안도감이 밀려왔다. 내가 잘
못 본 거였어. 완전 착각했다고. 우린 괜찮은 거야. 모든 게 다 잘됐어.
원래대로 돌아왔지.

나는 한 손을 들어올리며 말했다. "나 조셉 마이클 린치는 공
식적인 멍청이임을 선언합니다."

나의 아름다운 아내는 웃으며 고개를 흔들었다. "그것도 당신
매력의 하나야, 여보. 늘 그랬지."

"의심해서 미안해……."

"이번만 봐줄게."

"하지만 아까는 왜 거짓말했어."

멀은 어깨를 으쓱했다. "고객과의 비밀을 지켜야 하니까."

"벤은 고객이 아니잖아."

"그래도 비밀은 지켜줘야지. 우리가 만났던 사실도 아무에게
도 말 안 하겠다고 약속했단 말이야."

"나한테조차?"

멀이 장난스레 내 팔을 찰싹 때렸다. "그랬다니까. 그런데 탐
정 놀이하느라 약속을 깨게 만들다니."

나는 이마를 손바닥으로 철썩 때렸다. "아, 미안, 미안. 다시
한 번 사과할게."

"정말 이게 뭐야. 아까 이상하게 굴 때 많이 걱정했어."

"난 몰랐잖아. 분명히 봤는데 당신이 호텔에 안 갔다고 하니
까. 도무지 이해가 안 됐어. 당신이…… 우리가…… 이렇게 됐

다는 생각에 견딜 수가 없었어." 나는 얼굴을 붉히며 시선을 돌렸다.

멀이 일어나 식탁을 돌아 내 무릎에 앉았다. 내 뺨에 키스하고 귀밑에 코를 비볐다. 나는 늘 그랬듯 세상 다른 일은 잊어버릴 수 있을 것 같았다.

"나도 미안해, 조셉. 거짓말을 하면 안 됐는데."

나는 잠시 그대로 앉아 멀의 감촉과 온기와 향기를 느꼈다. "당신이 호텔을 나간 다음에 주차장에서 벤을 봤어."

멀이 동작을 멈췄다. "봤다고?"

"벤과 얘길 좀 했어. 화가 많이 났더라고. 하긴 누가 자기 회사를 망가뜨리고 있다니 그럴 만도 했지."

"벤이 뭐랬어?"

나는 벤이 넘어진 일과 내가 서둘러 주차장을 빠져나온 이야기를 들려주었다. 확인을 위해 다시 호텔로 돌아갔다가 내 핸드폰을 잃어버린 걸 알게 되었노라고.

멀이 이야기를 듣더니 걱정스러운 표정으로 말했다. "세상에, 힘든 저녁을 보냈네. 다시 벤한테 전화해서 확인해봐야 하지 않을까?"

하지만 벤은 집전화도 핸드폰도 받지 않았다. 밤이 늦었으니 그럴 만도 했다. 멀과 나는 30분 정도 더 저녁에 있었던 일을 의논하면서 와인을 마시고 서로에게 다시 사과했다. 함께 직장일도 이야기하고 내가 윌리엄 상장에 대해서도 들려준 다음, 토요일 밤에 외식할 계획을 세웠다.

비로소 평온을 되찾아, 지금까지 살면서 가장 섬뜩했던 날 중 하루를 보내고 모든 것이 정상으로 돌아간 데, 얼마나 안도했는지 모른다.

와인 병이 비자 멀이 하품을 하고 위층으로 올라갔다. 나는 잔들을 모아 싱크대로 갔다. 설거지를 하고 나서야, 내 페이스북 계정에 벤이 올린 글 얘기를 하지 않았다는 생각이 났다. 아직 이해가 안 되는, 해결이 안 된 유일한 문제였다.

나는 어두운 주방 창문에 비친 내 모습을 노려보며 생각했다. 만일 멀의 말이 다 사실이라면, 벤이 도대체 왜 내 계정에 그런 글을 올린 거지?

# 금요일

## 11

금요일 4교시는 비어 있어서 원래는 7B 반의 숙제에 점수를 매기려고 했다. 하지만 피곤했다. 힘든 한 주였던 데다가 어제저녁 벤과 있었던 일이 계속 신경이 쓰였다. 마치 가려운데 긁을 수 없는 곳이 있는 기분이었다. 벤에게 전화해서 왜 내 페이스북 계정으로 그런 글을 올린 건지, 전화는 '혹시' 돌려받을 수 있는지 물어보고 싶었다.

어제저녁 일에 대해 사과하고 머리는 괜찮으냐고 묻고 싶은 마음도 좀 있었다. 크게 다칠 뻔했다는 생각이 들어서, 제대로 대화를 하고, 사과를 하고, 넘어가고 싶었다. 다음에 또 만나거나 모일 때 어색한 상황을 만들고 싶지 않았다.

벤과 내가 가까운 사이는 아니었다. 우리는 아내들을 통해서

만 알고 지냈으니까. 벤과는 대부분 축구 얘기만 했다. 서로 잘 모르는 남자들이 그래도 뭔가에 대해 대화할 수 있도록 발명된 세계 공통어 말이다. 한번은 정치 얘기로 흘러갔는데, 별로 통하는 데가 없었다. 벤은 공공 부문 예산 낭비와 복지 혜택 부정 수혜자들에 대해 거품을 물었으니까. 하지만 멀에게는 우리 가족이 모두 친구인 게 중요했으니, 나도 노력해보고 싶었다.

전화는 이따 집에 가서 해야겠지만, 아이패드는 가지고 왔다. 가방에서 꺼내 페이스북을 열었다. 벤은 오늘 아무 게시물도 올리지 않았다. 어제 그가 내 계정으로 올린 섬뜩한 게시물 두 개는 안전하게 삭제되었다. 나는 벤의 최근 게시물을 훑어보았다. 선덜랜드 축구팀의 위기, A40 도로에서 10킬로미터 초과로 달렸다고 부과된 벌금 고지서 사진, '새터데이 나이트 라이브'의 이번 주 주인공에 대한 소개 링크, 경제 상황에 대한 글, '왕좌의 게임', 정원에 만들기 시작한 정자의 주춧돌 사진, 자기 사업 관련 디지털 동향, 또 선덜랜드 축구팀 얘기.

페이스북 프로필을 통해서 보면 누군가의 삶이 얼마나 이상해 보일 수 있는지, 묘한 기분이 들었다. 나는 벤 딜레이니의 이름을 구글에 검색해보았다. 수천 건의 결과가 나왔다. 회사 홈페이지부터 시작해서 링크드인 같은 다른 SNS 계정들과 그의 이름이 언급된 다양한 언론 기사들.

제일 위에 뜬 것은 작년 말 벤이 런던으로 이사 온 뒤 《이브닝 스탠더드》에 나온 그의 소개글이었다. 「40세 이하 40인」이라는, 수도의 젊은 사업가 소개 시리즈로, 부동산 개발업자, 패션 디자

이너, 헤지 펀드 트레이더, 음악 프로듀서, 벤 같은 디지털 백만 장자 등이 나왔다. 벤은 맨손으로 성공한 전형적인 사례로 묘사되었다. 선덜랜드의 방 두 개짜리 부모님 연립주택에서 시작해 런던에서 가장 비싼 동네의 수백만 파운드짜리 주택에 살게 되기까지, 거친 노동계급 지역에서 조선소 일꾼의 아들로 자라 동급생 가운데 유일하게 러셀 그룹(영국 내 150여 군데 종합대학교 중 케임브리지, 옥스퍼드 등이 포함된 24개 대학이 모인 협력 단체로 연구기금을 공동 운영한다 - 옮긴이) 대학에 최우등으로 진학한 아이였고, 스물두 살에 처음 회사를 설립, 스물다섯에 백만장자가 되었으며 스물아홉에는 스마트폰 게임의 시대를 선도하며 세 종류 게임 연속으로 앱스토어에서 1위를 하는 기염을 토했다. 흥분한 기자는 심지어 벤을 스티브 잡스에 비교하며 벤에게 성공의 비밀을 묻는 것으로 기사를 마무리했다.

벤 딜레이니는 본인이 강박적이라는 점을 인정한다. "늘 나에겐 다른 건 다 제쳐놓고 한 가지에만 몰두할 수 있는 능력이 있었어요. 그리고 그것을 얻을 때까지 멈추지 않았습니다. 그게 장점 아닐까요? 대부분의 사람들은 그러다가 지칩니다. 나는 아니에요. 아무도 2등은 기억하지 않으니까요."

한편《데일리 메일》의 산업면 칼럼 기사 하나는 벤과 그의 회사의 행태에 대해 다소 부정적인 뉘앙스를 풍겼다. 한 달 전 켄싱턴의 고급 식당에서 한 남자가 난동을 부려 경찰이 출동했던 사건에 대해 쓴 글이었다. 《데일리 메일》이 희희낙락하며 밝힌 체포자는 30세의 알렉스 콜닉으로, 벤의 회사 예전 직원이었다가 경쟁사를 창업하여 얼마 못 가 파산했다. 행간을 보면 콜닉은 자신이 벤 때문에 망했다고 비난하며 그 식당으로 보복을 하러 간 것이었다.

벤에게 들은 이야기였다. 황소를 잡아 죽이면 뿔도 따라 얻는다.

검색 결과의 세 번째 페이지를 클릭했다. 벤의 회사와 그의 이력과 성공에 대한 그만그만한 이야기들. 하지만 맨 아래에 눈길을 끄는 기사가 링크돼 있었다. 4년 전 《선덜랜드 에코》에 실린 스티븐 비첨이라는 자의 중대 신체 상해 소송 건이었다. 다른 검색 결과들과 어울리지 않는 내용이라 클릭해보았다. 비첨은 지역 사업가의 무릎과 발목뼈, 팔꿈치를 쇠막대로 부순 죄로 기소되었다. 비첨은 선덜랜드 중심가의 부동산 매매 분쟁으로 피해자를 폭행해달라는 제3자의 사주를 받았다는 혐의를 받고 있었다. 폭행 내용에 대한 묘사가 껄끄러워 글을 스크롤해 내려가며 왜 이런 기사가 벤 딜레이니 검색에 나타났을까 의아해했다. 뉴캐슬 법원으로 걸어들어가는 피고의 사진 속 남자는 덩치가 크고 험상궂은 얼굴에 회색 정장 위로 어깨와 팔 근육이 팽팽히 불거져 보였다. 검은 머리는 짧게 밀고 목에는 선명한 켈트 문신이 소용돌이치고 있었다.

벤 딜레이니는 이 건과 직접 관련은 없었지만, 피고와 연락하던 사업가들과 투자자들, 고액 도박자들 명단에 포함되었다. 그렇다면 관심이 생겼다. 벤은 재판에 증인으로 불려나오지는 않앉지만 《선덜랜드 에코》의 코멘트 요청을 받았다.

딜레이니 씨는 자신이 미라지 카지노의 플래티넘 라운지 멤버이고 그곳에서 1년에 몇 번 포커를 했다고 말했다. "나도 거기 많은 직원과 알고 지냅니다. 그게 다예요."

좀 더 읽어보니 다음과 같은 내용이 있었다.

선덜랜드의 브리지 가에 위치한 미라지 카지노의 문지기인 비첨은 어떤 증인에게 다음과 같이 말했다는 혐의를 받고 있다. "무릎뼈를 나가게 하고 싶은 새*가 있으면 500파운드, 씹* 휠체어 신세를 만들고 싶으면 1,000파운드."
재판은 진행 중이다.

나는 스티븐 비첨을 검색해보았다. 새로운 검색 결과들이 나타났다. 그는 이틀 후 중대 신체 상해 혐의에서 무죄 판결을 받고 풀려났다. 법원 밖에서 목이 굵은 친구 둘을 양쪽에 거느리고 서서 해골 같은 웃음을 흘리고 있는 사진이 올라와 있었다.
그때 종이 울렸다. 시계를 보니 이번 주 마지막 수업을 할 시간이었다.

# 토요일

## 12

나는 수영장 가장자리의 딱딱한 플라스틱 의자에 앉아 윌리엄의 수영 수업을 지켜보았다. 아이들은 첨벙거리며 얕은 쪽에서 개헤엄 쳐 다른 쪽으로 이동하고 있었다. 소독약과 젖은 수건 냄새가 더운 공기 속에 감돌고 있었다. 물이 허리까지 오는 곳에 서서 아이들을 독려하는 수영 교사는 토요일 아침을 맞아 수영장 가에 앉아 있는 아빠들 때문인지 별로 야하지도 않은 수영복 위로 티셔츠를 입고 있었다.

윌리엄은 그다지 수영을 하고 싶어 하지 않았지만 수업 후에 초콜릿을 사준다는 약속에 기꺼이 현혹되었다. 조그만 다리로 물장구를 치는 윌리엄을 보고 있자니 다시 뿌듯한 행복감에 휩싸였다. 윌리엄의 반에는 수영을 전혀 하지 않으려는 아이가 하나 있었다. 그 애는 그냥 수영장 바닥을 걸어서 왔다 갔다 하며 평영 팔동작과 함께 이따금씩 폴짝폴짝 뛰어, 수영하는 다른 아이들을 따라잡으려 애썼다. 사실 그 아이가 매번 반대쪽에 제일 먼저 도착했다.

나중에 윌리엄을 수건으로 닦아주며 물었다. "저 애는 왜 수영을 안 하고 걷는 거니?"

"라이언?"

"금발 곱슬머리 녀석 말이야."

"라이언이야."

"응, 그래. 걔는 실제로 수영을 안 하더라?"

윌리엄이 쪼글쪼글해진 자기 손을 들여다보며 고개를 끄덕였다. "걔 엄마가 선생님이야. 근데 상관없다고 했어."

"라이언이 수영을 못 배워도 괜찮다고 엄마가 말했다고?"

"원하는 대로 하면 된대."

"아, 그래. 그치만 그러면 수영을 못 하게 될 텐데."

"걔 엄마가 상관없대. 왜냐하면 튜브를 쓰면 되니까."

나는 곱슬머리 라이언을 쳐다보았다. 역시 곱슬머리인 엄마가 수건으로 닦아주고 있었다. 엄마는 아들에게 환한 미소와 함께 격려의 말을 해주며 옷을 입혔다.

우린 아이들에게 또 어떤 거짓말을 하고 있을까? 나는 생각했다. 뭐, 안 될 건 없지. 나는 라이언에게 늘 물에 빠져도 구해줄 사람이 있기를 빌었다.

윌리엄은 차 안에서 말이 없었다. 오늘 필요 활동량이 충족된 것이다. 어린 소년들은 강아지나 마찬가지다. 매일 많은 운동을 해야 하고 기본적으로 달리거나 멈추는 두 개의 기어밖에 없다는 점이 그렇다. 날마다 산책을 시켜주지 않으면 발광하며 온 집 안을 엉망으로 만들 것이다.

오늘 윌리엄의 다음 일정은 이곳에서 15분 거리 돌리스 힐로 가서 다섯 살짜리의 생일 파티에 참석하는 것이다. 학교 친구인 제이컵 펜들버리가 주인공이다. 제이컵의 집에 도착해 현관에서 그 애 아버지에게 겉옷을 건네는 동안 귀를 먹먹하게 하는 소음이 우리를 맞이했다. 제이컵의 아버지는 미치광이 소굴에 온 것을 환영한다는 듯, 눈썹을 치켜세우고 히죽 웃었다. 우리는 거실로 들어갔고 윌리엄은 다른 아이들과 함께 바닥에 털썩 자리를 잡았다. 부모들은 거실 구석의 소파와 주방 의자로 밀려났다.

어릿광대 복장의 파티 진행자는 목소리가 큰 여성으로 마술을 선보이며 생일을 맞은 소년을 조수로 참여시켰다. 잘하고 있었지만, 제한된 공간에서 어린아이들이 빚어내는 불협화음은, 토요일 오전 약간의 숙취에 시달리는 나에게는 견디기 쉽지 않았다. 30분쯤 후 나는 푸근한 음식 냄새와 갓 내린 커피 향을 따라, 슬쩍 주방으로 빠져나갔다.

주방에는 학교 운동장에서 본 적이 있는, 조그만 몸집에 검은 머리 여자가 맨체스터 유나이티드 케이크 위에 조심스레 다섯 개의 초를 꽂고 있었다. 여기는 북런던이니 제이컵 펜들버리가 맨유 팬인 것도 당연했다. 버크셔에서 자란 나는 첼시 팬이었다. 어린아이들은 이기는 팀을 좋아한다. 딱할 정도로 한결같게도 평균을 면치 못하는 지역 축구팀을 응원하게 되려면 좀 더 자라야 한다.

"어릿광대가 아주 능력 있네요." 내가 말을 걸었다.

여자는 손을 멈추고 미소를 지었다. "정말 잘하죠? 몇 년 전 딸아이 생일 때도 고용했던 여자인데, 제이컵이 자기 생일날도 꼭 초대해달라고 했어요."

"참, 초대해줘서 고마워요."

"별말씀을요."

"저는 윌리엄 아빠예요."

여자는 고개를 끄덕이고 다시 케이크를 보았다. "알아요. 우리 페이스북 친구잖아요."

나는 가슴이 콱 죄어오는 것을 느꼈다. 그래서 얼굴이 낯익었구나. 나를 조금이라도 아는 사람이 몇 명이나 될까, 페이스북에서 친구를 맺고 잊어버린 사람은 또 얼마나 될까…… 전통적인 의미에서 실제 친구인 사람들도 있지만 막연히 아는 사이 이상 못 되는 사람들이 대부분이었다. 돌리스 힐의 이 여자분처럼 말이다.

나는 가까스로 말을 이었다. "정말요? 사실 많이 안 들어가봐서요."

"저번날 밤에 잃어버린 건 찾았어요?"

"잃어버린 거요?"

"팔찌요. 사진 올렸잖아요."

"아, 그거요. 네, 찾았죠." 나는 얼굴이 붉어졌다. "한심하죠.

술 마시고 SNS에 접속하면 안 되는 건데."

"나도 페이스북에서 형편없어요. 스스로 올린 것도 드물죠."

"정말 어째야 할지……."

여자는 일어나며 다시 나를 보았다. "어찌 보면 난 스토커 쪽인 것 같아요."

실제로는 목요일 밤 나의 게시물에 대해 어떻게 생각할까?

"페이스북이 스토킹엔 유용하죠."

여자가 갑자기 내 가슴을 향해 손가락질했다. "그건 그렇고 티셔츠 멋지네요."

나는 남색 티셔츠를 내려다보았다. 하얀 말풍선에 다음과 같이 쓰여 있었다. '나는 지금 속으로 당신의 문법을 고쳐주고 있습니다.'

"아내가 사다준 거예요. 영어 교사들 사이 농담 같은 건데요. 요즘에는 텍스트스피크 같은 앱도 있고 SNS에서는 글을 자동으로 고쳐주니, 문법 같은 건 잊힌 기술이 돼가고 있죠."

그때 거실에서 환호성과 박수가 터져나왔고, 한쪽에서는 실망하여 통곡하는 소리도 이어졌다. 우리 둘 다 소리나는 쪽을 돌아보았다.

"가보는 게 좋겠네요." 빠져나갈 기회를 놓치지 않고 내가 말했다.

거실로 돌아가 보니 꾸러미 돌리기 게임을 하다가 드레스 차림에 머리도 예쁘게 땋은 두 소녀가 울음보를 터뜨리고 있었다. 음악이 멈추었을 때 둘 다 꾸러미에 손을 대고 있었나 보다. 월리엄을 포함한 나머지 아이들은, 누가 더 크게 우나 경쟁을 벌이는 두 소녀를 홀린 듯 바라보고 있었다.

아이들을 몰아 생일상이 차려진 식당으로 데리고 가며, 나는 제이컵의 엄마를 슬슬 피했다. 늘 그랬듯 아이들은 전부 쿠키와 초콜릿에만 달려들었고 식탁 가운데 놓인 깎은 당근과 방울토마토는 건드리지 않았다.

집으로 돌아와 보니 멀은 또 테니스복 차림으로 주방에서 커피를 마시고 있었다. 나에게 키스와 함께 한 잔 건네고 파티는 어땠느냐고 물었다. 수영 수업 때는 윌리엄이 혹시 수영장을 가로지를 수 있었는지도 물었다. 늘 반복되던 평범한 토요일 같았다. 그러자 목요일 저녁에 일어난 일이 그냥 꿈이었던 것 같은 생각이 다시 들었다. 나의 아내와 벤, 호텔 주차장, 그리고 그 뒤에 벌어진 사건…… 다 그냥 꿈이 아니었을까? 잠을 설친 끝에 너무 현실 같은 이미지들을 만들어냈던 걸까?

"소포가 왔어." 멀이 싱크대 위의 플라스틱 포장 꾸러미를 가리키며 말했다.

상자를 열어보니 보험사에서 보내준 임시 핸드폰이 들어 있었다. 24시간 이상 접속이 불가능해지는 일은 없게 된 세상이지. 나는 전화기를 상자에서 꺼내고 전원선을 연결했다.

"당신 전화기는 못 찾았지?"

"응."

"집 안 어디 없는 건 확실해?"

"응."

"윌리엄이 전화기랑 전자기기들에 집착을 좀 하잖아. 자기 장난감 차들과 같이 어디 숨긴 거 아닐까? 윌 방에서도 한번 찾아보지."

"나중에."

"전화는 걸어봤어?"

그러고 보니 목요일 밤에 워낙 당황하여 한 번도 내 전화기로 전화를 걸어보진 않았다는 생각이 들었다. 누가 받았을지도 모르는데. 이제는 차단해버렸으니 소용없다.

"그러네. 제일 먼저 전화를 걸어봤어야 하는데 생각도 못 했어. 페이스북 때문에 정신이 팔려서."

"페이스북이 왜?"

"내 계정으로 이상한 게시물이 올라왔거든."

"벤이 그런 것 같아?"

"아니면 누구겠어."

멀이 자기 전화기를 들어 페이스북을 열었다. "뭘 올렸다고?"

"아, 내가 지웠어. 프리미어 인에서 날 만났다는 내용. 좀 이상하긴 했지만."

"벤이 아닐 수도 있잖아. 당신 계정이 해킹당한 걸 수도 있고." 멀의 말투가 뭔가 부자연스러웠다.

"그럴 수도 있지."

"어쨌든 이상한 일이네."

윌리엄이 문간에 나타났다. 손에 장난감 자동차 세 개를 들고 있었다. "아빠, 우리 공항 주차장 놀이 하자."

공항 주차장 놀이란 장난감 자동차를 모두 가지고 아래층으로 내려가서 거실 바닥에 브랜드와 모델별로 늘어놓는 것이다. 그 모양이 꼭 공항 주차장 미니어처 같았다. 백번도 넘게 한 놀이였다.

"먼저 점심 먹어야지. 그러고 나서 하자."

윌리엄이 한 손을 내밀었다. "아빠가 BMW 해도 돼."

나는 세 개의 조그만 BMW를 받아 들었다. 조그만 손가락의 온기가 남아 있었다. "고맙다."

윌리엄은 총총거리며 거실로 내려갔다.

멀이 말했다. "페이스북 비밀번호를 바꿔야지."

"벌써 했어."

"당신 괜찮아?" 멀이 물었다.

"그럼, 물론이지. 내가 왜?"

"누가 당신 이름으로 게시물을 올렸다며. 같이 일하는 마리도 그런 일을 당했는데, 치를 떨더라고. '페간'을 당했다면서."

"페간?"

"페이스북 강간."

나는 고개를 절레절레 흔들었다. "처음 듣네. 그런 말은 누가 생각해내는 거야?"

"어쨌든 당신 괜찮은 거지?"

"나한테는 별일 아니야."

"난 오후에 테니스 몇 세트 치고 오려고 했는데. 둘만 있어도 괜찮겠어?"

"물론이지. 저녁은 계획대로 먹는 거지?"

그때 주방 싱크대 위의 집전화가 울렸다.

내가 받았다. "여보세요?"

침묵.

"여보세요?" 내가 다시 물었다.

"멀이랑 얘기하고 싶어요. 지금 있나요?"

벤의 아내인 베스였다. 간신히 감정을 억누르고 있는 듯 목소리가 떨렸다. 멀이 누구냐고 입 모양으로 물었다.

나는 BMW 세 개를 아직 들고 있었던 것을 깨닫고 싱크대 위에 내려놓았다.

"베스? 무슨 일이에요?"

"나도 모르겠어요." 그리고 베스는 말이 없었다. 흐느낌이 들리는 듯했다. "멀 좀 바꿔줄 수 없어요?"

내가 전화기를 아내에게 내밀었다.

"안녕, 멀리사야." 멀은 돌아서며 전화기를 가지고 테라스로 나갔다.

나도 따라가려는데 윌리엄이 또 나타났다. "아빠, 내 자동차 가지고 내려와줄 수 있어?"

"어떤 거?"

"어, 전부 다."

나는 윌리엄을 따라 방으로 가서 자동차 두 바구니를 가지고 왔다. 어찌나 무거운지 한 번에 한 바구니씩 날라야 했다. 그러고 나서 다시 주방으로 가보니 멀은 전화기를 제자리에 놓고 인상을 쓰고 있었다. 뭔가 심각하게 걱정되는 표정이었다.

"무슨 일이야? 베스 목소리가 좋지 않던데."

멀은 시선을 피하며 눈을 깜빡였다. 자기 핸드폰을 확인하더니 다시 주머니에 넣었다.

"멀, 무슨 일이야?"

멀이 불안하거나 스트레스를 받을 때 그러듯이 머리를 귀 뒤로 넘겨 붙였다. "집으로 오겠다네. 벤 때문이래."


# 13


만일 보통 때의 베스 딜레이니를 한 단어로 묘사한다면 평온일 것이다. 침착한 그녀는 고요한 우아함을 지닌 여성이었고 절대 흔들리는 모습을 보여주는 일이 없었다. 나는 그 완벽함에 파동을 일으키는 순간적인 불안감조차 감지한 적이 없었다.

오늘 이전에는 말이다.

간밤에 잠을 이루지 못한 듯한 그녀의 눈동자는 어둡게 그늘져 있었다. 그리고 톡 건드리기만 해도 산산이 부서져버릴 것 같은 도자기처럼 잔뜩 곤두서 있었다. 키 크고 날씬한 체형에 크림색 터틀넥과 다리에 딱 붙는 회색 바지를 입고, 어깨까지 내려오는 검은 머리에 아주 기본적인 메이크업은 해서, 무너진 모습까지는 보이지 않으려 애썼다.

　베스와 벤이 맨체스터를 떠나 햄스테드에 큰 집을 사서 이사 온 지난해부터 우리는 저녁 식사나 바비큐 파티로 대여섯 번 만났다. 베스는 분명 아름다웠지만 자기 얘기를 하고 싶어 하지 않아서 나는 그 완고한 과묵함을 뚫고 들어가 조금이라도 의미 있는 정보를 알아낼 기회가 전혀 없었다. 물론 기본적인 것들은 알고 있었다. 벤과의 사이에 딸아이가 하나 있었다. 앨리스는 열네 살임에도 아주 진중한 아이로, 윌리엄을 몇 번 봐준 적이 있었다. 멀은 베스와 어릴 때부터 아는 사이였고 대학 때도 연락하다가 직장에 들어가며 멀리 떨어져 살게 되었다. 둘은 차이점이 많음에도, 혹은 그것 때문에 오히려 단단한 우정을 유지했다. 멀은 외향적인 리더형으로 스포츠에도 능했다. 베스는 똑똑하고 친절하며 조용해 대조적이었지만 나름의 방식으로 멀만큼이나 성취욕이 강했다. 둘은 베스가 런던으로 이사 오기까지 십수 년 동안 계속 연락했고 멀은 베스 부부가 정착하도록 돕자며 자꾸 저녁 초대를 하고 싶어 했다. 벤은 격주로 열리는 포커 모임에 나를 초대했다. 한 번 갔다가 두 시간 만에 75파운드를 잃고 내가 낄 곳이 아니라고 결정 내렸다.

　우리 셋은 우리 집 뒤뜰로 난 테라스에 앉았다. 사과와 엘더플라워의 카페인 없는 차를 우린 찻잔에서 김이 무럭무럭 올라왔지만 베스는 손도 대지 않았다. 베스는 홍차나 커피를 마시지 않았다. 카페인도, 고기도, 유제품도, 설탕도 먹지 않고 유기농이 아닌 음식도 먹지 않았다.

베스가 말을 할 것처럼 하다가 눈을 감고 깊이 숨을 들이마셨다. 그리고 내뱉었다. 다시 한 번 반복했다. 명상을 하는 것 같았다.

멀이 베스의 팔에 손을 얹었다. "괜찮아, 비. 마음 편히 먹고, 천천히 얘기해."

베스가 나를 흘긋 보더니 창피한 것처럼 시선을 떨궜다.

멀이 말했다. "조셉한테 자리를 피해달라고 할까?"

보통 때 같았으면 나는 눈치껏 일어나 자리를 피했을 것이다. 하지만 지금은 보통 때가 아니었다. 나는 벤이 지난 36시간 동안 베스에게 뭐라고 했는지 듣고 싶었다. 베스가 멀하고만 얘기하고 싶은 욕구와 나의 기분을 상하게 만들고 싶지 않은 욕구 사이에서 고민하는 게 보였다. 평소의 베스라면 누구의 기분을 상하게 만드는 상황에 대해 갈등조차 하지 않았을 것이다.

"아니, 괜찮아." 베스가 작게 말했다. "괜찮아."

"무슨 일이야, 베스?" 내가 최대한 부드럽게 물었다.

멀이 섣불리 끼지 말라는 듯 날카로운 눈빛을 쏘아 보냈다. "천천히 해도 돼, 비."

베스가 허브차를 한 모금 마시고 조심스레 유리 탁자에 내려놓았다. 마치 힘을 주면 깨지기라도 할 것처럼.

"벤 때문에, 벤이…… 나도 모르겠다." 베스는 늘 조용조용 말을 했고 목소리를 높이는 적이 없었지만, 오늘은 거의 속삭이듯 말하고 있었다.

"여기서 들은 말은 어디 가서도 하지 않을 거야, 비. 우린 친구잖아. 우린 네 편이야."

베스가 자신의 몸을 팔로 단단히 감싸며 어깨를 움츠렸다. "내가 뭘 잘못했는지 정말 모르겠어. 벤이 왜 그렇게 되었는지 도무지……."

"무슨 일인데, 비?"

"악몽을 꾸고 있는 것 같아.『지킬 앤 하이드』처럼."

"찬찬히 말해봐."

"그래, 이틀 전이었어. 벤이 집에 정말 늦게 왔어. 나는 자다가 깼고. 벤은 보통 자기가 언제 집에 오는지 말해주는 법이 없으니까. 하지만 그때는 보통 때보다 심했어. 거의 자정이 됐거든. 술에 취해 있었던 것 같아. 어떻게 집까지 운전하고 왔는지 알 수가 없지. 너희 부부는 벤의 그런 모습을 본 적이 없을 거야. 가끔 그는……." 베스가 말을 잇지 못했다.

멀이 다가앉으며 부드러운 목소리로 물었다. "가끔 벤이 어떤데, 비?"

"가끔 직장에서 화가 나는 일이 있으면 술을 많이 마셔. 그리고 정말 취하면 화를 참지 못해. 물건들을 부숴대면서 말이야."

"사무실에서? 아니면 집에서?"

"우리 집에서." 베스가 꺼져가는 목소리로 말했다.

"다른 건 없어?"

"무슨 뜻이야?"

"너도 때리니?"

과연 나의 멀답게 직구를 던지는구나.

베스는 눈을 감고 턱을 떨었다.

"예전에도 그랬어?" 내가 물었다.

베스는 고개를 돌리며 입을 꾹 다물었다. 뺨으로 눈물이 흘러내렸지만 재빨리 손등으로 닦았다.

"작년에 런던으로 이사 온 후, 벤이 너무 무관심해 보일 때가 많았어. 화도 자주 내고. 왜 그러는지 말도 안 하고. 늘 감정 기복이 심했어. 어느 순간은 완전히 멀쩡했다가 금방 또⋯⋯."

"그치만 전에도 때린 적 있어?" 내가 물었다.

베스가 고개를 끄덕이며 멀이 내민 티슈를 받아 들었다.

벤이 나를 자기 차에 밀어붙였을 때 부딪힌 허리에서 통증이 느껴졌다. 작은 키치고는 꽤 셌다. 가정폭력은 사람들 생각보다 훨씬 많이 일어나겠지만, 내 주변에서 실제로 피해자를 본 건 처음이었다. 맙소사. 그리고 또 다른 생각이 들며 더욱 화가 났다. 목요일 날 멀을 만나서도 자기 분노를 퍼부었던 건가?

멀이 역시 조용히 물었다. "벤이 집에 돌아와서 무슨 일이 있었지, 비?"

"집에서 왔다 갔다 하며 문을 쾅 닫고 물건들을 부수는 소리가 들렸어. 곧 올라오는 건가 싶었지만 그러지 않더라. 그래서 그냥 누워서 기다리고 있었어. 움직일 수가 없어서."

멀이 일어나 소파의 베스 옆에 앉더니 어깨에 팔을 둘렀다.

"이젠 걱정하지 않아도 돼. 너랑 앨리스 둘 다 무사해. 그게 중요하지."

"세상에, 이런 일이. 멀, 어떻게 이런 일이 있을 수 있니?"

나는 멀과 눈을 맞추려 했지만 그녀는 나를 보지 않았다.

베스가 다시 티슈로 뺨을 닦았다. "다음 날 아침에 보니 벤의 애스턴마틴이 없었어. 노트북이랑 작은 여행가방 하나에 옷가지 몇 개도."

"불쌍한 비…… 기분이 어땠을지……. 전화는 해봤어?"

베스가 고개를 끄덕였다. "스무 번도 넘게. 핸드폰을 안 받아. 어제 하루 종일 아무것도 못 먹고 기다렸어. 사무실에도 전화해봤지만 나오지 않았대. 회의도 전부 빠지고. 벤의 어머니한테도 전화해봤지만 연락이 없었다고 했어. 어젯밤에도 뜬눈으로 새우다시피 하면서 기다렸지만 아무 소식이 없었어. 그러다가 오늘이 되어서 갑자기, 벤이 혹시 돌아와도 내가 그 집에 있는 게 좋은지 확신이 안 서는 거야. 그래서 너한테 전화했어."

"목요일에 벤이 몇 시쯤 집에 왔어?" 멀이 물었다.

"12시 15분 전쯤."

"이해가 안 가네."

"나도 마찬가지야. 전에 이런 적이 있었을 때는 사업에 문제가 생겨서였어. 하지만 최근 회사는 꽤 잘돼가고 있는 것처럼 보였거든."

"내가 이해가 안 간다고 한 건, 몇 시간 전만 해도 별문제 없이 회사 얘기를 하던 남자가 왜 술을 마시고 집을 뛰쳐나가게 되었느냐는 거야."

베스가 인상을 썼다. "무슨 소리야, 회사 얘기를 하다니?"

"나랑 잠깐 만나서 회사 얘기를 했거든."

"언제?"

"목요일 저녁, 퇴근한 다음에."

"벤이랑 네가 만났다고?" 베스가 목소리를 높였다.

"응. 테니스 치러 가기 전에 잠깐. 그때는 괜찮아 보였어."

괜찮아 보이지는 않던데, 하고 나는 생각했다.

"나도 벤이랑 만났어." 내가 덧붙였다.

베스가 몸을 살짝 펴더니 인상을 찌푸리고 나와 멀을 번갈아 보았다. "왜?"

멀이 그젯밤 나에게 들려준 얘기를 베스에게도 해주면서, 나와 벤의 만남에 대해서는 자세히 말하지 않았다.

베스가 얘기를 듣고 말했다. "하지만 5시 직후에 헤어졌다면 벤은 일곱 시간 가까이 어디 있었던 거야?"

내가 천천히 물었다. "목요일 날 밤, 벤이 집에 와서 무슨 말을 했어? 그걸 알면 우리가 벤을 찾는 데 도움이 되지 않을까? 뭐 때문에 화가 난 건지 알 수 있으면……."

베스가 조심스레 코를 풀고 눈을 닦았다. "말은 별로 하지 않았어. 그냥 들어와서 물건을 챙겨 나간 거니까. 내가 들은 말은 너에 대한 것뿐이었어."

"나?" 멀과 내가 동시에 말했다.

베스가 나를 가리켰다. "조셉 말이야."

"정말? 무슨 내용이었는데?" 멀이 급히 물었다.

"나쁜 말들이었어."

"정말?" 나는 놀라는 척하려 노력했다.

"그러니까······ 조셉을 다치게 만들고 싶다는 내용."

"이상한 일이네."

베스가 나를 응시하며 말했다. "왜 그런 말을 한 거지? 둘이 싸웠어?"

"어, 우리가 좀······."

멀이 끼어들어 내 말을 막았다. "조셉이 후진하다가 벤의 포르쉐를 박았거든. 고의는 아니었지. 사고였지만 벤이 그렇게 좋아하진 않았어. 안 그래, 조셉?"

나는 잠시 멀을 노려보았다. 왜 거짓말을 하는 거지? 그러나 생각해보니 이유를 알 수 있었다. 나를 보호하려는 거다.

멀이 허튼짓 말라는 눈빛을 쏘아 보내며 다시 물었다. "안 그래, 조셉?"

"그래, 썩 좋아하진 않았지." 내가 대답했다.

"벤이 무척 아끼는 차인데." 베스가 또 티슈를 꺼내 눈물을 닦으며 말했다. "모건보다 더 마음에 들어 하지. 제일 좋아하는 차일 거야."

"벤이 목요일 밤에 정확히 뭐라고 했어?"

베스가 허브차를 한 모금 마시고 받침에 조심스레 내려놓았다. 조금이라도 소리가 나는 게 두려운 듯이.

"그러니까 '빌어먹을 조셉 린치, 너도 이번에는 뭐할 맛을 볼 때가 됐어' 같은 말들. 벤은 아래층에 있었고 나는 위층 침실에 있었어. 그러다가 문이 닫히는 소리가 들렸고 벤이 나간 거야."

베스가 욕하는 걸 들어본 적은 물론 없었다. 단 한 번도. 대신 베스는 빌어먹을이니 뭐할이니, 같은 말을 넣었고 나이 든 부인처럼 맙소사나 세상에 정도를 사용했다. 하지만 벤의 위협을 순화된 방식으로 전해 듣는 게 어쩐지 더욱 소름이 끼치고 현실적으로 다가왔다.

"맙소사, 베스. 그게 정말이야?"

베스가 입술을 꾹 다물고 고개를 끄덕였다.

"그러다가 벤이 우리 집으로 왔을 수도 있었던 거 아니야?" 멀이 물었다.

베스가 어깨를 으쓱했다. 나는 베스가 우리 집에 들어온 다음 문단속을 했던가 기억을 더듬어보았다.

"벤이 어디로 갔는지, 어디서 나타날지 모르겠어. 정말 지금은 아무것도 모르겠어. 아예 영영 집을 나간 건지도 모르지."

"그런 건 아닐 거야, 비. 돌아올 거야."

"이게 처음도 아닌데."

"전에도 그랬다고?"

"2~3일이긴 했지만. 일이 감당하기 힘들어지니까 화를 삭이려 그런 거야. 지난번엔 선덜랜드까지 차를 운전해 가서 카지노에서 돈을 날렸어. 핸드폰도 꺼놓고 이틀 동안 호텔에서 자고 돌아왔지."

"힘들었겠다, 비. 그런 줄 몰랐네."

"페이스북에 대고 떠들어댈 문제는 아니지."

"물론이지. 그래…… 이번에도 돌아올 거야." 멀이 격려했다.

"그랬으면 좋겠어."

"비, 너의 말처럼 화를 삭이려고 그러는 걸 거야. 그 정도는 괜찮잖아."

"그럴 수도." 베스가 잠시 망설이는 듯했다. "하지만 다른 문제도 있어."

"뭔데?"

"벤이 가져간 물건 중에……."

"옷이랑, 여행가방이랑?"

"그게 다가 아니야. 내가 이렇게 걱정하는 이유는…… 특히 조셉에 대해 한 말 때문에……."

"얘기해봐."

"벤의 총도 하나 없어졌어."

베스의 말에 나는 그대로 얼어붙었다.


## 14

"벤한테 총이 있었어?" 내가 간신히 입을 열었다.

베스가 고개를 끄덕이며 차를 한 모금 마셨다. "대부분은 엽총이야."

"그걸로 뭘 쏘는데?"

"산비둘기와 오리, 표적 맞히기도 하고. 잘 쏘는 편이야. 스포츠용 총기를 꽤 수집했어." 베스가 살짝 미소를 지었다. "8월

12일에 사냥철이 풀리면 뇌조 사냥을 나가는 게 너무 좋은가
봐. 방수 코트 입고 사냥 부츠를 신고, 늘 지주 계급에 끼고 싶어
했지. 나도 해보라며 총을 샀줬어. 나는 결혼하기 전부터도 채식
주의자였는데. 총까지 가지게 될 줄은 몰랐지."

우리가 앉아 있는 테라스 주변 공기가 몇 도는 떨어진 듯했다.
분기탱천한 벤이 엽총을 들고 돌아다니고 있었다. 그가 우리 집
앞에 나타나 나에게 총구를 겨누는 모습을 상상해보았다.

"잠깐만." 나는 벌떡 일어나 테라스 문을 확인하고, 주방 문과
현관문이 모두 잠겨 있는지 확인한 다음, 거실에 있던 윌리엄을
안아 들고 주방으로 왔다. "쿠키 먹을래, 윌?"

윌리엄은 단호히 고개를 끄덕였고 나는 쿠키 단지에서 생강
쿠키를 두 개 꺼내 쥐어준 다음 식탁에 앉혔다. 이렇게 해두면
테라스에서도 지켜볼 수 있었다.

다시 테라스로 돌아가니 잠시 어색한 침묵이 흘렀다. 윌리엄
이 쿠키 먹는 사각거리는 소리만 요란하게 들렸다.

내가 조용히 입을 열었다. "경찰에 전화해야 할지도 몰라."

"벌써 했어. 어제 오후에 벤이 집에 들어오지 않고 회사도 안
가고 전화도 안 받고 어디서도 찾을 수가 없어서."

윌이 물었다. "경찰은 뭐래?"

"몇 가지 받아 적더니 24시간이 지나도 돌아오지 않으면 다
시 전화하래."

"다시 전화했어?"

베스가 고개를 끄덕였다. "여기 오기 전에 했어. 경찰서로 와

서 진술서를 작성할 수도 있다고 해서 킬번 서까지 갔다가 이리 오는 길이야. 기분이 너무 이상해, 멀. 경찰한테 진술하고 서류 작성하고. 벤이 별일 없었으면 좋겠어."

"경찰에선 뭐래?"

"별말 없었어. 젊은 경찰이었는데, 그 순경이 벤 같은 사람들은 대부분 곧 별일 없이 나타난다고 했어. 그래도 상부에 보고해 내일 형사가 살펴볼 수 있게 하겠다고."

"혹시 알렉스 콜닉에 대해서도 말했어?"

베스가 놀라며 나를 보았다. "그 얘긴 어떻게 알았어?"

"신문에 났던데. 어제 구글 검색을 해봤어."

"응, 알렉스 얘기도 경찰에 했어."

알렉스라…… 콜닉 씨 혹은 그 남자가 아니고 이름으로 부른 것이다. 그런 사이인 줄은 몰랐다. 지금은 이런 걸 따질 때가 아니었지만.

"우리도 가서 진술을 해야겠네. 목요일 날 본 이야기도 하고. 그러면 도움이 되지 않을까?"

베스가 어깨를 으쓱했다. "그럴지도……."

멀이 다시 나를 쏘아보았다. "벤이 무슨 일을 저지른 건 아니잖아. 자기 거실을 망가뜨리긴 했지만."

"아직은 그렇지. 하지만 위협을 했어. 그리고 벤이 내가 없을 때 여기 오기라도 하면 어떻게 해? 당신이랑 윌만 있을 때."

"설마, 그런 짓은 하지 않을 거야."

"엽총을 들고 돌아다닌다잖아, 멀. 현명히 대처해야 해. 베스도 앨리스를 보호해야 하고."

"벤은 우리를 해치지는 않을 거야." 베스가 조용히 대답했다.

"그건 결혼이 발명된 이래 매 맞는 여자들이 늘 해왔던 말이야." 내가 말했다.

베스가 나를 쏘아보았다. "내가 매 맞는 여자라는 말이야?"

"신체적 폭력을 당해야만 폭행의 피해자가 되는 게 아니야. 한밤중에 취해 난동을 부리고 사람을 죽인다는 얘기를 떠들어댔다면, 그걸로 충분해."

베스가 작게 고개를 끄덕였다. "그럴지도."

멀이 말했다. "조셉 말이 옳아. 우리도 경찰에 얘기해야 해. 우리가 그래도 될까, 비?"

베스가 또 작게 고개를 끄덕였다. "그렇게 해줄래?"

"물론이지. 혹시 전화번호 따로 받았어?"

베스가 지갑에서 명함을 꺼냈다. 킬번 경찰서, 상황실, 비응급 전화 전용이라는 명함 뒤에 베스의 유려한 필치로 칸 순경이라고 적혀 있었다.

"우리가 가져도 돼?"

"응, 난 하나 더 있어."

멀이 물었다. "앨리스는 어디 있어?"

"친구 릴리네 집에. 목요일 밤 이후론 집에 있고 싶어 하지 않아."

"앨리스가 많이 놀랐구나."

"겁도 내고 걱정도 하지. 티는 안 내려 하지만."

"오늘 윌리엄을 봐달라고 했던 건 취소해야겠다."

"아니, 그러지 마. 오히려 집에서 벗어나고 싶어 할 거야."

"베스도 오늘 여기 있어. 집에 가고 싶지 않으면."

베스는 멀의 말에 잠시 생각하는 듯하더니 고개를 저었다. "벤이 돌아오면 집에 있는 게 좋을 것 같아."

"늘 벤의 기분에 맞춰주려 할 필요 없어. 어쩌면 벤도 한 번쯤 베스가 어디 있을까 궁금해할 필요가 있는지도 모르지."

"오래된 습관은 벗어나기가 힘든 거 알지?" 베스는 시계를 보더니 일어섰다. "가야겠다."

멀도 일어나 베스를 포옹하며 등을 토닥였다. "다 잘될 거야. 두고 봐."

"그저 보통 때로 돌아가고 싶을 뿐이야. 저번 날에 무슨 일이 일어났는지는 상관없어."

"곧 벤도 정신이 돌아올 거야. 하지만 그렇더라도 네 자신에게 물어봐야 해, 베스. 얼마나 오래 더 그런 행동을 참을 건지. 몇 번이나 더……."

베스가 눈길을 내려뜨리며 말했다. "벤 없이 어디서 살아가야 할지 모르겠어. 혼자 뭘 하고 살아야 할지도 모르겠고."

멀은 아무 대답도 하지 않고 포옹을 풀었다. 그리고 우리 셋은 어색하게 서 있었다. 특히 나는, 나도 베스를 포옹해야 할지 말아야 할지 알 수 없었다. 베스에게 사실대로 말하지 않은 게 마치 사기 같았다. 우리는 어색하게 볼에 키스하는 것으로 작별 인사를 때웠다.

베스가 핸드폰을 확인하고 한숨과 함께 다시 호주머니에 넣었다. "그냥 화만 삭이는 게 아니면 어쩌지? 그보다 더한 게 있으면?"

"무슨 뜻이야, 비?"

"다른 여자가 있으면 어떻게 해?"

멀이 미소를 지으며 고개를 저었다. "벤은 결코 그럴 사람이 아니야."

"어떻게 알아?"

"그럴 사람이 아닌 거 너도 알잖아. 그런 유형이 아니지."

# 15

베스가 떠난 이후, 나는 다시 한 번 온 집 안을 돌며 창문이 닫혀 있는지 확인했다. 주방 문은 여러 번 확인하며 두 개의 걸쇠를 다 잠갔다. 멀도 말없이 나를 따라다녔다. 윌리엄은 아기 원숭이처럼 멀에게 달라붙었다. 멀의 미간에는 기분이 나쁘거나 스트레스를 받을 때 나타나는 작은 세로 선이 생겼다. 하지만 나와 함께 있으면 안심이 되는 것 같았고, 나도 세상에서 가장 중요한 두 사람 곁을 잠시라도 떠나고 싶지 않았다.

"벤이 어떻게 된 건가? 왜 갑자기 우리를 위협하는 거야?"

멀이 고개를 저었다. "나도 모르겠어. 도무지 이해가 안 돼. 미쳤는지……."

결국 우리는 거실 커튼도 치고 윌리엄을 위해 어린이 채널을 틀었다. 낮에 텔레비전을 보는 건 평소 규칙에서 벗어나는 일이었지만, 윌리엄은 굳이 의문을 제기해 내 결정을 번복할 가능성을 만들지 않는 편이 현명하다고 판단한 듯, 아무 말 없이 보았다. 어른들이 만들어낸 야단법석 통에, 장난감 차를 양손에 들고 거실 러그에 앉아 「토마스 기차와 친구들」에 푹 빠진 윌리엄을 보고 있자니, 걱정으로 속이 울렁였다.

나도 벤이 습격할 때를 대비해 무기를 준비해야 하나? 10초 정도밖에 시간이 없다면 주변에서 뭘 선택해야 할까? 주방 칼, 밀방망이, 연장통의 망치……. 변변한 게 없지만, 아무것도 안 드는 것보단 낫다.

침실 창문으로 거리를 내다보았다. 벤의 포르쉐 승합차가 금방이라도 쳐들어올 것만 같아 불안했지만, 별로 눈에 띄는 건 없었다. 저쪽에서 10대로 보이는 두 아이가 스케이트보드 묘기를 연습하며 인도와 차도를 넘나들고 있었다. 한쪽에서는 50대 여성이 뚱뚱한 골든 리트리버를 산책시키고 있었다. 이상한 점도 없었고 벤의 흔적도 보이지 않았다.

멍청히 있을 때가 아니었다. 일을 바로잡기 위해 직접 나서야 했다. 바로 지금. 망가진 다리들도 복구해야 했다. 나는 새로운 전화기로 벤에게 전화를 걸었다. 벨이 여섯 번 울리고 퉁명스럽고 사무적인 음성이 나왔다.

"벤 딜레이니입니다. 메시지를 남기세요." 삐.

나는 망설이다가 종료 버튼을 누르고 다시 전화를 걸었다. 이번에는 한 번 울린 후에 음성 사서함으로 연결되었다.

"벤 딜레이니입니다. 메시지를 남기세요." 삐.

"벤, 나 조셉이야. 조셉 린치. 저번 날 저녁에 대해 할 말이 있어서 걸었어. 미안해. 그날은 정신이 없었어. 정말이지 무슨 일이 일어나고 있는지도 잘 몰랐고. 결국 그렇게 돼서 미안해. 뭐든 하고 싶은 말이 있으면 전화해줘. 이건 내 새 번호야. 어쨌든 별일 없으면 좋겠다."

전화를 끊고 고개를 들어보니 멀이 문간에 서 있었다.

"누구랑 통화한 거야?" 목소리에 날이 서 있었다.

"벤에게."

"왜?"

나는 어깨를 으쓱했다. "직접 얘기를 해서 해결하는 게 좋지 않을까 싶어서."

"그래서 해결했어?"

"음성 메시지만 남겼어. 아무래도 내 전화를 안 받는 게 아닐까 생각돼서."

멀이 팔짱을 꼈다. "어째서?"

나는 다시 어깨를 으쓱했다. "자기 아내 전화도 안 받잖아. 지금쯤 창피해서 그런 거 아닐까? 그냥 돌아가자니 바보처럼 보일 테고."

"무슨 말을 남겼어?"

"그냥 얘기하고 싶은 게 있으면 새 번호로 전화를 걸라고. 나랑 통화하게 되면 적어도 벤에게 별일 없다는 걸 베스에게 알려줄 수 있잖아."

멀이 고개를 갸우뚱했다. "벤을 조심하는 게 좋겠어, 조셉."

"전화하는 게 나쁜 건 아니잖아?"

"벤에게 전화를 거는 게 정말 이 상황에서 도움이 될 거라고 생각해? 벤이 우리 집으로 오거나 하면 어떻게 해? 윌리엄도 있는데."

"윌리엄에게는 어떤 일도 생기게 놔두지 않을 거야."

멀이 고개를 푹 숙였다. 그제야 나는 멀이 눈물을 흘리기 직전임을 깨달았다. 나는 멀에게 다가가 꼭 안아주었다.

멀이 말했다. "그냥 이 모든 게 다 너무 이상해서. 벤에게 그런 폭력성이 있는 줄은 생각도 못 했어."

나는 멀의 이마에 키스했다. "내가 당신과 윌을 지킬 거야. 둘에게 무슨 일이 일어나게 놔두지 않아. 절대."

"나도 알아. 당신이 걱정돼서 그래. 벤이 어떻게 할까 봐."

"우리 경찰서에 가자. 베스처럼 신고하고 진술해야 해."

멀이 나를 올려다보았다. "뭐라고 해?"

"목요일에 벤을 만난 얘기를 해야지. 벤이 한 말이랑, 나에게 이상하게 굴었던 거. 우리 둘 다 호텔에서 벤을 봤잖아. 경찰에게도 알려줘야 해. 벤을 찾는 데나 일을 해결하는 데 도움이 될지 몰라. 베스도 안심시키고."

"내가 하는 얘기가 도움이 될지 잘 모르겠어."

"그건 모르는 거지. 안 그래? 우리가 사소하다고 생각한 게 지금 벤에게 일어나고 있는 일들에는 뭔가 결정적 단서가 될 수도 있어."

"예를 들면 어떤 게?"

"바로 그게 문제야. 우린 뭐가 중요한지 몰라. 경찰은 전문가니까 뭐가 중요하고 뭐가 그렇지 않은지 알아낼 거야."

윌리엄이 멀 뒤에서 나타나 자기 엄마와 나를 번갈아 보았다.

"우리 경찰차 타고 가, 아빠?"

"아니, 친구. 오늘은 아니야."

"부르면 되지?"

"그럴 필요가 없어, 윌. 넌 이미 잔뜩 갖고 있잖아."

"하지만 전부 조그만 것들뿐인걸. 아빠 바보."

"그런데 지금은 뭐 하고 있었어, 윌?"

윌이 손에 든 장난감 자동차를 들어 보였다. 은색 랜드로버였다. "우리 공항 주차장 놀이 해도 돼?"

나는 다시 한 번 거리를 내다보았다. 하얀 포르쉐도, 벤 딜레이니도 없었다.

"물론이지, 윌. 먼저 가서 시작해. 나도 금방 갈게."

윌이 종종걸음으로 가버리는 동안 멀은 말없이 우리 아들의 뒷모습을 한참 쳐다보았다.

"갈 거지?"

"모르겠어. 그냥 좀…… 과잉반응인 것 같아서."

"행방불명된 지 36시간이 넘었어."

"여긴 런던이야. 틀어박혀 있을 데는 많아."

"그래? 하지만 왜 틀어박혀 있는데?"

"늘 자기 하고 싶은 대로 하는 사람이잖아. 다른 사람이야 어떻게 되든. 늘 그랬지."

"나도 알아. 하지만 지금은 왜 이러는 걸까? 목요일에는 왜 그렇게 화가 났고? 뭔가 단단히 잘못된 거야. 집에서 총을 가지고 나갔다고 하잖아. 우리는 옳은 일을 해야 해."

"옳은 일?"

"그래."

"하지만 만일……."

멀이 말을 잇지 못해서 내가 부드럽게 채근했다.

"뭐야?"

작은 목소리로 멀이 말했다. "하지만 만일 옳은 일이 뭔지 알수 없으면?"

나는 잠시 말문이 막혔다. "무슨 뜻이야, 자기?"

멀은 뭔가 말을 할 듯하다가 시선을 다시 피했다.

"멀? 얘기해봐."

멀이 침대에 앉아 고개를 흔들었다. "당신은 늘 뭐가 옳은 일인지 너무 분명하다고 생각하지. 선량하고 반듯한 조셉, 어떻게 모든 일이 흑과 백으로만 나뉠 수 있어?"

"우리는 베스를 도와줘야 해. 그 둘 다 도움이 필요해."

"우리가 경찰에 가는 게 벤이 원하는 도움일까 모르겠어."

"이미 경찰이 개입됐어. 우리도 마찬가지고. 우리가 원하든 원하지 않든 말이야."

"개입 안 했어. 제대로는." 멀의 말투가 억지로 말을 뱉는 듯, 이상했다.

"무슨 일인데, 멀?"

"아무것도. 아무것도 아니야."

"정말이야?"

멀이 고개를 끄덕였다.

나는 혹시 몰라 잠시 기다렸지만, 멀은 말을 하지 않을 작정인 듯했다.

"좋아, 그럼 그 순경에게 전화를 하자. 베스가 준 명함 있지?"

멀이 주머니에서 명함을 꺼냈다. 나는 내 전화에 번호를 찍었다. 신호음이 울리기 시작했다. 한 번, 두 번.

멀이 벌떡 일어서 내 팔에 손을 올렸다. "조셉, 잠시만."

"왜?"

"끊어."

"뭐?"

"끊어봐. 제발."

나는 전화를 끊었다. "무슨 일이야?"

"전화를 걸기 전에 먼저 할 말이 있어."

"알았어."

누군가 뒤에서 지켜보는 듯, 목 뒤쪽에서부터 묘한 느낌이 일었다. 나는 휙 돌아보았다. 하지만 당연히 아무도 없었다.

멀이 심호흡을 했다. "당신이 알아야 할 일이 있어. 침대에 앉아봐."

"당신 괜찮아?"

"응, 그래."

나는 침대에 앉았다. "말해봐."

"실은…… 벤이 왜 그러는지 알 것 같아."

# 16

우리 사이에 침묵이 무겁게 내려앉았다.

나는 아내를 전적으로 믿었다. 늘 그래왔다. 하지만 아내가 나한테 이런 적은 처음이었다. 아내의 몸짓을 보면 뭔가 단단히 잘못돼 있었다. 손을 꼭 맞잡은 채 고개를 숙이고 잔뜩 몸을 웅크렸다.

"그래서 벤은 뭐가 문제인 거야?"

멀은 얼굴을 손으로 가리고 울기 시작했다.

나는 그녀의 어깨를 감싸고 끌어당겼다. "멀, 나한테는 무슨 얘기든 해도 돼. 뭐든 괜찮아. 당신도 알고 있지?"

눈물 한 방울이 내 바지 위로 떨어졌다. 그리고 또 한 방울. 나는 멀이 울도록 한동안 내버려두었다. 어깨를 쓰다듬으며 위로해주려 애썼다. 부드럽고 싱그러운 그녀의 향수가 우리를 감쌌다.

"그냥 말해. 상관없어." 내가 다시 말했다.

"내가 실수를 했어. 2년 전에."

순간 휘청하며 가슴이 철렁 내려앉았다. "실수라고?"

"미안해, 조셉." 멀의 목이 메었다. "너무 바보 같았어."

"진정하고, 멀. 괜찮아."

"내가 그렇게 멍청했다니 믿을 수가 없어."

"실수라니, 무슨 뜻이야?"

멀이 침대 옆 탁자에서 갑 티슈를 꺼내 눈을 닦고 코를 풀었다. "샬럿과 게리의 결혼식 기억나?"

"얼음 조각도 해놓고 술이 계속 나왔지."

"그래, 그때."

샬럿은 멀의 또 다른 학교 때 친구였다. 샬럿과 게리는 하이게이트에서 호화 결혼식을 올렸고, 이어진 피로연은 화려한 호텔 정원에서 열렸다. 윌리엄이 두 살 되었을 때였는데, 시작 때부터 보채기 시작하더니 신부 행진이 시작되자 울음보를 터뜨렸다. 내가 밖으로 데리고 나가서 결혼식 내내 공원 옆에 줄지어 서 있는 차들 브랜드를 읊으며 보냈다. 아우디, BMW, 포드, 세이디.

"그때가 왜?"

"그날 저녁 기억나?"

나는 기억을 더듬어보았다. 윌리엄이 그 나이였을 때의 일상은 많은 부분 잘 기억나지 않았지만, 태어나서 처음 데려간 결혼식이었으니 기억해둘 만도 했다.

"그다지. 윌리엄을 재워야 해서 호텔로 일찍 데리고 갔던 것 같은데? 하지만 당신은 자정까지 돌아오지 않았지. 당신이 여행가방에 걸려 넘어지는 바람에 우리 둘 다 깼어. 당신은 발목을 삐었고. 그다음 날 숙취도 엄청났던 것 같은데."

멀은 말없이 고개만 끄덕였다.

"피로연 때 무슨 일이 있었던 거야?"

"응." 멀이 아주 조용히 대답했다.

"벤과 관련된 일이야?"

"당신이 윌을 일찍 집으로 데리고 갔지. 재워야 했으니까. 베스도 다음 날 아침 요가인지 뭔지 때문에 집으로 갔고. 벤과 나는 주위에 모르는 사람투성이였어. 디제이는 대학 때 유행가를 틀었고 벤이 춤을 추자고 했지. 그러고 나서 벤이 샴페인을 한 병 가져와 우리는 앉아서 이야기를 시작했어. 통하는 점이 많았고 온갖 것에 대해 대화가 끊이지 않았어. 음악, 책, 영화, 여행, 일, 미래 계획 등." 그렇게 오랫동안 감춰두었던 이야기가 이제 멈출 수 없는 것처럼 흘러나왔다. "우리는 한 병을 다 비웠고 벤이 또 한 병을 가져왔어. 결국 벤이 나를 오랫동안 좋아해왔다고 말했어. 자꾸 내 생각이 난다고. 내가 자기 이상형이었다고. 내가 열아홉 살 때 베스의 대학으로 만나러 갔을 때 처음 본 이후로 그렇게 생각했다고."

나는 다음에 나올 말을 예상하자 온몸에서 힘이 빠져나가고 속이 울렁거렸다. "그래서?"

"난 우쭐한 기분이 들었지."

"그러고는?"

멀이 말을 멈추고 고개를 돌렸다.

"무슨 일이 있었어, 멀?" 나의 목소리가 갈라졌다.

"그러고 나서 벤이 나한테 키스했어."

뒤통수를 누가 세게 후려친 듯했다. 어지럽고 혼란스러웠다.

"당신은 어떻게 했어?" 입에서 말이 멋대로 튀어나왔다.

멀은 당연하지 않느냐는 듯 아주 약간 어깨를 으쓱했다. "나
도 키스했지."

"그리고?"

"벤이 자기는 펜트하우스에 묵고 있다며 거기에 샴페인이 더
있다고 했지. 아침으로는 딸기가 나오고. 그때 어쩐지 나는 정신
이 들었어. 거기서 최대한 빨리 도망쳐 나와 택시를 타고 우리
호텔로 돌아왔지."

"얼마나 길었어?"

"대화가?"

"키스가."

"1분 정도? 몇 분까지 됐을지도."

"됐을지도?"

나는 목소리를 높이지 않으려 애썼다.

"그렇게 길지는 않았어. 나는 취해 있었고. 정말 미안해."

나는 일어서서 방을 왔다 갔다 서성이기 시작했다.

키스 한 번. 2년 전의 키스 한 번. 다른 일은 없었고 취해서 그렇게
된 거다. 그렇다고 뭔가 바뀐 것도 아니다.

"말 좀 해봐, 조셉." 멀의 목소리도 갈라졌다. "여기 와서 앉
아봐."

나는 다시 멀 옆의 침대에 앉았다. 눈을 깜빡여 현기증을 떨쳐 버리려 애썼다.

"맙소사, 멀. 너무나 충격적이야. 왜 그랬던 거야?"

"그래, 내가 제정신이 아니었어. 술 때문이지. 그게 핑계는 될 수 없지만……."

"아니, 그렇지 않아."

멀이 말을 멈추었다. 신중하게 다음 말을 고르는 듯했다. "정말 미안해, 조셉."

"그러고 나서는 아무 일도 없었어?"

"그냥 키스 한 번이었어. 술 취해서 저지른 바보 같은 실수일 뿐이었지."

"왜 한 번도 얘기 안 했어?"

"너무 수치스러웠으니까. 그런 일이 일어났다는 걸 믿을 수 없었어. 당신이 어떤 반응을 보일지도 걱정됐고. 수치심을 극복하기 시작했을 쯤에는 당신에게 말한다는 의미가 없어 보였어. 끝난 일이고 지나간 과거니까. 물론 베스에게도 말할 수 없었지. 친구니까. 게다가 정말 별일 아니었어. 정말로."

"하지만 지금은 왜 말을 하는 거지?"

멀이 다시 한 번 눈물을 닦고 코를 풀었다. "실은 그날 밤 이후 벤이…… 달라졌어."

"당신을 대하는 태도가?"

"응. 계속 기억을 하게 만들더라고."

# 17

그제야 톱니가 서로 맞물리듯, 상황이 딱 이해가 되었다.

"벤이 더 원했구나."

멀이 고개를 끄덕였다. "나랑 만나기를 원했지. 물론 우리는 대학 때부터 알아왔어. 베스와 함께 파티, 결혼식, 세례식 등에서 계속 봐왔고. 쭉 아무 일도 없었는데, 샬럿과 게리의 결혼식 이후 벤이 페이스북에서 나에게 친구 신청을 하고 어떻게 해선지 이메일 주소도, 핸드폰 번호도 알아냈어. 무섭거나 짜증나게 굴지는 않았어. 사실 대부분 꽤 다정하고 재미있게 대해줬지. 적어도 처음에는. 나도 처음에는 그렇게 신경 안 썼는데, 점점 가까워지기를 바라더라고. 우정 이상으로. 그러다가 연락이 잦아졌어. 주로 그쪽에서. 나는 거리를 두려고 노력하고 몇 번 경고도 했어. 그러면 그는 물러서며 그냥 친구로 지내겠다고 했지. 정말 좋은 친구로. 하지만 나도 그가 그걸로 만족하지 않으리란 걸 알았지. 다시 시작되리라는 것도. 벤이 어떤지 알잖아."

"전부 차지해야 직성이 풀리지."

"그래. 어쨌든 벤은 자기가 런던으로 이사 온 게, 자기 회사와 가족의 근거지를 옮긴 이유 중 하나가 내 가까이 있고 싶어서라고 했어. 우리는 결국 함께할 수밖에 없다면서."

"그 말을 언제 했지?"

"몇 달 전에."

"당신은 베스에게도 전혀 말한 적이 없고?"

"내가 어떻게 말하겠어? '그나저나 비, 나 네 남편이랑 우연히 키스했는데, 나한테 집착하며 자고 싶어 하고 결혼하고 싶어 해. 혹시 너를 더 이상 사랑하지 않는 거 아니야?' 이렇게 나도 말하고 싶었어. 하지만 모두의 삶을 엉망으로 만들지 않고 어떻게 알려야 할지 알 수 없었어."

"그런 쓰레기 같은 인간인지 전혀 몰랐어."

"최근에는 정도가 점점 심해져서 정말 걱정되기 시작했어. 그중에 어떤 말들은……."

"무슨 말을 했는데?"

"우리가 함께할 수 있다면 무슨 짓이든 하겠다는 말. 예전에도 비슷한 말을 한 적 있었지만 이제는 무서워질 정도가 됐지."

"무슨 짓이든이라는 게 무슨 뜻일까?"

멀이 어깨를 으쓱했다. "베스랑 갈라서거나 당신한테 무슨 짓을 하겠다는 거겠지."

"대체 무슨 짓을?"

"나도 몰라. 혹시 뭔가 멍청한 짓을 저지르는 게 아닐까 싶을 정도까지 된 것 같아. 그래서 목요일에 퇴근하고 벤에게 만나자고 한 거였어."

"호텔에서는 무슨 일이 있었던 거지?"

멀은 대답하지 않았다.

"분명 무슨 일이 있었어. 그렇지 않았더라면 벤이 주차장에서 나를 때리려고 하다가 취해서 집에 들어가 총을 들고 사라지지 않았을 거야."

멀이 다시 훌쩍이다가 마침내 아주 작은 소리로 입을 열었다.
"내가 벤에게 더 이상 안 된다고 말했어. 벤이 바라는 일은 절대
일어나지 않을 거라고. 이제 그만두지 않으면 베스와 조셉에게
다 말하겠다고. 벤에게 나는 조셉을 사랑한다고, 조셉이 내 남편
이고 우리는 평생의 짝이며 절대 변치 않을 거라고 말했지."
"벤이 화가 났겠네."
"펄펄 뛰었지."
"그래, 당신에게 집착하고 있으니까."
"응."
"그리고 나를 미워하고."
멀은 고개를 끄덕였지만 나를 바라보지는 못했다. "전형적인
저급 성취자라고 하더라."
벤이 나에게 말하던 방식이 생각났다. 저녁 식사나 바비큐 자
리에서 나를 보던 방식이. 우리는 친밀감을 느낀 적이 없었다.
친구의 친구인 셈이었지만, 늘 농담처럼 돈과 야망과 성공에 대
해 은근슬쩍 흘리는 말들이 있었다. 거기 숨은 함의는 뻔했다.
그 셋을 다 가진 건 자기라는 거. 사실 굳이 숨기려고도 안 했다. 나
는 별로 거슬리지 않았다. 그런 문제에 신경 써본 적이 그다지
없었으니까. 벤이 나를 얕보고 있다는 건 짐작할 수 있었다. 그
가 보기에 나는 그저 그런 동네의 방 세 개짜리 2층집에 살며
10년 된 차를 모는 비천한 학교 선생에 불과했으니까.
하지만 이제 돌이켜보니, 그 이상의 문제가 있었다. 경멸, 질
투, 증오.

멀이 말했다. "한번은 벤이 나한테, 만일 당신이 없다면 자기랑 내가 어떻게 될 것 같으냐고 물은 적이 있어. 당신이 없었다면 누구를 선택하겠느냐고."

"그래서 뭐라고 했어?"

"바보 같은 소리 말라고 했지. 내가 이제까지 만난 남자 중에서 조셉 당신이 가장 착하고 사랑스러운 남자라고. 난 당신을 사랑한다고."

"벤이 나에 대해 또 한 말 있어?"

"도무지 보려고 하지 않는 사람만큼 눈이 먼 사람도 없다는 말을 하곤 했어."

정신이 번쩍 들었다. "목요일 저녁에도 나한테 그 말을 했어. 그게 무슨 뜻이지?"

멀이 어깨를 으쓱하며 시선을 피했다. "그건…… 당신은 절대 못 본다고. 우리가 다 같이 있을 때도 벤이 나를 바라보는 방식을, 나에게 말을 거는 분위기를 전혀 눈치채지 못한다는 거였어. 누가 그럴 수 있다는 걸 상상도 못 하는 것처럼."

"난 눈이 먼 게 아니야. 그저 아내를 믿을 뿐이지."

"나한테 화났어, 조셉?"

모든 감정이 뒤죽박죽이었지만 화가 나지는 않았다. 적어도 나의 아내를 향해서는. 그 순간은 이미 지나갔다. 나는 그저 멀이 안쓰러웠다.

"이리 와." 나는 멀을 끌어당겨 안아주었다.

멀은 다시 사과를 하고 나를 꼭 안았다. 그녀의 숨결이 내 귓가에 따뜻하게 와 닿았다.

"이런 상황도 모르는 채 경찰과 얘기하게 놔둘 수 없었어. 날 용서해줄 수 있어?"

나는 이마에 키스하고 대답했다. "물론이지. 사랑해."

"나도 사랑해."

우리는 그렇게 껴안고 몇 분가량 그대로 앉아 있었다. 멀이 나를 놓아주지 않겠다는 듯 꼭 붙잡았고 나는 그녀의 등에 팔을 두르고 토닥였다.

결국 내가 입을 열었다. "어쨌든 전화는 해야 해. 경찰에 다 얘기할 거지?"

"응, 하지만 당신에게 먼저 얘기해줘야 했어. 그런데 경찰에게 전부 다 말해야 할까?"

"그래야 한다고 생각해."

"아……."

"왜 그래?"

"내가 베스에게 당신이 벤의 차를 박았다고 말했잖아. 만일 내가 거짓말한 걸 베스가 알게 되면…… 뭐라고 생각할까? 나는 얼굴을 들 수 없을 거야."

나는 멀을 살펴보았다. 비밀을 털어놓고 지쳐 보였다. 작고 약해진 데다 자기가 저지른 일에 수치감을 느끼는 듯했다. 나는 다시 이마에 키스해주었다.

"구체적인 부분까지 말할 필요는 없는 것 같아."

베스가 준 번호로 전화를 거니, 킬번 경찰서 자동 응답기가 나왔다. 나는 음성 메시지를 남겼다.

아래층 거실로 내려가니 윌리엄은 바구니에서 장난감 자동차를 하나씩 꺼내고 있었다. 우리는 차들을 색깔별로 길게 늘어놓았다. 은색이 최고였다. 은색은 언제나 최고였다. 각 줄 앞에는 차선이 하나씩 비어 있었고 윌리엄은 경찰차를 몰며 차선들 사이를 이리저리 질주했다. 가상의 사건들 속 상상의 나쁜 놈들을 추격했다. 나쁜 놈들은 늘 바퀴가 세 개밖에 없는 헐어빠진 검은색 르노를 몰았는데, 왜 그런지는 알 수 없었다.

러그 위에서 자동차를 굴려대는 윌리엄 옆에 앉아 나는 멀이 한 말을 생각해보았다. 그냥 키스 한 번이었어. 술 취해서 저지른 바보 같은 실수일 뿐이었지.

그게 다였을까? 그러고 나서 몇 달, 아니 몇 년 동안이나 나 몰래 벤이 나의 아내에게 구애해왔다는 사실을 꿈에도 몰랐다. 마치 우리 집에 나도 몰랐던 방이 있는 것을 발견한 기분이었다. 비밀로 가득한 방.

아내는 매력적인 여성이다. 늘 남자들의 관심을 받았다. 벤은 멀이 약해진 순간을 이용했다. 한 번뿐이었고. 사과도 받았다. 우리는 묻고 넘어갈 것이다. 그것으로 끝이다.

그때 주방 쪽에서 전화가 울렸다.

"내가 받을게!" 멀이 외쳤다.

그리고 얼마 안 돼 거실로 왔다.

"우리가 전화했던 경찰이야. 경찰서로 와줬으면 좋겠대."

# 18

킬번 경찰서의 안내 데스크 주변은 피로해 보였지만 효율적으로 움직였다. 회색 톤의 플라스틱 의자들이 바닥에 고정돼 있었고, 문을 열고 들어서는 순간 진동하던 살균제, 광택제 냄새도 토사물과 땀 냄새를 완전히 지우진 못했다. 두꺼운 돋보기를 끼고 흰머리가 덥수룩한 노인 혼자 앞줄에 앉아 무릎 위에서 바들바들 떠는 작은 개를 쓰다듬고 있었다.

윌리엄과 내가 앉자마자 노인이 자기 줄에서 일어나 두 자리 옆에 앉았다.

"저 할아버지 개 좀 봐. 진짜 조그맣다." 아들이 커다란 목소리로 말했다.

흘긋 보니 노인과 개 둘 다 눈을 휘둥그레 뜨고 우리를 마주 보고 있었다.

"윌, 아이패드로 게임할래?"

윌은 기계를 받아서 능숙하게 잠금을 풀고 화면 위쪽에서 굴러떨어지는 전자 과일 조각들을 자르기 위해 빠른 속도로 양쪽 손가락을 움직이기 시작했다.

멀이 먼저 조사실로 갔다. 칸 순경은 시간 절약을 위해 함께 얘기하자고 했지만 나는 윌리엄에게 어떤 얘기도 들려주고 싶지 않았다. 그래서 따로 진술하기로 한 것이다. 멀은 30분 후에 나왔다.

"엄마!"

멀이 안내 데스크 옆 보안문을 통해 나오자 윌이 먼저 알려주었다. 그리고 달려가 1년은 보지 못한 사람처럼 엄마의 허리를 꼭 끌어안았다.

"나 재미없어. 우리 아이스크림 먹어도 돼?"

"오늘은 날씨가 춥잖아, 윌리엄."

"어땠어?"

멀이 어깨를 으쓱했다. "그냥…… 다 말했어."

"괜찮아?"

"응. 이상하게도 다 털어놓고 나니 훨씬 기분이 좋아."

나도 칸 순경을 따라 철제 보안문으로 들어가 조그만 조사실에 앉았다. 이제 겨우 20대 초반으로 보이는 남자였다. 체구도 탄탄하고 침착한 태도에 지적인 눈매였고 제복엔 주름 한 점 없었다.

"린치 씨, 벤저민 딜레이니 씨의 친구십니까?"

친구라는 말은 포괄적이기도 해서 일단 고개를 끄덕였다. 순경은 시계를 확인하고 프린트된 서류 위쪽의 항목들을 채웠다. 조심스럽고 단정한 글씨였다. 쓰면서 말을 이었다.

"알다시피 린치 씨, 이 문제에 대해 베스 딜레이니 씨와 멀리사 린치 씨와는 이미 얘기를 나눴습니다. 딜레이니 부인이 어제 남편분이 실종됐다고 신고했고, 몹시 걱정하고 있습니다. 지난번에 딜레이니 씨를 만났을 때의 얘기를 해주겠습니까?"

나는 순경에게 목요일 저녁에 대해 생각나는 대로 얘기를 해주었다. 베스에게 말한 대로 말이다. 멀이 옳았다. 공개적으로 털어놓고 나니, 여행 후에 무거운 짐을 내려놓은 것처럼 기분이 좋았다. 젊은 경찰은 쭉 받아적었다.

"그때가 딜레이니 씨를 마지막으로 본 겁니까?"

"네."

경찰은 서류철에서 위에 아내의 이름이 적힌 문서를 꺼냈다. "시간대를 확인해주실 수 있을까요, 조셉? 조셉이라고 불러도 되죠? 린치 부인이 자신이 목요일에 딜레이니 씨를 마지막으로 본 사람 중 하나일지도 모른다고 했습니다. 오후 5시경이요."

멀이 술에 취해 벤과 키스했다는 아까의 고백에도, 아니면 오히려 그것 때문에 나의 가족을, 나의 팀을 보호해야 한다는 본능이 그 어느 때보다 강했다. 벤은 멀이 취하고 혼자인 때, 약해진 상태를 이용했다. 멀에게도 책임이 있다는 건 알지만 그녀에게 화를 낼 순 없었다. 내가 너무 순진해서 벤의 심보를 눈치채지 못했던 게 화가 날 뿐이었다. 내가 진작 알아채고 경고했더라면 벤이 섣불리 멀을 노리지 못했을 것이다. 멀도 혼자 남겨졌다가 당하지 않았을 것이고.

어떻게 보면 멀을 그렇게 만든 건 나다. 다시는 멀이 그렇게 되도록 내버려두지 않을 것이다. 주차장에서 일어난 일도 나 때문이었다. 내가 책임질 일이었다.

"멀이 마지막으로 본 건 아닙니다. 멀이 차를 타고 떠난 이후에 내가 벤을 만났으니까요. 내가 주차장에서 마지막으로 벤을 본 사람이죠."

"부인이 떠난 다음이라고요?"

"네."

"그때 들어오거나 나가는 다른 차는 없었나요? 다른 사람도 있었을 것 같은데요?"

"내가 떠나기 직전 검은색 레인지로버 하나가 들어왔던 게 기억나요."

"혹시 번호판은 기억나나요?"

"전혀요. 미안합니다. CCTV를 확인하면 되지 않나요?"

"딜레이니 씨가 안전하게 돌아오지 않으면 그것도 조사해볼 수 있을 겁니다. 하지만 지금까지 들은 내용으로 봐서는, 당신이 딜레이니 씨가 실종되기 전 마지막으로 만난 사람 같네요."

"베스 딜레이니가 그날 밤에 봤다고 했던 것 같은데요."

경찰은 서류철에서 다른 문서를 꺼내서 보았다. "아뇨, 그분은 집에서 소리는 들었지만 너무 겁에 질려서 아래층으로 내려가지는 않았다고 했어요."

"취해 있었다고요?"

"그런 것 같다고 했습니다. 하지만 대략 오후 5시경에 그를 마지막으로 직접 만난 사람이 당신인 거죠?"

"네. 그런데 그날 밤에 벤이 내 페이스북 계정으로 글을 올렸어요." 나는 게시물들에 대해 최대한 구체적으로 설명했다.

"당신의 페이스북 계정이라고요?"

"벤이 내 핸드폰을 가지고 가서요. 내가 떨어뜨렸거든요."

"그랬군요. 게시물들은 아직 그대로 있나요?"

"아뇨, 지워버렸습니다. 잘못한 건가요?"

"괜찮습니다. 우리가 다시 살려낼 수도 있어요."

경찰은 나의 페이스북 계정 이름을 적고 잠시 문서를 훑어보았다.

"이제 어떻게 되는 거죠?"

칸 순경은 문서들을 모아 스테이플러로 찍었다. "정보들을 취합해 내일 아침 담당 수사 책임자에게 전달할 겁니다. 현재 관내 업무량을 평가해 아침 회의 때 적정 인원이 할당될 거고요. 아무래도 인원이 한정돼 있다 보니까요."

"이 사건에도 경찰이 배정될 거라고 보나요?"

순경은 어깨를 으쓱하며 웃었다. "제 직무를 넘어서는 일이라 모르겠네요. 수사 책임자가 긴급 정도를 평가해 적절히 배정하겠죠. 실종 사건도 사건마다 긴급 정도가 달라요."

"벤의 사건은 어떤데요? 긴급한 편이에요, 아니에요?"

"세세히 정해진 기준 같은 게 있는 건 아니에요. 정황에 따라, 또 한정된 자원에 따라 수사관이 개인적 판단을 해야 하죠. 그래도 어린이가 실종된 경우라면 100퍼센트에 가깝게 바로 긴급 사건으로 배정이 돼요. 어쩔 수 없이."

"그렇다면 어른, 특히 벤 같은 사업가가 실종된 경우라면 긴급성이 낮겠네요."

"말씀드렸듯이, 제 직무를 넘어서는 일이라."

"만일 벤이 다른 사람에게 위협이 되는 경우라면요?"

"무슨 말씀이죠?"

"베스가 엽총 중 하나가 없어졌다고 했어요. 벤이 가져간 걸 수 있죠."

"딜레이니 부인이 말씀했어요. 하지만 그분 남편의 상태나 행방에 대해 더 이상의 정보가 없다면, 선생님께서 주의하고 있어야 한다는 말씀밖에 못 드리겠네요. 혹시 가족의 안전이 걱정되는 점이 있다면 이 번호로 전화를 주세요." 칸 순경이 명함을 건네며 일어섰다.

"고마워요."

"물론 딜레이니 씨가 내일까지 가족에게 연락하지 않는다는 가정하에 드리는 말씀입니다. 다들 걱정하시는 건 이해하지만 사실 대부분의 사람들은 조만간 무사히 나타나더군요."

"그랬으면 좋겠네요."

우리는 악수를 하고 나왔다.


## 19


베스와 벤의 딸인 앨리스가 토요일 저녁 우리가 외식하는 동안에 와서 윌리엄을 봐주기로 돼 있었다. 멀이 미루자고 했으나 베스는 괜찮다고 고집을 부렸다. 앨리스도 윌을 봐주고 싶어 한다고. 참 좋은 아이였다. 조용하고 예의 바른 데다 자기 아빠처럼 요즘 기기들을 자유자재로 다뤘다. 나이에 비해 분별력도 뛰어났다. 겨우 열네 살인데도 내가 스물한 살 때보다 똑똑한 것 같았다.

앨리스는 요즘 들어 윌리엄을 거의 정기적으로 맡아주고 있었다. 윌리엄도 앨리스를 좋아했고 밤에 자다 깨서 엄마를 불렀을 때 앨리스가 나타나도 놀라지 않았다. 우리는 베스에게 외출을 일찍 끝내고 앨리스를 밤 10시까지는 데려다주겠다고 약속했다.

그래서 우리는 내가 제일 좋아하는 중국 식당에 갔고, 자리에 앉아서 멀은 아이폰으로 페이스북과 인스타그램, 트위터를 번갈아 보았다. 나는 평소와 다름없는 토요일 저녁 외출인 척하려 애썼다. 대화, 와인, 좋은 음식, 우리만의 오붓한 시간. 결혼식에서 멀이 저지른 실수에 대해, 오늘까지 감춰온 비밀에 대해, 혹은 망할 벤 딜레이니에 대해 너무 많이 생각하지 않으려 나는 끊임없이 화제를 만들어냈다. 오늘 같은 날은 침묵을 견딜 수 없을 것 같았다. 그래서 멀이 좌불안석하며 딴생각에 빠져 있는 것 같아도 별로 신경 쓰지 않았다. 내가 중3들과 갔던 수학여행에 대해 떠들어도 멀은 듣지 않고 스마트폰 화면만 쓸어 올리고 있었다. 그러다 멈추고 읽어보다가, 뭔가 입력하고 다시 쓸어 올리기를 반복했다.

나는 아직은 페이스북을 들여다봐야 할 때가 아니라고 생각했다. 그래서 다소 일방적인 대화를 이어나갔다.

"그래서 나랑 폴이랑 마틴이 한방을 쓰게 됐지. 다들 방을 나눠 써야 하니까. 그리고 첫날 밤 난 새벽 3시에 깼어. 마틴이 정말 요란하게 코를 골고 있었어. 기차가 옆으로 지나가도 그보다는 조용했을 거야. 그래서 내가 마틴을 부르기 시작했지. '마틴, 마틴, 돌아누워! 너 코를 너무 곤다! 돌아누우라고!' 그랬더니 그 녀석이 어떻게 했는지 알아?"

나는 기다렸지만 멀은 답이 없었다.

"아무것도 안 했어. 세상모르고 자더라고. 그래서 두 시간을 그렇게 시달려야 했어. 그러다가 마침내 돌아눕더라고. 하지만 그때 나는 이미 잠이 다 깨버려서 잘 수가 없었어. 다음 날 아침 마틴은 상쾌하기 짝이 없는 얼굴로 일어났는데, 나는 정신을 차릴 수 없었지. 그랬더니 걔가 나한테 뭐랬는 줄 알아?"

멀은 여전히 대답이 없었다. 페이스북 어느 게시물에 푹 빠져 찬찬히 들여다보고 있는 것 같았다.

"그 녀석이 글쎄, '조셉, 너 잠꼬대 엄청 하는 거 알아?' 이러는 거야. 그래서 내가 '잠꼬대가 아니라 잠을 못 자고 하는 말이었다고!' 하니까 폴이 웃겨 죽으려 했어."

나는 말을 멈추고 반응을, 대답을 기다렸다. 멀은 아무 말도 하지 않았다. 그리고 계속 페이스북 화면을 쓸어 올렸다. 내 말은 한마디도 듣지 않는 듯했다. 잠시, 우리가 어쩌다 이 지경이 됐을까 하는 생각이 들었다.

나는 멀의 얼굴을 찬찬히 들여다보며 말했다. "그리고 나서 마틴의 머리통이 쫙 갈라지며 외계인이 기어 나왔어."

멀이 고개를 살짝 끄덕였다. 화면을 스크롤하며, 젓가락으로 북경 오리 한 점을 집어 입에 넣으려 했다. "그래?"

"그리고 나서 외계인이 「보헤미안 랩소디」를 불렀지."

멀이 미소를 지으며 자기 전화기를 내 앞에 들이밀었다. "이것 봐. 벤이 올린 거야. 별일 없는 것 같네."

페이스북 게시물이었다.

벤 딜레이니 — 1시간 전
머릿속 정리가 필요. 잠시 떠나 있으니 좋네. 모든 것의
실마리가 보이기 시작할 때는 여행이 늘 답이었어.
'전투의 진실은 승리자가 결정한다……'

내가 말했다. "잘됐네. 베스도 한시름 놓을 거야. 경찰에도 알려줘야지. 댓글은 봤어?"

멀이 고개를 저었다. 나는 댓글 보기를 눌렀다.

클레어 프리드모어 — 39분 전
벤, 어디야?

샐리 애시모어 — 31분 전
중요한 일이 있나 보네 ㅎㅎ

톰 패리시 — 14분 전
암호 같은 말을 하냐, 무슨 일인지 궁금하다……

나는 멀에게 전화기를 돌려주었다.

멀이 웃으며 베스에게 전화를 걸었다. "비? 멀이야. 응, 괜찮아. 앨리스도. 그래, 오늘 저녁에 페이스북 봤어? 벤이 글을 올렸어. 머리 좀 식혀야 한다고 썼네. 아니, 벤이 전화했어? 너 괜찮아? 그거 잘됐다. 조금 있다 봐. 10시쯤. 너도. 안녕."

멀이 전화기를 내려놓고 그날 저녁 요리가 나온 이래 처음으로 나를 마주 보았다. "이제야 마음이 좀 놓이네. 아까 뭐라고 했지? 수학여행 얘기였지?"

"난 그냥…… 아무것도 아니야. 베스는 좀 어때?"

"이제 좀 괜찮아졌나 봐. 벤이 난리쳐놓은 걸 치우고 있대."

"벤은 아직 안 왔고?"

멀이 고개를 젓고 다시 페이스북으로 돌아가 벤의 새로운 글에 댓글을 남겼다. 뭐라고 쓰는지는 잘 보이지 않았다. 그리고 문자 메시지 오는 소리가 났다. 멀이 읽고는 웃음을 띠며 답장을 썼다.

"누구야?"

"베스. 고맙다고."

멀은 다시 페이스북으로 돌아갔다. 멀 몫의 북경 오리는 대부분 그냥 접시에 남아 식어가고 있었다. 나는 3분의 2를 먹었다.

"멀?"

"응?" 멀은 쳐다보지 않고 대답했다.

"전화기, 핸드백에 5분만 넣어둘래?"

멀은 뜨악한 표정으로 쳐다보았다. "앨리스가 전화할지도 몰라. 윌리엄에게 무슨 일이 생길지도 모르고."

"전화 소리는 들을 수 있잖아. 윌에게는 아무 일도 안 생길 거야. 지금쯤 잘 텐데. 현관문도 잠그고 있고 보모도 있고."

"문자 오는 소리는 못 들을 거야."

"문제가 있으면 전화하겠지."

"알았다고, 심술쟁이." 멀은 과장된 동작으로 핸드백에 전화기를 넣고 처음 본다는 듯 식당 안을 둘러보았다. 그리고 나를 보았다. "그래, 무슨 말이 하고 싶어?"

돌아가보니 앨리스는 「시간 여행자들」을 보고 있었다. 고고학자들이 고대 매장지에서 뼈를 파내고 있었다. 가져와 읽던 소설책이 무릎에 놓여 있었는데 브렛 이스턴 엘리스의 『아메리칸 사이코』였다. 우리가 들어가자 앨리스는 벌떡 일어서며 텔레비전을 껐다. 해서는 안 될 일을 하다가 들킨 아이처럼.

"윌리엄은 별일 없었어?" 멀이 물었다.

"네. 한 번 소리를 지르긴 했는데, 내가 들어가니까 침대에서 한 바퀴 돌아 거꾸로 누워 있었어요. 베개가 어디로 갔는지 없어졌지만 잠든 채였고요. 내가 다시 돌려서 바로 눕혀줬는데 계속 잘 자더라고요."

멀이 핸드백에서 지갑을 꺼냈다. "정말 잘 봐주네. 윌리엄에게 너 같은 누나가 있다면 정말 좋을 텐데."

앨리스가 수줍게 미소 지으며 말했다. "봐주기 너무 쉬운 아이잖아요."

내가 물었다. "간식은 먹었니?"

먹으라고 내놓은 쿠키와 감자칩에 앨리스는 왠지 손도 안 댔다.

"배가 안 고파서요. 감사합니다."

멀이 15유로를 꺼내 앨리스에게 주었다.

내가 차 키를 집으며 말했다. "그럼 내가 집에 데려다줄게."

멀이 말했다. "맥주 많이 마시지 않았어?"

"두 잔. 아까도 한 잔 마셨고. 하지만 괜찮을 것 같은데."

"내가 데려다줄게. 난 와인 한 잔만 마셨어."

앨리스는 당황한 듯 눈 둘 곳을 몰라 했다. "택시 타고 가도 돼요." 기어들어가는 목소리였다.

"무슨 소리야. 그럴 순 없지." 멀이 말했다.

둘이 나간 후 나는 윌리엄을 보러 갔다. 곤히 자고 있어서 맥주 한 병을 가지고 거실 소파에 주저앉았다. 「오늘의 경기」를 틀었다. 차가운 맥주가 기분 좋게 목으로 넘어갔다.

정신없는 48시간이 지났다. 처음엔 아내가 바람을 피우는 줄 알았다가, 그다음엔 내가 누군가를 크게 다치게 한 줄 알았다. 직장과 가족을 잃고 감옥에 갈 정도로 말이다.

하지만 이렇게 토요일 밤이 되어 맥주 한 병을 들고 소파에 앉아 있었다. 아무것도 잃지 않은 채 말이다. 나는 텔레비전 속의 게리 리네커와 앨런 시어러를 향해 건배했다. 길게 한 모금 마시고 맨체스터와 아스널의 경기를 시청했다.

「오늘의 경기」가 끝나고 시그널 음악이 나오는 소리에 잠에서 깼다. 잠시 정신을 못 차리고 눈을 껌뻑이며 일어나다가 빈 맥주 병을 쓰러뜨렸다. 텔레비전을 끄고 보니 난방이 꺼져 거실이 썰

렁했다. 복도로 나가는데 집이 너무 조용했다.

"멀?"

조용히 불러보았지만 대답이 없었다. 복도의 시계가 거의 자정을 가리키고 있었다. 멀의 차는 돌아오지 않았다. 전화기를 보니 11시경 문자가 와 있었다.

앨리스는 잘 데리고 왔어. 베스가 또 좀 상태가 안 좋아져서 한두 시간 있어보려고. 좀 있다가 봐. 쪽

답장을 짧게 보내고 냉장고 문을 열었다. 맥주를 하나 더 마실까 망설이다가 그만두었다. 주방 식탁 위에 쌓아둔 글쓰기 숙제 생각이 났지만 역시 포기했다. 한 번 더 문과 창문들을 확인하고 천천히 계단을 올라갔다. 피곤했다. 윌리엄은 이불을 차내고, 항복하는 군인처럼 팔을 위로 번쩍 올린 채 자고 있었다. 다시 이불을 덮어주고 조심스레 이마에 키스한 후 깨지 않도록 조용히 문을 닫고 나왔다.

베개에 머리를 누이며 마지막으로 했던 생각은 혹시 그래도 누가 집에 침입할 수 있을까 하는 것이었다. 문단속을 한 번 더 할걸 그랬나? 벤이 뒤쪽으로 돌아 들어오면 어쩌지? 문에 열쇠를 꽂아두지 않았던가? 열쇠를 뺐어야 하는데.

그러다가 잠이 나를 집어삼켰다.

# 일요일

## 20

스트랫퍼드는 두 개 층을 터서 만든 키즈 카페 겸 펍이었다. 스티로폼 깔개, 보호판, 볼풀장, 밧줄 다리, 미끄럼틀 주변에서 얼굴이 상기된 부모들이 조그만 장애물들 사이로 아이들을 따라잡으려 안간힘을 쓰며 땀에 젖은 양말과 소독제 냄새는 모른 척하려 애쓰는 곳이었다. 윌리엄은 이곳을 너무 좋아했다. 나도 20분간 사방으로 돌진하는 윌리엄을 따라다니다가 겨우 나와서 기네스 한 잔을 앞에 두고 음식이 나오길 기다리고 있었다. 이제 윌리엄은 크레용을 가지고 놀면서 종이 식탁 매트의 하늘 그림을 주황색으로 칠하고 있다. 멀이 페이스북에 키즈 카페 사진을 올려서, 전화기가 댓글로 계속 띵띵거렸다.

친구 애덤과 케이트도 우리 옆 탁자에 자리를 잡았다. 그들의 다섯 살 쌍둥이 피비와 소피도 「겨울 왕국」의 푸른색 반짝이 드레스를 입고 은빛 보석관을 쓰고 왔지만 지금은 자리에 없었다. 애덤은 탁자에 라거 한 잔을 내버려둔 채 딸들과 스티로폼 정글에 들어가 있고, 케이트는 밖에서 전화를 걸고 있었다.

이런 상황에서 꺼내놓기 적당한 화제는 아니었지만 그냥 목소리를 낮추고 말했다. "저기, 목요일 저녁에 말이야. 당신이 벤을 만났을 때……."

"응. 그게 왜?"멀은 디저트 메뉴를 보면서 대답했다.

"내가 거기로 가는 게 아니었는데. 정말 바보 같은 짓이었어. 당신이 벤과 있는 것을 보니 정말 이상했어. 그러고 나서 밤에 당신이 벤을 만난 적 없다고까지 하니까 기분이……."

"어땠는데?"

그냥 말해버리자. "내 인생 최악의 날 같았어. 모든 좋았던 것들이 갑자기 끝나버리는 듯한. 내 인생이 종치는 것같이."

"우리가 무슨 비밀 만남이라도 가지는 줄 알았기 때문에?"

"성급한 결론을 내려선 안 됐지만…… 이런저런 상황을 보고 좀 오해를 했지."

멀이 얼굴을 붉히며 비어져 나온 머리칼을 귀 뒤로 넘겼다. "결혼식 때 실수를 생각하면 그걸 비난할 순 없겠지."

"그걸 꼭 당신 잘못이라고 할 순 없어. 누구라도 그럴 수 있으니까."

"아빠?"윌리엄이 불렀다.

"잠깐만, 윌."

멀은 나를 보지 않고 말했다. "당신은 빼고. 당신은 그러지 않겠지."

"아빠?" 윌이 다시 불렀다. 아이는 창문을 내다보고 있었다.

"무슨 일이니, 친구?"

"저거 봐. 저 남자가 담배를 피우고 있어."

바깥 주차장에서 몸집이 크고 수염이 텁수룩한 노숙자가 경계석에 앉아 거의 필터만 남은 담배꽁초를 뻐끔거리고 있었다. 주변에는 자기 물건들을 담은 비닐봉지를 잔뜩 모아놓았다.

"그러네, 윌."

"담배 피우면 죽어, 그렇지?"

"그렇단다."

"그럼, 좀 있다가 죽겠네." 그러면서 유리창에 얼굴을 바짝 붙였다.

멀과 나는 웃었다. 우리 아들이 인과의 시간 문제를 배우고 있었다. 윌리엄은 현재에만 살아왔다. 흡연은 나쁜 것이고 죽음을 불러오니, 그렇다면 바로 죽어야 했던 것이다.

"그래? 그럼 계속 지켜보고 있어야겠다." 나는 다시 멀을 보고 조용히 말했다. "그런 상황에서 어떻게 행동하게 될지는 아무도 모르는 거야. 술도 많이 마시고 모두가 한껏 들뜬 결혼식이잖아. 당신 잘못이 아니야. 그럴 때도 있는 거지."

"그냥 너무 바보 같은 짓이었어서."

"그랬지." 나는 미소를 지으며 말했다. "일단, 둘이 키도 안 맞잖아."

"나도 알아, 좀 우습지."

"당신한텐 너무 작아."

멀도 웃었다. 그런 그녀가 가슴이 떨리도록 사랑스러웠다.

"부자긴 하니까."

"그래도 너무 작아."

멀이 내 손을 감쌌다. "정말 나를 용서할 수 있겠어, 조셉?"

"점심값을 내주면 생각해볼게."

"좋아. 하지만 싼 거 시켜야 돼. 메인 요리도, 디저트도, 음료도 안 되고 전채만. 알겠지?"

"실은 꽃등심 스테이크 시켰는데. 샴페인이랑. 괜찮지?"

"이번 한 번뿐이면 봐줄게."

"샴페인 시켰다고? 나도 끼워줘." 케이트가 돌아와 자리에 앉으며 반색했다.

"멀이 사는 거야." 내가 웃으며 대꾸했다.

윌리엄도 창문에서 고개를 돌리며 진지하게 말했다. "아직도 안 죽었어."

나는 멀의 손을 꼭 쥐며 속삭였다. "괜찮아?"

"괜찮아지겠지."

"피곤해 보여. 직장일 때문이야?"

"직장도 그렇고 친구도 그렇고. 다 문제네." 멀이 어깨를 움츠렸다.

우리 음식이 도착했다. 멀은 시저 샐러드를 시켰고, 윌리엄에게는 치킨 너겟을 주었다. 나는 스테이크 에일 파이를 시켰다.

윌리엄이 자기 접시를 물끄러미 들여다보며 말했다. "완두콩 싫어."

"그럼 남기고 다른 걸 먹으렴."

"완두콩 싫어."

"옆으로 밀어놔."

윌이 자기 엄마를 슬픈 눈으로 쳐다보며 조그만 검지로 접시를 가리켰다. "완두콩이 감자튀김에 닿았어."

멀이 윌의 접시를 가져와 완두콩을 내 접시로 덜어냈다. "자, 아빠가 먹을 거야."

멀이 접시를 다시 윌 앞에 놓고 치킨 너겟을 잘라주었다. 목이 막히지 않게 하나당 네 조각을 냈다. 멀은 좋은 엄마였고 윌은 멋진 아이였다. 아버지가 된 것은 내 생애 최고의 사건이었다. 나는 늘 아이를 하나 더 갖고 싶었지만 좀처럼 그렇게 되지 않았다.

윌리엄이 큰 감자튀김 조각을 집어 반을 베어 물더니 우물거리며 말했다. "먹고 나서 또 정글에 가서 놀아도 돼?"

나는 반이 없어진 맥주잔을 잠시 가늠하다가 대답했다. "물론이지."

멀이 말했다. "이번엔 내가 갈게."

애덤이 정글에서 돌아와 주저앉으며 한숨을 내쉬었다. "진짜 펍에서 여유로운 일요일을 보낼 수 있으면 얼마나 좋을까. 다리 올리고 앉아서 맥주 두 잔쯤 하며 신문도 읽고 느긋하게 축구도 보고 방전된 배터리 좀 충전해서 월요일을 맞아야 하는데."

애덤은 나의 대학 때부터 절친이었다. 대학을 졸업하고 바로 고위 공무원이 되어 지금은 꽤 보안을 요하는 자리에 있었다. 그래서 자기 일에 대해 대략적인 이야기밖에 하지 않았다. 케이트는 헤이든 파크의 사립 초등학교들 중 하나의 교감이었다.

내가 말했다. "그럴 리가. 정말 그러면 넌 금세 지루해할걸."

"장담하는데 절대 지루해하지 않을 거야, 조셉."

"게다가 정글짐에서 딸아이들 쫓아다닐 때가 네 유일한 운동 시간이잖아?"

애덤이 소매로 이마의 땀을 닦았다. "그렇지 않아. 저번 주에는 버스를 타려고 달렸다고."

"성공은 했어?"

"어쨌든 운동은 했잖아."

나는 식기를 집어 들며 웃었다. "못 탔군."

고기 파이는 냄새가 기가 막혔다. 윌리엄은 감자튀김을 차례차례 입에 집어넣고 있었다. 윌은 먼저 감자를 모두 먹고 너겟을 먹을 것이다. 섞어 먹는 일이 없었다. 한 접시 위에 있는 음식들을 언제나 한 가지씩 공략해나갔다.

나는 멀에게 물었다. "샐러드는 어때?"

"괜찮아. 내 생각엔 고기가 좀 더 많아도 좋을 것 같지만, 전체적으로는……."

멀이 말하다 말고 내 뒤쪽을 보았다. 누구를 본 것 같았다. 동공이 커지며 표정은 놀라움에서 다른 감정으로 바뀌어갔다.

그것은 두려움이었다.

나는 문을 등지고 앉아 있던 터라 누가 들어왔는지 바로 알아채진 못했지만, 벤이 왔다고 생각했다. 멀을 찾아왔구나. 멀을 지켜야 한다. 윌리엄을 보호해야 한다.

나는 의자를 밀어 윌리엄 앞을 막으며 돌아보았다. 설마 공공장소에서 무슨 짓을 하지는 않겠지. 사람도 많은데. 이쪽에만 50명쯤 되는 사람이 있었다.

하지만 벤이 아니었다. 베스였다. 온통 검은색으로 입고 검은머리는 뒤로 묶었다. 굳게 다문 입매가 경직되어 있었고, 눈자위는 붉었다. 실내를 왼쪽에서 오른쪽으로, 다시 오른쪽에서 왼쪽으로 훑으며 사람을 찾았다.

베스는 '평온'과는 거리가 멀어 보였다. 분노에 차 있었고 손에는 금속으로 된 물건을 들고 있었다. 내 가족을 보호해야 한다는 생각이 머리를 스쳤다.

베스가 우리를 보고 곧장 달려왔다. 그리고 전화기로 탁자를 쾅 내리치며 카페 안의 모두가 들을 정도로 큰 소리로 외쳤다.
"이 나쁜 년!"




# 21


혼잡한 카페 안에 베스의 말이 폭탄처럼 터졌다.

베스가 욕을 하는 걸 처음 들었다. 목소리를 높이는 것도 처음

보았다. 남편 벤이 대화 중에 지나가는 욕만 해도 흠칫 놀라던 여자였다. 나는 잠시 상황이 이해가 안 가, 증오가 가득한 눈으로 내 아내를 굽어보는 베스를 그저 올려다보았다. 뭔가 나쁜 일이 생기겠구나 하는 생각이 스쳤다. 우리 넷과 베스 주변에서 소리가 순식간에 사라졌다. 베스가 내뱉은 한마디가 마치 블랙홀처럼 카페 안의 모든 소음을 빨아들인 듯했다. 그리고 일단 한번 시작된 욕은 멈출 수가 없는 듯했다.

"창녀 같은 년, 어떻게 그럴 수가 있지?"

베스의 런던 교외 지역 상류층 억양 때문에 욕설의 효과는 더 컸다. 분노가 온몸에서 뿜어나왔다.

카페 내 다른 대화는 일제히 멈추었다. 모든 시선이 우리를 향했다. 쌍둥이 피비와 소피도 입을 딱 벌리고 베스를 보았다. 멀은 몸을 뒤로 젖히며 최대한 물러났다. 겁에 질린 듯 보였다. 윌리엄의 입술이 일그러졌다. 곧 울음을 터뜨릴 듯했다.

내 아이 앞에서 욕을 하다니.

나는 벌떡 일어섰다. 애덤도 일어섰다. 베스가 남자였다면 내 아내에게 그런 말을 하고 그냥 넘어갈 수는 없었을 것이다. 당장 밖으로 나오라고 했을 것이다.

하지만 베스가 여성이다 보니, 나는 어찌할 바를 몰랐다.

"베스……." 내가 입을 열었다.

"닥쳐!" 베스가 나를 향해 쏘아붙이고 멀을 향해 손가락질했다. "어제 나한테 뭐라고 했지?" 차분하기만 하던 그녀의 목소리가 잔뜩 곤두서, 조용한 카페 안에서 무시무시하게 울렸다.

"뭐?" 멀이 멍하니 되물었다.

"다시 말해봐! 내 남편이 바람피울 사람이 아니라고?"

"그럴…… 사람이 아니지."

"정말?"

"이게 무슨……."

"그럼 이 사진들은 뭐야?" 베스가 탁자에 내리쳤던 전화기를 들었다. 큰 화면의 삼성폰이었다. 화면에 사진을 띄워 멀에게 내밀었다. 나는 고개를 기울여 뭔지 보았다. 누군가의 벗은 몸이었다. 상반신을 드러낸 여자, 자세히 보니 바로 내 아내였다. 우리 집 침실에서 셀카를 찍은 듯했다. 카메라에 대고 묘한 미소를 날리며 한 팔로 가슴을 받치고 있었다.

나는 잠시 머리가 뒤엉키는 듯했다. 아내다. 하지만 벌거벗고 있다. 저런 사진은 본 적이 없는데. 날카로운 통증이 복부를 타고 내려갔다. 온몸에서 힘이 빠져나갔다.

뭔가 사정이 있었을 거야. 그럴 수밖에 없는 일이…….

카페 직원으로 보이는 20대의 마른 청년이 베스 뒤로 다가와 어깨를 건드렸다. 겁에 질려 보였다.

"죄송하지만 손님, 아무래도 나가……."

베스가 확 몸을 돌렸다. "더러운 손 치우지 못해?"

직원은 한 대 얻어맞은 듯 몸을 움츠렸다. 베스는 다시 멀을 보았다. "이게 뭔지 설명해봐! 벤의 전화기들 중 하나에 있더군. 어서 말해봐!"

멀은 손으로 입을 막고 울 것 같은 표정이 되었다.

내가 말했다. "일단 나가자, 베스. 여기서 이러지 말고."

"아니, 여기서 해야겠어. 사진은 이것만 있는 게 아니니까. 이 전화기에 이런 게 얼마나 많은지 알기나 해?"

"그거 나 아니야." 멀의 목소리가 갈라졌다.

"하! 거짓말로 빠져나가려고?" 베스가 이번에는 나를 보았다. "조셉, 당신 아내의 노출 사진이 내 남편의 전화기 안에 몇 장이나 있는지 맞혀보라니까?"

나는 입을 벌렸다가 다시 다물었다. 정말 대답해야 하는 질문은 아니었다.

"내가 대신 대답해주지. 139장. 지난 네 달간 받은 멀리사의 더러운 사진 139장이 내 남편의 전화기에 저장돼 있어."

"그럴 리 없어." 내가 중얼거렸다.

"아니, 사실이야. 내가 다 세어봤거든. 하나하나 다. 지난달에 온 문자 281개는 또 어떻고? 멀리사의 전화에서 보낸 거지. 벤의 전화가 보낸 답장은 195개이고. 멀의 문자 하나 읽어줄까?"

멀이 고개를 저었지만 소용없었다. 눈물 한 방울이 뺨을 타고 흘러내렸다.

"2주 전에 온 거야. '자기, 너어어무 보고 싶어. 빠알리 어젯밤처럼 또 하고 싶어!!! 지루한 베스는 언제 또 나가? 쪽쪽쪽.'"

내 뒤쪽에서 피비가 으앙 울음을 터뜨렸다. 소피가 바로 뒤따랐다.

"지루한 베스라고? 내가? 온갖 마음 아픈 척을 하고 도와주는 척, 벤을 일 때문에 만났다더니…… 다 끔찍한 거짓말이었어.

내가 너한테 왜 이런 일을 당해야 하지? 내가 너한테 어떻게 했는데?"

멀이 뭐라고 말했지만 너무 작은 소리라 들리지 않았다.

"뭐라고?" 베스가 외쳤다.

"미안해." 멀이 훌쩍였다.

"당연히 미안하겠지. 들켜서 말이야."

"정말 미안해, 비."

"정말 미안하면 벤이 어딨는지 말해."

"베스, 나도 몰라." 멀이 흐느꼈다.

"거짓말쟁이 년!" 베스가 멀을 향해 달려들었다.

내가 베스의 어깨를 잡아당겼다. "이제 그만."

"손 치워!"

카페 직원이 주방장과 나타났다. 베스의 양팔을 잡고 카페 밖으로 끌고 나갔다.

멀은 손에 얼굴을 묻고 부들부들 떨며 울고 있었다. 케이트는 딸아이 하나를 무릎에 앉히고 다른 아이는 한 손으로 끌어당기며 달래고 있었다. 윌리엄도 제 엄마를 보며 같이 울었다. 나는 윌 옆에 쭈그리고 앉아 냅킨으로 눈물을 닦아주었다.

"괜찮아, 친구. 아줌마는 이제 갔어."

"앨리스 아줌마 싫어." 윌이 훌쩍이며 말했다.

"이제 갔으니까, 괜찮아."

주변에서 웅성거리기 시작했다. 다른 손님들이 리얼리티 쇼라도 본 것처럼 방금 본 사건에 대해 토론을 시작했다.

애덤이 창백한 얼굴로 옆에 다가왔다. "이게 대체 무슨 일이야, 조셉? 왜 저러는 거야?"

"내가 가서 얘기 좀 해볼게. 잠시만."

수많은 눈길이 쏟아지는 가운데 나는 베스를 따라 카페 밖으로 나갔다. 직원이 문 옆에 서 있었다. 베스가 다시 들어오지 못하게 막는 모양이었다. 베스는 주차장에 있었다. 자신의 메르세데스 에스테이트 보닛에 기대서, 다가오는 나를 노려보았다. 가까이 가보니 눈물을 줄줄 흘리고 있었고, 가슴을 들썩이며 모든 감정을 쏟아낼 듯 흑흑거렸다.

"대체 뭐야?" 내가 물었다.

울음이 섞여 말이 제대로 나오지 않는 듯했다.

"머…… 멀이…… 멀이 벤을 훔쳐갔어."

베스의 목소리는 분노가 이제 다 빠져나간 듯, 원래 크기로 돌아가 있었다.

"전화기 보여줘."

베스가 전화기를 건넸다. 앨범을 보니 전부 내 아내의 셀카였다. 다양한 모습의 노출 사진이었다. 욕실에 앉아서, 침대에 누워서, 거실 소파에 앉아서…… 대부분은 완전 누드였다. 모두 비스듬히 카메라를 보며 웃고, 손짓하고, 윙크를 날리거나 입술을 내민 채였다. 두 사람만을 위한 비밀 사진.

오늘로부터 서로 믿고 의지하며.

사진들을 하나하나 훑어 내려가는 동안 몸에서 영혼이 빠져나가 누군가 다른 사람에게 벌어진 일을 내려다보는 기분이 들었다. 다른 사람의 삶에 벌어진 일을, 누군가 당한 자동차 사고를 구경하는……. 하지만 나는 구경꾼이 아니었고, 이건 자동차 사고도 아니었다. 내 결혼이, 내 삶이 무너지고 있었다. 내 인생 34년 중 최악의 날.

기쁠 때나 힘들 때나, 건강할 때나 아플 때에도.

저런 자세를 취한 여자의 사진을 보고, 더군다나 그것이 내 아내의 사진이며 내 집에서 찍힌 사진임을 깨닫는 일이 비현실적으로 느껴졌다. 내가 아닌, 다른 여자의 남편을 위한 사진이었다. 비밀로 묻혔어야 했던 사진.

사랑하고 아끼며 죽음이 우리를 갈라놓을 때까지.

나 같은 못난이가 세상에 또 있을까?

"벤에게 핸드폰이 또 있었어?"

"아이폰이 두 개였어. 하나는 직장용, 하나는 개인용. 보통 두 개 다 가지고 다녀. 하지만 삼성 전화기가 있는 줄 몰랐어. 오늘 아침에 발견했어."

"어디서 발견했지?"

"혹시 벤을 찾는 데 도움이 될 게 있을까 싶어서 집 안을 뒤지고 있었어. 어제는 다른 곳을 찾아보고 오늘 아침에는 서재로 갔지. 보통 때는 못 들어오게 하니까. 남자만의 동굴이라면서. 서랍에 처음 보는 게 있더라. 켜보니 암호가 걸려 있었지만, 서랍 바닥 뒷면에 암호 목록이 붙어 있었어. 문자부터 먼저 봤지."

"이런 말 한다고 위로가 될지 모르겠지만, 나도 속았어. 완전히. 내 결혼이 이렇게 된 줄도 모르고……."

"심지어 어젯밤에 멀이 앨리스를 데려다주러 와서도, 너무 다정하게 굴며 위로해주었어. 벤이 곧 집에 올 거라면서." 베스가 고개를 절레절레 저었다. "진작 알아채질 못하다니."

그때 문득 어떤 생각이 떠올랐다. "어제 멀과 몇 시까지 같이 있었어?"

"뭐?" 베스가 눈물을 훔치며 어리둥절한 표정을 지었다.

"멀이 앨리스를 데려다주고서, 몇 시까지 있다가 갔냐고. 당신 상태가 안 좋다고 몇 시간 있다가 온다고 했거든."

"아니, 앨리스만 데려다주고 문간에서 몇 마디 한 게 다야. 윌리엄이 열이 있어 집으로 돌아가야 한다고 했어."

또 거짓말.

"오래 있지 않았다고?"

"응."

"멀은 어제 자정이 넘도록 돌아오지 않았어. 두 시간도 넘게 밖에 있었던 거야. 난 멀이 돌아오기 전에 잠들었으니까 훨씬 더 오래 있었을지도 모르지."

베스가 나를 보았다. 그녀의 눈에서 나와 똑같은 황량한 쓸쓸함을 감지할 수 있었다. 분노조차 다 빠져나간 듯한.

"둘이 만났을까?" 베스가 힘없이 말했다.

"아니면 어딜 갔겠어?"

"그렇다면……."

"벤은 가까운 곳에 있는 거지."

## 22

우리는 무거운 침묵에 싸여 집으로 돌아왔다. 나는 손가락이 하얗게 질리도록 운전대를 움켜잡고 토할 것 같은 분노와 싸웠다. 멀과 말하는 것은 고사하고, 쳐다볼 수조차 없었다. 멀은 휴지를 뭉쳐 눈을 꾹꾹 누르며 흐느꼈다. 가끔씩 내 눈치를 살피는 것이 보였다.

윌리엄도 눈물에 젖어 뒷자리에 앉아 풀이 죽어 있었다. 가장 끔찍한 일은 윌이 이 모든 광경을 목격했다는 것이다. 말없이 카시트에 앉아 눈을 내리깔고 조그만 입술을 오물거리듯 울먹이는 모습은 다시 한 번 내 심장을 찢어놓았다.

더 따져봤어야 했다. 목요일 밤의 내 직감이 옳았다. 그래봤자 아무 의미 없었겠지만. 내 직감이 틀렸다고 너무나 다행스러워했다. 그 사진들을 보지 못했더라면 좋았을 것이다. 우리의 결혼 서약이 10년 만에 휴지 조각이 되었구나. 불을 붙여 태워버리기라도 하고 싶었다.

우리는 점심을 몇 입 먹지 못하고 키즈 카페를 나왔다. 그래서 멀이 스파게티 통조림을 따서 토스트에 얹어 윌에게 주고 DVD를 틀어주었다. 멀이 다시 주방으로 들어왔다. 고개를 숙이고 팔짱을 낀 채 나를 외면했다.

"침실로."

내 말에 멀이 따라왔다. 윌리엄이 아무 소리도 못 듣게 침실 문도 닫았다. 나는 멀에게서 멀찍이 떨어지려 창문 쪽으로 갔다.

묻고 싶은 말이, 소리치고 싶은 말이 너무 많아서 머리가 터질 듯했다.

분노, 불신, 슬픔. 순전하고도 지독한 슬픔이었다.

"그래서 사실이야?"

점심 먹다 뛰쳐나온 지 한 시간 후에야 뱉을 수 있었던 나의 첫마디는 그거였다. 목소리를 높이거나 갈라지려는 것을 막으려 애썼다.

멀이 휘둥그레진 눈에 후회와 애원을 담고 나를 보았다. 나는 그만 포기할 뻔했다. 멀이 힘들어하면 늘 그랬듯이 다가가 꼭 안아줄 뻔했다. 하지만 아직은 아니었다.

멀은 전신 거울 옆에 서 있었다. 그러고 보니 거기서도 벗고 찍은 사진들이 있다는 깨달음이 순간 스쳐 지나갔다. 우리 침실에서도 벤에게 보낼 사진들을 찍었다.

나는 비틀거리다가 창틀을 잡고 버텼다. "사실이냐고."

멀이 고개를 끄덕이며 시선을 피했다.

"잤어?"

망설이다가, 멀은 다시 고개를 끄덕였다.

현기증이 일었다. 모든 게 다 거짓말이었다.

나의 집에 이상한 사람이 살고 있었다. 나는 그 이상한 사람과 결혼했다. 멀이 없는 나의 인생은, 다시 독신으로 살아간다는 건 상상도 할 수 없었다. 그건 내가 아니었다. 내 삶이 아니었다. 나는 다시 멀에게 등을 돌리고 창밖을 내다보았다. 가슴에서 뭔가 차올라 목에 걸렸다.

일요일 오후, 낙엽이 떨어지고 있었다. 한 남녀가 아기를 유모차에 태우고 지나갔다. 10대 소년 둘이 길 가운데로 나란히 자전거를 타고 갔다.

어떻게 하다가 이렇게 되었을까? 거실 러그 아래 숨겨져 있던, 지하로 통하는 문을 발견한 듯했다. 그 문을 들어올리자 바로 발밑에 완전히 다른 세상이 펼쳐져 있었다. 알 수 없는 거대한 톱니바퀴들과 기계 장치들이 돌아가는 숨겨진 세상. 나도 모르는 사이 내 삶을 완전히 바꿔놓을 수 있는.

나는 한참 동안 말없이 현기증이 가라앉기를 기다렸다. 그리고 심호흡을 했다.

지금은 약한 모습을 보일 때가 아니었다. 강해져야 했다. 정신을 똑바로 차리고 집중할 때였다.

멀이 마침내 작은 목소리로 물었다. "이제 어떻게 하지?"

"이제? 내가 몇 가지 질문을 할게."

나는 침대 밑에 손을 넣어 거기 두었던 빈 여행가방 두 개를 꺼냈다. 침대 위에 놓고 지퍼를 열어 뚜껑을 젖혔다.

멀은 주저하며 불안하게 나를 보았다. "알았어."

"이제부터 하나라도 거짓말하면, 이 여행가방만 들려서 거리로 내쫓을 거야." 진심은 아니었다. 하지만 내 허세가 들키지 않기를 바라며 세게 나갔다. "그리고 당신 아들은 다시 보기 힘들 거야. 내가 양육권을 전부 갖고, 할 수 있는 조치는 모두 취할 거니까."

멀은 울먹이며 흐느낌을 삼켰다. 망연자실해 보였다. "그럼…… 혹시 우리가 다시 괜찮아질 수도 있다는 뜻이야?"

나는 눈을 감고 내 가족이 뿔뿔이 흩어지는 것보다 더 처참한 일이 있을 수 있을까 생각해보았다. 그보다 최악은 없었다. "우리가 다시 괜찮아지길 원해?"

"응." 멀이 얼굴을 손으로 가리고 대답했다. "물론이야."

"더 이상 거짓말은 안 돼."

"거짓말 안 해."

그리고 멀은 이야기를 시작했다.

## 23

다섯 달 전, 봄에 시작되었다. 딜레이니 가족의 널찍한 정원에서 열린 바비큐 파티에서 멀이 벤과 대화를 나누던 기억이 났다. 그녀가 미소를 띠고 벤의 농담에 웃는 동안, 나는 베스에게 무슨 말을 해야 하나 고민했다. 멀이 벤을 열렬히 쳐다보며, 무슨 말에든 웃을 준비가 돼 있던 모습, 그때 모든 것이 시작되었다.

벤이 멀에게 좋은 와인을 갖다줘서 고맙다고 문자를 했고, 문자가 계속되었다. 멀이 노동법에 대한 조언을 해주었고 벤은 고맙다며 멀의 사무실로 샤토 무통 로쉴드 99년산을 보냈다. 벤도 테니스 클럽에 합류하여 멀을 더 자주 볼 수 있게 레슨을 받기 시작했다. 그리고 파크 레인에서 열린 어느 기업 시상식에 우연히 같이 참석했다.

"난 그게 무슨 운명 같았어. 그렇게 만나게 된 게, 운명이라고." 멀이 말했다.

둘은 샴페인 한 병을 나눠 마셨다. 그 밤이 끝날 때까지 또 한 병을 나눠 마시고 같은 택시를 탔으며 벤의 호텔로 같이 갔다. 물론 프레지덴셜 스위트로. 4개월 전, 6월, 처음 같이 밤을 보낸 것이다.

"그냥 그렇게 됐어. 계획한 것도 아니었고 고의도 아니었어. 나는 기분이 좋았던 거야. 관심을 가져주니까. 자신만만하고 재미도 있었고. 큰 집에 멋진 차에, 자기 회사도 가지고 있는 남자가 나에게 아직 관심이 있었으니까."

"맙소사, 멀. 나도 당신한테 관심이 있어! 당신은 내 아내니까! 우린 결혼했잖아!"

멀은 또 눈물을 흘렸다. 나는 방 안을 서성이기 시작했다. 멀이 진정을 하고 이야기를 계속하길 기다렸다.

결국 떨리는 목소리로 멀이 말을 이었다. "난 지겨웠어. 똑같은 일상에 똑같은 날들이. 직장, 출퇴근, 집, 침대. 그는 달랐고 흥분이 됐어. 그게 변명이 될 수 없다는 건 알지만."

"사는 게 지겨워서 그놈과 잤다는 거야?"

"아냐. 뭐, 조금은. 하지만 꼭 그런 건 아냐. 그는 예전에 남자들이 나를 바라보던 눈길로 나를 봐줬어."

"지금도 남자들이 당신을 쳐다봐, 멀."

"이제는 별로 그렇지 않아."

"아니, 그래. 나도 그중 하나고."

"예전 같지는 않잖아."

"그럼 내가 지겨워진 거구나."

"그건 아냐." 멀이 자신 없이 말했다.

"하지만 우리 결혼은? 우리 가족은? 이게 삶이야. 삶은 원래 그래. 늘 롤러코스터 같을 수는 없어. 가끔은 그냥 타협하고 더 좋은 것들을 향해 나아가야지."

"하지만 그게 진실일까?" 멀이 나를 보았다. "가끔 난 아침에 일어나서 오늘 하루, 기대가 되는 일이 있는지 생각해내려 안간힘을 써. 그리고 어떨 때는 며칠씩, 몇 주씩, 아무런 기대 없이 그냥 흘려보내."

나는 멀을 건너다보며, 우리 사이에 자라난 공허감의 크기에 놀랐다. 여기를 가로질러 건너갈 다리를 만드는 게 가능할까?

"그럴 때도 있겠지. 하지만 극복하고 나아가야 하는 거잖아. 어떨 때는 그저 나쁜 일 없이 무사히 지나간 것에 감사해야지. 사건이 많은 날도 있고, 별일 없는 날도 있고. 또 그 일이 항상 좋은 건 아니니까. 하지만 결국 다 지나가게 돼 있잖아."

"우리 엄마도 그렇게 생각했지."

나는 그제야 멈춰 섰다. 멀의 엄마, 패멀라는 20년의 결혼 생활 동안 정신적 학대를 견뎌냈다. 한 달 또 한 달, 한 해 또 한 해를 참으며 멀이 열여덟 살이 되어 대학에 들어가자마자 남편과 헤어질 계획을 세웠다. 멀이 시험 결과를 받고 노팅엄 대학에 들어가게 되던 날, 엄마는 악성 유방암 진단을 받았다. 그 후 탈출의 꿈을 실현도 못 시켜보고 겨우 네 달을 더 살고 죽었다.

"당신 엄마는…… 그건 비극이었어. 당신이 어떤 심정일지 난 상상도 할 수 없을 거야. 너무, 너무 운이 나빴지. 하지만 당신은 달라, 멀."

"엄마는 자신의 삶이 나아지기만을 기다리며 계획을 세웠어. 하지만 실현시킬 시간이 없었지."

장례식 후 멀은 엄마의 공책을 발견했다. 패멀라가 꿈꿨던 모든 일들, 비행기와 외국인, 그리고 '괴상한' 음식들을 싫어했던 독재자 남편에게서 벗어나면 가고 싶었던 곳들의 목록이었다. 하지만 자유의 시간은 찾아올 새가 없었다. 그 후로도 오랫동안 멀은 그 공책을 볼 때마다 울었다고 했다. 나에게도 한 번 보여주었다. 아직도 어딘가 보관되어 있을 것이다.

내가 말했다. "우리에겐 더 좋은 삶이 기다리고 있을 거야. 나도 그렇고. 다들 상황이 점점 나아져."

멀이 고개를 저었다. "당신은 그럴 수 있지. 나는 아냐."

"그게 무슨 말이지?"

"아무것도 아냐."

"말해봐. 무슨 소린지."

멀이 잠시 나를 쳐다보다가 시선을 떨궜다. "당신, 교사 일을 시작한 지 얼마나 됐지?"

"수습 기간까지 포함해서 13년."

"그동안 세 학교를 거쳤지."

"응, 아네."

"그런데도 당신은 아직 부서 차장이잖아. 교사가 네 명 있는 부서의."

"그래서?" 나는 얼굴이 달아올랐다.

"우리 나이에도 교감이 된 교사가 많아. 케이트도 그렇고. 벌써 교장이 된 사람도 있지. 정말 열심히 한 사람들, 기회를 놓치지 않으려고 여러 수단도 동원하고."

나는 화를 드러내지 않으려 애썼다. "나는 그러지 못했다고 하는 거야?"

"나도 모르지."

"그런 말처럼 들리는데."

"조셉, 당신 정말 노력했어? 솔직히? 아니면 그냥 적당히 해 나가는 데 만족하는 거야? 대충 물에만 떠서 흘러가는 대로 내버려두고, 편하게, 판에 박힌 생활에 안주하면서?"

얼굴이 시뻘게지는 걸 느낄 수 있었다.

"안주라고?"

"하키를 그만둔 이래로, 부상당한 이후로, 당신은 도전 같은 건 포기하고 그냥……."

"뭐? 그냥 뭐?"

"평균이 되는 데 만족한 것 같아."

나는 이를 악물고 소리쳤다. "이게 내 탓이라는 거야? 감히? 모든 게 당신 결정이었어. 그 누구도 아닌. 다른 남자와 잠자리를 하기로 한 것도, 우리 결혼 서약을 깨기로 한 것도! 감히 내 잘못이라고 말하지 마."

그런 말을 하는 멀이 너무 미웠던 이유는 나 역시 지난 몇 년 간 그 생각을 많이 해왔기 때문이었다. 하지만 나만의 생각인 줄 알았다. 그런 비판을 할 수 있는 것도 나뿐이어야 했다.

멀은 후회하는 표정을 지었다. "미안해, 조셉. 그런 의미는 아니었어. 이런 말을 하려던 게 아닌데. 물론 다 내 잘못이야. 그저 내가 용서할 수 없는 잘못을 저질렀기 때문에 온갖 변명을 생각 해내고 있는 것뿐이야."

나는 떨리는 손으로 관자놀이를 문지르며 분노가 가라앉기를 기다렸다. 이래봐야 우리에게 아무 도움이 안 됐다. 지나간 일일 뿐이다. 나는 창턱에 앉았다.

"그런 생각을 하고 있는 줄 전혀 몰랐네. 말이라도 해줬어야 지. 다른 사람에게서 답을 구하기 전에."

"나도 알아. 정말, 정말 미안해. 실은……."

"뭐가? 뭔데?"

멀은 그제야 자신의 얼굴을 두 손으로 감쌌다. 이제부터 하려 는 말이 너무나 수치스러운 듯이 말이다.

"실은 윌이 아기 때부터 도무지 어떻게 해야 할지 모르겠는 거야. 대부분은 뭘 해줘야 할지도 모르겠고, 어떻게 해야 좋은 엄 마가 되는 건지도. 당신은 갈수록 내가 필요 없어지는 것 같고. 둘이서 점점 더 가까워지는데 나는 끼어들지도 못하게 됐어."

"이건 경쟁이 아니야, 멀. 당신은 윌의 엄마야. 엄마가 필요하 지 않은 아이가 어디 있어?"

"하지만 어떨 땐 차라리 내가 없는 게 둘한테 더 나은 것 같

아. 그런 생각이 들면 내가 너무 한심해져."

"그건 사실이 아냐. 그리고 설령 그렇다고 해도, 당신이 한 짓이 정당화되진 않아."

"나도 그러려고 하는 말은 아니야. 그냥 그렇게 된 거니까."

멀이 울기 시작했다.

나는 너무 괴로워서 똑바로 서 있기도 힘들었다. 그냥 그렇게 된 거라니. 침실이 너무 낯설고 우리 둘이 있기에 비좁게 느껴졌다. 하지만 생각할수록 모든 상황이 확연해졌다. 밤까지 계속되는 팀 회의가 많았다. 집으로 전화가 걸려왔고 내가 들어가면 멀은 재빨리 끊었다. 그리고 이메일…… 멀은 이메일을 보다가 내가 다가가면 늘 창을 닫아버렸다.

멀은 누드 사진을 보내는 게 둘 사이 농담처럼 시작됐다고 말했다. 호텔에서 처음 밤을 보낸 후 세면대에서 벌거벗고 이를 닦는 벤의 사진을 멀이 찍은 후부터였다. 웃겨서 메시지로 사진을 보냈더니, 벤이 멀의 사진도 보내야 공평하다고 주장했다. 그게 계속되어 매일 으레 누드 셀카를 찍어 보내는 게 농담 같은 습관이 되었다는 것이다.

"어제 한 말은 뭐지? 결혼식에서 키스했던 일은? 그것도 다 거짓말이었어? 아니면 실제로 있었던 일이야?"

"실제로 있었어. 그리고 말했듯이, 벤은 그냥 넘어가려 하지 않았지. 더 원했지만, 난 오랫동안 적당한 거리를 유지해왔어. 벤은 받아들이려 하지 않았고 줄기차게 시도했어. 집착 같았지. 그리고 나서 6월에 파크 레인에서 열린 시상식에서 또 만난 거야. 나는 더 이상 버틸 힘이 없었어. 그리고…… 나머지는 이미 말했지."

나는 다른 사람의 옷을 입은 기분이었다. 다른 사람의 집에서 다른 사람의 삶을 대신 살고 있는 듯했다. 이건 내가 아니었다. 우리가 아니었다.

정신 차리자.

"그럼 목요일에 호텔에서 만난 건 그만 연락하라는 말을 하기 위해서가 아니었군. 물론 일 얘기도 아니었고."

"응."

"그럼 그때 그 호텔에서도 섹스를 한 거야?"

멀이 고개를 흔들었다.

"대답해. 목요일 오후에 벤과 섹스했어?"

"아니."

"믿을 수 없어. 그럼 거기서 뭘 한 거야?"

"얘기."

"무엇에 대해서?"

"우리에 대해서. 벤은 나와 사랑에 빠졌다고, 이런 사랑은 처음이라고 말했어. 나를 위해서라면 무엇이든 할 수 있다고. 내가 원하기만 하면 베스를 떠나고 앨리스도 포기하겠다고. 회사도 팔 수 있다고. 집도 팔고 멀리 이사 가서 모든 걸 포기하고 함께 하고 싶다고."

단어 하나하나가 얼음으로 만든 창처럼, 점점 더 날카롭게 벼려지며 가슴에 꽂혔다. 하지만 모두 들어야 했다. 전부 밝혀져야 했다.

"우리 집에서도 벤과 섹스했어?"

"응." 멀이 기어들어가는 목소리로 대답했다.

"우리 침대에서?"

멀이 고개를 끄덕였다. 우리 부부의 침대. 우리가 처음으로 넓은 침실을 갖게 된 이 집으로 이사 오던 날, 우리 자신에게 선물한 킹사이즈 침대였다. 윌리엄이 잉태된 침대이기도 했다. 내가 알기로는 그랬다.

"그 전에도 다른 남자가 있었어?"

멀이 고개를 번쩍 들고 단호하게 말했다. "아니."

"정말 그럴까?"

"그건 너무해, 조셉."

"너무하다고?" 나는 공허하게 웃었다. "그게 지금 나한테 할 소리야?"

멀은 바닥을 노려보며 대꾸했다. "다른 사람은 없었어."

나는 몸을 돌려 서랍장 위의 윌리엄 액자를 보았다. 신생아용 옷을 입고 턱받이를 한, 볼이 통통한 아기가 작은 손에 큰 생일 케이크 조각을 움켜쥔 채 웃고 있었다. 엄마를 닮은 눈. 끔찍하고 역겨운 생각 하나가 나무 가시처럼 뇌에 들어와 박혔다. 도저히 떨쳐낼 수가 없었다.

DNA 테스트를 받아야 해. 요즘에는 비용도 얼마 안 든다지. 방법도 간단해서, 우편으로 두 사람의 표본만 보내면 몇 주 후에 결과를 알 수 있다니. 결과를.

모든 일에도 불구하고 이 생각만큼은 도저히 견딜 수가 없어 구석으로 뒷걸음치며 머리를 감쌌다. DNA 테스트를 받으면 진실을 모를 수 없게 된다. 다시는 돌이킬 수 없을 것이다. 만일 이 새로운 두려움이 사실로 밝혀진다면 어떻게 할지, 정말로 결단을 내려야 하리라. 그런데 만일 그때 가서도 결단을 내리지 못한다면, 사실을 알아내는 게 무슨 의미가 있을까?

그럴 수 없다.

윌리엄은 내 아들이었다. 세상 그 어느 것도 그 사실을 뒤바꿀 순 없었다.

나의 아이. 오늘도, 내일도, 앞으로도 영원히.

"당신 말을 믿을 수밖에 없겠네. 그래야 하니까……."

"조셉, 내가 정말 바보였어. 나를 용서해줄 수 있을까?"

대답할 수 있는 질문이 아니었다. 적어도 지금은.

"너무 많은 거짓말을 했어, 멀."

"나도 알아. 정말, 정말 미안해. 한번 시작하고 나니, 멈출 수가 없었어. 브레이크가 고장 난 것처럼."

"어젯밤 얘기를 해봐. 앨리스를 데려다주고 나서."

멀이 한숨을 쉬며 눈물을 닦았다. "다시 집에 돌아왔어."

"최소한 두 시간은 더 있다 왔어. 어디 갔었어?" 나는 열려 있는 여행가방을 가리켰다.

"난……."

"뭐 했어?"

"벤이 메시지를 몇 개 남겼어. 내가 전화해서 잠깐 얘기를 나

넣어."

"그래서?"

"브렌트크로스 근처 호텔에 있더라고."

"설마 목요일의 그 프리미어 인? 가서 만나고 왔어?"

멀이 고개를 저었다. "아니, 그냥 얘기만 했어."

"무슨 얘기?"

"조셉, 지금 와서 달라지는 건 없다는 거 알아. 당신이 내 말을 믿지 못할 거라는 것도. 하지만 이것만은 알아주었으면 좋겠어." 집으로 돌아온 이래 멀이 처음으로 내 눈을 똑바로 보았다.

"말해봐."

"우린 끝났었어."

"무슨 말이야?"

"목요일에 벤을 만났던 건 끝내기 위해서였어. 완전히."


## 24


"거짓말." 목이 메었다.

"사실이야."

"더 이상 거짓말하지 말라고 했을 텐데."

"정말 맹세해. 내 목숨을 걸고." 멀이 티슈를 또 뽑아 코를 풀었다.

그때 문득 엉뚱한 생각이 들었다. 멀의 코 푸는 모습까지 사랑했지. 공작부인이라도 되는 것처럼 고상하게 코를 푼다고, 아기도 없는데 아기가 깰까 봐 조심하는 사람처럼 코를 푼다고 놀렸는데. 멀의 모든 것을 사랑했다. 지금은 그 생각이 나를 더 괴롭히기만 한다. 내가 잃어버린 것이 무엇인지, 우리 사이에 영원히 끝나버린 것이 무엇인지 알려주니까.

"그래서 벤이 그렇게 화를 내고 있었던 거야?"

"그래."

"왜 끝내고 싶었는데?" 나는 조용히 물었다.

"벌써 몇 주째 끝내려고 했어. 두세 번 시도했지만 벤이 들으려 하지 않았어. 우리는 함께할 운명이라면서. 우리가 느끼는 감정이 옳고 다른 건 다 잊어야 한다면서 계속 문자와 이메일을 보냈어. 그러지 말라고 해봐야 소용없었고."

"그럼 기본적으로 당신은 벤한테도 싫증이 난 거네."

멀의 일그러진 얼굴을 보자 나는 뱉은 말이 후회됐다.

"죄책감이 너무 커져서 그랬어. 초콜릿 케이크를 먹다가 이러지 말아야지 생각하면서도 멈출 수가 없는 것처럼. 하지만 조만간 멈춰야 한다는 것을 깨달을 수밖에 없지. 그건 내 삶을 포기하는 거니까. 한 시간, 하루, 일주일 동안은 만족을 주지만 평생을 그럴 순 없잖아. 마음속 깊은 곳에서는 나도 알고 있었어. 처음 만나기 시작했을 때조차도. 게다가 베스가 알면 어떨지, 그 생각을 견딜 수가 없었어. 윌리엄에게는 또 어떻게 설명할지."

"나는?"

"당신도 마찬가지로, 아니, 무엇보다 당신에게."

"그래서 목요일에는 어떻게 됐어?"

"난 벤과 만나기로 했어. 중간 지점의 호텔에서."

"이번에는 알아들었고?"

"그랬지. 그때는 이해를 했어."

오싹한 느낌이 척추를 타고 내려왔다. "왜? 왜 이번에는 이해한 거야?"

"내가…… 벤에게 다른 말을 했거든. 이야기를 지어냈어. 당신에 대해서. 당신이 우리 사이를 의심한다고. 내가 통화하는 걸 우연히 듣고 온갖 질문을 한다고."

벤이 주차장에서 보였던 적개심과 분노가 기억났다.

"당신이 날 위협한다고 말했어."

"뭐라고?"

"바람피우면 가만두지 않겠다고, 패주겠다고 위협한다고 말했어."

멀의 말에 복부를 강타당하는 듯했다.

"맙소사, 멀, 난 절대 당신을 해치지 않아. 절대로. 차라리 절벽에서 뛰어내리고 말지."

"난 벤에게 끝내야 한다고 말했어. 그렇지 않으면 당신이 무슨 짓을 저지를지 모른다고."

"그 폭탄이 어디로 가서 터지는 건지…… 무섭네."

"벤은…… 기분 좋아하진 않았지."

나는 잠시 이 새로운 정보를 소화하려 애썼다. 그러고 보니 상황이 다 맞아떨어졌다.

"그래서 목요일에 술을 마셨구나. 총도 가지고 나간 거고."

"이해를 좀 해줬으면 좋겠어. 끝내려면 무슨 말이든 해야 했다고. 어떻게든 놀라서 떨어져 나가도록."

"그래서 내가 폭력적인 남편이라는 거짓말을 했다고?"

"그거면 될 줄 알았어."

"그런데도 벤은 유지하고 싶어 했고."

어떻게든 불륜이라든지 관계라는 말을 쓰고 싶지 않았다. 그런 말을 쓰면 더욱 심각하고 결정적인 현실이 될 것 같았다.

"벤은 베스에게 싫증 난 지 오래됐어. 그들 사이에 튀던 불꽃은 오래전에 꺼졌다고 하더군. 대학 때 베스가 임신하지 않았다면 곧 헤어졌을 거라고 했어. 하지만 앨리스가 태어났고 벤은 책임져야 한다고 느꼈대. 그래서 결혼한 거야. 베스는 앨리스를 낳고 돌보려 학위도 포기했어. 언젠간 돌아가려 했지만 이런저런 이유로 그렇게 되지 않았지."

내가 베스에게서 직접 듣지는 못한 이야기였다. 하지만 일찍 결혼한 건 알고 있었다. 베스는 마지막 학기에 대학원을 그만두었던 것이다. 뭘 공부했는지는 들었는데 잊어버렸다. 예술사였던가. 내가 멀을 만나기도 전의 이야기지만, 결혼사진은 한 번 구경했다. 둘은 10대 소년소녀처럼 보였다.

베스는 배를 감추려고 헐렁한 크림색 드레스를 입었고, 벤은 스포츠 머리에 안경을 꼈다. 학교 무도회에 가려고 아버지 정장을 빌려 입은 아이 같았다. 우리 주변에서 가장 일찍 결혼한 커플이었다. 이른 나이에 부모가 된 부부도 오랫동안 그들뿐이었다. 앨리스는 이제 열네 살이었다. 게다가 그 나이에 그렇게 똘똘하고 성숙한 아이라니. 베스는 종종 앨리스가 아빠를 더 좋아한다고 농담했다. 어쨌든 둘 사이는 가까운 편이었다. 같이 있으면 서로를 이해하고 있다는 게 잘 드러났다. 우리 또래인 30대 중반들은 대개 육아 중이거나 아이가 기껏해야 초등학교에 입학했고, 결혼조차 안 한 사람도 많았다.

결혼사진을 생각하니 한 가지 기억나는 게 있었다.

"당신이 들러리였지?"

"절친이었으니까."

이런 전형적인 반전의 상황이라니, 더 기가 막혔다.

"그때도 좋아했던 거 아냐?"

"절대 아니야."

"왜?"

"그냥, 좋아하지 않았으니까. 15년 전이라고."

"그때는 차도 넉 대가 아니고 햄스테드의 방 여섯 개짜리 집에 살지 않아서?"

심술궂은 말이었지만 한마디 하지 않고는 못 배겼다.

"그런 게 아니야."

"그럼 뭔데?"

"이러지 마, 조셉. 난 그런 대답 못 해. 나가라면 나갈게. 하지만 고문은 하지 말아줘."

"베스한테는 뭐라고 하려고?"

멀이 고개를 번쩍 들었다. "아, 맙소사. 이런 얘길 베스한테 할 건 아니지?"

"나도 몰라. 그럴 것 같진 않지만. 어쨌든 벤에게 다시 말해. 이제 끝났다고. 완전히."

멀이 휴지로 눈을 찍었다.

"지금?"

"지금."

멀이 다시 코를 풀더니 주머니에서 전화기를 꺼내 화면을 눌렀다.

"나한테도 보여줘."

"뭐?"

"나한테도 번호를 보여달라고."

멀이 전화기를 내 쪽으로 돌리며 연락처 목록에서 '벤 핸드폰'을 골랐다. 전화를 걸고 자기 귀에 댔다.

"스피커폰으로 해."

멀이 귀에서 전화기를 떼고 화면을 눌렀다. 금속성 신호음이 방 안을 가득 채웠다. 나는 멀의 표정을 살폈다. 그녀는 지칠 대로 지친 모습이었지만 홀가분한 표정이었다. 마치 이 모든 짐을 내려놔서 기쁘다는 듯이.

상대방이 전화를 받자 멀이 몸을 세워 앉았다.

남자 목소리가 나왔다. "여보세요?"

벤이었다.

## 25

"벤?" 멀이 긴장한 목소리로 불렀다.

잠시 말이 없었다.

"……왜?" 초조하고 화난 목소리였다.

나는 잘 들으려고 좀 가까이 갔다.

"멀리사야."

벤에게는 멀이 아니라 멀리사다.

또 말이 없었다. 1초, 2초…… 숨 참는 소리가 들리는 듯했다.

"뭘 원해?"

"벤. 나, 조셉과 함께 있어. 다 말했어. 그리고 당신과는 끝났다고 했어. 더 이상은 안 돼. 저번 날에 말했듯이…….."

상대 쪽에서 뚝 하는 소리가 났다. 전화기가 삐삐거렸다.

"벤?" 멀이 전화기를 들여다보더니 말했다. "끊었어." 슬픈 목소리였다.

"다시 해봐."

다시 걸었지만 바로 음성 메시지로 넘어갔다. 또다시 걸었지만 여섯 번 신호음이 울리고 또 음성 메시지로 넘어갔다. "벤 딜레이니입니다. 메시지를 남기세요."

멀이 질문하듯 나를 쳐다보았다.

내가 말했다. "말해."

"벤…….." 멀은 잠시 주저했다. "이 말 하려고 전화했어. 난 더이상 당신을 못 만나. 말했듯이, 베스도 알아. 오늘 스트랫퍼드로 찾아와서 난리를 쳤어. 상태가 많이 안 좋을 거야. 베스가 걱정돼."

이제 와서? 나는 음울하게 생각했다.

"어쨌든 조셉에게 다 말했어. 다시는 전화하지 마. 이 메시지 받으면 알았다는 문자만 보내줘." 그러고 나서 멀은 다시 망설였다. "안녕, 벤."

멀이 나를 쳐다보았다. 내가 고개를 끄덕이자 멀이 전화를 끊었다. 이제 방 안엔 침묵뿐이었다. 나는 멀을 보며 우리가 어쩌다가 이 지경이 됐을까 다시 생각했다. 내가 멀에 대해 정말 잘 알았던 걸까? 멀은 나를 마주 보지 못했다. 나는 결국 다시 창밖 거리를 내다보았다.

"벤이 우리 집으로 올까? 그럴 것 같아?" 내가 물었다.

"솔직히 나도 모르겠어. 화가 나면 좀 예측불허인 것 같은데…… 앞으로 어떻게 할지 전혀 모르겠어."

"당신이 먼저 발견하면, 경찰에 전화해. 알겠지? 망설일 시간 없어. 나도 그렇게 할 거야."

그때 아래층에서 외침이 들렸다. "아빠! 아빠!"

나는 계단을 두 개씩 뛰어 내려갔다. 윌리엄이 소파 위에서 물구나무를 서고 있었다. 발은 벽에 기대고 얼굴은 벌게져 있었다. 소파 위에는 수십 대의 장난감 자동차가 흩어진 채였다.

"아빠! 나, 물구나무섰어!"

이 와중에도 미소가 지어졌다. 웃을 수 있어서 기뻤다. 오늘은 내 인생 최악의 날이었다. 부모님이 이혼했을 때보다도, 내 운동

선수로서의 생명이 끝나던 날보다도. 그럼에도 나의 아들은 네 살다운 짓으로 나를 웃게 만들 능력이 있었다.

"멋진데, 윌. 그렇지만 이제 그만 내려와서 정상으로 돌아가는 게 어때?"

"난 정상이야."

"똑바로 서는 거 말이야. 그러다가 머리가 빙빙 돈다."

"난 괜찮아."

"그러지 말고, 친구. 벌써 얼굴이 벌겋다."

내가 윌을 조심스레 들어올려 다시 소파에 앉힌 다음 말했다. "우리 놀까?"

"뭐 하고?"

멀 생각에서 벗어날 수 있는 거라면 뭐든 상관없었다. "마당에서 축구할까?"

윌은 잠시 생각에 잠겼다. "다들 엄마한테 화났어?"

"무슨 말이니, 윌?"

"앨리스네 아줌마도 화내고. 아빠도 화내고."

"아냐, 난 화 안 났어."

"엄마한테 소리쳤잖아."

"들었니?"

윌이 엄숙하게 고개를 끄덕였다. "엄마한테 나쁘게 굴었어."

"소리는 쳤지. 좀 화가 나서 그랬어."

"왜?"

"지금은 아니야. 별일 아니었어."

월이 장난감 자동차를 소파 위로 굴렸다. "왜 엄마한테 나쁘게 굴었어?"

"어른들끼리 일이 있었어, 월. 우리 둘 다 서로 나쁘게 굴었지. 하지만 지금은 괜찮아."

이번에는 차들을 소파 위에 나란히 세우기 시작했다. "아빠, 슬퍼?"

그 질문에 나는 말문이 막혔다. 눈물이 솟아오르고 목이 메었지만 월이 보지 못하게 고개를 돌렸다.

우리가 무슨 일을 저지른 걸까?

"아냐, 친구. 난 괜찮아." 나는 재빨리 눈물을 닦고 뒷마당을 가리켰다. "축구 안 할래?"

우리는 비가 약간 오는 늦은 오후에 밖으로 나갔다. 양쪽에 그물로 골대도 만들어놓은 마당에서 스펀지 공이 푹 젖어 무거워질 때까지 차고 쫓아다녔다. 오래지 않아 윌리엄의 청바지는 흙투성이에 풀투성이가 되었다. 외투에도 빗물이 얼룩졌다. 하지만 월은 개의치 않고 차고 달리고 구르며 환호성을 질러댔다. 나는 비 덕분에 눈물을 줄줄 흘려도 보이지 않아서 기뻤다.

멀도 비옷을 입고 밖으로 나왔다. 모자를 뒤집어쓰고 뒷문에 서 있었다. 우리는 잠시 마주 보았다. 그러다가 멀이 뭔가 얘기하러 오려는 듯 한 발짝 내디뎠고, 내 얼굴에 떠오른 표정을 보고 멈칫했다. 나는 고개를 돌려버렸다. 말하고 싶지 않았다.

멀은 대신 그네에 앉아 멀거니 앞을 보며 다시 눈물을 흘렸다. 멀이 낯선 사람처럼 느껴졌다. 다른 사람의 아내 같았다. 나도 낯선 도시, 처음 보는 거리의 남의 집 마당에 있는 것 같았다. 여기가 대체 어디인가 싶었다. 수년 만에 처음으로, 미래가 어떻게 될지 알 수 없었다. 오늘 아침에 깨어났을 때만큼의 희망도 가지지 못한 채.

멀이 예전에 불륜에 대해 인정한 적이 한 번 있었다. 어느 집에서 열린 파티 끝에 느닷없이 진실 게임이 시작되었다. 우리가 약혼도 하기 전 일이다. 10대 때 병깨나 돌려본 술 취한 어른들이 '뭐뭐 한 적 있는 사람 일어서' 게임을 시작했다.

"여자랑 키스한 적 있는 여자 일어서."

"직장에서 섹스한 적 있는 사람 일어서."

"바람피운 적 있는 사람 일어서."

마지막 질문에 멀이 일어섰다. 방 한가운데서 비실비실 술 취한 웃음을 흘리며. 딱 한 번 바람을 피운 적이 있다고 했다. 하지만 열다섯 살 때 그랬던 거니까 별것 아니었다고 주장했다. 나중에 돌아오는 택시 안에서 물어봤지만, 멀은 나에게 키스하며 아주 오래전 일일 뿐이라고 말했다. 그래서 까맣게 잊고 있었다, 오늘까지.

윌리엄이 9 대 8로 이기고 있었다. 그때 청바지 주머니에 들어 있던 핸드폰이 진동했다. 나는 전화기를 꺼내며 손을 들어 보였다. 하지만 윌리엄은 그대로 달려와 빈 골대에 공을 차 넣었다.

"10점!" 윌리엄이 외쳤다. "내가 먼저 10점 냈어! 내가 아빠를 이겼어!"

"잘했다." 내가 말했다.

"15점 내기로 할까?" 윌이 눈을 깜빡거리며 나를 올려다보았다.

빗물을 막으며 전화기를 들여다보았다. 문자 메시지가 와 있었다. 나는 화면을 누르고 멀도 보고 있나 뒤를 돌아보았다. 멀은 그대로 그네에 앉아 우리 아들을 바라보고 있었다. 황량하도록 쓸쓸한 얼굴을 하고.

메시지는 벤이 보내온 것이었다.

오후 3:25 벤 핸드폰
진실을 알고 싶어, 덩치? 만나자. 보여줄 게 있어.

빗방울이 떨어져 화면의 단어들이 얼룩졌다.

만나자.

26

나는 남은 하루 동안 멀과 거리를 유지했다. 멀을 보고 멀의 목소리를 들을 때마다 가슴에 돌덩이가 하나씩 얹히는 듯했다. 무슨 말을 해야 할지 알 수 없었다. 이제 우리는 어떻게 되는 건지도. 우리는 미지의 영토에 와 있었다. 나의 결혼 생활이 난파 당해 언어가 통하지 않는 낯선 해안으로 밀려왔다.

분노도 느꼈지만 밀려드는 감정은 대부분 슬픔이었다. 우리 사이에 너무 많은 것이 망가져 다시는 되찾을 수 없으리란 예감 이 들었다.

축구를 하고 들어와 멀이 윌리엄을 목욕시켰고 나는 레드 와 인 한 병을 가지고 서재로 들어가 문을 닫았다. 그리고 벤의 초 대에 대해 생각해보았다.

보여줄 게 있어.

뭔데? 왜 지금? 분명 사과하려는 건 아니다. 그럴 인간이 아니 니까. 함정일 수도 있다. 목요일에 시작한 싸움을 마무리 지으려 는 건지도. 엽총으로 앙갚음을 하려고. 멀은 내가 되찾았다. 벤 은 인정 못 할 것이다. 헤어지지 않으면 폭력을 쓰겠다고, 내가 위협했기 때문이라고 생각할 것이다. 나를 어떤 인간이라고 생 각할까. 나로부터 멀을 보호해야 한다고 생각하겠지. 나에게 본 때를 보여줘야 한다고. 지난 48시간 동안 나도 벤에 대해 상상 도 못 했던 것들을 알게 되었다. 또 폭력적으로 나올 때를 대비 해서 조심해야 한다.

그래도 질문은 남는다. 뭘 보여주겠다는 걸까? 나는 컴퓨터를 켜고 와인을 한 잔 더 따랐다. 벤이 만날 장소의 지도를 문자로 보냈다. 런던 지도 사진이었다. 대부분 녹색으로 된 지역이다.

A4140 도롯가 킹스베리 일대, 반힐, 프라이언트 컨트리 파크 등을 가로지른다.

공원 안 야외극장 근처 다리에서 내일 오전 10시에.

프라이언트 컨트리 파크라면 멀지 않다. 몇 킬로미터 북서쪽으로 가서 M1의 고속도로 인근을 지난다. 벤이 철인3종 훈련을 거기서 했다. 땀을 뻘뻘 흘리며 당장 쓰러질 것처럼 얼굴이 빨개지도록 달리고 또 달려도 아는 사람이랑 마주칠 일이 없다고 했던가. 이 지역을 꽤 잘 알 거다. 구글어스에서 위성사진을 보니 공원 남쪽 호수 옆에 야외극장이 있다. 꽤 외진 곳 같다. 나무만 무성하고 근처에 건물이 보이지 않는다. 흥미로운 장소를 골랐다. 수많은 목격자가 확보될 공공장소를 택하지 않고 거의 산속이나 다름없는 교외 공원에서 만나자고 하다니. 그것도 월요일 오전 10시라면 사람 한 명 보이지 않을 것이다.

그때 다시 손에 든 핸드폰이 울렸다. 또 문자를 보냈다.

오후 5:31 벤 핸드폰
혼자 와.

나는 문자를 잠시 노려보다가 다시 구글어스를 보았다. 혼자 오라니. 당연히 혼자 갈 수밖에 없겠지만, 대비해야 할 것이다. 일찍 가서 주변을 살펴보든지. 멀에게 말해야 할까? 하지만 몇 개

월이나 거짓말해온 멀에게, 아직은 이런 얘기를 털어놓을 수 없을 것 같다. 게다가 전 애인이 나를 만나자고 하는 걸 모르는 편이 나을 것이다. 월요일에는 병가를 내야 할 테니, 당연히 직장 동료들에게도 알릴 수 없다. 애덤에게 말해봤자 말릴 게 뻔하니, 애덤에게도 말할 수 없다. 하지만 나에게 이건 꼭 해야 하는 일이다. 만일의 경우에 대비해 무기를 가져가야 할까? 좋은 생각이 아닌 것 같다. 정말로.

훨씬 좋은 방법이 있었다. 나는 칸 순경의 명함을 찾아 전화를 걸었다. 근무하고 있던 다른 경찰이 받았다. 나는 내가 누구인지 설명하고 책임자에게 내일 아침 최대한 빨리 메시지 좀 전해달라고 부탁하며 벤과 만나기로 한 장소와 시간을 알려주었다. 가능하면 경찰 한 명을 공원 입구로 보내 벤을 같이 만나러 갈 수 있게 해달라고 했다. 그러면 이 실종 게임도 끝날 테니까.

자세한 공원 지도를 찾아보았다. 숲길, 산책로, 호수, 주차장, 그리고 가운데를 통과하는 도로가 표시돼 있다. 나는 와인을 마저 마시고 잠시 더 앉아 있었다. 내가 실수하는 게 아닐까? 아니면 모든 것을 알게 될 기회일까. 그러고 나면 내 가족을 다시 추스를 수 있을까. 알아내는 길은 하나밖에 없다.

어쨌든 나는 벤을 만나서 하고 싶은 말이 있다. 두 눈을 똑바로 들여다보며 멀은 내 여자고 나는 그녀의 남자라고. 무슨 일이 있어도 그건 변하지 않는다고 말이다. 멀도 인간이니 실수를 저지를 수 있지만 이젠 지나간 일로 묻어두고 다시 시작하기로 했다고 할 것이다.

조금은, 아니 실은 많이, 벤을 때려줄까 생각도 잠깐 했다. 내 가정을 깨뜨리려 한 벌로 말이다. 불리한 체격이라고 해서 배려받을 자격은 이미 박탈당했다.

컴퓨터를 끄려다 보니 웹캠이 보였다. 모니터 위에 달린 조그만 전자 눈 옆에 빨간 불이 들어와 있었다. 카메라 불은 사용하고 있을 때만 들어온다. 즉 누가 이쪽을, 나를 보고 있을 때 말이다.

익명의 누군가가 아니다. 사실 보고 있을 사람은 하나밖에 없다. 벤이다.

# 월요일

## 27

멀은 늘 그렇듯 오전 7시 10분에 집을 나섰다. 우리는 어젯밤
도 오늘 아침에도 말을 하지 않았다. 멀이 현관문을 닫자마자 나
는 학교에 전화해 학년주임에게 메시지를 남겼다. 식중독으로
아파서 못 간다고.

윌리엄과 학교 운동장에서 기다리는데, 엄마들 가운데 하나
가 나를 연민과 호기심 섞인 표정으로 쳐다보았다. 왠지 낯이 익
은 얼굴이었는데, 재빨리 고개를 돌리며 옆의 여자에게 뭐라고
말을 했다. 그제야 기억이 났다. 어제 스트랫퍼드에서 베스가 난
리칠 때 근처 자리에 있던 여자였다.

무뎌지는 수밖에. 소문은 퍼질 것이고, 막을 방법도 없었다. 떠
들라지. 그 정도는 견딜 수 있었다.

9시가 좀 지나 프라이언트 컨트리 파크의 자그마한 주차장에 도착해보니 석 대의 차가 있었다. 하나는 흰색 애스턴 마틴 DB9로 번호판에 '크게 이겨'라는 문구가 들어 있었다. 젠장. 벤이 먼저 왔다.

나는 줄 끝에 주차하고 짙게 선팅된 벤의 차창 안으로 움직임이 있는지 들여다보았다.

그때 문자가 울렸다.

오전 9:03 멀 핸드폰
미안해, 조셉. 제발 용서해줘. 사랑해. 쪽쪽쪽.

그 문자를 보고 있자니 다시 가슴이 아려왔다. 답은 하지 않은 채 전화기를 주머니에 넣고 기다리며 벤이 차 안에 있는지 살폈다. 뭘 보여주려는지 모르겠지만 도로에서 가까운 주차장에서 만나는 게 나을 것이다. 탈출로도 확보돼 있고 건물과 사람들에도 가까워 목격자가 나올 수도 있으니까. 공원 으슥한 곳으로 가는 것도 싫다. 갑자기 다 그만두고 싶어졌다.

애스턴 마틴에서는 움직임이 보이지 않았다. 나는 차에서 나와 그쪽으로 걸어갔다. 너무 빠르지도 느리지도 않은 걸음으로, 침착하고 조심스럽게 주변을 둘러보면서.

차창을 들여다보니 코스타 커피 큰 컵이 홀더에 꽂혀 있었고 뒷좌석에는 옷 뭉치가 쌓여 있었다. 마치 커다란 가방 내용물을 뒷좌석에 쏟아내고 다른 걸 담으려 했던 것처럼. 총도 하나 가져갔다지.

나는 옷가지들을 한참 노려보다가 내 전화기의 위치 추적 기능을 켠 후 지도를 열었다. 그리고 길고 구불구불한 산책로를 따라 들어가기 시작했다. 작은 언덕길을 지나자 숲이 나왔다. 청명한 10월 아침이었고 높은 나뭇가지에서 새들 소리가 요란했다. 한참을 걸어도 사람은 보이지 않았다. 계속 눈을 부릅뜨고 두리번거리며 손은 주머니에서 빼, 언제라도 대응할 준비를 했다. 나무가 듬성해지더니 작은 호수가 나왔다. 나무들 사이로 낮은 가을 햇살이 비스듬히 비쳐들었다.

발소리에 돌아보니 라이크라 톱과 반바지를 입은 젊은 여자가 헤드폰을 쓰고 나는 본 체 만 체 지나갔다. 산책로에서는 돌멩이가 자주 발에 걸렸다. 호수 건너 야외극장이 보였다. 녹색 숲과 푸른 호수와는 어울리지 않는 회색 콘크리트의 원형 극장이었다. 심장이 두근거렸다.

어디 있는 거지?

벤에게, 아내와 자던 남자에게 뭐라고 말해주나? 아직도 멀이 자기에게 돌아올 거라 생각하고 있을지 몰랐다. 절대 포기하려 하지 않을 것이다.

숲길로 호수를 빙 돌아가자 다리가 눈에 들어왔다. 주변에 아무도 없는 것 같았다. 그렇다고 정말 없는 건 아닐 수 있었다. 나무와 덤불들이 빽빽하고 야외극장에도 숨을 데는 많아 보였다.

주머니 속의 전화기가 울렸다.

오전 9:14 벤 핸드폰
혼자야?

몇백 미터 떨어진 곳에서 개와 호숫가를 산책하는 노부인 말고는 아무도 보이지 않았다. 잠시 쳐다봤지만, 그녀는 내가 안 보이는 것 같다.

오전 9:15 나
그래

나는 다리로 올라갔다. 가운데로 가는데 기분이 이상했다. 아치를 그리는 다리에는 허리까지 오는 돌난간이 있다. 윌리엄과 같이 오면 좋았을 곳인데. 아마도 며칠, 몇 달, 아니면 몇 년 더 있다 와야 할 것이다.

사방을 둘러보며 주위를 파악하려 애썼다. 이제 나무들 때문에 보이지 않는 주차장과는 한참 멀어졌다. 좀 전의 조깅 여성과 노부인을 빼면 아무도 보지 못했다. 다리의 돌난간에 기대 호수를 건너다봤다. 선선한 가을바람이 북쪽에서 불어 호수에 잔물결을 일으킨다. 하늘이 흐려지기 시작했다. 화창했던 날씨가 갑자기 어두워졌다.

시선이 다시 다리 건너 야외극장으로 향했다. 야외극장의 벽과 구석진 곳들에 숨을 곳이 많아 보였다. 다리를 내려가 길게 자란 잡초를 헤치고 반원형 콘크리트 관객석으로 내려갔다. 제일 아래쪽의 무대에 도착했다. 극장 건물은 1층 기단부 위에 목재로 2층을 올렸는데, 비수기라 문이 닫혀 있었다. 그래서인지 낡고 황량한 느낌이었다. 다가오는 겨울 비바람 속에 버려진 것처럼 말이다.

극장엔 아무도 없었다. 그래서 다시 다리로 돌아갔다. 시간도 확인하고 다시 문자를 보냈다.

오전 9:18 나
도착했음

답장이 바로 도착했다.

오전 9:18 벤 핸드폰
나도

나는 핸드폰을 쥐고 휙 돌아봤다. 산책로에는 아무도 없었다. 야외극장도 썰렁한 그대로였다. 새소리조차 들리지 않았다. 호수 건너의 나무들 사이도 훑어보는데 심장박동이 빨라졌다. 총을 가지고 있댔지.

그런 답장까지 받고 나니 갑자기 지금 상황이, 반쯤 버려진 공원으로 혼자 온 게 현명한 행동이 아니었다는 생각이 들었다. 게다가 내가 경찰에게 말한 약속 시간에서 30분도 더 남았다.

경찰이 일찍 올 수도 있을까? 아마 아닐 거다. 아예 오지 않을지도 모르지.

나는 뒤를 한 번 더 돌아보고 숲 쪽을 다시 찬찬히 살폈다. 그러자 벤이 보였다.


# 28


벤은 호수 건너편에 있었다. 50~60미터 떨어져 서 있었다. 목요일 저녁 입고 있던 재킷을 그대로 입고 있었다. 루이비통 재킷. 200만 원쯤 할 거라고 멀이 말한 적 있었다. 검은 야구 모자를 쓰고 파란색의 기다란 캔버스 스포츠백을 들었는데 별로 든건 없어 보였지만 뭔가 길고 가늘고 무거운 게 든 듯 가운데가 처져 있었다.

벤이 맞는지 확인하려고 그쪽을 한참 노려보았다. 봤다는 신호를 하거나 움직이기라도 하길 기다렸지만, 마찬가지로 나를보며 꼼짝도 않고 서 있기만 했다. 목요일 이후 처음 보는 것이었다. 온갖 감정이 밀려들었다. 배신에 대한 분노. 모든 거짓말에 대한 슬픔. 이걸로 끝이어야 한다는 결심.

손에 닿는 돌난간이 거칠었다. 왜 여기서 보자고 했는지 알 수있었다. 시야가 트여 사방을 볼 수 있어서가 아니라, 누가 서 있든 눈에 띄어 혼자인지 누구랑 같이 왔는지 잘 드러나기 때문이었다.

벤은 여전히 나를 호수 건너편에 놔두고 가만히 서 있었다. 주머니에 손을 넣더니 전화기를 귀에 댔다. 말을 하고, 잠시 듣다가, 또 말을 하고, 전화기를 내렸다. 이번에는 손을 들어 까딱이더니 돌아서 길을 따라 걷기 시작했다.

뭐지? 따라오라는 건가?

이제 와서 못 갈 건 없었다. 여기까지 왔다가 그냥 갈 수도 없었으니까.

나는 다리를 내려가 벤을 따라갔다. 놓치지 않으려 계속 주시했지만 한참 앞서 있었고 걸음도 빨랐다. 벤은 갈림길에 이르더니 뒤돌아보지도 않고 왼쪽으로 들어서 재빨리 나무들 뒤로 사라졌다. 다시 입구 쪽 방향이었다.

나는 뛰기 시작했다. 내 발소리가 크게 울렸다.

이대로 놈을 놓쳐선 안 돼.

조금이라도 따라잡으려 풀숲까지 헤치고 들어갔지만 길이 나무들 사이로 크게 휘어져 벤은 보이지 않았다. 드디어 갈림길로 나왔지만 벤은 여전히 보이지 않았다. 젠장. 왼쪽 길로 다시 뛰며 아까 주차장에서 들어왔던 길을 되짚어갔다.

역시 벤은 아무 데서도 보이지 않았다. 나는 헐떡이며 멈춰서 주변을 둘러보았다. 어떻게 이렇게 빨리 사라졌지? 거리가 많이 떨어져 있긴 했지만 그래도……. 다시 둘러보며 차가운 10월 공기를 한껏 들이마셨다. 바람은 없었고 나무들 역시 꼼짝하지 않았다. 고음의 새소리만 멀리서 들려왔다. 나는 혼자였다. 정말 그럴까?

벤은 사라진 게 아니라 어디 숨어서 나를 지켜보고 있는 거였다. 비웃으면서 말이다. 무성한 덤불과 빽빽한 나무들…… 숨을 곳은 많았다. 누군가 지켜보고 있다는 느낌이 강하게 들었다. 귀를 한껏 곤두세우고 아주 작은 소리도 듣기 위해 집중했다.

그러고 보니 길에서 벗어난 곳에, 단풍이 드는 나뭇잎들 가운데 선명한 파란색이 눈에 띄었다. 벤이 들고 있던 스포츠백이었다. 길에서 겨우 몇 미터 벗어난 작은 빈터에 있었다. 생각해보니 여기서 나무들을 뚫고 가로지르면 바로 주차장이었다. 벤이 나보다 먼저 도착하려고 지름길로 간 것이다.

나도 산책로를 벗어나 가지들을 헤치며 덤불 속으로 들어갔다. 얼굴이 긁히고 옷이 걸렸다. 고개를 숙이며 계속 헤치고 나아가는 뒤로 가지들이 다시 닫히며 거의 완벽하게 내 모습을 가려주었다. 빽빽하고 축축한 덤불에서 나왔더니 온몸에 줄무늬가 생겼다.

파란 스포츠백은 열려 있었다. 발끝으로 건드려보았더니 푹 꺼졌다. 집어 들었더니 텅 비어 있었다. 총을 꺼낸 건가? 등골이 서늘했다. 증오와 분노, 질투에 눈먼 벤이 총을 가지고 내 주변에 있다. 여기까지, 자기가 의도한 곳까지 나를 유도해냈다. 주변엔 사람도 없고. 내가 멍청했다. 완벽히 당한 거다. 젠장, 경찰은 어디 있지? 와달라고 장소와 시간도 알려줬는데. 안 오려는 걸까?

나는 쭈그리고 앉아 귀를 기울였다. 어젯밤 비에 고였던 물방울들이 떨어지는 소리. 새들의 날갯짓. 낙엽이 바스락거리는 소리. 금세라도 벤이 나무 기둥 뒤에서 나타나 나에게 엽총을 겨눌 듯했다. 여기 가만있으면 안 된다.

방향감각이 뛰어난 편은 아니지만 왼쪽으로 곧장 가면 내 차가 있는 주차장이 나올 것 같았다. 나는 일어나서 달렸다. 가지와 덤불들이 더욱 거세게 손과 얼굴을 찔렀지만 무시했다. 낙엽도 두텁게 쌓여 발이 푹푹 빠졌다. 헉헉대는 숨소리가 요란해서 쉽게 위치가 파악될 것 같았다.

벤이 직접 나타날까? 아니면 멀리서 총만 쏘려는지도.

벤은 어디 있지? 무거워지는 다리를 끌고 계속 달리다가 구덩이에 잘못 디뎌 넘어질 뻔했다. 일어서려다가 나무 둥치에 무릎을 찧었다.

차로 돌아가자. 이 짜증나는 곳을 나가서 다시는 같은 실수를 되풀이하지 말자. 나머지는 나중에 걱정하자.

나는 마지막 덤불을 헤치고 주차장으로 뛰쳐나갔다. 온몸이 물기와 흙투성이가 되어 숨을 거칠게 내쉬었다. 손에는 파란 스포츠백을 꼭 쥔 채였다.

하지만 너무 늦은 모양이었다. 벤의 하얀 애스턴 마틴이 사라지고 없었다.


# 29


벤의 모습은 어디에서도 보이지 않았다. 사람이라고는 특징

없는 세단에서 막 나오는 중년 남자와 젊은 여자뿐이었다. 남자는 짙은 색 재킷에 넥타이를 맸고, 여자는 진회색 바지 정장을 입었다.

나는 파란 스포츠백을 움켜쥐고 숨을 헐떡이며 그들을 바라보았다. 여자는 날씬하고 누가 봐도 매력적인 스타일로, 흑갈색 머리를 하나로 묶었다.

남자는 여자보다 열 살은 더 많은 마흔 살쯤으로 보였고, 하루 면도를 건너뛴 것처럼 수염이 까칠했다. 이제 겨우 오전 9시 30분인데 넥타이를 느슨하게 풀고 있었다. 나를 보더니 눈치를 살피듯 거의 사과하는 듯한 표정을 지었다. 마치 많은 사건들을 봐왔지만, 대부분은 해결 못 했다는 듯이.

"조셉 린치 씨?" 남자가 나를 향해 걸어오며 물었다.

"네?"

"나는 경찰청의 형사 반장 마커스 네일러입니다." 그러고는 옆의 여자를 가리켰다. "이쪽은 레이철 레드퍼드 형사고요."

우리는 악수를 했다.

나는 내가 뛰쳐나온 길 쪽을 가리키며 말했다. "놓치셨네요. 조금 전까지 있었는데."

"누구를요?"

"벤 딜레이니요. 방금 떠났거든요. 두 분이 도착하기 직전이었던 것 같은데요."

네일러 반장이 자기 시계를 보았다. "8시 30분 아침 회의 때에야 전달을 받았습니다. 그리고 바로 왔어요." 확연한 남런던 노동 계층 지역 억양이었다. "그래도 일찍 왔을지 모른다고 생각했는데. 10시라고 하지 않으셨나요?"

"나도 그렇고 그도 일찍 왔더라고요."

"아, 안타깝네요." 그러고 나서 반장은 내 옷의 형편없는 상태를 흘긋 보더니 말했다. "괜찮으신가요?"

나는 아직도 좀 헐떡이느라 미처 외관 생각은 못 하고 있었다. "괜찮아요. 좀 뛰었더니."

"왜요?"

"벤이 떠나기 전에 따라잡으려다가……." 내 말이 너무 바보처럼 들릴 것 같았지만 그냥 하기로 했다. "……그러다가 벤이…… 숨어서 나를 지켜보고 있을 것 같았어요. 그래서 빨리 차로 도망쳐야겠다는 생각이 들었죠."

반장이 주머니에 손을 넣고 의아한 눈빛으로 쳐다보았다. "숨어서 지켜봐요? 왜 그런다는 거죠?"

"얘기하자면 긴데요."

"듣긴 했습니다만. 어쨌든 둘이 얘기를 한 건 아니죠?"

나는 고개를 저었다. "보기는 했지만 멀리 있어서 얘기를 못 했어요. 문자만 주고받았죠."

반장이 다시 나를 찬찬히 보았다. "정말 괜찮은 거 맞습니까? 손에서 피가 나는데요."

손등 상처에 핏방울이 맺혀 있었다. 그 밖에도 긁힌 자국이 여럿이었다.

"별것 아니에요."

"가방은 뭡니까?" 반장이 내가 든 파란 스포츠백을 가리켰다.

거의 잊고 있었다. "아, 이거요? 아무것도 아니에요. 벤의 가방인데 저쪽에 버려놨더라고요."

"벤의 것이 확실한가요?"

"아까 가지고 있었어요. 혹시 엽총을 넣어가지고 있던 게 아닌가 싶어요."

"왜 그렇게 생각하죠?"

"아까는 뭔가 무겁고 긴 게 들어 있는 것처럼 보였거든요."

"그런데 버리고 갔다고요?"

"저쪽 수풀에서 발견했어요." 나는 가방을 반장에게 내밀었다. "자, 한번 보세요."

반장은 손을 주머니에서 꺼내지 않았다. "레이철, 좀 받아주겠어?"

형사는 벌써 세단 트렁크로 가고 있었다. 커다란 투명 지퍼백을 가지고 와서 지퍼를 연 다음 내 앞에 내밀었다. 내가 가방을 안에 넣자 지퍼를 봉했다. 그러고 보니 하얀 실리콘 장갑까지 끼고 있었다.

반장이 말했다. "고맙습니다. 린치 씨. 그래서 딜레이니 씨는 좀 전에 떠났다고요?"

"기껏해야 2~3분 됐을 겁니다. 개인 주문 번호판을 단 하얀 스포츠카예요."

"그런 건 못 보았는데요." 반장이 형사에게 물었다. "레이철은 봤나?"

"아뇨."

형사는 검은 매직으로 지퍼백에 뭐라고 쓰면서 대답했다. 그녀의 목소리를 그제야 처음 들은 듯했다.

"아무튼 배는 이미 떠난 듯하니, 우리랑 잠깐 얘기하실 수 있나요?"

"물론이죠."

"경찰서로 가도 될까요?"

"상관없습니다."

네일러 반장이 검은 세단의 뒷문을 열었다. "감사합니다. 그럼 가실까요?"

"제 차를 타고 따라가면 안 되나요?"

"우리랑 같이 가시는 게 편할 겁니다. 경찰서 근처 주차 사정이 지랄이어서요. 더구나 지금 주중이니까요. 레이철이 다시 이리로 모셔다 드릴 거예요."

나는 잠시 반장을 찬찬히 살폈다. 그가 무슨 생각을 하는지 가늠해보려 했다. 왼쪽 귀는 럭비 선수처럼 부풀어올랐고 입술 아래쪽에는 작고 하얀 상처가 웅크리고 있었다. 눈동자는 하늘색에 가까운 차가운 빛이었다. 아무 감정도 읽을 수 없었다.

경찰과 얘기한 경험이라고는 길을 물을 때뿐이었다. 그런 내가 이번 주에만 벌써 세 명을 만났고, 또다시 긴 대화를 앞두고 있었다.

이들이 진짜 경찰일 경우에 한해서지만.

"좀 무례한 질문일지 모르지만, 신분증을 보여주셨어야 했던 건 아닌가요?"

네일러 반장이 인상을 썼다. "내가 경찰인 걸 못 믿겠다는 말인가요, 린치 씨?"

"아뇨, 그런 게 아니라…… 뭐, 요즘 들어서 뭘 믿어야 할지 잘 모르겠어서요."

기러기 세 마리가 시끄럽게 울며 머리 위로 날아갔다.

네일러 반장은 나에게서 눈을 떼지 않았다.

"그렇습니까?" 그가 주머니에서 검은 지갑을 꺼냈다.

내가 신분증의 경찰청 인장과 함께 사진, 계급, 번호를 들여다보는데 반장이 탁 닫더니 말했다. "주말에 안 좋은 일이 있었나 보죠?"

"솔직히 말하면 최악이었습니다."

나는 뒷좌석으로 들어가 앉았고 레드퍼드 형사가 포드를 매끄럽게 몰아 도로로 빠져나왔다.

"힘든 주말이었다니 유감이네요." 반장이 앞좌석에서 돌아보며 말했다.

"토요일에 만났던 젊은 경찰분이 나올 줄 알았는데, 반장님을 보낼 줄 몰랐네요."

"토요일 이후 상황이 좀 바뀌어서요."

"어떻게요?"

"서에서 얘기하죠."

우리는 말없이 차를 타고 갔다.

# 30

2일 만에 두 번째로 킬번 경찰서 안내 데스크 앞에 앉았다. 노숙자 두엇이 뒷줄 의자에 반쯤 졸며 앉아 있었고, 지루해 보이는 근무 경찰이 안내 데스크 뒤에 앉아 있다가 우리가 들어가자 네 일러에게 고갯짓을 까딱했다. 레드퍼드 형사가 묵직해 보이는 보안문 키패드를 찍자 문이 열리고 삭막한 복도가 나왔다. 양쪽으로 문이 세 개씩 나 있었다.

'면담실 3'이라는 검은 플라스틱 이름표가 붙은 왼쪽 끝 문으로 들어갔다. 안에는 탁자와 의자 네 개가 놓여 있었다.

레이철 레드퍼드 형사가 앉으라고 손짓하며 물었다. "차 드시겠어요?"

명료하면서도 친절한 말투였다. 즉시 그녀가 좀 좋아졌다. 런던 억양은 아니고 북부 쪽 출신 같았다.

"홍차 부탁합니다. 설탕 없이 우유만 넣어주세요."

형사가 고개를 끄덕이고 나가며 문을 닫았다. 지금까지 경찰서 출입이라고는 작년 자전거 등록일 때 해로 로드밖에 가본 적이 없었다. 거기도 그랬지만 여기도 완전 우울한 곳이었다. 이 면담실도 전형적이었다. 아무것도 없는 벽, 네 개의 특색 없는 플라스틱 의자, 플라스틱 상판 탁자에는 담뱃불 자국이 나 있었다. 실내 금연이 실시되기 전부터 사용되던 탁자일 것이다.

내가 놓친 전화나 문자는 없었다. 다시 한 번, 프라이언트 컨트리 파크에서 벤이 왜 그런 건지 의아했다. 혹시 형사들이 오는 걸 알아냈나? 스포츠백에 엽총을 넣고 다니다가 경찰에 걸려서 좋을 건 없지. 나는 벤에게 다시 문자를 보냈다.

오전 10:33 나
아까는 왜 그냥 간 거지?

다시 문이 열리고 레드퍼드 형사가 김 나는 일회용 컵을 들고 들어왔다. 그녀가 컵을 내려놓기에, 시작하려는 줄 알고 내가 물었다.

"반장님은 안 오나요?"

"해결할 일이 있어서요. 좀 있다가 오실 겁니다."

그녀가 다시 나가며 또 문을 닫았다. 시계를 보았다. 월요일 아침 10시 34분이니, 고1의 『생쥐와 인간』 수업을 해야 할 시간이었다. 그러나 침침한 경찰서에서 망할 벤 딜레이니에 관해 면담을 기다리고 있었다. 나는 일어서서 창살이 쳐진 창문을 내다보았다. 경찰서 주차장 너머로 나란히 뻗어 있는 철로가 있었다. 평행한 창살 열두 개가 좌우로 시야를 가렸다. 높은 회색 콘크리트 건물들이 그 뒤로 솟아 있었다. 빗방울이 떨어지며 창문에 튀었다.

나의 전화기는 불길한 침묵을 유지했다. 벤에게 또 문자를 보냈다.

오전 10:35 나

오늘 아침에는 대체 무슨 짓이야? 나한테 할 말이 있으면 하라고.

　문이 다시 열리고 네일러 반장이 레드퍼드 형사와 함께 들어왔다. 둘이 내 건너편에 앉았다. 둘 다 하얀 머그잔에 홍차를 담아왔다. 네일러의 잔에는 커다란 붉은 글씨로 대장의 물건이라고 쓰여 있었다. 레드퍼드는 갈색 마분지로 된 서류첩과 수첩을 들고 왔다.
　네일러가 의자를 끌어당겨 앉았다. "늦어서 미안합니다. 그럼 시작해볼까요?" 그는 주머니에서 조그만 디지털 녹음기를 꺼내 탁자 가운데 놓았다. 붉은빛이 깜빡였다. "괜찮으시죠? 받아 적는 것보다 편해서요."
　"네."
　"고맙습니다." 네일러가 손을 마주 잡았다. "그럼 벤저민 딜레이니 얘기를 해보죠. 아시다시피, 그의 아내가 금요일에 실종 신고를 했어요. 우리가 행방을 알아보려던 중에 감사하게도 린치 씨가 토요일에 부인과 직접 경찰서를 방문해 칸 순경에게 정보를 주셨고 오늘 아침 일에 대해서도 신속히 알려주셨죠. 정말 고맙습니다. 제가 린치 씨의 진술과 아내분, 그리고 딜레이니 부인의 진술도 읽어보았는데, 몇 가지 질문드릴 게 있어요."
　"하시죠."
　"딜레이니 씨와 친구죠?"
　"그랬죠."

"현재는 아닌가요?"

"더 이상은 아닙니다."

"어떻게 아는 사이죠?"

"우리 아내들이 학교를 같이 다녔어요. 나는 그를 결혼식이나 세례식 같은 때 만난 게 다였습니다. 그러다 작년에 벤이 런던으로 이사 오면서 좀 더 알게 되었죠."

"그럼 지인이라고 할 수 있겠네요."

"아내를 통해 아는 사이니까요."

"그 부부와 얼마나 자주 만났죠?"

"한두 달에 한 번 정도요. 멀과 베스가 저녁 식사나 바비큐 파티 같은 자리를 만들었어요."

"딜레이니 씨와 펍에 간 적은요?"

"없었습니다."

"한 번도요?"

"솔직히 별로 공통점이 없어서요."

그러고 보니 생각나는 게 있었다. 이제는 우리에게 공동의 사안이 생긴 것이다.

"공동 관심사가 없었다는 거죠?"

"몇 달 전 벤이 자기 포커 모임에 끼워주려 했죠. 멀도 둘이 좀 가까워졌으면 좋겠다고 권했고요."

"딜레이니 씨가 포커 게임을 좋아하죠?"

나는 어깨를 으쓱했다. "잘하더군요. 치고 빠질 때를 알고, 사람들 마음도 잘 읽고요. 게다가 나머지 참가자들을 다 합친 것보다 돈이 많으니까요."

"린치 씨는 포커를 잘하나요?"

"난 한 번 가고 말았습니다. 그런 취향이 아니라서요."

"돈을 잃었습니까?"

"조금요. 허세를 잘 못 부려서겠죠."

"그럼 뭘 좋아하나요?"

"저한텐 네 살 된 아들이 있어요. 윌리엄이죠. 지난 9월에 세인트 힐다 초등학교에 입학했거든요. 윌리엄에게 많은 시간을 쓰고 있습니다. 그리고 스포츠도 좋아합니다. 부상당해서 그만두기 전까진 국가대표 하키 선수였으니까요. 지금은 친구 애덤과 일주일에 한 번 스쿼시를 하죠. 이따금씩 5인 축구를 하고요. 현재는 헤이든 파크 아카데미의 영어 교사로 일합니다."

"그래서 딜레이니 씨가 당신 아내에게 품은 감정 때문에 더이상 친구가 아니게 되었다고요?"

"토요일 멀의 진술서를 읽었나요?"

"다른 분들 것도 읽었어요."

레드퍼드 형사가 서류철에서 토요일 경찰서에서 보았던 것과 비슷한 문서 양식들을 꺼냈다.

내가 말했다. "그런데 알고 보니 그 이상이었습니다."

반장이 나를 찬찬히 보면서 말했다. "제 경험상, 보통 그렇더군요."

# 31

나는 불편하게 들썩였다. "실은 목요일 저녁에 벤과 마주친 이후 사건이 좀 있었고요……. 그 이후 전에는 몰랐던 일들을 알게 됐죠."

"어떤 일들이죠?"

낯선 사람 앞에서 입 밖에 내어 말하고 싶은 내용은 아니었다. 어딘지 비현실적으로만 느껴지던 일이 실재적이고 공식적인 것이 되어버리는 듯도 했고, 실제로 멀의 배신행위가 공공기관에 영원히 기록되는 문제였다. 녹음기의 붉은빛이 계속 깜빡였다.

"뭘 알아냈나요, 조셉?" 네일러 반장이 되풀이해서 물었다.

나는 손이 떨려 무릎을 꽉 잡았다. "벤과 멀이…… 관계가 있었다네요."

네일러가 잠시 기다려주다가 다시 물었다. "어떤 관계요?"

"불륜 말이에요. 벤이 멀에게 요구한 지는 오래됐고 지난여름, 멀도 결국 받아들였다고 하더군요."

"당신은 목요일에 알아냈고요?"

"아닙니다. 뭐, 그런 셈이긴 하지만, 진실을 알게 된 건 어제였어요. 목요일에 처음 뭔가 이상한 상황을 목격하게 된 거죠."

"무슨 일이었는지 말씀해주시죠."

나는 레드퍼드 형사가 꺼낸 문서들을 가리켰다. "저기 다 얘기했습니다. 대부분은요."

"나에게 다시 한 번 말씀해주시죠."

나는 목요일부터 오늘까지 있었던 일을 최대한 빠르게, 쭉 말했다. 벤이 엽총을 들고 집을 나갔고 어제 베스가 펍에서 난리친 일까지 우울한 이야기를 네일러는 끄덕이면서도 무표정한 얼굴로 들었고, 레드퍼드 형사는 토요일 작성된 문서 옆에 메모를 했다.

이야기가 끝나자 네일러가 잠시 뜸을 들이다가 말했다. "조셉, 이런 실종 사건의 경우 우리는 우선 해당 인물의 활동과 동선을 시간별로 파악합니다. 최대한 자세하게 파악하고 멈춘 부분이 어디인지 알아보죠. 다른 정보도 필요하지만 그래야 수사를 시작할 틀과 단서가 확보돼요. 이것들은 칸 순경이 토요일 오후에 당신과 린치 부인에게 받은 진술 내용입니다."

네일러는 문서들을 뒤져 하나를 꺼냈다.

"그럼 오늘 아침 프라이언트 컨트리 파크에서 보기 전까지는 목요일 이후 벤을 전혀 못 봤나요?"

"네."

"목요일 날 정확히 어떻게 헤어졌나요? 별일 없었나요?"

"아뇨."

"설명하세요."

"제가 벤의 차를 박아서 벤이 화가 났죠."

네일러가 연필로 문서를 톡톡 쳤다. "흥미롭네요."

"잘한 일은 아니죠."

"흥미롭네요. 당신 부인 말로는 그보다 일이 더 있었다고 했는데요."

178

아찔했다. 젠장, 토요일에 베스에게 들려준 얘기가 이거였는데.

"어…….." 나는 그런 소리밖에 낼 수 없었다.

"당신 부인은 칸 순경에게 다툼이 있었다고 했습니다. 딜레이니 씨가 쓰러지기까지 했다던데요."

"음…… 네…….." 얼굴이 뜨거워졌다. "그랬죠. 그러던 중에 아들이 천식 발작을 일으켜서 흡입기를 가지러 서둘러 나가야 했습니다. 다시 호텔로 돌아와보니 벤은 가고 없더군요."

"싸웠던 거죠?"

"벤이 나를 쳤어요. 나는 그를 밀었고요. 제대로 싸웠다고 할 순 없었어요."

"칸 순경에게 그 얘긴 왜 안 했습니까?"

나는 열 살 때로 돌아가서 교장실로 불려간 기분이었다. 한편 멀이 의논한 대로 이야기하지 않은 것에 화가 났다.

"미안합니다. 말했어야 하는데. 벤의 아내가 토요일에 와서 벤에 대해 묻기에 멀은 나를 보호하려고 자동차 얘기를 해주고 넘어갔어요. 그리고 나서 나는 칸 순경에게 그대로 얘기한 겁니다. 베스에게 거짓말을 들키지 않도록."

"그랬군요."

"물론 어제 있었던 일 이후에는 다…….." 나는 손을 들어올렸다. "미안합니다. 내가 어리석었어요."

"그럼 멀이 베스에게 거짓말을 했고, 당신은 경찰에게 거짓말을 한 거군요."

"멀은 나를 보호하려고 그런 거예요. 순간 욱해서 일어난 일이었으니까요. 게다가 베스가 너무 힘들어하며 울고 있었어요. 나는 사실대로 말하려고 했는데, 멀이 끼어들어 자동차 얘기를 지어낸 거예요. 경찰한테도 같은 말을 할 줄 알았는데. 어쨌든 우린 벤을 찾는 걸 도우려고 했을 뿐입니다."

"멀도 경찰에게 거짓말을 했을 줄 알았다고요?"

등에서 땀이 흘렀다. "아니었네요. 사실대로 말했네요."

"아니면 두 사람 다 거짓말을 하고 있는지도 모르죠."

"미안합니다. 어리석은 짓이었어요. 짐작하시겠지만, 난 거짓말을 진짜 못 해요."

네일러가 고개를 끄덕였다. "거짓말은 대부분 사람들 생각보다 훨씬 어렵죠. 문제가 꼬이며 일관성을 잃게 되거든요. '거짓말을 하려면 기억력이 좋아야 한다'는 말도 있잖아요. 보통 사람들은 자기가 한 거짓말을 잘 기억하지 못하죠."

"그래서 대체 무슨 말이 하고 싶은 겁니까? 날 믿지 못하겠다고요?"

"나는 무슨 말을 하려는 게 아닙니다. 우린 그저 한 남자의 행방을 찾고 있을 뿐이에요. 실종된 것으로 보이는, 성공하고 저명한, 부유한 사업가요. 혹시 지금 어디 있을지 짐작 가는 데 없나요?"

"모릅니다. 하지만 실종된 건 아니에요."

네일러가 인상을 쓰며 고개를 갸웃했다. "왜죠?"

"말씀드렸잖아요. 오늘 아침에 봤다니까요."

"또 거짓말하는 거 아닙니까?"

"아니에요. 맹세합니다."

"정말요?"

"물론이죠. 멀도 어젯밤에 벤과 통화했다고 하고. 나도 그에게서 문자들을 받았고요."

네일러가 또 뭔가 써넣었다. "우리가 관심을 기울이는 이유를 아시겠죠? 술꾼이나 약물 중독자, 정신 이상자, 떠돌이 같은 이들의 실종이 아니니까요. 아주 성공한 사업가, 사람들을 짓밟고 밀쳐내며 출세 가도를 달려왔을지도 모르는 사업가의 실종이니까요."

"가정법은 필요 없어요. 벤은 자기가 원하는 걸 손에 넣기 위해 무슨 짓이든 해온 남자니까요. 누구든 망가뜨릴 수 있죠. 알렉스 콜닉에 대해 들어봤나요?"

"오늘 오후에 만날 겁니다."

"좋은 얘기를 할 것 같진 않네요."

"두고 봐야죠." 네일러는 대장의 물건이라고 쓰여 있는 머그잔을 들어 한 모금 마신 후 물었다. "그나저나 오늘 아침 프라이언트 컨트리 파크에서 만나기로 한 건 뭐 때문이었습니까?"

"벤이 어젯밤에 문자를 해서 해줄 말이 있다고 둘이 만나자더군요."

"뭐에 대해서요?"

"그건 말 안 했습니다. 중요한 거라고만 했어요. 아마 멀에 대한 것이겠죠."

"전화로는 얘기할 수 없고요?"

"직접 만나고 싶어 했어요."

그때 노크 소리가 들렸다. 네일러가 들어오라고 하자 젊은 경찰이 방해해서 죄송하다며 네일러에게 과학수사부라는 큰 검정 글자가 적힌 서류철을 건넸다.

"방금 왔습니다."

"수고했네, 제임스."

네일러가 나에게는 보이지 않도록 서류를 펼쳤다. 두 장을 재빨리 훑어보더니 만족인지 실망인지 모를 감탄사를 낮게 내뱉었다. 그리고 레드퍼드에게 건넸다.

"오늘 아침에 벤의 차를 프라이언트 컨트리 파크에서 보았다고요?"

"벤의 애스턴 마틴이 주차장에 있었어요. 반장님은 봤습니까?"

"아뇨. 그 차 안에 딜레이니 씨가 있었나요?"

"아뇨, 나보다 일찍 도착한 거죠."

네일러의 차가운 푸른 눈이 잠시 나를 관찰했다. "자동차에 관해서는 말이죠, 우리가 발견한 게 있습니다. 심각할 수도 있는 상태로 말이죠."

"뭔데요."

"아까 오늘 아침에 왜 칸 순경이 프라이언트 컨트리 파크로 나오지 않았냐고 물었죠?"

내가 끄덕이자 네일러가 말을 계속했다.

"딜레이니 씨 소유의 포르쉐 SUV가 금요일에 발견되었어요. 임대 차고들이 있는 동네 골목에서요. 둘이 싸운 프리미어 인에서 1킬로미터밖에 떨어지지 않은 곳입니다."

"덩치 큰 흰 차죠? 샤이엔인가 하는."

"카이엔입니다."

"그래서요?"

"누가 그걸 불태우려고 했어요. 성공하지는 못했지만."


## 32

네일러가 말을 계속했다. "차량 절도와 차량 방화 전과자 데이터베이스를 조사해보았죠. 딜레이니 씨의 차도 폭주족들이 우연히 훔쳐서 증거를 없애려고 방화한 것일 수 있으니까요. 런던에서는 흔한 일이죠. 하지만 몇 가지 이상한 점이 있었어요. 우선, 딜레이니 씨가 도난 신고를 안 했다는 점. 두 번째로는, 불이 제대로 붙지 않아서 차가 많이 손상되지 않았다는 점이죠. 방화범이 미숙했던 것 같습니다. 그래서 꽤 기본적인 초기 조사만으로도 차 안에서 증거를 찾아낼 수 있었습니다. 조수석의 핏자국도 포함해서요."

네일러는 잠시 말을 멈췄다.

나는 바보처럼 뇌까렸다. "피라고요?"

"핏자국요."

"누구 피인데요?"

"그 전에 먼저, 과거 얘기를 좀 해드리죠." 네일러가 파일에서 종이 한 장을 더 꺼냈다. "작년에 딜레이니 씨는 M6 고속도로에서 경미한 교통사고를 당했습니다. 운이 좋아 심각한 부상은 없었지만, 차를 고치는 과정에서 브레이크가 손상된 것이 발견되었죠. 이어진 경찰 조사에서 손상된 전선에 묻은 미세한 혈흔을 발견했고요. 그때 확인을 위해 딜레이니 씨의 DNA 견본도 받았습니다."

"그래서 범인은 잡았나요?"

네일러는 몇 분 전 받은 녹색 서류철에서 페이지를 넘겼다. "아뇨. 딜레이니 씨의 이전 피고용인이 기소되었지만 재판에서 무죄 선고를 받았어요. 매슈 고링입니다."

"들어본 이름이네요."

"어쨌든 이 이야기를 드리는 이유는, 딜레이니 씨의 DNA가 데이터베이스에 등록돼 있었다는 겁니다. 그리고 조수석에서 발견된 혈흔이 그의 것으로 밝혀졌어요."

"유감이네요. 하지만 왜 나한테 이런 얘기를 하는 거죠?"

네일러가 어깨를 으쓱했다. "뭔가 말씀해주실 것이 있지 않을까 해서요."

"하지만 아는 건 다 말했는데요."

네일러가 잠시 나를 찬찬히 살펴보았다. "벤 딜레이니는 자수성가한 백만장자이고 당신은 교사라는 점이 신경 쓰이지는 않습니까?"

"그다지요."

"햄스테드에 방 여섯 개짜리 저택을 가지고 멋진 자동차도 여러 대 있어 여자들을 홀리는 건요?"

"진심입니까? 전혀요."

"그럼 이건 어떻습니까?" 네일러가 몸을 앞으로 기울이며 말했다. "그가 당신 아내와 잤다는 걸 알았을 때요." 조용히, 아주 부드럽게 찔러 넣은 모욕의 말이 뾰족구두의 굽처럼 갈비뼈 사이로 박혔다.

나는 경찰 둘을 차례로 쳐다보았다. "정말 대답을 원하고 물어보는 겁니까?"

"하지만 화가 나지 않았습니까?"

"물론 화가 났죠."

"당신은 그를 때렸죠. 그렇지 않습니까?"

"아닙니다."

"주차장에서 늘씬하게 패준 거예요. 그래 마땅한 놈이었으니까. 그렇지 않나요, 조셉? 나라면 그랬을 겁니다."

"아뇨, 그러지 않았습니다."

"그러다가 너무 지나쳤던 걸 깨달았죠."

나는 고개를 저었다. 불안이 독극물처럼 혈관 속을 번져나갔다. "그때는 불륜에 대해 알지도 못했어요."

"벤이 당신을 쳤어요. 당신은 응수도 안 했습니까?"

"밀쳤어요. 그것뿐입니다."

"쳤다고요?"

"아뇨, 나는 그를 때린 적이 없어요."

"왜죠?"

"덩치가 내 반밖에 안 되니까요." 아무래도 멍청한 말이었다.

"당신 아내와 잤고 이제는 실종된 남자보다 당신이 훨씬 크고, 육체적으로 강하고 힘도 세다고 말씀하시는 겁니까?"

나는 침착하려 애썼다. 그저 나오는 대로 뱉기보다 말하기 전에 생각을 먼저 해야 할 것 같았다. "실종된 게 아닙니다. 적어도 당신이 의미하는 바대로는 아니에요."

"하지만 당신이 그보다 훨씬 크고 강하다는 거죠?"

"그렇겠죠."

"그러니 주먹도 세겠군요."

"말했잖아요. 나는 그를 치지 않았어요."

"하지만 쓰러진 채 놔두었다고요? 걱정은 되지 않았나요?"

"내 아들이 천식 발작을 일으켰어요. 심각했습니다. 조치를 취하지 않았으면 죽었을 거예요. 그리고 벤이 괜찮은지 보러 돌아갔어요. 하지만 벤은 벌써 가버렸고요."

네일러가 인상을 쓰자 이마에 잔뜩 주름이 잡혔다. "어디로 가버렸다는 말이죠?"

"나도 몰라요. 그냥 없어졌습니다."

"당신이 떠날 때 벤은 안 좋은 상태였습니까?"

그제야 나는 내가 말을 너무 많이 했다는 것을 깨달았다. "날 체포할 건가요?"

네일러가 미소를 짓자 이마의 주름이 사라졌다. "물론 아니죠. 원하면 언제든 가실 수 있습니다."

"그럼 이제 가도 되죠?"

"네."

"원하면 일어나서 나가도 된다는 말이죠?"

"그렇습니다."

네일러가 말을 멈추고 기다렸다. 나가려면 나가보라는 듯이. 언제든 나갈 수 있다는 걸 알게 되니, 오히려 그렇게 하는 게 수상한 행동으로 느껴졌다. 하지만 갑자기 폐소공포증을 앓는 사람처럼 숨이 조여왔다. 지금 나가지 않으면 영원히 갇혀버릴 듯했다.

"그럼 어떻게 되는 거죠?"

"우리가 증거를 더 모아야죠. 이 혈흔들 말고도요. 오늘 아침부터 시작해서 36시간 동안 전방위적인 생존 증거 수사를 위해 지원도 요청할 거고요."

"생존 증거 수사가 뭐죠?"

"딜레이니 씨가 잘 살아 있다는 가정하에서 모든 가능한 지역의 전화, 은행, 카드 기록, 고지서, 세금, 연금, SNS, CCTV 등을 확인하는 거죠. 우리가 손에 넣을 수 있는 모든 기록을 이용해서 딜레이니 씨가 문제가 없는지 파악하는 겁니다. 사실 요즘 세상에 흔적을 남기지 않고 살아가기란 쉬운 일이 아니니까요."

"이미 페이스북은 올렸던데요. 문자도 했고요. 어제는 멀에게 전화도 했다고요."

네일러가 의자에 등을 기대며 말했다. "네, 나도 다 적었습니다. 이제 확인해봐야죠."

"프리미어 인에도 CCTV가 있지 않나요? 목요일에 무슨 일이 있었는지 직접 볼 수 있을 텐데요."

"보안 시스템이 돼 있긴 하지만, 너무 낡아서요. 제대로 녹화하고 있었다기보다는 보여주기 용도였죠. 네 대 중 세 대가 고장 나 있고 한 대는 안내 데스크만 비추고 있더군요."

"벌써 확인했군요?"

"네. 별로 도움이 안 됐지만."

나는 한숨을 쉬며 어깨를 축 늘어뜨렸다. "그럼 이 모든 과정이 얼마나 걸립니까?"

"말씀드린 이유 때문에, 이 사건을 최우선으로 처리할 겁니다." 아주 공식적이고 진지한 발언으로 들렸다.

"변호사를 구해야 할까요?"

"변호사가 필요하다고 생각하나요?"

"모르겠습니다. 전부 너무 생소한 일이라서요. 경찰서에 이렇게 온 것도 처음이고요." 나는 손을 펼쳐 보였다. "어떻게 해야 할까요?"

"전적으로 당신에게 달렸습니다. 형사 반장으로서 법적 권리에 대해서는 조언할 의무가 있지만, 법률가 고용 여부에 대해서는 의견을 표할 수가 없군요. 그렇게 되면 우리한테 장애가 될 수도 있으니까요."

"사건 해결에 장애가 된다는 겁니까, 아니면 당신 개인적인 불편을 말하는 겁니까?"

"나의 개인적 불편이겠죠." 네일러는 미소를 지었지만 농담조는 전혀 아니었다. "멀리 가지 마십시오, 조셉. 곧 다시 연락드리겠습니다."


## 33


경찰서를 빠져나와 솔즈베리 도로에서 눈을 깜빡이는데 등 뒤로 3층짜리 붉은 벽돌 건물의 존재가 느껴지는 듯했다. 사람들이 좌우로 나를 지나쳐 갔고, 차들도 거리를 오갔다. 디젤과 먼지, 음식 기름 냄새가 가을비에 섞여 감돌았다.

내가 방금 뭘 한 거지? 뭐가 어떻게 돌아가는 거야? 왜 경찰이 나를 의심하지?

조사받은 시간은 한 시간이 안 되었지만 5년은 늙은 기분이었다. 규칙도 모르는 게임에 참가해 올인한 기분이었다. 나의 삶이 꼬리를 물고 터지는 폭탄으로 요동치고 있었다. 법률가의 도움이 필요해.

나는 레드퍼드 형사의 제안을 거절하고 택시를 타고 프라이언트 컨트리 파크로 돌아갔다. 최대한 빨리 경찰에게서 벗어나고 싶었다.

집으로 돌아오니 한낮이었다. 윌리엄의 재잘거림이나 질문도, 자동차 소음도 없어 이상할 정도로 조용했다. 아이의 에너지로 집 안이 부산스러울 때는 정적이 간절할 때도 있었겠지만, 막상 그런 드문 순간이 되면 뭔가 잘못된 느낌이 들었다. 윌리엄이 없으니 내 집 같지도 않았다. 멀도 없고 말이다. 멀 생각을 하니 갑자기 모든 것이 암울해지는 기분이었다.

나는 전화기를 꺼내 멀에게 문자를 보냈다.

오후 12:26 나
내가 목요일에 벤과 싸운 얘기는 왜 경찰에게 했어? 베스에게 말한 대로 얘기하기로 하지 않았나?

**답장이 재빨리 왔다.**

오후 12:27 멀 핸드폰
아, 세상에 세상에. 너무 미안해, 조셉 잊어버렸어. 정말 당신 괜찮아?? 너무 미안해, 그때 너무 머릿속이 복잡해서. 경찰이 뭐라고 했어? 전화해줄래? 쪽쪽쪽

나는 전화기를 내려놓았다. 지금은 멀과 얘기할 기분이 아니었다. 잠시 후 전화기가 울려댔다. 나는 전화를 받지 않고 무음으로 바꿨다.

벤의 페이스북에는 토요일 이후 새로운 게시물이 올라오지 않았다. 문자를 보내 무슨 꿍꿍이인지 묻고 싶었지만 답이 없을 게 뻔했다. 이메일과 음성 메시지를 확인해보았지만 스팸 메일 말고는 온 게 없었다.

주방 싱크대에서 오래된 종이봉투를 발견하고 몇 가지 질문을 적어보았다.

1. 벤은 어디 있는가?
2. 벤이 원하는 게 뭔가?
3. 왜 만나자고 했던 건가?
4. 무슨 증거를 보여주겠다는 거였나?

각 질문 옆에 가능한 대답들도 적어보았다. 화살표들이 원을 그리며 이어졌다. 두 번째 질문에만 분명한 답을 알 수 있었다. 벤은 멀을 원하는 게 확실했다. 만일 멀을 가질 수 없으면 우리를 갈라놓으려 할 것이다.

그런 일은 일어나지 않을 테지만.

분노가 치밀어 가슴이 답답해졌다. 멀에 대한 분노였다. 배신도 모자라 창피까지 제대로 주었다. 나는 바닥에서 다시 일어서야 했다.

위층으로 올라가 침실에서 멀 쪽 협탁 서랍을 열었다. 내용물이 많았지만 잘 정리돼 있었다. 화장품, 장신구 상자, 책 몇 권, 우리 셋의 여권, 컴팩트 카메라, 영수증 한 다발, 밤 외출 때 차는 에르메스 시계. 각종 약과 크림들은 뒤쪽에, 약병과 상자들은 똑바로 세워져 있었다. 뭘 찾아봐야 하는지 알 수 없었다. 모든 상황을 파악할 증거, 그녀의 불륜에 눈 뜬 장님으로 살았던 지난 다섯 달 동안의 무지를 벌충할 지식……. 그 밖에 또 어떤 일들이 그녀의 비밀스러운 삶 속에서 진행되고 있었을까? 그녀는 무슨 생각을 하고 있었던 걸까?

무엇보다 멀이 왜 나를 두고 다른 남자를 선택했던 건지 실마리를 찾고 싶었다. 하지만 눈에 띄는 물건은 아무것도 없었다. 밑의 서랍에는 휴가지 광고 책자와 은행 서류가 쌓여 있었다. 어쩌면 엄청난 구매 내역이나 이상한 소비 기록들이 멀의 비밀을 더 드러내줄지 몰랐다. 벤이 멀에게 돈을 주었을까? 비싼 선물을 사주었을까?

역시 표면적으로는 수상해 보이는 점이 없었다. 물론 벤이 지불은 다 했겠지. 누구에게나 자기가 얼마나 부자인지 상기시킬 기회를 놓치는 자가 아니었다. 멀에게는 더했겠지. 어제 한 말이 기억났다.

벤은 나와 사랑에 빠졌다고, 이런 사랑은 처음이라고 말했어. 나를 위해서라면 무엇이든 할 수 있다고. 내가 원하기만 하면 베스를 떠나고 앨리스도 포기하겠다고. 회사도 팔 수 있다고. 집도 팔고 멀리 이사 가서 모든 걸 포기하고 함께하고 싶다고.

다른 서랍들이나 벽장을 더 찾아봤지만 아무 성과가 없었다. 이럴 때가 아냐. 뭔가 쓸모 있는, 필요한 일을 해야 해. 주방으로 다시 가서 진한 커피를 마시며 옛날식 전화번호부가 있나 뒤져보았지만, 오래전에 멀이 내다버린 게 기억났다. 구글이 있는데 자리만 차지하는 잡동사니가 무슨 필요가 있어?

물론 맞는 말이었지만 종이에 인쇄된 정보, 손으로 넘겨볼 수 있는 책자가 여전히 유용할 때도 있었다. 구글이 아무리 좋아도 귀퉁이를 접어놓거나 쓸모없는 항목에 줄을 그어 지울 수는 없으니까.

어제 충전해두었던 내 전화기는 벌써 빈사 상태였다. 코드를 꽂아놓고 위층으로 올라가 서재 컴퓨터를 켰다. 정보를 훑어보는 데는 큰 화면이 나았다.

모니터가 들어오고 데스크톱의 팬이 돌아가기 시작했다. 교체할 때가 되어 부팅에만 몇 분이 소요되었다. 삑삑거리고 윙윙거리며 시스템이 세팅되는 동안 나는 네일러가 한 말들을 생각해보았다. 벤이 언제 마지막으로 모습을 보였는지 알아보는 생존 증거 수사.

그때 컴퓨터가 삑 하고 울리더니 바이오스가 어떻고 램이 어떻고 하는 알 수 없는 메시지를 내보내기 시작했다. 나는 엔터키를 치며 진행시켜보려고 했다. 화면이 파랗게 되더니 다시 까맣게 되었다. 팬이 끽끽거리더니 사망 직전의 청소기처럼 심한 소음을 냈다. 쓰러지다가 다시 일어나다가…… 그러면 그렇지. 하필이면 꼭 필요한 때 숨을 거두려 하는구나.

웹캠의 붉은빛이 켜졌지만 화면은 여전히 까맸다. 컴퓨터의 윙윙, 끽끽 소음도 여전했지만 화면에는 아무것도 나타나지 않았다.

"좀 봐줘라……." 나는 컴퓨터에 대고 말했다.

포기하고 컴퓨터를 끄려는 순간 화면 하단 왼쪽에 흰색 글씨가 나타났다.

부팅이 중단되었습니다_

그리고 마침표 대신 커서만 깜빡거렸다. 우리 컴퓨터가 날이
갈수록 느려지긴 했지만 이러는 건 처음 보았다. 글씨가 사라지
고 다시 텅 빈 검은색 화면이 되었다. 그러고 나서 두 마디가 나
타났다.

안녕, 조셉_

## 34

나는 그저 화면만 노려보았다. 컴퓨터가 이렇게 맛이 가기도
하나 잠시 생각했지만, 곤두박질치는 심장은 본능적으로 그게
아님을 감지하고 있었다. 인사말이 사라지고 문장 한 줄이 나타
났다.

대체 무슨 상황인지 이해가 안 가겠지_

나는 숨조차 쉴 수 없었다. 온몸이 마비된 듯했다. 그리고 다

시 문장들이 나타났다.

내가 알려주지_
그녀는 아직 너를 사랑하고 너를 떠날 수 없다고 했어. 왜
냐하면 넌 좋은 남자니까_
이제껏 만난 남자들 가운데 가장 선량하다고_
그녀는 나에게 모든 것이었는데 우리가 함께했던 순간들
을 파괴해버렸지_
너를 위해서_
쓸모없는 한심한 쓰레기인 너를 위해서_

이제 문장들이 죽죽 올라가고 있었다. 너무 빨리 올라가, 미처
다 읽기도 힘들 정도였다.

네가 나를 이겼다고 생각해? 나보다 낫다고? 내가 너를
파괴할 거야_
네 거지 같은 인생은 그저 좋은 남자가 되는 게 전부였는
데 이제 살인자로 의심을 받으니 기분이 어때?_

네일러의 말이 다시 생각났다. '생존 증거' 수사. 나는 '프린트
스크린' 버튼을 세 번 눌렀지만 퉁명스러운 삑삑 소리만 났다.
사진을 찍어야 했다. 주머니의 핸드폰을 찾았지만 없었다. 젠장.
아래층에서 충전 중이었다. 메시지를 놓치지 말아야 할 것 같긴

했지만, 증거 사진도 찍어야 했다. 메시지는 계속 올라가고 있었고, 새로운 문장들이 나타나며 이전 문장들은 지워졌다.

네 평판을 끝장내주지_
네 결혼도 망칠 거야_
그런 다음엔 너를 망가뜨리겠어_
아무도 네 말은 안 믿어줄 테니 더욱 기분 좋겠지_
내 인생 최고의 게임이 될 거야_
안녕히_

나는 아래층으로 뛰어 내려가 핸드폰을 가지고 다시 달려 올라왔다. 서재로 뛰어드니 마지막 문장이 모니터에서 사라졌다. 취소 버튼을 눌렀다. 뒤로 화살표 키를 클릭했다. 엔터, 백스페이스, 딜리트. 모든 키를 눌러보았다. 하지만 소용없었다. 웹캠도 꺼졌다. 벤이 보고 싶은 건 다 본 모양이었다.

컴퓨터가 즐겁게 삐빅거리며 평소대로 로그인 화면을 띄웠다. 나와 윌리엄, 그리고 멀의 사진이 바탕화면에 떴다. 벤, 이 개자식. 주먹으로 책상을 쾅 내려치자, 마우스가 풀쩍 뛰어올라 뒤집어지며 떨어졌다. 생각을 해야 해.

핸드폰을 꺼내 카메라를 켜고 컴퓨터를 다시 부팅했다. 다시 팬이 느려졌다가 속도를 올렸고 또 삐삑거리며 긱긱거리기 시작했다. 하지만 이번에는 아무 메시지도 나타나지 않고 바탕화면에서 다시 가족사진이 나타났다. 컴퓨터를 껐다가 잠시 후에 다시 켰다. 또 평소처럼 부팅이 됐다. 협박 메시지는 사라진 것이다.

나는 네일러에게 전화해 방금 일어난 일을 설명했다.

네일러는 의심스러운 말투로 물었다. "화면은 캡처했습니까? 프린트하거나?"

"그럴 시간이 없었어요. 너무 빨리 사라져서요."

"핸드폰으로 사진 못 찍었어요?"

"아무것도 못 했습니다."

"자기 이름은 밝혔나요?"

"아뇨, 하지만 컴퓨터를 해킹하고 메시지를 보낼 사람이 벤 딜레이니 말고 또 누가 있겠어요?"

너를 파괴할 거야. 너를 망가뜨리겠어.

"알았어요. 당신 컴퓨터를 조사해볼 필요가 있겠군요."

네일러는 메시지 내용을 최대한 기억나는 대로 적어서 자기에게 이메일을 보내라고 했다. 그리고 나서 나는 구글에 새로운 검색어를 입력했다. 상황이 걷잡을 수 없이 번지고 있었다. 정말 변호사가 필요했다.


## 35


피터 라센은 칙칙한 금발의 40대 초반 남자였다. 땅딸막한 체격에 악수하는 손 힘이 셌다. 그의 성도 포함된 간판이 달린 법률회사의 로비에서 널찍한 나무 계단을 올라가니 그의 사무실이 나왔다. 온화한 분위기의 사무실은 취향 좋게 꾸며져 있었다. 벽 한 면은 온통 책장이었고 창가에 커다란 책상이 있었다. 방 안에서는 신선한 꽃향과 바닥 광택제 냄새가 났다.

인사말이 오간 후, 그가 시간당 수임료와 변호 업무에 대해 설명했다. 계약서에 서명하면서도 괜히 변호사를 찾아온 건 아닌가 싶었다.

"후회하는 것보다 미리 조심하는 게 낫지요." 라센이 또렷한 런던 인근 억양으로 말했다. "그럼 조셉, 무슨 일로 오셨는지 말씀해주시겠습니까?"

내가 지난 나흘간의 사건을 요약해서 들려주는 동안 라센은 노란 노트에 메모를 했다.

"벤을 어떻게 해야 하죠? 내 가족과 아내에게서 떼어놓을 방법이 있을까요? 나에게 협박 메시지도 못 보내게 하고 경찰도 더 이상 시간 낭비를 안 했으면 좋겠는데요."

"나는 간단한 해결 방식을 선호합니다. 벤과 대화 시도는 해보았나요?"

"오늘 아침에 만나기로 했었지만 무산됐죠."

"며칠 더 두고 그의 기분이 가라앉는지 봅시다. 대부분 사람들은 그러니까요. 그동안 내가 벤에 대해 조용히 알아보죠."

"그게 다인가요?"

"지금으로서는 그렇습니다. 더 걱정스러운 부분은 오늘 아침 경찰과 나눈 대화입니다. 혹시 경고를 받거나, 체포되거나, 아니면 당신의 권리에 대해 어떤 식으로든 조언을 받았나요?"

"아뇨, 아무것도요."

"네일러 반장에게 정확히 뭐라고 했는지 말씀해주세요. 최대한 자세하게요."

나는 어깨를 으쓱했다. "전부 말했어요."

"전부 어떤 것들을요?"

내가 설명하는 동안 라센은 꼼꼼히 메모하며 이따금 불만스러운 듯 인상을 썼다.

"그럼 목요일 저녁에 주차장에 있었던 걸 인정한 겁니까?"

"네, 사실이니까요."

"그건 그들이 증명해야 하는 문제였어요. 우리가 갖다 바치는 게 아니라."

이제 나는 그들과 우리로 갈라지는 상황에 들어섰다.

"직접적으로 물었거든요."

"그래서요?"

"대답했죠."

라센은 노트를 내려놓고 만년필 뚜껑을 닫았다. "린치 씨, 이건 예의를 따지는 대화 시간이 아니에요. 평소의 사회적 예의는 경찰과 대화할 때 적용이 안 돼요. 그들이야 자기들이 원하는 걸 물을 수 있죠. 하지만 당신은 어떤 경우에든 대답할 의무가 없어요. 특히나 마커스 네일러 반장처럼 교활하고 비열한 쥐새끼에게는요."

"그래 보이지 않던데요."

"그게 가장 큰 문제입니다. 놈이 무슨 꿍꿍이인지 알아챘을 때쯤에는 이미 반쯤 올가미에 목이 걸려든 상황이에요. 우리에게 오기로 한 건 잘하신 결정입니다."

"네일러 반장을 잘 아나 보네요."

"절대 믿을 수 없는 인간이라는 걸 알 만큼은 되죠."

"그 남자도 당신에 대해 같은 말을 하는 건 아닐까요?"

라셴은 차를 한 모금 마시고 묘한 미소를 지었다. "그럴 수 있죠. 어쨌든 중요한 건, 우린 이제 큰 판에 들어와 있다는 겁니다. 선량한 시민이 되어 제복 입은 애들을 존경하고 걔들이 던지는 모든 질문에 대답한다는 생각은 그만두세요. 경찰 수사를 돕겠다는 생각도 잊어버리고요. 그러다가 유죄 판결을 받게 되는 겁니다. 이제부터 나 없이는 경찰에게 어떤 말도 하면 안 돼요. 날씨 얘기나 어젯밤 텔레비전 얘기조차도. 아무것도요. 그렇게 할 수 있겠습니까?"

"죄 지은 사람이나 하는 행동 같네요."

"똑똑한 사람이 하는 행동인 겁니다. 감옥에 가지 않으려는 사람요."

"하지만 나는 잘못한 게 없어요."

"정말 100퍼센트 확신합니까?"

나는 그제야 이 변호사가 내 말을 정말 믿는 건가 의아해졌다. "난 범죄를 저지르지 않았어요."

라셴이 고개를 끄덕였다. "그래요, 좋습니다. 어쨌든 당신은 체포되지도 않았고 아까 변호인 선임 권리에 대해서도 듣지 못했다는 건 좋은 점이에요. 그렇죠?"

"내가 네일러 반장에게 변호사를 알아봐야 하느냐고 물었더니 그런 조언은 해줄 수 없다고 하더군요."

"흠……." 라센은 아주 불만스러운 표정을 지었다. "반장이 당신을 체포하지 않은 건 무방비 상태 때의 반응을 보고 싶어서였을 가능성이 큽니다."

"그럼 성공했네요."

"하지만 법적인 면에서는, 당신의 진술을 범죄의 증거로 이용하기 힘들게 될 겁니다."

"법정까지 갔을 때를 말하는 거죠?"

"그렇죠."

"그게 좋은 점이면, 나쁜 점은 뭐죠?"

"목요일 딜레이니 씨와의 언쟁은…… 좋지 않죠."

"그렇게 볼 수도 있겠죠."

"딜레이니 씨 자동차가 어쩌다 버려져서 불까지 났는지 아는 게 있습니까? 게다가 좌석에서 혈흔이 발견되었다면서요?"

"알 수는 없지만 짐작은 충분히 갑니다."

라센이 끄덕이며 비싼 만년필로 필기를 했다. "짐작은 하지 말기로 합시다, 조셉. 게다가 당신 아내와 딜레이니 씨의 관계가 경찰의 관심을 끌고 있습니다. 당신과 딜레이니 씨를 갈등 관계로 만들었으니까요. 동기가 되죠. 그렇지 않습니까?"

"질문 하나 해도 될까요, 피터?"

"그럼요."

"나를 믿나요?"

"당신이 죄가 없다고 하면, 나는 그것만 알면 됩니다."

"하지만 내가 벤을 해쳤다고 생각하나요?"

"나는 그렇게 말하지 않았어요. 당신은 좋은 사람 같아 보이긴 하지만, 우리는 당면한 상황을 해결하기 위해 하나하나 풀어가야 합니다. 하나하나 분해해서요. 그래야 승소할 수 있어요. 그래서 바로 우리 고객들이 대부분 만면에 미소를 띠고 법원을 걸어 나오는 것이죠. 다른 데는 신경 쓸 필요 없습니다."

"벤이 나를 함정에 빠뜨리려 하잖아요. 내가 자기를 멀이랑 헤어지게 만들었다면서, 멀을 사랑한다면서. 모든 걸 포기할 지경까지 집착하고 사이코패스처럼 굴고 있어요." 나는 책상 위에 올린 주먹을 꽉 쥐고 말했다. 흥분해서 목소리가 높아졌다. "나에게 복수를 하려고 온갖 짓을 하고 있다고요."

"확실히 위험한 인물로 보이긴 합니다."

"미친놈이에요. 정신병자라고요. 그런 놈이 내 가정을 깨뜨리게 놔두지 않을 겁니다."

라센이 나에게 자기 명함을 건넸다. "이제 우리가 나눌 수 있는 대화는 다 나눈 것 같군요. 어느 정도까지는 경찰이 어떻게 움직일지 기다리는 수밖에 없어요. 가장 중요한 것은 어떠한 경우에도 나 없이 네일러 반장과 얘기하지 않는 겁니다. 나한테 핸드폰을 하세요. 최대한 빨리 가죠. 그리고 딜레이니 씨가 또 당신에게 연락해도 알려주세요. 전화든, 이메일이든, SNS든 모두요."

"모든 일이 너무 갑자기 한꺼번에 벌어져서 상황 파악하기도 힘들군요."

"너무 많이 걱정하지는 않도록 해보세요. 체포되지도 않았지 않습니까. 앞으로 넘어야 할 산이 많을 테지만, 아마 절대 그렇게 되지는 않을 거예요. 그리고 딜레이니 씨도 십중팔구 다시 집으로 돌아올 거예요. 좀 진정된 다음에는요. 현명해지기를 바라야겠죠. 그리고 이 모든 게 결국 끝날 겁니다."

우리의 첫 만남을 마무리하는 말이 그나마 위로가 되었다. 하지만 얼마나 심각하게 틀린 말이었는지 밝혀지는 데 그리 오랜 시간이 걸리지 않았다.

# 화요일

## 36

아무리 주의를 듣고 아무리 벌점을 받아도 셔츠를 바지 안에 넣지 않고 등교하는 소년들은 항상 있었다. 오늘은 복장 규칙을 어겨도 괜찮지 않을까 하고 그러는 것이다. 문제는, 헤이든 파크 아카데미에는 예외적인 날이 없다는 것이다. 교감의 양보 없는 규칙 철학에 의하면, 나에게는 매일 복장 규정을 어긴 아이를 적발해 방과 후 체육관으로 가서 보고하고 한 시간의 통상 징계를 받으라고 말할 의무가 있었다.

교감은 그런 사람이었다. 그의 세계에 타협이란 없었다. 규칙들과 그 이외의 특별 조치들 사이에 예외란 존재하지 않는다는 것이 그의 지론이었다. 그래서 매일 아침 차에서 내려 교무실로 가는 길에 보이는 징계 대상들이 꼭 있었다.

오늘도 마찬가지였다. 중3이라 이제는 알 만도 한 세 명의 제자들이, 내가 차에서 내리자마자 나를 향해 어슬렁어슬렁 걸어왔다. 셋 다 셔츠를 바지 밖으로 내놓고 펄럭이고 있었다. 나는 그들에게 오후 2시 45분까지 징계를 받으러 가라고 말했다. 대부분은 그냥 순순히 들은 대로 가서 벌을 받았지만, 오늘은 그냥 교실로 가는 대신, 내 앞에 똑바로 서 있었다.

나는 제일 큰 남자아이를 바라보았다. 180센티미터가 넘는 키에 금발 머리를 삐죽삐죽 세운 아이였다. 실실 웃으며, 뭔가 안다는 표정을 짓고 있었다. "선생님, 괜찮으세요?"

"그래, 신경 써줘서 고맙다. 늦지 않으려면 빨리 가봐야지."

아이는 10대 특유의 짜증나는 미소를 여전히 지으며 그대로 내 앞에 서 있었다. "잘 지내시는지 궁금해서요, 선생님."

"그렇다니까. 이제 셔츠는 안으로 넣고. 규칙 알잖아." 이 조그만 왕재수야, 하고 나는 속으로 덧붙였다.

셋 모두 내가 웃기는 말이라도 한 듯 킬킬거렸다. 다른 소년들이 지나가자 셋도 합류하며 셔츠를 집어넣었다.

교무실 분위기도 이상했다. 누가 죽기라도 한 것처럼 숨죽인 분위기였다. 지난 목요일 이후 너무 많은 일이 일어나서 그렇게 느끼는 건지도 몰랐다. 편안하고 다정했던 예전 생활과는 딴판인 어둡고 망가진 삶이 펼쳐진 후니까.

뒤집어놓았던 나의 머그잔을 바로 해서 티백을 넣고 커피포트의 전원을 켰다. 그리고 "차 마실 사람 있어?" 하면서 교무실 안을 둘러보았다.

서 있는 사람도 있었고 앉아 있는 사람도 있었다. 교과서를 들거나 종이를 들고 있는 사람도 있었고 차를 마시는 사람도 있었다. 모두의 눈이 나에게 향했다.

"왜 그래?" 나는 누구에게랄 것 없이 물었다.

제니 루카스, 프랑스어와 독일어를 가르치는 교사와 눈이 마주치자 그녀가 조용히 말했다. "조셉, 다스 교감이 불러."

다스 베이더라는 별명으로 불리는 칼 드레이퍼는 품행 관리를 맡은 교감이었다. 이곳에서 9년을 근무하는 동안 그의 사무실로 호출을 받은 건 처음이었다. 나와 멀 이야기를 듣고 잠시 휴직을 권고하려는 게 아닌가도 싶었다. 하지만 설마…….

어쩌면 어제 병가를 냈는데 돌아다니는 걸 누가 보고 문책하려는 건지도 몰랐다. 드레이퍼는 교장의 하수인으로, 대신 악역을 맡는 남자였으니까. 지금으로선 그의 심기를 거슬러서 좋을 게 없었다.

"왜 보자는 거지?"

"그건 말 안 했어. 아침에 출근하자마자 이리 와서 당신을 찾더니 조금 전에 또 왔어. 수업 전에 해야 할 급한 말이 있나 봐."

"알았어." 나는 커피포트를 껐다.

"당신 괜찮아?" 제니가 물었다.

"그래. 왜 다들 괜찮으냐고 묻는 거지?"

제니는 연민 어린 미소를 지었다. "그냥 물어봤어."

"난 괜찮아."

드레이퍼의 사무실은 교장실과 서무실 옆에 있었다. 그는 나보다 어렸지만 경력은 많았다. 내가 30대 중반이 되어가면서 주위에 그런 사람이 많아지는 듯했다. 다른 분야에서도 마찬가지였다.

내가 들어가자 드레이퍼는 앉으라고 손짓했다. 키가 작은 남자로, 찰싹 붙여 뒤로 빗어 넘긴 누런 빛깔 머리에, 미소를 지어도 눈까지 웃는 법이 결코 없었다.

"조셉, 어서 와. 앉아."

"나를 찾았다며, 칼?"

"그래. 잠깐만 기다려줘." 드레이퍼는 눈을 모니터에 고정시키고 계속 타이핑을 했다.

나는 그의 책상 앞 등받이 의자에 앉았다. 그의 의자 뒤쪽 벽에는 자격증, 경기 상장, 본인의 웃는 얼굴이 나온 신문 스크랩 등이 액자 속에서 전시되고 있었다. 지역 정치인들과 악수하거나 우승컵을 든 학교 운동부 주장들과 나란히 서거나, 학력 평가 시험 결과 날 좋은 성적을 낸 고2 학생들과 엄지를 세우고 찍은 사진들도 있었다. 예의 그 억지 미소는 어디서도 빠지지 않았다.

드레이퍼가 타이핑을 끝내고 마우스를 몇 번 클릭한 후 손을 맞잡고 내 쪽으로 몸을 기울였다.

"그래서 몸은 좀 나았어?"

"응, 이젠 괜찮아. 고마워."

"좋아, 좋아. 편두통이었나?"

"식중독."

"아, 장염. 안 좋지. 지금은 나은 거지?"

"응, 그래."

웃기지도 않는 대화였다. 나의 결혼 생활이 절체절명의 위기를 맞고 경찰서에 불려 다니는 상황에서 이렇게 하루 병가까지 해명해야 하다니. 요즘 한가한가 보지?

"어제는 대부분 누워 있었겠네."

"그랬지."

"집에서?"

"응."

"밖엔 전혀 안 나갔고?"

그래, 누가 밖에서 날 봤구나. 잘못 본 거라고 시치미를 뗄 수도 있고 그냥 인정할 수도 있었다. 후자가 나을 터였다.

"오후에는 좀 나아서 아들을 데리러 갔었지."

드레이퍼가 나를 빤히 쳐다보면서 천천히 고개를 끄덕였다. 딴엔 꿰뚫는 시선을 쏘아 보내고 있다고 생각할 것이었다. "아이가 몇 살이지?"

"이번 여름에 네 살이 되었어. 세인트 힐다에 막 들어갔지."

"좋은 학교야. 수준도 높고."

"아들도 좋아해."

드레이퍼가 의자에 기대앉으며 자기 무릎을 꽉 잡았다. "조셉, 우리 학교에서 나의 역할을 알고 있나?"

"목회와 규율, 인사…… 등등을 맡고 있잖아."

"등등이라. 그래, 오늘 내가 왜 불렀는지 알아?"

"모르겠어."

"내가 홍보 일도 맡고 있는 거 알지? 학교 평판 관리 말이야."

사실 몰랐다. 살아 있는 학생들을 실제로 가르치는 일만 빼고는 다 할 것 같긴 했지만.

"평판 관리는 중요한 일이지."

"교장이 평판을 얼마나 중시하는지 알지, 조셉? 부모들의 선택을 좌우하는 문제니까. 학생들의 성취와도 직결되고, 그건 다시 학교의 평판으로 이어지지." 드레이퍼가 허공에 검지로 원을 그렸다. "선순환을 말하는 거야."

"그렇군."

"때에 따라선 악순환도 될 수 있고."

"그렇겠지."

"평판은 정말 중요해, 조셉. 너무나 중요하다고."

"알겠어. 하지만 내가 병가를 낸 게 학교 평판에 어떤 영향을 끼치는지 모르겠네. 그렇게 자주 내지도 않았는데."

"자네 SNS 좋아하나?"

"SNS? 다른 사람들처럼 사용은 해."

"페이스북 많이 해?"

"이따금씩 하지. 자주는 아닌데."

드레이퍼가 고개를 끄덕였다. "세계에서 가장 큰 SNS라고. 10억 이상이 사용하니까 세계 인구 다섯 명 중 하나꼴이야. 놀라운 숫자잖아? 최근에 들어가봤어?"

"어제 아침에 잠깐 봤는데?"

내 계정으로 벤이 남겼던 게시물은 너무 암시적이고 모호했다. 누가 보고 문제삼을 내용은 못 됐다. 드레이퍼도 그걸 보고 하는 말은 아닐 터였다.

"오늘 아침에는 봤나?"

"아직 못 봤어."

"어젯밤에는?"

"역시 못 봤는데."

"말했듯이 교장은 평판의 힘을 굉장히 중요하게 생각해. 그리고 평판은 모범을 보일 때 얻는다고 생각하지. 교사들은 우리 젊은이들이 따라야 할 최고의 모범을 보여야 하고."

"물론이지."

"그래서 오늘 아침 보자고 한 거야."

"미안하지만, 칼, 난 무슨 이야기인지 모르겠어."

드레이퍼가 와이드스크린 모니터 두 대 중 하나를 나에게 돌렸다. "이 얘기를 하는 거야."

페이스북에 내 사진이 올라 있었다. 두 형사의 호위를 받으며 경찰서로 들어가는 사진이었다.


# 37

내가 네일러와 레드퍼드 사이에 끼어 솔즈베리 도로의 킬번 경찰서로 들어가는 사진이었다. 내 얼굴은 근심으로 일그러져 있었고, 레드퍼드 형사가 한 손으로 내 팔꿈치를 건드리며 다른 손으로는 방향을 가리켰다. 당시에는 그런 줄도 몰랐는데 이제 보니 완전히 다른 상황으로 보였다. 강제로 경찰서에 끌려가는 것 같았다.

사진이 뭔가 좀 이상했다. 아주 작은 부분이어서, 눈을 가늘게 뜨고 한참 보기 전에는 놓칠 뻔했다. 수갑. 내 왼손과 레드퍼드 형사의 오른손이 수갑으로 연결돼 있었다. 누가 포토샵으로 수갑을 그려 넣은 것이다. 상당히 정교해서 내가 보기에도 진짜 같아 보였다. 나야 가짜인 걸 알지만, 다른 사람은 그렇지 않을 터였다.

맙소사.

그 옆에는 면담을 끝내고 경찰서 밖으로 나온 사진이 있었다. 충격받고 멍한 모습으로 인도에 서 있었다. 여기가 어딘지도 모르겠다는 표정으로 얼어 있었다. 길 건너에서 찍은 사진들로, 각 사진 오른쪽 아래 날짜와 시간이 찍혀 있었다. 두 사진 사이에는 한 시간 10분의 시간차가 있었다.

나는 글을 보았다.

**올리 풀턴**이 **데이비드 브램리**의 사진을 13시간 전에 공유

특종! 조셉 린치 체포! 헤이든 파크 아카데미에서 몇 달/몇 년/몇 십 년은 쉬어야겠는걸? ㅍㅎㅎ #나는 범법자라네 :-)

거기에는 89개의 좋아요와 41개의 댓글이 달려 있었다. 올리 풀턴이라는, 내가 모르는 사람의 계정이었다. 칼 드레이퍼의 친구일 터였다.

"데이비드 브램리가 누구지?" 나는 침착함을 유지하려 애쓰며 말했다.

드레이퍼가 내 질문은 무시하고 말했다. "어제 오후 페이스북에서 이 사진들이 엄청나게 퍼졌다고. 우리 학생들도 포함해서. 지금쯤 모두가 알고 있을 거야. 적어도 우리 학교 사람들은."

그제야 아까 그 소년들의 비웃음이 이해가 갔다. 내가 수갑까지 차고 경찰서에 간 사진을 보았던 것이다. 내 사진이 연예인 사진처럼 SNS 내를 돌아다닌 것이다.

나는 화를 삭이며 말했다. "수두처럼 번져나갔겠군."

"요즘 페이스북 계정 없는 학생이 없으니까. 13세 이전에는 계정을 만들 수 없게 돼 있지만, 제대로 확인하는 사람이 없어 전부 다 하고 있지. 학생들 부모들도 마찬가지고. 3,000명 이상 연결돼 있는 네트워크라고 봐야 할 거야. 당신도 페이스북이 어떤지 알잖아. 대부분 고양이, 셀카, 찻잔 같은 거나 올리고 있는 지루한 곳이었는데. 학교 선생이 경찰서에 잡혀간 사진이라니, 훨씬 재미있고 그만큼 빨리 퍼졌겠지."

"난 잡혀가지 않았어." 내가 얼굴을 굳히고 말했다.

"수갑을 차고 있잖아!" 드레이퍼가 화면을 가리키며 말했다.

"아니, 그건 포토샵 처리된 거야."

"정말?" 드레이퍼는 믿을 수 없다는 투였다.

"그래. 찍은 다음에 위에 합성한 거라고."

드레이퍼가 얼굴을 화면에 바짝 대고 살펴보았다. "진짜로 보이는데."

"진짜처럼 보이게 만드는 것이 포토샵 프로그램의 목적이라고."

"그런 뜻이 아니야. 체포된 거든, 조사를 받은 거든, 수사를 도와준 거든, 이렇게 화제가 돼버렸으니 그런 차이점은 아무 소용이 없어졌다고. 이 모든 사람들이 페이스북에서 본 건 학교 교사가 수갑을 차고 경찰에 끌려가 심문받고 나온 사진이었어."

"심문을 받은 게 아니라 대화를 나눈 것뿐이야."

"그게 상관이 있다고 생각해, 조셉? 사람들은 제멋대로 추측할 거야."

데이비드 브램리. 들어본 적도 없는 사람이 사진 밑에 헤이든 파크 아카데미까지 들먹여놓았다. 그래서 학교 페이스북 페이지에까지 나타나 학생들과 학부모들이 보게 만든 것이다. 거기다 좋아요까지 누른 사람들이 있다.

"왜 저 사진 캡션에서 학교 이름 태그를 떼도록 만들지 않았지? 적어도 헤이든 파크 계정에서 저 사진이 나타나지 않도록 조치했어야지."

"이제부터 할 거야, 조셉. 너랑 면담한 후에."

"게다가 올리 풀턴은 누구야?"

"내 페이스북 친구야. 예전에 그의 아버지와 같이 일했었지. 당신은 경찰서에 왜 간 거야?"

"친구 하나가 실종되었어. 벤 딜레이니라고. 내가 찾는 걸 도와줄 수 있을 거라고 생각해서."

"그렇다고 경찰서까지 데리고 간다고?"

"거기가 경찰이 일하는 곳이니까."

"얼마나 오래 잡혀 있었는데?"

"잡혀 있었던 게 아냐! 도와달라고 해서 간 것뿐이라고."

"수사를?"

"그래."

"무슨 얘기를 했는데?"

"그가 어디 있는지는 모르지만 실종된 게 아니라고."

드레이퍼가 짜증스럽다는 듯 인상을 썼다. "그게 대체 무슨 소리야, 조셉?"

"내가 어제 아침에 봤으니까, 실종된 게 아니라고 말했어. 나랑 연락이 됐으니까. 그저 다른 사람들을 골탕 먹이고 있을 뿐이라고."

"경찰도 곤란하겠군."

"경찰만이 아니야. 그의 아내도 난리 났다고."

"그래서 경찰서에 얼마나 오래 있었지?"

"정확히는 몰라. 한 시간쯤."

"그다음에 그냥 풀어줬다고?"

"말했잖아. 체포된 게 아니라고. 질문에 몇 가지 답을 했던 것뿐이야. 그를 찾는 데 도움을 주려고."

"뭔가 말이 안 돼, 조셉."

나라고 이 상황이 이해되는 줄 알아? 나는 그렇게 생각했다.

"나도 다른 사람들만큼이나 답답한 심정이야." 대신 그렇게 말했다.

드레이퍼가 잠시 뭔가 생각하더니 말했다. "딜레이니라는 사람, 아이가 있어?"

"딸이 있어. 앨리스라고, 열네 살이야."

"그래, 앨리스." 드레이퍼가 컴퓨터 키보드를 두드렸다. "여기 있네. 어쩐지 들어본 성이라 했지. 고1이네. 우수 학생 같은데? 어디 보자, 전과목 최우수 아냐?"

"똑똑한 아이지."

드레이퍼는 다시 물러나 앉아 조그만 똥배 위로 손을 깍지 꼈다. "또 내가 알아야 할 건 없어, 조셉? 더 할 말은?"

"뭐에 대해서?"

"우리 이…… 상황에 대해서 말이야."

순간 벤과 멀의 불륜에 대해서 얘기할까 하는 생각도 들었으나, 그럴 수는 없었다. 또 다른 모욕의 빌미만 제공하게 될 뿐이었다. 게다가 드레이퍼가 알아야 할 일이 아니었다.

"아니, 없어."

"분명해?"

"그래."

"또 경찰이 무슨 얘길 했는데? 딜레이니 씨 실종이랑 관련된 거였어?"

드레이퍼가 실은 더 많은 걸 알고 있는 게 아닌가 하는 불편한 느낌이 들었다. 아니면 그냥 떠보는 것인지도 몰랐다. 나로서는 알 수가 없었다.

"내가 말한 대로야. 경찰은 벤을 찾고 있고 주변 사람들 모두와 면담해서 지난 며칠간의 행방을 찾고 있어. 그의 아내는 상심해서 제정신이 아니고."

"불쌍하기도 하지." 드레이퍼가 무심하게 말했다.

"그리고 확실히 말해두지만, 칼, 경찰은 나에게 어떤 혐의로도 기소하지 않았고 체포하지도 않았어. 난 잘못한 게 없다고. 사람들은 그걸 알아야 해."

"알았어."

"알아들었다니 다행이군."

"전체적으로 볼 때, 경찰이 자네를 왜 데려갔는지는 사실 중요하지 않아. 중요한 건 그게 학교 평판을 손상시키도록 놔둘 수 없다는 거야. 어제 오후에 교장에게 형사 둘이 찾아와 자네에 대해 물었대. 학교까지 와서 말이야, 조셉. 너에 대해 물었다고. 실종된 사람을 찾는 것치고는 지나친 것 아니야?"

"체계적으로 수사하니까 그런 거지."

"경찰이 나타나기까지 하니 교장이 어떻게 생각했겠어? 소문도 더욱 심각해질 수밖에 없어."

네일러다. 신중할 거라고 장담하던 그에 대해서는 접자.

나는 이를 악물고 말했다. "그건 미안하네. 왜 여기까지 왔는지는 나도 이해가 안 가."

"그래서 이 모든 걸 보고⋯⋯." 드레이퍼가 컴퓨터 화면을 향해 손을 휘저었다. "오늘 아침 교장과 의논했어. 몹시 걱정하고 있더라고." 그러고 나서 드레이퍼는 잠시 말을 멈췄다. 이 순간을 음미하는 듯했다.

"그래서?" 결국 내가 말했다.

"그래서 지금부터 자네는 다시 통지가 있을 때까지 정직이라는 거야."

나는 귀를 의심했다. "나를 정직시킨다고?"

"그래. 오늘부로."

"페이스북에 올라온 사진 때문에?"

"경찰 수사에 연계되었기 때문이지."

"연계되었다고? 대체 그게 무슨 의미인데?"

"경찰 수사에 참여하게 되었잖아. 이런 사실이 미디어에 새어나갔을 때 학교는 책임 있게 행동하는 모습을 보일 필요가 있어. 지금과 같은 세상에선 피할 수 없는 일이라는 걸 자네도 알잖아?"

그제야 드레이퍼의 태도를 분명히 알 수 있었다. 그는 추호의 망설임도, 미안함도 없는 듯했다.

"정말 이러겠다는 거야?"

"물론이지. 어쩔 수 없어. 학교 차원에서도 이사장 관할로 내부 조사가 시작될 거야."

"죄가 없다고 밝혀질 때까지는 유죄라는 건가?"

"여긴 법정이 아니야, 조셉." 드레이퍼가 우리를 둘러싼 세상을 가리키듯 팔을 좍 벌려 보이며 말했다. "이건 여론의 장이라고. 훨씬 변덕스럽고 겉보기로만 판단하는 경향이 있지."

"이건 인민재판이야."

"현실이 그래. 세상이 그렇다고. 그게 사람들이야."

"군중 심리라고 해야지."

"결정은 내려졌어."

"이럴 순 없어."

"아니, 그럴 거야. 교장의 직권으로."

머리끝까지 피가 치솟는 기분이었다. 나는 메마른 침을 있는 힘껏 삼켰다. "이럴 순 없어. 부당하고 잘못된 처사야."

"걱정은 마. 근속 연수가 충분하니 월급은 다 나갈 거야. 적어도 당분간은."

"월급이 문제가 아니야. 아니 땐 굴뚝에 연기가 왜 나냐고들 생각할 테니까. 내 평판이 문제잖아. 내 평판은 어쩔 거지?" 나는 이제 몹시 화가 나면서 몸까지 떨렸다.

드레이퍼가 통통한 검지로 나를 가리켰다. "아니! 문제는 학교의 평판이야. 어떤 교사도, 누구도 학교 전체보다 중요할 수는 없다는 거, 자네도 알잖아? 잊어버린 거야?"

나는 고개를 저었다. "난 아무것도 잊어버리지 않았어. 난 이 학교에서 9년간 열심히 일했고, 다 기억하고 있어."

"종종 우리에겐 팀을 위해 희생할 사람이 필요하지. 이 친구야, 오늘은 자네 차례가 된 거야."

나는 잠시 생각했다. 책상 너머로 달려들어 멱살을 움켜쥐고 저 잘난 척하는 얼굴에 주먹을 한 방 먹여주면 속이 얼마나 시원할까. 놈은 팀을 위해 그런 아픔쯤은 기꺼이 감수할까? 나는 고개를 돌리고 꽉 쥔 주먹으로 무릎을 내리누르며 감정을 다스리려 애썼다.

"얼마나 정직되는 거지?"

"이 모든 게 정리될 때까지. 자네와 경찰 사이 일이 완전히 끝날 때까지."

"나랑 경찰 사이엔 아무 일도 없어! 그저 얘기를 나눴을 뿐이라고!"

드레이퍼가 물러나 앉았다. "나한테 소리쳐봐야 자네한테 도움이 안 돼."

나는 심장이 가슴 밖으로 튀어나올 것만 같은 느낌 속에서 심호흡을 두 번 했다. "내가 어떻게 반응하길 기대한 거지? 이건 완전 좆같은 처사라고."

"부적절한 언어 사용도 도움이 안 될 거야."

"그래. 어쨌든 난 노조에 말할 거야."

"물론이지. 제인에게 전화하라고 해. 약속을 잡지."

"이제 가도 되나?"

"그런 것 같네. 적어도 지금은." 드레이퍼가 희미한 미소를 보냈다.

나는 일어나서 문으로 갔다.

"참, 그리고 말이야, 조셉?"

"뭔데?"

"부탁이 있어."

"혹시 내가 거절해도 되는 거야?"

드레이퍼는 벌써 컴퓨터로 다시 시선을 고정시키고 있었다.

"정직 기간 동안 학교 근처에 나타나지 말아줘. 부탁 좀 할게."

나는 문을 쾅 닫고 나갔다.


# 38


내가 고개를 숙이고 차로 걸어가는데 모두가 나를 쳐다보는 듯했다. 등교는 끝났고 1,000명 가까운 아이들이 삼삼오오 첫 수업을 들으러 가고 있었다. 하필이면 그 한가운데를 지나게 된 것이다. 모든 아이가 지나가는 나를 한 번씩 쳐다보았다.

전에 나는 그저 교사들 중 하나로 아는 아이보다 모르는 아이가 더 많았지만, 이제는 페이스북에서 체포된 유명 교사였다. 감색 블레이저를 입은 학생들을 헤치고 지나가는데 속닥이는 소리와 찰칵 소리까지 따라붙었다. 얼마나 지나야 잊힐까? 몇 주? 몇 달? 혹시 영원히?

차로 들어가 핸드폰으로 페이스북에 들어갔다. 킬번 경찰서로 들어가는 내 사진이 보였다. 많은 사람이 공유한 사진을 지울 수는 없었지만 내 이름 태그를 삭제해 조금이라도 덜 나타나도록 할 수는 있었다. 별 도움은 안 되겠지만 안 하는 것보다는 나았다.

문득 떠오르는 생각이 있어 데이비드 브랜리의 계정을 들어가보았다. 그의 프로필 사진은 최근 「어벤져스」 영화에서 헐크가 인상을 쓴 사진이었다. 학교나 사는 동네나 가족 관계에 대한 어떤 정보도 없었다. 친구가 열한 명이었는데, 몇 명은 나도 아는 사람들이었다. 게다가 계정도 올해 만들었다. 올린 게시물도 나의 경찰서 사진 하나뿐이었다.

진짜 계정이라고 볼 수 없었다. 비록 누구인지 확신은 가지만, 적을 제대로 알아볼 필요가 있으므로, 나는 그에게 친구 신청을 했다.

집으로 돌아온 후 주방에 앉아 노조 대표와 통화를 했다. 당장은 할 수 있는 조치가 없었다. 항의 과정도 몇 주 이상 걸릴 터였다. 약속을 잡고, 회의를 하고, 그런 상황에서 정직이 합법이냐에 대한 논박이 오갈 것이다. 정직보다 더한 조치가 취해지지 않는다면 기록은 지워질 것이고 나에게 불리한 기록으로 남지 않을 것이었다. 그게 내가 바랄 수 있는 최선이었다.

최소한 당분간은 정직을 당하는 수밖에 없었다. 학기 중인 화요일 아침, 조용한 집에 앉아 시계가 째깍거리는 소리를 듣고 있으려니 기분이 이상했다.

10시가 조금 넘었으니 첫 수업 시간이 지나고 두 번째 수업 시간이 시작되었다. 7D 아이들과 『산호섬』에 대해 토론하기로 돼 있었다. 대신 주방 테이블에 앉아 차를 마시고 있다니, 어떻게 모든 일이 순식간에 이렇게 망가질 수가 있나.

며칠 전만 해도 꽤 괜찮은 삶이었는데. 깨닫지 못하고 있었다.

잃고 나서야 그 가치를 안다는 말은 진실이었다. 이제 나의 가정을 다시 회복시켜야 했다. 벤을 만나는 것부터 시작하는 것도 나쁘지 않은 생각 같았다. 멀을 포기하라고 말해주고 똑똑히 알아듣게 만들어야 할 뿐 아니라 사진도 찍어야 했다. 사진을 경찰에 보내주고 경찰을 내 삶에서 떼어내야 하니까.

핸드폰이 두 번 울렸다. 데이비드 브램리가 내 친구 신청을 받아들이고는 바로 메시지를 보냈다.

직장에선 잘 지내고 있나, 덩치?

나는 메시지를 노려보았다. 어떻게 이리도 뻔뻔할 수 있지? 내 정직에 대해서는 어떻게 또 이렇게 빨리 알아낸 건가? 나는 답장을 했다.

누구야?

바로 답이 왔다.

누구 같아?

가능성은 한 명밖에 없었다. 벤, 이 개자식.

이러는 게 재미있냐?

222

답은 이모티콘 한 개였다.


:-)


처음부터 나보다 두 단계는 앞서가고 있었다. 여전히 그런 상
태였고, 이제는 끝내야 했다. 그만하면 날 가지고 잘 놀았다. 이
젠 우리 삶을 되찾을 때였다. 나와 멀의 삶뿐 아니라 벤과 그의
아내도. 솔직히 더 이상은 벤을 보지 않았으면 좋겠다.

내가 다시 메시지를 보냈다.


만나자. 이번엔 제대로.


답은 세 글자였다.


ㅍㅎㅎ


다시 분노가 치솟으며 귀가 윙윙거렸다. 나를 고문하며 즐기
고 있는 것이다. 경찰을 통해서, 그리고 학교까지 이용해서 자기
가 말한 대로 하고 있었다. 내 삶을 망치고 내가 벗어나려 안간
힘 쓰는 모습을 보며 웃고 있었다.

답을 보내려는데 전화가 왔다. 모르는 핸드폰 번호였다.

"여보세요?"

"조셉? 피터 라센입니다. 통화 가능한가요?"

"물론이죠."

"메시지를 남길까 했는데. 점심 전에 통화가 가능할 줄 몰랐네요."

나는 라센에게 페이스북 사진과 학교 정직 얘기를 했다. "이거 괴롭힘이죠? 법적 대응도 가능하지 않습니까?"

"네, 해볼 수 있습니다. 게시물을 캡처해서 나한테 이메일로 보내세요."

"벤이 숨어서 나를 쫓아다니며 내 경력을 망가뜨리려 하는 증거예요."

"음……." 왠지 라센은 그다지 확신이 없어 보였다. "실은 조셉, 생각보다 경찰이 빨리 움직이고 있어요. 전화도 그래서 건 겁니다."

"무슨 일이 있나요?"

"우리가 어제 얘기했던 것보다 상황이 더 심각할 수 있어요."

가슴이 덜컹 내려앉았다. "심각하다고요?"

"벤 딜레이니에게 안 좋은 일이 일어났을지도 모른다는 가정 하에 경찰이 움직이기 시작했어요."

나는 주방 의자에 주저앉았다. "그건 벤이 그렇게 보이도록 만들었기 때문이에요. 하지만 경찰은 벤이 살아 있다는 증거를 찾고 있는 줄 알았는데요? '생존 증거 수사'인가를 할 거라고 네일러가 그랬어요."

"찾고는 있겠죠. 하지만 빠른 시간 내 증거를 찾아내지 못하면 곧 다른 방향에서 수사가 시작될 겁니다. 사고라든가 폭행 치사 같은 것과 관련됐을 가능성요."

"폭행 치사라고요?" 신문에나 나오고 텔레비전에서나 보던 말이 내 일상생활에 등장했다. "내가 그랬다는 말입니까?"

"그럴 가능성이 있죠."

"하지만 말도 안 된다고요! SNS에서 나를 괴롭히고 게시물들을 올려서 곤경에 빠뜨리고 나랑 멀 사이를 갈라놓으려고 하고 있는 놈이 어떻게 죽었다는 말이죠? 어제도 봤어요. 그 전날은 전화 통화도 했고요. 심지어 당신이 전화를 걸기 직전에도 놈과 얘기하고 있었다고요."

"얘기를 했다고요?"

"메신저로요."

"그의 계정입니까?"

"아뇨. 데이비드 브램리라는 가짜 계정을 사용하고 있어요. 중요한 건, 놈이 내 사진을 찍었다는 겁니다. 벤은 너무 잘 살아서 어딘가 숨어 있다고요."

"그럼 왜 실종된 거죠?"

"실종된 게 아니에요. 그저 아내에게 돌아가고 싶지 않은 것뿐이지. 내 아내를 원하니까요. 그러니까 빨리 찾아내서 이런 짓들을 멈춰야 해요."

라센은 잠시 말이 없더니 천천히 신중하게 말했다. "그 사진들을 당신이 올렸을 수도 있잖아요."

"그게 말이 됩니까?"

"당신도 얼마든지 벤이나 데이비드 브램리란 이름으로 게시물을 올릴 수 있어요. 그보다 더 이상한 짓을 하는 사람도 있으니까."

무거운 뭔가가 가슴을 내리누르듯이 답답했다. "정말 그렇게 생각합니까?"

"물론 나는 아니죠. 하지만 네일러는 그렇게 생각할 수 있어요. 벌써 며칠째 벤이 나타나지 않고 있으니까."

"내가 봤다니까요."

"당신이 본 건 소용없어요, 조셉."

"왜요, 내가 용의자라서?"

"수사라는 게 그런 거예요."

나는 잠시 이 모든 상황을 전부 종합해보려 애썼다. 계속 이렇게 당할 수는 없었다. "오늘 다른 일정 있나요?"

"1시 30분까지는 아무 일 없습니다."

"잘됐네요. 20분 후에 킬번 경찰서에서 만납시다."


# 39

"난 함정에 빠졌어요." 내가 말했다.

네일러가 흠집투성이 책상 건너편에서 살짝 찡그리며 나를 건너다보았다. "설명해봐요."

나는 페이스북 포스트, 학교의 정직 조치, 데이비드 브램리와

의 메신저, 멀에 대한 벤의 집착이 표현된 집 컴퓨터 메시지 등
에 대해 말했다.

"벤은 이미 목요일 밤에 나의 페이스북 계정을 해킹한 적 있
어요. 어제도 말했지만. 우리 집 컴퓨터까지 해킹했고 이제는 내
커리어도 망가뜨리려 하고 있어요. SNS에서 가명을 써서 나에
게 모욕을 주고요. 이제 당장 멈춰야 합니다. 이 모든 걸 더 이상
참을 수가 없어요."

우리는 다시 경찰서 3번 면담실로 들어왔다. 라센이 내 옆에
앉았고 네일러는 대화를 시작하기 전에 표준적인 경찰 주의 사
항을 읊어주었다. 그리고 지금은 나와 브램리의 메신저 창을 훑
어보고 있었다. 다른 것보다 오랫동안 들여다보고 나서 나에게
돌려주었다.

"봤죠?" 내가 말했다.

네일러 반장이 어깨를 으쓱했다. "당신이 만든 계정일 수도
있습니다."

"내가 대체 왜 그런 짓을 하겠습니까?"

"상황을 바꿔놓으려고요."

"무슨 말씀이죠?"

"피해자가 딜레이니 씨가 아니라 당신인 것처럼 보이게 만들
고 있다는 말이에요."

"내가 무슨 피해자가 된다는 거죠?"

"중상모략이라든가, 딜레이니 씨가 당신을 비방하고 있다고
주장하지 않습니까?" 네일러가 팔짱을 끼었다. "어쨌든 브램리

라는 사람의 페이스북 계정은 조사해보겠습니다. 뭔가 결과가 나오겠죠."

"내가 직장에서 쫓겨날 수도 있는 게시물을 올린다는 게 말이 됩니까? 체포되는 것처럼 수갑까지 포토샵으로 그려 넣어서?"

"모르겠네요, 조셉. 왜 그랬을까요?"

"당신도 분명 벤이 이런 짓을 한다는 걸 알 수 있을 텐데요. 퇴짜 맞은 남자가 나를 파괴하려 하고 있어요. 나만 없애면 자기가 멀을 차지할 수 있다고 생각하니까요. 모든 것에서 이겨야 직성이 풀리는 남자예요. 무슨 짓을 해서라도." 나는 주먹을 쥐고 탁자 위로 몸을 내밀었다. "그런 놈이 내 가정을 파괴하려 하고 있다고요."

라센이 내 팔에 손을 얹었다. "진정해요, 조셉."

네일러가 뒤로 물러나 앉았다. "이 모든 상황에 대해 내가 가진 문제는 말입니다, 조셉. 딜레이니 씨를 봤다고 하는 사람이 당신이 유일하다는 겁니다. 그와 만나고 얘기도 나눴다는 사람요."

"멀도 있어요. 같이 얘기했다고요."

"좋아요, 그럼 부인과도 다시 대화를 해봐야겠네요. 하지만 이것도 결국 당신이 그렇게 말했기 때문입니다, 조셉. 아시겠어요? 모든 일이 당신을 중심으로 일어나고 있어요. 대체 왜 그럴까요?"

"벤이 아주 영리한 놈이기 때문이죠. 나보다, 그리고 대부분의 사람들보다도."

"그럴 수도 있죠. 하지만 지난 24시간 동안의 '생존 증거 수사'에 아무 성과도 없었어요. 전혀 흔적이 없었습니다. 빠른 시간 내 그 점에 변화가 없다면 그가 무사히 살아 있지 못하다는 가정하에 수사를 시작할 수밖에 없어요."

"베스 딜레이니는 어쩌고요? 목요일 밤에 남편이 집에 왔었다고 했잖아요. 내가 호텔 주차장에서 때려눕혔다고 추정된 이후에도 말입니다."

네일러가 고개를 저었다. "그분은 남편을 보지 못했어요. 누가 집에 들어와 돌아다니는 소리를 들었을 뿐이죠. 방문도 닫혀 있었고 층도 달랐어요."

"나한테 보낸 문자는요? 페이스북 게시물하고요. 프라이언트 컨트리 파크에서 만나기로 한 것들도 다 증거가 아닌가요?"

네일러가 옆에 앉은 레드퍼드 형사와 마주 보너니 다시 나를 보았다. "나중에 얘기하려고 했지만 이왕 이렇게 오셨으니 지금도 좋겠네요." 그리고 앞에 놓인 검은 고리 바인더를 펼쳤다. 종이를 몇 장 넘겨서 찾던 문서를 펼쳤다.

내가 물었다. "그럼 뭔가 발견한 겁니까?"

"그렇기도 하고 아니기도 하죠."

"그게 무슨 말이에요?"

라센이 불편한 듯 몸을 들썩였다. "우리에게 뭐라도 좀 알려주면 내 고객은 정말 감사할 거야, 마커스."

"물론이지. 그렇게. 그럼 먼저 문자부터. 우리는 당신 통신사와 벤의 통신사로부터 접속 기록을 받았습니다. 당신은 일요일 저녁 벤 딜레이니의 핸드폰에서 문자 세 통을 받았죠. 월요일 아침에 두 통을 받았고요. 맞습니까?"

"그래요. 일요일 건 만나자는 약속이었고 그다음 날 아침 프라이언트 컨트리 파크에서도 문자를 받았어요."

"핸드폰 기록을 조사하면 통화 중에 어느 기지국에서 그 핸드폰에 '연락했는지' 알 수 있습니다. 그렇게 되면 꽤 정확히 그 핸드폰의 위치를 알아낼 수 있죠. 문자도 마찬가지입니다."

"나는 일요일에는 집에 있었고 월요일 아침에는 프라이언트 컨트리 파크에 있었어요. 기록도 그렇게 나왔겠죠. 설마 아니었나요?"

"문제는 이겁니다, 조셉." 네일러가 서류철의 다른 페이지를 펼쳤다. 그리고 숫자 목록을 손으로 짚어 내려갔다. "일요일에 당신이 문자를 보낼 때 집 근처에서 가장 가까운 중계기인 도로 끝 기지국에서 신호가 기록되었어요."

"그럼…… 맞네요. 그렇죠?"

"그리고 벤 딜레이니의 핸드폰 신호도 같은 기지국에서 나갔습니다."

나는 반장과 형사를 번갈아 보았다. "이해가 안 가네요. 그게 무슨 뜻이죠?"

네일러가 지극히 간단한 문제를 너무나도 둔한 사람에게 설명해야 한다는 듯 인상을 썼다. "레이첼, 린치 씨에게 설명을 해 드리겠나?"

레드퍼드 형사가 설명했다. "두 전화 다, 즉 당신 전화와 그의 전화가 서로 문자를 주고받을 때, 같은 핸드폰 기지국을 사용할 정도로 가까이에 있었다는 뜻입니다."

"얼마나 가까이에 있었다는 거죠?" 라센이 물었다.

"아주 가까이에요." 레드퍼드가 대답했다.

네일러가 말했다. "예를 들면 한 사람이 두 전화기를 같이 들고 있는 상황에서처럼요."

"무슨 말이 그래요? 벤이 우리 집 바로 밖에 있었을 수도 있지요."

레드퍼드가 손을 들어올리며 내 말을 막았다. "제 말 아직 안 끝났습니다." 그녀의 부드러운 북부 억양이 공포로 갈라지는 내 목소리와 대조를 이루었다. "그리고 월요일 아침, 똑같은 일이 일어났습니다. 다른 장소에서 마찬가지 패턴이 나타난 거죠. 두 기기가 같은 핸드폰 중계기를 통해 아주 좁은 반경 안에서 교신했어요."

"벤이 나랑 가까이 있었으니까요! 한 50~60미터쯤 됐을 거예요."

"당신 말고 다른 목격자는 없었습니다." 네일러가 조용히 말했다.

"그럼 내가 벤의 핸드폰을 가지고 그 문자들을 보냈다고요? 내가 왜 그런 짓을 하겠습니까?"

라센이 내 팔에 손을 올렸다. "조셉, 그만하세요." 그리고 형사들에게 말했다. "토요일 저녁에 페이스북 게시물이 올라왔어요. 딜레이니 씨는 잘 지내고 있다면서 생각할 게 있어 좀 떠나왔다고 했더군요."

네일러가 검은 바인더의 다른 문서를 펼쳤다. "그다음은 페이스북 게시물입니다."

네일러의 표정을 보고 나는 벌써 두려움으로 온몸이 굳는 듯했다.

"페이스북은 늘 위치 정보를 넘겨줄 때 젠장맞게 오래 시간을 끌지요. 그래서 그쪽에서는 아직 받은 게 별로 없습니다만, 골드스미스 대학의 연구원들에게 의뢰해 대충 분석을 해봤습니다. 기본적인 분석은 늘 기꺼이 겨우 몇 시간 내로 해주거든요."

그러고 네일러가 고리 바인더를 열어 종이 두 장을 꺼낸 다음 나란히 놓았다. 오른쪽 문서는 벤의 토요일 게시물을 캡처한 것이었다.

머릿속 정리가 필요. 잠시 떠나 있으니 좋네. 모든 것의 실마리가 보이기 시작할 때는 여행이 늘 답이었어.
'전투의 진실은 승리자가 결정한다⋯⋯.'

왼쪽 문서에는 이전 페이스북 게시물들을 여러 개 캡처해놓았다.

"이것들은 다 벤의 것 아닙니까?"

네일러가 고개를 끄덕였다. "그의 계정 게시물들이죠. 그래서 우리 골드스미스의 똑똑한 친구들이 문법과 구두점 같은 것들을 토요일 게시물과 비교해봤어요. 그 결과 딜레이니 씨는 페이스북 게시물에 구두점을 쓴 적이 거의 없다는 것을 발견했습니다. 토요일 게시물만 예외였죠. 자기가 잘 있다는 게시물 말입니다."

"그래요?" 나도 문서들을 훑어보며 뭔가 형사들이 틀렸다는 걸 증명해 보이고 싶었지만 아무것도 발견할 수 없었다.

"언어 분석 결과, 그는 또한 SNS에서 그다지 문법을 잘 지키는 사람이 아니었어요. 토요일 이전까지는 말이에요. 토요일 게시물에서 그는 갑자기 문법도 딱 맞추고 마침표에 따옴표, 말줄임표까지 쓰고 있어요. 문자 메시지들 역시 마침표나 대문자 사용에서 평소와 불일치를 보이고 있습니다. 전에는 늘 약어로 쓰던 단어들의 철자도 모두 온전히 써넣고요."

라센은 무표정하게 형사들을 응시하며 침착하게 말했다. "그래서 당신들의 대학생 친구들이 어떤 결과를 내렸나요?"

"그들의 의견은 이전 게시물을 쓴 사람이 토요일 게시물을 올렸을 가능성은 희박하다는 것이었습니다. 다섯 개의 문자 메시지들도 마찬가지고요. 한마디로 벤 딜레이니가 쓴 것이 아니라는 거지요."

"그건 말이 안 돼요." 내가 말했다.

"당신은 어떻습니까? 당신은 역사 교사죠?"

"영어 교사입니다."

"벤 딜레이니 씨에게 문법과 구두점 정도는 가르쳐줄 수 있겠군요."

나는 대꾸하지 않았다. 그의 단정적인 의심에 조금이라도 권위를 실어주고 싶지 않았다.

"철자, 문법, 따옴표, 말줄임표, 이런 것들의 전문가 아닙니까? 온갖 규칙을 속속들이 알고 있겠죠."

"벤이 일부러 그렇게 썼을 수 있어요. 당신들을 속이려고." 나에게조차도 설득력 없이 들렸다.

"그렇다면 정말 범죄학의 대가이겠네요."

"벤은 아주, 아주 영리한 남자입니다. 나라면 과소평가하지 않을 거예요."

"생존 증거 말입니다, 조셉. 우린 그 얘길 하고 있는 중이에요. 지금 찾고 있는 게 그거니까요. 그리고 솔직히 말하자면, 이 결과들이 나온 이후에는, 정말 관심을 기울여야 할 문제는 다른 종류인 것 같습니다."

"어제 우리 집 컴퓨터에 나타난 메시지들은 어쩌고요? 놈이 나한테 온갖 협박을 퍼부었다고요."

"당신 말고는 본 사람이 없습니다. 어제 아침 프라이언트 컨트리 파크에서 딜레이니 씨를 봤다는 당신의 말도 마찬가지고요. 목격자가 당신밖에 없어요. 그나저나 당신 손은 어떻게 된 겁니까? 손등이 까졌는데요?" 네일러가 멍들고 딱지가 앉은 오른손을 가리켰다. 어제 숲에서 넘어져서 생긴 상처였다.

"괜찮은데요." 나는 손을 무릎에 내려놓았다. 입이 바짝 마르고 머리가 지끈거리기 시작했다. 무엇보다 이 방에서, 이 경찰서에서 나가고 싶었다.

"혹시 다른 건요, 조셉? 우리에게 들려주고 싶은 말이 또 있습니까?"

라센이 뭔가 말하려 했지만 내가 막았다.

"난 모두 말했어요."

"말했듯이, 조셉. 중요한 건 생존 증거 확보입니다. 하지만 이제 시간이 얼마 안 남은 것 같군요."

나는 굳은 표정으로 네일러를 노려보았다. "증거를 원한다고요? 내가 직접 가져다주죠. 내 스스로 구하겠습니다."


## 40


나는 경찰서 뒷골목에 세워둔 차 안에서 부들부들 떨며 식은 땀을 흘리고 있었다. 내가 함정에 빠진 거라고 네일러를 설득하려다가 현란한 방식으로 모두 뒤집어쓰고 말았다.

라센은 나에게 집에 가서 마음을 가라앉히라고 했지만, 눈앞에서 인생이 산산조각 나고 있는데 그럴 수 있는 사람은 없다.

다시 한 번 데이비드 브램리와의 메신저 메시지를 보았다.

만나자. 이번엔 제대로.

그리고 그의 대답.

ㅍㅎㅎ

과연 내가 눈앞에 서 있는데도 웃을 수 있을까? 소리치고 욕하고 내 아내를 사랑한다 말하고 모두 나 때문이라고 비난할 수는 있겠지만, 소리 내어 웃을 수는 없을 것이다. 그랬다. 지금 내가 꼭 해야만 하는 일이 있다면 바로 벤을 찾아내 그놈 코앞에 얼굴을 디밀어주는 것이었다. SNS 말고, 전자 기기나 이메일도 말고, 메신저, 컴퓨터 화면, 인터넷 따위 모두 집어치우고, 남자 둘이 직접 만나 진짜 대화를 나누는 것이었다.

일요일 저녁에 벤이 우리 집 가까이 왔었다. 핸드폰 기록을 가지고 네일러를 속일 만큼. 그리고 월요일에 공원에서도 나를 지켜보며 쫓아왔다가 잠깐 얼굴을 보여주고 그림자처럼 사라졌다. 놈은 경찰이 전화 기록을 어떻게 수사하는지 알았던 것이다. 호숫가엔 아무도 없었다. 벤밖에 없었다.

나는 시동을 켜고도 잠시 더 앉아 엔진 소리를 듣고 있었다. 그러다가 다시 시동을 껐다. 집으로 갈 수 없었다, 아직은.

생존 증거. 실마리는 어딘가 있다. 찾아내기만 하면 된다.

핸드폰을 꺼냈다. 벤에게는 389명의 페이스북 친구가 있었다. 나랑 공통 친구가 20명이 넘었지만 대부분은 나에겐 낯선 사람들이다. 그래서 나는 벤의 게시물에 자주 댓글을 남기는 사람들 20여 명에게 친구 신청을 했다.

무시하는 사람도 있겠지만 가상의 인기를 늘리고 싶어 하는 조심성 많지 않은 사람이라면 승낙할 테고, 그러면 나도 그들의 프로필을 살펴볼 수 있게 될 것이다. 거기서부터 조그만 정보라도 찾아보면 벤의 작전을 끝장내는 데 도움이 되지 않을까.

멀도 꽤 자주 댓글을 달고 있었지만 의심스러운 내용은 없었다. 멀의 타임라인을 훑어보니 윌리엄의 사진과 본인 셀카, 그리고 둘이 함께 찍은 사진들이 나왔다.

6개월도 전, 3월에 찍은 사진에서 나는 멈춰 서고 말았다. 전에 본 사진이었다. 멀이 중등 학력 평가 시험 20주년을 기념해 누가 올린 사진들을 공유했다. '클레어먼트 공립학교에서 좋았던 시절'이라는 제목이 붙어 있었다. 맨 위의 사진은 공연 장면 같았다. 중세풍 드레스 차림에 검을 차고 90년대 머리 모양을 한 10대들이 일렬로 섰다. 열여섯 살의 남자아이 네 명과 여자아이 네 명이 연극을 끝내고 서로 어깨를 걸고 활짝 웃으며 관객의 환호를 받고 있었다.

나는 최근에야 본 사진이었다. 베스와 벤의 거실 벽에 걸린 사진들 중 하나였다. 한가운데 베스가 있었다. 청중을 향해 환하게 웃으며 인생 최고의 날을 맞은 듯했다. 긴 머리에 함박웃음을 지으며 흡족한 공연의 흥분으로 상기된 그녀는 너무나 행복해 보였다. 세상을 접수할 준비가 되어 있는 것처럼. 미소 짓는 열여섯 살 멀도 줄 끝에 서 있었다. 두 소녀 다 순수하고 아무 걱정 없는 무방비 상태로 보였다. 20년 후 둘 중 하나의 부정으로 겪게 될 분노와 미움, 파괴에 대해서는 생각도 못 하고 있었다. 몇 사람의 인생을 망치게 될지, 우정이 어떻게 증오로 변하게 될지 모르면서.

상실감으로 가슴이 아팠다. 참을 수 없을 때까지 사진을 응시하다가 댓글들로 내려갔다. 그저 화면을 바꾸고 싶어서였다.

조 나이틀리 — 3월 29일
멋진 날들이었네~~

마틴 커피 — 3월 29일
잊고 있었어! 베스 딜레이니 정말 어려 보인다.

이언 하워드 — 3월 29일
좋네. **샬럿 로어**가 무대에서 죽기로 돼 있다가 웃어버린 거
기억나?

샬럿 로어 — 3월 29일
적어도 난 대사는 안 잊어버렸어, **이언 하워드**! :-)

클레어 그림블 — 3월 29일
머리 멋지네, **마크 러딩턴**

마크 러딩턴 — 3월 29일
어쩐지 그때 뒤풀이 파티가 잊히질 않아, **멀리사 린치** :-)

그렇게 그 게시물에만 50여 개의 댓글과 80개의 좋아요가 달
렸다. 뒤풀이에 대한 알쏭달쏭한 댓글이 신경 쓰였다. 멀은 답글
을 달지 않았다. 이상한 일이었다. 자신이 공유한 사진에 직접
자신을 언급하며 단 댓글인데도 답을 하지 않았으니까. 게다가

그 사진들은 원래 마크 러딩턴이라는 남자가 올린 것이었다. 나는 모르는 이름이었다.

그의 계정을 클릭해 자세히 보았다. 그러고 나서 학교 사진으로 다시 돌아가 확대한 다음 배우들의 얼굴을 살폈다. 멀에게 팔을 두른 검은 갑옷 소년이 마크 러딩턴이라고 95퍼센트 확신할 수 있었다. 벤과 닮았다. 검은 머리에 키도 체격도 비슷했다. 예전에 술자리 진실 게임 때 멀이 딱 한 번 바람을 피웠다고 인정했던 기억이 다시 났다. 학생 때 일이었으니 심각한 건 아니라면서.

어쩌면 마크 러딩턴이 첫 번째 바람 대상이었을지도 모른다. 그때는 누군지 말 안 하고 그냥 키스로 질문을 막아버렸지만, 생각할수록 묘한 연관성이 있는 듯 보였다. 멀은 지금까지 두 번 바람을 피웠는데, 20년 사이를 두고 기이할 정도로 닮은 남자들과 그랬던 것이다. 어쩌면 멀이 권태를 느낄 때 그런 유형에게 끌리는지도 모른다.

어쩐지 그때 뒤풀이 파티가 잊히질 않아. **멀리사 린치** :-)

마크 러딩턴은 결혼해서 엔필드에 살고 있었다. 계정을 공개로 하고 있었기에 10분 정도 그가 올해에 올린 게시물들을 모두 훑어보았다. 내 아내에 대해 알아내는 것이 그 어느 때보다 중요하게 느껴졌다. 그녀가 진짜 어떤 사람인지. 지금의 그녀를 만든 경험들과, 하우스 파티에서 테킬라의 영향력 아래 인정한 10대

시절 부정에 대해 알아낼 필요가 있었다. 많은 사람들이 나보다 더 그녀를 잘 아는 것 같았다.

나는 마크 러딩턴에게 친구 신청을 했다. 연락처를 알아내서 통화를 해볼 수도 있겠지.

조그만 핸드폰 화면을 한참 들여다보고 있었더니 눈이 아팠다. 한 시간가량 지나 있었고 벤에게서는 소식이 없었다. 다른 걸 시도해봐야겠다.

딜레이니 가족의 집전화는 여섯 번 울리고 음성 사서함으로 넘어갔다. 벤의 간단하고 메마른 안내 음성에선 선덜랜드 억양이 희미하게 묻어났다. 예전에 그가 선덜랜드와 뉴캐슬 억양의 차이에 대해 설명한 적이 있지만 여전히 나는 구분이 되지 않았다. 두 번째 전화에도 음성 사서함으로 넘어갔다. 메시지를 남기지 않고 끊었다. 베스에게 전화하는 것 말고 다른 할 일은 없을까 하는 생각도 들었다. 나는 가르칠 사람도 없고 점수 매길 과제도 없고 준비해야 할 수업도 없는 교사였다.

35분 후, 햄스테드의 널찍하고 나무 많은 거리에 주차했다. 높은 담이 둘러싸고 진입로가 깨끗한 긴 커브 길이 이어졌다. 전형적인 부자 동네였다. 눈앞에 으리으리한 20세기 초 저택이 있었다. 몇 번이나 신중하게 개조되었을 것이다. 이웃과도 널찍한 간격을 유지했고, 거리에서 약간 올라간 위치라 진입로도 경사져 있었다. 거리에서 보면, 안 그래도 큰 집이 더욱 커 보였다. 벤의 집이었다.

내가 대낮에 혼자, 연락도 없이 자기 아내를 만나러 온 걸 알면 벤은 좋아하지 않을 것이다. 우리의 불륜 배우자들에 대해 몇 가지 탐문을 하러 예고 없이 들른 거니까, 싫어하겠지. 벤을 아는 사람이라면 그가 열받을 상황이라는 정도는 알 것이었다.

좋은 생각이었다. 한 번쯤 역습도 당해보라지. 어떤 기분인지.


## 41


벤의 집은 완만한 경사를 이룬 진입로 끝에 자리 잡고 있었다. 진입로 가장자리에는 완벽하게 다듬은 관목과 유실수들이 심어져 있었고, 중간에는 높은 장대 위에 예쁜 상아색 새집도 있었다.

자갈이 깔린 진입로에는 차 두 대가 있었다. 베스의 은색 메르세데스 에스테이트, 그리고 벤의 또 다른 차인 하얀 컨버터블 아우디 TT. 벤의 차는 모두 흰색이다.

집 자체는 20세기 초 양식의 거대한 3층짜리 가정집인데, 자녀가 보통 여섯이고 하인들이 꼭대기 층에 살던 시대에 지었다. 한 세기를 거치며 테니스 코트와 게임룸, 20명은 거뜬히 앉을 수 있는 커다란 일광욕실 등이 증축되었다. 세상 이치가 그렇듯 가족 수는 줄어들어도 집은 점점 커졌다. 딜레이니 가족은 아이가 한 명뿐이고 이사 온 지도 1년밖에 안 되었지만 벌써 확장 준비를 하느라 바빴다.

거리에서 지켜보고 있자니, 현관문이 열리고 베스가 천천히 나왔다. 양손으로 뭘 들고 있었다. 뒤집어 든 맥주잔 입구를 엽서로 막고 있었다. 화단 옆에 쭈그리고 앉았더니 엽서를 살살 털었다. 거미라도 들어 있었던가 보았다. 베스는 잠시 더 앉아 있다가 일어나 집 안으로 들어갔다.

나는 저벅거리며 진입로를 걸어 들어갔다. 초인종이 예스러운 소리를 내며 안쪽에서 울렸다. 잠시 기다리다가 다시 한 번 누르려는데 베스가 나왔다. 지쳐 보이는 얼굴에 놀란 표정이 역력했다. 언제나처럼 아름다워 보였다. 창백한 안색을 가리는 화장도 하는 법이 없었다. 눈에 띄는 색을 좋아하지 않는 것처럼 늘 차분하고 은은한 분위기였다.

베스 딜레이니는 늘 사람들의 근본적 선함을 믿었다. 하지만 그녀의 표정은 이제 다른 진실을 발견한 듯 보였다. 그리고 그 진실 때문에 그녀의 세계가 다른 축으로 기울어진 것 같았다. 그녀가 불쌍했다.

"아, 조셉⋯⋯." 베스가 작은 목소리로 말했다.

"베스, 들어가도 될까?"

베스는 망설이며 진입로 쪽을 보았다. "무슨 일이지?"

"얘기 좀 하려고."

"뭐에 대해서?"

"벤."

베스가 문을 닫았다. 그리고 덜걱거리는 소리를 낸 후 다시 열었다. 문틈에는 두꺼운 청동 체인이 걸려 있었다. 베스의 얼굴에는 놀라움 대신 두려움이 나타나 있었다.

"왜 여기까지 온 거야?"

"전화보다는 직접 보고 얘기하는 게 낫겠다고 생각했어."

"아침에 경찰이 다시 왔었어. 벤과 그 여자에 대해 묻더라고."

"멀 말하는 거야?"

"그 여자가 목요일 저녁 너랑 벤이 싸운 얘기를 거짓말했던데."

"다른 거짓말도 많이 했지."

"경찰 말로는 너랑 벤이 싸웠다고 하던데. 네가 벤을 다치게 했다고."

"벤이 나를 함정에 빠뜨리려고 해." 아마 돕는 사람도 있겠지, 하고 나는 생각했다.

베스가 인상을 쓰면서 나를 노려보았다. "무슨 소리야? 어떻게?"

"내가 경찰의 의심을 받게 만들고 있어. 직장에서도, 집에서도."

"무엇 때문에?"

"멀 때문에. 저기, 베스, 나 벤을 봤어. 당신 남편을 봤다고."

베스의 얼굴이 갑자기 밝아지며 눈이 커졌다. 벤의 실종이 베스에게 어떤 의미였는지 분명했다. 벤은 이 집의 가장이었다. 백만장자 사업가이자 우두머리 남성. 베스는 그의 그늘 속에 사는데 익숙해진 것이었다. 벤 없이는 어찌할 바를 모를 만큼.

"정말? 진짜야? 벤은 괜찮아?"

"얘기는 못 나눴어. 하지만 멀쩡해 보였어."

베스는 울음을 참는 것처럼 입술을 모았다. "그가 다치지 않왔다고?"

"그래."

"아, 고마워라……." 베스는 손으로 입을 막고 흐느꼈다. "아
아…… 난 너무 걱정이 돼서……."

"나 좀 들여보내주면 안 될까? 안에서 얘기해, 베스."

베스는 나를 한참 응시하더니 다시 묵직한 현관문을 닫았다.
걸쇠 벗기는 소리가 들리고 문이 열렸다. 표정은 여전히 내가 미
심쩍은 듯 불안해 보였다. 한 손에는 전화기를 꽉 쥐고 있어서,
그제야 나는 그녀가 경찰에 전화할 채비를 하고 있었음을 깨달
았다.

흰색과 크림색으로 멋지게 장식된 커다란 거실 한쪽 벽에
60인치 플라스마 텔레비전(화면이 평평하고 얇은 텔레비전 수상
기 – 옮긴이)이 시선을 끌었다. 넓은 식당에는 서류와 문서, 제본
철이 잔뜩 쌓여 있었다. 유리문 너머의 널따란 안뜰에는 잔디밭
한가운데에 야외 수영장과 정자를 만들기 위해 일꾼들이 놓아
둔 굴착기와 텐트가 설치되어 있었다.

거실 다른 쪽 벽엔 가족사진 액자들이 차지하고 있었다. 결
혼식, 세례식, 생일 파티, 그리고 여러 친구들. 멀의 페이스북에
서 보았던 학교 연극 사진도 있었다. 셰익스피어 시대 분장을 한
10대들.

베스가 나에게 거실 구석의 소파를 가리킨 후, 자신은 적어도
3미터는 떨어진 문 옆 식당 의자에 앉았다.

"손님이 올 줄 몰라서 집이 엉망이야."

나는 식당의 서류 더미를 가리키며 물었다. "이건 다 뭐야?"

"토요일에 별별 생각을 다 하다가 벤의 실종이 회사랑 관계가 있지 않을까 하는 생각이 들었어. 나한테 말하지 않은 무슨 문제라도 있어서 그런 게 아닐까 싶어서 단서라도 찾아보려 했지. 그러다가 일요일에 핸드폰을 발견한 거야. 그리고 아직까지 치울 엄두를 못 냈네."

"회사 때문이 아니라 멀에 대한 집착 때문인 것 같아. 경쟁자를 제거하려고. 이기려고."

베스가 순간 인상을 썼다. "늘 이겨야 직성이 풀렸지."

나는 베스에게 벤과 멀의 관계에 대한 이야기를 빠짐없이 털어놓았다. 멀에 대한 벤의 집착과 내 컴퓨터에 나타난 메시지에 대해서, 그리고 무슨 수를 써서라도 나를 제거하겠다고 했던 그의 협박에 대해서도. 그러나 내가 조금 전에야 품게 된 의심, 멀이 내 편이 아닐지도 모른다는 생각은 말하지 않았다. 입 밖에 내어 말하고 싶지도 않았기 때문이다, 아직은.

"오늘은 메신저로 말을 했어."

"정말?" 베스는 희망에 차 보였다. "뭐라고 했는데? 나 보여줄 수 있어?"

내가 핸드폰을 건네주었다. 메시지를 읽어 내려가는 베스의 표정에서 희망은 사라졌다.

"데이비드 브램리가 누구야?"

"나를 괴롭히려고 벤이 만든 가짜 계정이야. 이름과 성의 이니셜을 바꾼 거잖아. 벤 딜레이니, 데이비드 브램리. 나 정도는 알아챌 수 있게 만든 거지."

"나나 앨리스 얘기는 없네."

"그래."

베스가 전화기를 돌려주었다. "너한테도 안 물어봤어?"

"그래."

"언제 벤을 봤는지 말해줘. 어때 보였어?"

내가 프라이언트 컨트리 파크에서의 만남을 설명했다. 베스
는 다시 한 번 기대를 품고 조용히, 벤이 괜찮아 보였는지 물었
다. 그러고 나서 우리 사이엔 침묵이 흘렀다. 각자 배신의 고통
을 곱씹으며.

"내가 그 망할 사진들을 못 보았더라면, 그 모든 거짓말들에
대해 몰랐더라면 얼마나 좋을까. 일요일 아침으로 시간을 돌릴
수만 있다면 난 그 핸드폰을 책상 서랍에 넣고 열쇠를 돌린 다
음 다시 열어보지 않을 거야."

"하지만 이미 사진들을 봤지."

"그랬지……." 베스는 울음을 터뜨릴 듯했다.

일요일엔 그토록 분노했던 베스가 벌써 기운을 다 잃어버린
것 같아 놀라웠다.

"저기, 이미 벌어진 일이야. 시간을 되돌릴 수 있는 사람은 아
무도 없어. 차라리 이렇게 된 게 나은지도 모르지. 모두 제 갈 길
로 나아갈 수 있게."

"무슨 일이 있든지 벤이 나한테 전화를 해줬으면 좋겠어."

그때 문득 신문 기사 생각이 났다. "그나저나 알렉스 콜닉은

어떻게 됐지?"

"그 사람은 왜?"

"벤이 몇 달 전에 그를 업계에서 몰아냈지. 덩치 큰 남자였는데. 키가 2미터 정도? 머리는 하나로 묶고 염소수염에 트렌치코트 차림이었어. 엄청 똑똑한 남자겠지만 폭주족 같은 분위기도 있었어. 별명이 기관총이었지. 최근에 본 적 있어?"

"그 인간이 저번 주에 집으로 찾아온 적 있어. 몇 명이랑 같이."

"무슨 일이었어?"

"벤이 문을 열었어. 몇 마디 나누더니 분위기가 험악해져서 욕설과 고함이 오갔지. 알렉스가 온갖 협박을 해대자 벤이 결국 엽총을 꺼냈고, 그는 떠났어. 알렉스가 레인지로버로 내가 아끼는 장미 덩굴을 뭉개고 갔어. 난리도 아니었지."

뭔가 신경 쓰이는 데가 있는 이야기였다. 하지만 그저 느낌일 뿐이었다. 왜인지는 알 수 없었다.

"경찰한테는 말했어?"

베스가 한숨을 쉬었다. "물론. 하지만 더 이상 문제를 확대시키고 싶지 않아. 나는 벤만 괜찮은지 확인하면 돼. 바로 집으로 돌아오지 않아도 되니까 연락만이라도 받았으면 좋겠어."

말로 할 수는 없었지만, 잔인한 생각이 떠올랐다. 벤은 다른 여자와 사랑에 빠졌으니 이 집으로 돌아오지 않을 거라고.

베스가 손으로 머리를 부여잡고 울기 시작했다. 온몸을 떨며 흑흑 흐느꼈다.

"베스?" 나는 최대한 부드럽게 불렀다.

"그냥 벤이 돌아왔으면 좋겠어."

나는 그녀의 울음이 가라앉을 때까지 기다렸다. 베스는 심호흡을 하더니 주머니에서 티슈를 꺼냈다.

"베스가 발견한 전화기, 멀의 사진이 들어 있던 거 말이야, 정확히 어디서 찾았어?"

"벤의 서재에서." 베스가 눈물을 닦고 일어섰다. "보여줄게."


# 42

벤의 서재는 컸고 푹신한 양탄자가 깔려 있었다. 커다란 참나무 책상에 아이맥 컴퓨터 두 대가 나란히 놓여 있었다. 가죽 소파와 냉장고도 구비돼 있었고 어린 시절 펍에서 했던 「스페이스 인베이더」 아케이드 게임기 골동품도 놓여 있었다.

한쪽 벽은 3단 서류장들로 채워져 있었다. 검은 고리 바인더가 반쯤 든 서류장들은 모두 열려 있었다. 다른 쪽에는 가족과 친구 사진, 벤 본인의 사진이 든 액자들로 꾸며져 있었다.

베스가 책상을 가리키며 말했다. "맨 위 서랍에 있었어."

"안 잠겨 있었어?"

"잠겨 있었지만 여벌 열쇠 있는 곳을 아니까."

"다른 것들도 뒤져봤지?"

"찾아낼 수 있는 건 다 뒤져봤어. 컴퓨터는 암호가 걸려 있었지만, 종이 서류들은 꺼내봤지. 그래서 아래층이 엉망이고. 하지만 솔직히 거의 이해 못 할 내용이라. 그러고 나서 소지품들을 뒤지다가 멀의 벌거벗은 사진이 든 전화기를 발견한 거지. 그래서 일요일에 그 난리를…….”

“그래, 일요일.”

“내가 정말 뭐에 씌었었나 봐. 난 그냥, 너무 화가 나서…… 폭발할 것 같았어.” 베스가 다시 울먹였다. “이 모든 일이…… 정말 너무해. 벤을 위해 모든 걸 희생했는데. 그는 그냥, 떠나버리고…….”

“나도 유감이야, 베스.”

베스가 끄덕이며 아랫입술을 깨물었다. “있지, 난 한잔해야겠어. 너도 할래?”

“차 한잔 주면 고맙겠네.”

“그딴 거로 되겠어?”

오후 1시가 조금 지난 시각이었다. 평소의 베스는 화이트 와인과 소다수를 섞은 칵테일 한 잔으로 밤새도록 버틸 수 있는 여자였다.

“난 홍차면 돼.”

“그래, 난 한잔해야겠어.”

베스가 아래층으로 향했다. 나는 벤의 책상 뒤로 들어갔다. 뭘 찾아봐야 할지는 알 수 없었다. 깔끔하게 정돈된 책상이었다. 만년필 두 자루, 프린터 한 대, 정리함 몇 개, 컴퓨터 두 대가 다였다. 앞쪽 가운데 진열대에는 사무라이 단도가 놓여 있고 그 아래

다음과 같이 새겨진 청동 이름표가 붙어 있었다. 전투의 진실은 승리자가 결정한다 - 손자. 그 옆에는 무슨 계급장 같은 것과 검은 대리석 블록이 놓여 있었는데, 거기 새겨진 말은 도무지 무슨 뜻인지 알 수 없었다. 둘은 하나고 하나는 아무것도 아니다.

귀를 기울였지만 층계 쪽에서는 아무 소리도 들리지 않았다. 나는 재빨리 맨 위 서랍을 열어보았다. 펜, 종이, 명함 상자, 은색 USB 메모리 대여섯 개에 각각 손으로 쓴 스티커가 붙어 있었다. 전화 기록 2017, 전화 기록 2016 등등.

색색의 포스트잇 뭉치 첫 장에도 뭔가 메모 흔적이 남아 있었다. 뜯어서 자세히 보니 그 위에 썼던 필기 자국이 새겨져 있었다. 빛에 대고 보았다. 단어 하나와 물음표 하나. 하지만 무슨 단어인지는 알아보기 힘들었다. 책상 아래 쓰레기통을 열어보니 구겨서 버린 노란 포스트잇이 나왔다. 펼쳐보았다. 네 글자와 물음표가 쓰여 있었다.

STEB?

STEB가 뭐지? 장소인가? 알 수 없었다. 포스트잇을 주머니에 넣고 다시 서랍을 뒤져보았다. 투명 비닐백에 든 신용카드들, 경영 관련서들, 애프터셰이브 한 병, 콘돔 한 상자, 셀로판 포장 푼 것. 나는 서랍을 닫고 책상을 떠났다.

벽에 걸린 사진들은 대부분 벤의 어린 시절 가족사진인 듯했다. 엄마, 아빠, 벤, 여동생으로 짐작되는 소녀. 깊고 푸른 바다 배경의 해변 식당에서 그을린 피부에 여유 있어 보이는 가족들, 서로 팔짱을 끼고 카메라를 보며 웃는 가족 뒤로 디즈니랜드 마법의 왕국 탑들이 우뚝 솟은 사진도 있었다. 또 다른 사진은 시드니 오페라하우스가 배경이었다.

다른 것들보다 큰 학교 사진 하나에서 벤은 덥수룩한 앞머리에 안경을 쓰고 옷깃에 '반장' 배지를 달고 한 교사로부터 표구된 상장을 받고 있었다. 고풍스러운 학교 건물을 배경으로 교사는 마치 고전 영화 속 학교에서처럼 검은 가운을 입고 있었다.

모두 생소해 보이기만 했다. 벤은 늘 자기가 공립학교의 거친 아이였다고 주장했다. 북부에서 내려와 물렁한 남부 사람들을 접수한 사내라는 식으로 자신의 과거사를 포장했다. 하지만 지난 며칠 동안 배운 것들과 마찬가지로, 이 또한 허구에 지나지 않았다. 사실은 사립학교에서 반장 배지를 달고 해외로 여름휴가나 다니던 부잣집 아이였던 것이다.

베스가 레드 와인 한 잔과 받침까지 딸린 도자기 잔에 홍차를 담아 내왔다. 나에게 홍차를 건네고 가죽 소파에 앉더니 자기 잔을 들어올렸다. 그러고는 건조하게 말했다.

"결혼을 위해 건배."

나는 홍차를 마시며 벽의 사진들을 가리켰다. "이거 벤 맞아? 공립학교에 다닌 줄 알았는데."

"무슨 소리야. 다섯 살 때부터 사립학교에 다녔는데. 벤의 아버지는 큰 선박회사의 이사였어. 부자였지."

"하지만 늘…… 자기가 빈민가 출신이라고 했잖아. 부두 노동자의 아들이었다고."

베스가 어깨를 으쓱했다. "벤이 그랬지. 늘 그런 식이니까 별로 신경 안 쓰였어."

자신의 성장 배경에 대해 거짓말했다는 건 사실 놀랍지도 않았다. 이제까지 만난 중 가장 심각한 허풍쟁이라는 게 점점 분명해지고 있었으니까. 하나하나 마주칠 때마다 당황스럽기는 했지만 지난 주말부터 알게 된 사실들과 다 잘 맞아떨어졌다. 전투의 진실은 승리자가 결정한다는 말은 벤의 태도를 꽤 잘 요약해주고 있었다. 벤에게 진실은 바뀔 수도 있고 조작할 수도 있는 것이었다. 그래서 자신이 원하는 것을 얻어낼 수 있도록.

"그런데 앨리스는 괜찮아?"

"그런 편이야."

"얼마나 말해줬어?"

"별로 많이 말해줄 필요는 없었어. 아빠에 관한 한 앨리스는 늘 혼자서도 대부분 파악하고 있으니까. 실은 이젠 나보다도 아빠 기분이나 농담을 더 잘 이해하지. 서로 말투나 습관도 따라가고. 사용하는 속어나 약어까지." 베스가 미소를 지었지만 웃음기는 금세 사라졌다. "가끔은 얼마나 닮았는지 섬뜩할 정도야. 앨리스는 전형적인 파파걸이야. 지금은 아빠가 그저 며칠 어딜 갔다고만 해뒀어."

"앨리스도 아빠가 보고 싶겠네."

베스가 들어올리던 와인 잔을 멈추고 나를 보았다.

"이건 분명히 할게. 앨리스는 이번 일에 대해 잘 몰라. 이 모든 일과 관계도 없고. 그 어떤 것도."그녀는 나를 뚫어지게 보며 천천히 주의 깊게 말했다.

"물론이지. 당연해. 나도 그렇게 생각했어."

나중에 그날 저녁 이 말을 곱씹어볼 때에야 뭔가 이상하다는 생각이 들었다. 물어보지도 않은 말에 대한 이상한 답변이었다. 이건 분명히 할게. 앨리스는 이번 일에 대해 잘 몰라. 이 모든 일과 관계도 없고. 그 어떤 것도. 마치 비난의 화살을 다른 곳으로 겨누어야 한다는 듯이.

"그런데 말이야, 베스. 우리가 피해자라는 생각은 안 들어? 당신과 나 말이야. 우린 배신당하고 속고 상처받았잖아."

베스가 와인을 한 모금 더 마시고 잠시 생각하더니 결국 고개를 끄덕였다. "하지만 이런 조짐을 알아챘어야 했다는 생각이 들어. 내가 더 좋은 아내가 됐어야 했는데. 벤을 행복하게 해주고 만족시켜서 다른 사람이 필요 없도록. 그래서 나의 가장 친한 친구와 바람을 피우지 않아도 되도록."

"네 잘못이 아니야. 자책하지 마."

"그냥 벤은 자기 일을 하고, 그것도 너무 잘해서 우리를 부자로 만들어주었지. 나는 내 일만 하면 된다고 생각했어. 앨리스를 돌보고, 집을 보살피고 개조도 하고. 취미도 있었으니까. 운동도 그렇고 동네 연극이랑 학부모회 일이랑. 나도 바쁘게 지내면서 다 잘 돌아가고 있다고 생각했는데."

"나도 멀과 그렇게 지낸다고 생각했어."

"난 그저 벤만 돌아와주면 돼. 다른 건 다 상관없어."

그러고 보니 베스는 단 한 번도 벤을 쫓아내겠다는 말을 한 적이 없었다. 집 열쇠를 바꾸거나 벤이 좋아하던 옷을 찢어버리거나 차를 팔아치우거나 한다는 말도 없었고, 이혼을 생각해보거나 변호사에 대해 언급하는 일조차 없었다. 벤이 베스를 배신하고 결혼 서약을 깨뜨리고 모욕을 주었는데도, 일요일 난동 이후에는 분노조차 다 빠져나간 듯 보였다.

헤어질 생각을 못 하는 건 나도 마찬가지였지만, 베스는 비굴해 보일 정도였다. 그녀가 너무 불쌍했다. 전에는 베스를 가깝게 느껴본 적도 없고, 남편과 분리된 존재로 생각해본 적도 없었다. 베스는 늘 남편의 그늘 속에 있었고 그 옆에서 조용하고 완벽한 아내였다.

하지만 지금 바닥 상태의 그녀를 보니, 오히려 그녀의 진면목이 드러났다. 선량하고 관대하며 많은 것을 바라지도 않았던 여자. 그리고 그녀는 이런 대접을 받을 이유가 없는 여자였다.

"그럼 벤을 다시 받아들일 거야? 언제든?"

베스가 고개를 끄덕였다. 그녀의 눈이 아주 맑은 녹색이라는 사실을 처음으로 깨달았다. 그녀는 아름답고 지적이며 친절한, 매력적인 여성이었지만 그 이상의 많은 것을 가졌다. 상처받기 쉬운 모습, 열린 마음, 냉소라고는 찾아볼 수 없는 인품, 그 모든 것에 내 마음이 움직였다. 베스를 보호해주고 싶었다. 다시는 상처받지 않게 해주고 싶었다.

"내가 벤을 찾아낼게, 베스. 네게 다시 돌려보내줄게."

그녀의 얼굴에서 잠깐 희망이 피어났다가 사라졌다. 가슴 아폰 모습이었다.

"돌아오고 싶어 하지 않으면 어쩌지?"

"벤의 마음은 상관없어. 선택의 여지가 없을 테니까."

베스의 배웅을 받으며 나오다가 왜 알렉스 콜닉의 이야기가 신경 쓰였는지 깨달았다. 목요일 저녁 프리미어 인의 주차장에서 나오기 직전, 검은색 레인지로버가 들어오고 있었다.

"베스, 한 가지 더 물어볼 게 있는데. 콜닉이 집으로 찾아왔을 때 레인지로버가 무슨 색이었어?"

베스는 잠시 생각하는 눈치더니 대답했다. "검은색. 새카만 색이었어."

나는 다시 차로 돌아가며 이 점을 생각해보았다. 만일 그때 정말 콜닉이 벤을 따라 들어온 거라면, 그래서 벤이 숨은 거라면? 그때 또 다른 폭력 사건이 발생한 거였다면? 콜닉도 이 상황에 관계가 된 걸까?


# 43


집으로 돌아와 현관문을 들어서자마자, 뭔가 이상했다. 처음에는 평일 오후 2시에 집으로 돌아와서 그런가 했다. 화요일 마지막 수업은 중2 C반이니까 지금쯤 『줄무늬 파자마를 입은 소년』을 읽고 있어야 했다. 나는 중2 C반을 좋아했다. 좋은 아이들이었다.

그때 주방 쪽에서 바람이 들어오는 게 느껴졌다. 나는 멈춰서 귀를 기울였다. 그리고 현관문을 아주 천천히 닫았다. 자물쇠도 딸각 소리가 나지 않도록 했다.

누가 들어온 듯했다. 어쩌면 아직 있을지 모른다. 예상되는 인간은 한 명뿐이었다. 벤.

나는 계속 귀를 쫑긋 세웠지만 집 안은 고요하기만 했다. 무기가 될 만한 게 있을까? 현관문 옆에 우산꽂이가 있었고 협탁 위에는 문진이, 창턱에는 꽃병이 있었다. 엽총을 가진 벤을 상대로 도움이 될 성싶은 것은 없었다. 어쨌든 뉴욕 기념품인 스노글로브(유리에 장식을 넣고 투명한 액체를 넣어 흔들면 눈이 내리는 것처럼 보이는 물건 - 옮긴이)를 집어 들었다. 그리고 살금살금 주방으로 향했다.

싱크대 옆에서 일단 멈춰 다시 귀를 기울이는데 아무 소리도 들리지 않았다. 경동맥이 심하게 고동쳤다. 스노글로브를 내려놓고 대신 선반에서 밀방망이를 집었다. 매끄러운 나무가 꽤 묵직했다. 테라스로 나갔다. 뒷문이 조금 열려 있었는데 위쪽 유리가 박살나 있었다. 삐죽삐죽한 조각들이 사방에 흩어져 있었다. 문 안쪽에 꽂혀 있던 열쇠도 사라졌다.

스피커 한 쌍도 선반 위에 놓여 있고 동전을 넣어두는 화분도 창턱에 그대로 있었고, 아이패드도 눈에 들어왔다. 사라진 물건은 없어 보였다. 거실에도 텔레비전과 DVD 플레이어가 그대로 있었다. 위층으로 올라가보았다. 서재에 있는 컴퓨터를 건드린 흔적도 없었다. 침실에 있는 멀의 보석함과 다른 것들도 마찬가지로 그대로인 듯했다. 더 이상 부서진 곳도 없었다.

계단참에 서서 벤이 무엇을 찾고 있었을까 생각해보았다. 어쩌면 아직 여기서 못 나가고 있을지도 모른다. 밀방망이를 단단히 쥔 채 꼼짝 않고 귀를 기울였다. 여전히 고요뿐. 멀리서 노스 서큘러의 자동차들 소리가 웡웡 들렸다. 갑자기 집이 무서워졌다. 벤. 나는 이 방 저 방으로 다니며 옷장을 열고 침대 밑을 들여다보고 문 뒤를 확인했다. 아무도 없었다.

그제야 마음을 놓고 주방으로 돌아가 밀방망이를 원래 위치에 놓았다. 그때 싱크대 위 주전자 옆에서 뭔가를 발견했다. 엽총 탄창이었다. 분홍색 탄창이 수직으로 서 있었다. 놋쇠로 된 아랫부분 위로 Eley Hi-Power #00 Large Game이라는 글자가 새겨져 있었다. 두껍고 묵직했다. 그 안의 산탄을 받는 입장에 놓이면 어떤 기분이 들까, 갑자기 그런 생각이 들었다.

나에게는 엽총이 없었고 가지고 있는 사람도 한 명밖에 몰랐다. 탄창 밑에는 벤의 회사 이름 '제로 원 제로'가 인쇄된 메모지가 놓여 있었다. 프로그래밍 언어인가 2진 코드인가 그 비슷한 컴퓨터 전문가들의 암호라고 벤에게 들은 적이 있다. 정확히는 기억이 안 난다. 메모지에는 두꺼운 검은 매직으로 한 줄이 쓰여 있었다.

내 아내에게서 떨어져.

나는 종이를 잠시 노려보았다. 귀에서 맥박 소리가 쿵쿵거렸다. 지금까지는 그저 내가 아직 규칙을 이해하지 못한 짜증나는 게임으로 느껴질 뿐이었다면, 이제는 진심으로 걱정이 되었다. 겁이 났다. 윌리엄이 여기 있었다면 어떻게 되었을까? 한밤중에 벤이 다시 오면? 눈을 떠보니 누군가가 엽총을 겨누고 있다면 어떻게 하지? 생각하기도 싫다. 하지만 놈은 실제로 여기 왔던 것이다. 무장한 악당이며 내 집을 부수고 들어올 수 있는 놈이었다.

경찰에 전화해 침입자가 있었다고 알렸다. 전화를 받은 사람은 5분에 걸쳐 내 신상 정보를 조사한 후 잃어버린 물건이 있느냐고 물었다.

"현재까지는 없어진 물건은 발견 못 했습니다."

"훔쳐간 게 없다는 말인가요?" 전화기 너머의 여자가 의아한 목소리로 물었다.

"그런 것 같아요. 하지만 탄창을 남겼습니다."

"그게 무슨 말씀이죠?"

"엽총 탄창과 메모를 남겼어요. 협박 글이었습니다."

여자의 말투가 바뀌었다. 범죄 접수 번호를 일러준 다음, 경찰이 증거를 수집하러 곧 갈 거라고 말했다. 그동안 지문이 남지 않게 아무것도 만지지 말라고 했다.

전화를 끊고 주방 가운데 서서 검은 글씨가 휘갈겨진 하얀 메모지에 시선을 고정했다.

내 아내에게서 떨어져.

너무 걱정되어 무슨 의미인지 제대로 깨닫지 못하고 있었지
만, 생각해보니 너무나 어이가 없는 문구였다. 이 남자, 내 가정
을 깨고 내 아내를 빼앗으려는 남자가, 나보고 더 이상 자기 아
내와 만나지 말라고 경고하고 있는 것이었다. 어떻게 보면 순진
한 소리였지만, 그제야, 그 순간에야, 정말로 이자가 얼마나 역
겨운 개자식인지 깨닫게 되었다. 놈은 진심으로 이 모든 일을 벌
이고 있는 것이다. 베스 생각이 났다. 그녀가 아까 한 말도. 아까
벤이 자기 집에 왔던 것이다. 내 자동차가 밖에 서 있는 것을 보
고 기분이 나빴던 것이다. 놈을 바짝 쫓아갔기 때문일까?
　두 시간 후면 멀이 올 것이었다. 전화할까도 생각했지만 직접
얼굴을 보고 얘기하는 게 나을 듯했다. 대신 나는 뒷문 예비 열
쇠를 찾아서 발끝으로 밀어 닫은 후 잠갔다. 열쇠 말고는 아무것
도 손대지 않도록 조심했다.
　전화기는 아직 내 손에 있었다. 나는 데이비드 브램리에게 새
로운 메시지를 남겼다.

　내 집에서 멀리 떨어져, 벤.

1분 내로 답장이 왔다.

　내 아내에게서 멀리 떨어져.

나는 믿기지 않아 고개를 저었다. 정말이지 어처구니없는…….
하지만 곧장 또 메시지가 왔다.

그나저나 덩치 씨, 뒷문 보안이 그리 허술해서 되겠음?
앞으로 또 누가 올지 모르는데.

나는 답장을 쓰다가 지웠다. 심호흡 한 번 하고 이번에는 욕설
없이 다시 썼다.

내 집에 또 오면 그때는 무사히 나가지는 못할 거야. 내가
장담하지.

답장은 또다시 빠르게 왔다.

오늘 네 얼굴을 봤어야 하는데, 아주 볼 만했을걸!!!

나는 주방 탁자를 주먹으로 내리쳤다. 접시와 컵들이 쾅 울렸
다. 침착해야 해. 1분이 지나고, 2분이 지나고, 5분이 지났다. 더
이상 아무 말도 없었다. 놈이 접속을 끊은 듯했다. 혹시 놈이 지금
멀과 같이 있는 게 아닌가 하는 생각이 들었다. 그럴 리가. 지나친 생
각이었다. 하지만 정말 그럴까?
　요즘 아내에 대해 생각할 때면 느끼는 둔중한 통증이 다시 가
슴을 관통했다. 목이 쉬도록 소리를 내지르고 싶었다. 같이 있고

싶었다. 꼭 끌어안고 용서한다고, 다시 시작할 수 있다고 말해주고 싶었다.

나는 멀에게 문자를 보냈다. 오늘 방과 후 활동에서 윌리엄을 데리고 올 수 있다고. 그러고 나서 긴장을 달래기 위해 차를 한 잔 만들어 마셨다. 그러자 답장이 왔다.

오후 3:23 멀 핸드폰
알았어. 사랑해. 쪽쪽쪽

문자를 보고 있자니 목이 메어왔다. 10년의 결혼 생활 동안, 멀이 저런 말을 진심으로 했던 건지 알 수 없었던 것이다.

나는 자동차 열쇠를 들고 다시 집 밖으로 나갔다.


## 44

윌리엄은 친구 루카스와 방과 후 활동에서 장난감 자동차들을 가지고 복잡한 게임을 하고 있었다. 교실에서 찾아낼 수 있는 차는 전부 가지고 와서 길게 한 줄로 늘어놓았다. 나는 교사에게 확인받고 윌리엄의 겉옷과 가방을 가지고 와서 잠시 지켜보았다.

두 아이는 교통 정체 상황의 축소판을 재현해놓은 것이었다.

내 아들의 습관, 놀이, 삶의 방식을 이루는 단순함에는 뭔가 경이로운 데가 있었다. 잠시 아이를 지켜보는 동안에는 지난 며칠 간의 악몽을 모두 잊을 수 있었다.

하지만 곧 의식 속으로 이 모든 현실이 다시 닥쳐왔고, 네일러의 말이 귓가를 울렸다. 다시 한 번 주변의 모든 것이 산산이 흩어져 나가는 듯했다. 그것도 너무 빨리. 내 가족, 내 삶, 내 세상, 모든 중요한 것들이 낭떠러지 아래로 추락하려 하고 있었다. 막을 사람은 나뿐이었다.

집으로 돌아와 주방에서 한 손으로는 주걱을 들고 윌리엄의 저녁을 만들며, 남은 한 손으로는 전화기를 들고 벤이 보낸 마지막 메시지를 다시 한 번 보았다.

오늘 네 얼굴을 봤어야 하는데, 아주 볼 만했을걸!!!

놈은 나를 쑤셔대고 있었다. 일부러 자극하며 온라인 싸움질을 걸고 있었다. 지난 5년간 인터넷은 갑자기 이런 괴물들로 가득해졌다. 화면 뒤에 숨어 허장성세를 부려도 직접 얼굴을 맞대면 아무 말도 못 하고 오줌이나 지릴 인간들이.

어디 너도 얼굴을 들고 나타나 보지, 벤? 내가 살인죄를 뒤집어쓸 때까지 쑤시기만 하려고? 나는 생각하며 전화기를 노려보았다.

얼굴, 볼 만했을걸.

그래, 사진을 찍어야 했다. 놈의 얼굴을. 버젓이 살아 돌아다니는 꼴을. 그러면 다 끝난다. 놈은 내가 킬번 경찰서로 들어가는 사진을 몰래 찍었다. 나도 똑같이 해주면 된다. 그러려면 놈을 끌어낼 미끼가 있어야 했다. 숨어 있던 곳을 박차고 뛰쳐나올 만큼 유혹적인 뭔가가.

나 때문에 나오지는 않을 것이다. 하지만 멀 때문이라면……멀이 놈에게 그럴 동기를 준다면, 예컨대 멀이 관계를 다시 시작하고 싶어 하는 척한다면 가능성이 있다.

두 번째 신호음에 멀이 전화를 받았다.

"멀, 오늘 집에 일찍 올 수 있어? 할 일이 있어서."

나는 멀이 벤에게 문자를 보내는 모습을 지켜보았다. 끝내자고 해서 미안하다고. 벤 없이는 살 수 없다고. 지금 꼭 다시 봐야겠다고. 한 시간 뒤 킹스웨이, 늘 보던 곳에서 보자고 했다. 우리 집에서 멀지 않은 쇼핑몰이었다. 멀은 세 번의 키스 마크로 문자를 끝맺었다.

"늘 보던 곳이 어디야?" 나는 조용히 물었다.

"스타벅스."

"그런 데서 만났다고?"

멀은 시선을 피했다. "여러 곳 중 하나야."

"다른 데도 있지?"

멀은 고개를 끄덕이고 아무 말도 하지 않았다. 우리는 무거운 침묵에 빠져들었다. 상처받은 나는 분노에 찬 말밖에 할 것이 없었기에 이를 앙다물고 참았다.

5분, 10분. 윌리엄이 주방으로 들어와 눈을 비비며 목욕은 안 하느냐고 물었다. 멀이 안아 올려 위층으로 데리고 가려 했다.

나는 멀에게 손을 내밀었다. "당신 전화기 줘."

"왜?"

"나 몰래 다른 문자를 보냈는지 확인하려고."

멀은 따귀를 맞은 듯한 표정을 지었다. "내가 왜…… 날 못 믿어?"

"더 이상 누구를 믿어야 할지 모르겠어. 믿음은 얻어내는 거야. 우리는 처음부터 다시 시작해야 해."

멀이 고개를 끄덕이고 전화기를 주었다.

"아빠가 전화기를 다 가졌네." 윌리엄이 멀에게 안기면서 말했다.

나도 둘을 따라 위층으로 가서 욕실 문간에 섰다. 멀이 물을 틀고 온도를 맞추고 우리 아들의 옷을 벗기는 모습을 지켜보았다. 멀은 작은 스툴에 앉아 아기 때의 윌리엄과 그랬던 것처럼 장난치기 시작했다. 컵과 그릇들에 거품 물을 떠놓고 행복하게 재잘대는 윌리엄과 커피, 차, 맥주, 수프, 핫초콜릿을 주문하는 척했다. 음료마다 가격이 달랐다. 둘을 보고 있자니 다시 목이 메었다.

나는 애덤에게 전화를 걸었다. 일요일 펍에서 난리가 난 이후 아직 연락을 못 하고 있었다. 창피해서였는데, 지금은 그의 도움이 필요했다.

하지만 애덤은 생각이 다른 듯했다. "난…… 어…… 오늘은 힘들겠는데, 친구."

"한 시간도 안 돼?"

"딸아이들을 발레 수업에 데리고 가야 해."

나는 시간을 확인해보았다. "이 밤에?"

"미안해, 친구."

"제발, 애덤. 중요한 일이 있어서 그래."

애덤이 목소리를 낮추었다. 누가 듣고 있는 것처럼. "그런데 무슨 일이야, 조셉? 케이트가 그러는데, 네가 누구를 때려서 체포되었다며? 페이스북에서 보았대."

"난 체포되지 않았어. 모함당한 거야."

"정말?" 믿을 수 없다는 투였다.

"정말이야. 난 체포되지 않았어."

애덤은 흐음 하면서 생각을 해보는 듯했다. 나는 더 이상 뭐라고 해야 할지 알 수 없었다. 애덤이 바로 내 편을 들지 않는 상황을 믿을 수 없었다.

"애덤, 내 말을 못 믿는 거야?"

"케이트가 네가 학교에서 정직당했다던데."

"그거 역시 모함을 당해서 그런 거야. 저기, 친구, 정말 네 도움이 필요해. 윌리엄도 얌전할 거고."

애덤은 주저했다. "미안해, 조셉. 안 되겠어. 주말에 전화해줘. 한잔하며 얘기하자. 알겠지? 끊어야겠다."

그리고 전화가 끊겼다.

다른 전화기가 울렸다. 벤이 답문자를 보낸 것이다.

오후 6:29 벤 핸드폰
마음이 바뀔 줄 알았지, 예쁜이 :-) 8시? 쪽쪽쪽

8시면 가능했다. "멀, 답장이 왔어."
멀이 일어서서 손을 닦았다.
내가 전화기를 주며 말했다. "그러자고 해. 둘이…… 만날 때
하던 말투 그대로. 무슨 말인지 알지?"
멀이 얼굴을 붉히며 답을 썼다.

오후 6:30 나
그럴게. 얼른 다시 보고 싶어, Mr. D 쪽쪽쪽

그 문자들을 보고 있자니, 낯선 두 사람의 대화창에 엉겁결에
끼어들어 훼방을 놓고 있는 기분이었다. 또다시 내면이 도려내
진 듯 가슴이 휑했다. 정신 차리자. 제대로 된 벤의 사진 한 장이
면 명예를 회복하고 가족을 지킬 수 있다. 며칠 만에 처음으로
내 삶의 통제력을 되찾은 듯했다. 이리저리 휩쓸리는 대신 드디
어 해결책을 강구해나가고 있었다.
벤이 미끼를 문 것이다. 드디어 걸려들었다. 이걸로 다 끝내자.
"옷 갈아입어. 화장도 하고. 데이트 나가는 사람처럼."
멀이 당황하며 뺨을 붉혔다. "데이트라고?"

"다시 만나러 가는 거니까." 말만으로도 가슴이 답답해졌다.

"윌리엄은 어쩌고? 이제 잘 시간인데."

나의 부모는 바스 근처에 살기에 갑자기 이런 부탁을 할 수도 없는 상황이었다. 사실 주중에 미리 약속도 하지 않고 갑자기 윌리엄을 맡길 수 있는 곳은 매우 적었다.

"애덤은 안 된대. 에마와 피터는 여행 갔다고 했지? 그럼 어쩔 수 없네."

"어쩌자고?"

"다 같이 가야지. 셋이서."


## 45


나는 베스와의 약속을 상기하며, 쇼핑몰로 가는 길에 그녀의 집에 전화를 걸었다. 남편이 다시 나타나기로 했으니, 베스도 볼 권리가 있었다. 딜레이니 집의 전화가 여섯 번 울리고 나서 어린 목소리가 전화를 받았다.

"여보세요?"

"아, 앨리스구나. 조셉 아저씨야. 엄마 집에 계시니? 얘기 좀 해야 하는데."

"왜요?"

"할 말이 있어."

"아까 엄마랑 얘기하지 않았어요?"

"그래, 좀 더 할 말이 있어서. 오래 안 걸릴 거야."

잠시 침묵이 흘렀다. 그러고 나서 앨리스가 목소리를 낮추며 말했다. "지금 통화 못 할 거 같아요."

"뭐? 왜?"

"엄마는…… 집에 와보니 좀 이상해져 있었어요. 약을 먹은 것 같고요."

"무슨 약?"

"발륨요. 원래는 비행기 탈 때만 먹게 돼 있는데. 지금 소파에 누워 있어요. 옆에는 약 상자가 있고요."

"잠깐 깨울 수 없을까?"

"아까 깨우려고 해봤는데 정신이 돌아오지 않는 것 같아요. 횡설수설하면서."

그때 멀의 핸드폰으로 문자가 왔다.

오후 7:12 벤 핸드폰
우리 8시에 만나는 거 맞지, 예쁜이? 쪽쪽쪽

배신당한 벤의 아내와 통화하려 애쓰는 와중에 배신한 내 아내에게 보내는 벤의 문자를 받다니. 나는 아이러니에 고개를 절레절레 저었다.

전화기를 멀에게 주며 말했다. "문제없는 것처럼 답장 보내."

멀이 전화를 받아서 답장을 쓴 다음 나에게 보여주었다.

오후 7:13 나
물론이지! 빨리 보고 싶어 Mr. D :-) 쪽쪽쪽

"아저씨? 전화 끊었어요?" 앨리스의 목소리가 작고 매우 멀게 들렸다.
"아니, 안 끊었어. 저기, 엄마가 깨거든 나한테 전화 달라고 해 줄래?"
전화를 끊는데 또 멀의 핸드폰으로 문자가 왔다.

오후 7:14 벤 핸드폰
지난번처럼 또 바람맞히는 거 아니지?

나는 잠시 문자를 노려보았다. 지난번이라고? 언제?

쇼핑몰에 도착해서 우리는 갈라졌다. 멀은 1층 광장 스타벅스 바깥 좌석에 자리를 잡고, 나와 윌리엄은 에스컬레이터를 타고 3층 발코니로 갔다. 거의 비어 있는 코스타 커피 앞의 바깥 자리에 금속 탁자와 의자들이 놓여 있었다. 다시 심장이 두근거렸는데, 이번에는 흥분 때문이었다. 벤의 폭주 기관차를 멈춰 세울 수 있으리라는 기대로 의기양양한 기분이 들었다.
준비도 철저히 했다. 니콘 카메라와 줌 렌즈로 확실하게 찍을 작정이었다. 찰칵, 찰칵, 찰칵 세 장이면 되리라. 셔터만 누르면 된다. 아, 진짜, 딱 한 장이면 될 텐데. 그놈 얼굴 한 장만 제대로 걸려라.

3층에서 내려다보니 1층 스타벅스 바깥 자리에 앉아 저지방 카푸치노를 홀짝이는 멀이 보였다. 탁자에는 누가 놓고 간《메트로》한 부가 펼쳐져 있었다. 멀이 신문을 앞에 놓고 있는 광경은 이상했다. 멀은 신문을 읽지 않았다. 무가지라 해도 마찬가지였다. 멀은 늘《히트》,《클로저》,《헬로》같은 주간지를 선택했다.

윌리엄은 내 뒤쪽 바닥에 주저앉아서 장난감 자동차를 가지고 노는 데 정신이 팔려 있었다. 나는 윌리엄에게서 등을 돌리고 다시 카메라 뷰파인더에 눈을 갖다 댔다. 그때 온통 검게 차려입은 마른 체형의 인물이 눈앞으로 지나갔다. 블랙 진, 검은 점퍼, 검은 야구모자……. 렌즈를 얼른 조절했지만 발코니의 사각지대로 사라져버리고 말았다. 나는 그 인물이 다시 나타나기를 기다렸다. 같은 곳에 렌즈를 겨냥하고 10초, 20초…….

1분이 지났다. 검은 옷을 입은 인물은 여전히 나타나지 않았다. 주변의 모든 것이 고요해진 듯했다. 멀은 계속 스타벅스에 혼자 앉아 양손으로 컵을 감싸들고 있었다. 멀에게는 어떤 일이 있어도 발코니를 올려다보지 말라고 해두었다. 한 번이라도 일별하는 순간 벤은 사라질 것이다. 멀의 전화기가 내 주머니에서 울렸다. 나는 카메라를 내렸다.

문자에는 사진이 첨부돼 있었다. 하얀색과 파란색 타일이 깔린 바닥에서 놀고 있는 윌리엄의 사진이었다. 꽤 가까운, 10미터도 안 될 거리에서 찍은 사진이었다. 그 뒤에는 푸른 점퍼를 입은 키 큰 남자가 탁자에 엎드리다시피 웅크리고 카메라를 조준하고 있었다.

내려다보자 이곳 타일 바닥이었다. 사진 속 키 큰 남자는 나였다. 문자를 읽었다.

오후 7:56 벤 핸드폰
조셉, 뭘 하더라도 한쪽 눈은 꼬마 윌리엄을 지켜봐야지. 그러다가 사라져버리기라도 하면 다신 못 볼 텐데.

나는 심장이 쿵 내려앉았다. 윌리엄……. 몸을 확 돌리는데 커피가 엎어졌다. 윌리엄의 장난감 자동차들이 바닥에 흩어져 있었다. 윌리엄의 배낭도.

윌리엄!

나의 아들도 거기 있었다. 바닥에 납작 엎드려 양손으로 차를 움직였다. 괜찮아 보였다. 나는 벌떡 일어나 그 사진을 찍은 자가 주변에 있는지 둘러보았다. 하지만 노부인 둘과 바닥을 걸레질하는 청소부, 그리고 통화 중인 10대 한 명뿐이었다. 벤처럼 보이는 이는 없었다. 전화기가 또 울렸다. 이번에는 《메트로》를 읽는 척하는 멀의 사진이었다.

오후 7:57 벤 핸드폰
내가 엄청난 멍청이인 줄 아나 보네. 멀＋신문＝대단한 세팅

사진은 나와 똑같은 방향에서 찍은 것이었다. 하지만 2층 아래쪽, 1층에서 찍은 것이었다. 벤이 왔다. 나와 똑같은 건물에. 콘크리트와 금속으로 지은 건물 광장에. 지금 아니면 기회가 없었다. 이것이 유일한 기회였다. 나는 윌리엄을 안고 달렸다. 이중문을 박차고 에스컬레이터로 가 한 번에 두 계단씩 뛰어 내려갔다. 니콘 카메라가 가슴 위에서 널뛰었다.

"내 자동차!" 윌리엄이 버둥거리면서 양손을 뻗으며 외쳤다.

"좀 있다 가져오면 돼!" 나는 헐떡이며 말했다.

우리는 2층에서 다시 1층으로 연결되는 에스컬레이터로 뛰어 내려갔다. 윌리엄이 떨어지지 않으려고 내 목을 꼭 잡았다. 나는 마지막 두 계단을 한 번에 건너뛴 후 허우적거리며 돌아 1층 광장으로 전력 질주했다. 벤이 마지막으로 사진을 찍었던 곳. 내가 쿵쿵거리며 나타나자 경비원 한 명이 인상을 쓰며 노려보았다.

멀도 깜짝 놀라 나를 보았다. "무슨 일이야? 왜 그래?"

나는 헐떡이며 대답했다. "놈이 왔어. 당신 봤어?"

멀이 고개를 저었다. "아니, 나는 못 봤는데."

"젠장. 어쨌든 놈은 당신도 보고 나도 봤어."

"뭐? 언제? 어디서?"

"이 근방에서. 1분도 안 됐는데. 놈이 당신 사진을 찍었어. 정말 못 봤어?"

"난 몰랐어. 미안해, 조셉."

"젠장! 이번엔 잡을 줄 알았는데."

입맛이 썼다. 벤이 또 나를 가지고 놀았다.

내가 말했다.

멀은 고개를 끄덕이고 윌리엄을 안아 들었다. "그렇게. 자, 우리 꼬맹이."

"당신도 마실래?"

"당신이 마시면."

9시 15분이면 늦은 시간이었다. 그래도 윌리엄은 계단을 올라가는 멀의 품에 안겨 이야기책을 읽어달라고 종알거렸다.

"오늘은 그만 자야지."

윌리엄은 못마땅한 듯 투덜거렸지만 너무 졸려 더 이상 항의는 못 했다.

나는 일부러 쿵쿵거리며 주방으로 갔다가 신발을 벗고 살금살금 다시 복도로 나왔다. 마침 멀이 2층에 올라가 방으로 들어가는 것이 보였다. 나는 잠시 망설였다. 아내가 여전히 거짓말을 하고 있다는 증거를 발견하길 바라지 않았지만, 한편으로는 알아내고도 싶었다. 오늘 밤 내 직감이 옳았는지 알아야 했다. 이번에는 제대로 짚었는지. 조금씩 편집증 환자가 돼가는 듯한 기분에서 벗어나고 싶었다. 모르는 것보다는 아는 편이 낫다.

멀의 가벼운 검은 재킷에는 네 개의 주머니가 있었다. 껌 한 통, 휴지 조금, 립밤. 하지만 핸드폰은 없었다. 재킷을 다시 걸어놓고 핸드백을 열었다. 소매치기라도 된 기분이었다. 비싼 핸드백의 갈색 가죽은 부드러웠다. 윌리엄과 멀이 아이 방에서 조곤조곤 얘기하는 소리가 들렸다. 아마 윌리엄이 졸려서 이를 닦기 싫다고 투정을 부리고 있을 것이었다. 멀이 엄하게 규칙을 밀어

붙이기만을 빌었다. 핸드백에도 주머니가 많았다. 최대한 빨리 뒤져보았다. 지갑, 립스틱 세 개, 또 다른 립밤, 콤팩트, 생리대, 열쇠들, 호신용 호루라기, 머리빗, 머리끈, 작은 수첩, 펜 세 자루. 표준적인 21세기 여성의 소지품들이었다.

핸드폰은 없었다. 그런데 뭔가 더 있는 듯했다. 물건을 다 꺼내고도 묵직한 느낌이 남아 있었다. 뭔가 얇고 단단한 물체가 핸드백 안에서 만져졌다. 카드보다 큰 크기의 네모난 물건. 다시 한 번 핸드백 안쪽을 샅샅이 뒤졌다. 바닥 부분에 긴 틈이 있었다. 가죽 솔기로 은밀하게 감춰져 있었다. 일부러 칼로 그어서 만든 틈이었다. 등에서 땀이 흘렀다.

윌리엄의 방문이 열리는 소리가 들렸다. 나는 서둘러 핸드백을 도로 복도 탁자에 놓고 거실로 물러섰다. 멀이 윌리엄을 욕실로 데려가는 소리가 들렸다. 그리고 욕실의 불이 딸깍 켜졌다. 나는 두근거리는 가슴을 누르며 기다렸다. 아내는 이미 한 번 나를 배반했지만 용서를 구했다. 그녀는 거짓말을 했고 내가 알아냈다. 이번엔 또 뭘까? 아는 편이 낫다.

나는 다시 복도로 가서 핸드백을 뒤졌다. 틈새로 손가락을 집어넣어 단단한 플라스틱 물체를 빼냈다. 작은 삼성 핸드폰이었다. 처음 보는 모델로 보호 케이스는 없었다. 멀은 애플이 아이폰을 만든 이래 계속 그것만 써왔다. 이 삼성폰은 처음 보았다.

버튼은 하나밖에 보이지 않았다. 잠금 화면에 불이 들어왔다. 네 자리 번호를 넣어야 했다. 기회는 세 번이었다. 멀의 생일? 0915. 화면이 부르르 흔들렸다. 위층에서 단호하고 침착하게 이

있었다니, 나도 가져야 했다. 멀은 결국 내 아내였으니까. 혹시 저 사진에서 뭔가 알아낼 수 있을지도 모르고, 벤을 찾아낼 방법을 발견할 수도 있으니까.

문자가 전송되었습니다.

나도 문자를 목록에서 지웠다. 내 전화기에서 삐 하고 문자 수신음이 울렸다.

윌리엄이 치약을 퉤 하고 뱉어냈다. 연락처 목록에는 여덟 개의 번호가 있었다. 세 개의 핸드폰, 다섯 개의 유선전화. 이름은 없이 이니셜로만 저장돼 있었다. 내가 처음 보는 전화번호들을 옮겨 적게 될 줄은 몰랐다. 멀에게 다른 핸드폰이 있을 줄은 꿈에도 몰랐던 것처럼.

내 주머니를 뒤져보았지만 아무것도 없었다. 거실을 둘러보았다. 윌리엄이 벽마다 그림을 그려놓는 통에 펜이나 연필을 다 치워놓는 습관이 들었다. 젠장, 젠장, 젠장. 시간이 부족했다. 자, 생각해보자. 어차피 스마트폰 때문에 종이와 펜은 점점 구시대 유물이 돼가고 있는데…… 나는 양손에 전화를 들고 잠시 허둥거렸다.

욕실에선 물소리가 계속되었다. 윌리엄이 생각보다 오래 이를 닦았다. 윌리엄은 양치질을 싫어했다. 이빨 요정이 얼른 와서 이가 다 빠져버렸으면 좋겠다고 했다. 엄마가 주는 동전을 모아 자동차나 더 사기를 바라고. 왜 이런 때 늘 쓸데없는 생각에 빠지는 건지.

그때 문득 블루투스 생각이 났다. 2층 욕실 전등이 딸깍 하며 꺼졌다. 멀의 삼성폰 설정으로 들어가 블루투스 기능을 켜놓았다. 내 전화기에도. 이제 두 전화기가 2~3미터 이내에 있으면 연결될 것이다.

멀이 윌리엄을 데리고 방으로 돌아갔다. 나는 멀의 전화기에서 다른 단말기를 검색했다. 두 개의 기기가 보였다. 나의 소니폰과 멀의 아이폰. 멀의 삼성폰이 나의 소니폰과 연결되도록 선택했다. 그리고 주소록으로 들어가 모든 번호를 선택한 다음 보내기 버튼을 눌렀다. 화면 중앙에 파란 막대가 나타나 왼쪽에서 오른쪽으로 채워지며 그 아래 메시지가 뜨기 시작했다.

8개 중 1개가 전송되었습니다.

"코 잘 자, 내 큰 아기." 멀의 목소리가 아들의 방에서 들렸다.

8개 중 2개가 전송되었습니다.

내 전화기에 잘 수신되고 있는지 확인해보았다. 새로운 번호가 두 개 생성되었다는 표시가 떴다.

8개 중 3개가 전송되었습니다.

"오늘은 내가 재웠으니까 그랬겠지."

"윌이 오늘 나한테 거의 한마디도 안 한 것 같네." 그제야 뭔가 묵직한 현실이 머리를 치는 듯했다. "내가 무서운 것처럼."

멀이 찬장에서 컵을 꺼내 나에게 건넸다. "무서운 게 아니라 걱정하는 거야."

"뭘 걱정하는데?"

나는 컵에 얼음을 넣고 진과 토닉 워터를 따라 멀에게 주었다. 멀은 레드 와인을 반쯤 따라 내게 건넸다.

"아빠가 감옥에 갈까 봐 걱정하는 거지."

고개를 끄덕이는데 목이 메어왔다. 결국 이 일이 윌리엄에게까지 영향을 미치고 있었다.

"당신은 어떤데? 당신도 걱정해?"

"감옥에 갈까 봐 걱정하지는 않아. 하지만 당신이 어떨까 염려돼."

"난 괜찮아."

나는 카베르네 소비뇽을 꿀꺽 마셨다. 와인은 묵직하게 톡 쏘며 진하디 진한 빛깔로, 잔 속에 들어온 모든 빛을 흡수하는 듯했다. 내 기분과 잘 어울렸다.

"정말이야, 조셉? 이 모든 일이 어떤 영향을 미치는지도 깨닫지 못하면서 계속 무리하게 앞으로, 앞으로 나아가기만 하고 있는 것 같아. 자신이 어떻게 되고 있는지는 생각도 안 하고 말이야."

"내가 어떤지 알잖아. 난 사람 좋고 믿음직한 조셉이니까."

"정말이지 당신 지쳐 보여." 멀이 자기 술을 마시다가 말했다. "난 이거 가지고 올라가려고. 당신도 올라올 거야?"

"좀 있다가. TV 좀 보고." 그리고 당신이 왜 처음 보는 핸드폰을 하나 더 가지고 있는지 알아봐야겠지.

"너무 오래 보지 마."

나는 거실로 가서 와인을 홀짝였다. 멀이 계단을 밟는 소리가 들렸다. 불을 켜는 소리가 들리고, 화장실 물 내리는 소리가 났다. 수돗물을 트는가 싶더니 전동칫솔 진동음이 들렸다. 잠시 후면 침대에 들 것이었다.

좋아. 나는 조용히 일어나서 텔레비전을 켠 후 복도로 나갔다.


## 48

멀의 전화기에서 복사한 8개 번호 중에 핸드폰은 셋이었다. 벤에게 세 개의 핸드폰이 있었다니 당연했다. 하나는 일터에서 쓰는 아이폰이고 하나는 개인적 용도, 그리고 베스가 펍에서 디민 세 번째 전화기, 즉 멀의 노출 사진이 든 전화기가 있었다. 다른 유선전화는 런던 중심가의 번호였다. 하나는 낯이 익었지만 전화해서 확인하려면 내일 아침까지 기다려야 했다.

대신 잔에 와인을 가득 채우고 멀의 비밀 전화기에서 받은 영상 메시지를 열어보았다. 오른손으로 전화기를 조작한 듯했고

소개 문단 아래는 예쁜 여자들과 잘 꾸민 남자들이 다양한 노출 상태의 멋진 사진들을 올려놓았다. 안야 24, 매티 31, 빌리 28. 나는 의자에 몸을 기대앉았다. 한 주 동안 별별 끔찍한 놀라운 일들이 있었지만, 이건 또 다른 문제였다. 멀이 에스코트 서비스의 전화번호를 비밀 전화기에 저장하고 있었다. 웹사이트의 이곳저곳을 눌러보는데, 이건 그냥 온라인 매춘굴이었다. 고객의 집이나 호텔에서 성관계를 위해 만나 한 시간이나 두 시간, 혹은 밤새 있어줄 사람을 부르는 거였다.

VIP 에스코트 서비스는 연령과 가치관, 배경에 상관없이 모든 고객을 즐겁게 해드리기 위해 최고의 사적 만남을 제공하는 헌신적인 사교 관계 업체입니다.

나는 벌떡 일어서 잠시 주방을 서성거렸다. 주전자를 올리고 멀이 일요일에 불륜을 고백하며 한 말을 생각해보았다. 난 지겨웠어. 똑같은 일상에 똑같은 날들이. 직장, 출퇴근, 집, 침대. 그는 달랐고 흥분이 됐어.

세 가지 가능성이 있어 보였다. 벤을 만나기 전에 잠시 이용했거나, 지금도 벤 모르게 이용했을 수 있다. 아니면 둘이서 제3자의 참여를 즐겼는지도. 왠지 세 번째 가능성이 가장 커 보였다. 다른 사람을 불러서 스리섬을 했다고? 남자였을까 여자였을까? 벤의 취향에 달렸겠지. 머리가 아팠다. 넘어가자.

다른 번호는 아무 검색 결과도 나오지 않았다. 비공개 전화번

호이거나 회사 내부 번호일 수 있었다. 내일 전화해보면 금방 알
수 있었다. 아이패드의 검색 기록을 지우고 번호들을 적어 지갑
에 넣었다.

리 위에서 위태로이 뒤뚱거리는 비둘기를 내다보았다. 새는 결국 날아가버렸다.

나의 핫메일 계정에 이메일이 한 통 와 있었다. 제목 한 줄과 본문의 링크 한 줄뿐이었다. 서명도 없었고 이메일 주소도 낯설었다.

> To: Joe_Lynch79@hotmail.com
> From: bret911@gmail.com
> Subject: 다음은 당신
> http://www.bbc.co.uk/news/uk-england-lincolnshire-17767192

아이패드로 열어보았다. 2010년 5월의 BBC 온라인의 뉴스였다. 「재닌 쿠퍼 살해: 예전 애인이 범인」 묘비처럼 무감정한 중년 남자의 얼굴 사진이 실렸다. 링컨셔의 재닌 쿠퍼라는 여성이 실종되었는데 앤드루 블레스데일이 범인으로 밝혀졌다.

> 2008년 2월 실종된 34세 미용사의 시신은 마켓레이슨과 인근 산야의 광범위한 경찰 수색에도 결국 발견되지 않았다. 검사는 39세의 앤드루 블레스데일이 전 애인을 링컨셔 북부의 외진 곳에 매장했다고 믿고 있다.
>
> 링컨 지방 법원의 배심원은 이틀에 걸친 숙고 끝에 다수 평결에 도달했다. 블레스데일은 6월 21일 선고를 받을 예정이다. 그는 쿠

퍼 씨를 죽인 혐의를 부인하며 수사 방향에 혼선을 주려 노력했으나 형사들은 핸드폰 기록을 이용해 살인 날 그의 이동 경로를 밝혀냈다.

기사를 읽어 내려가는 동안 나의 상황과 유사점을 깨달으며 멍해졌다. 실종 사건 수사가 결국 살인 사건으로 확대되었다. 유부남이 불륜을 저질렀고 희생자는 지하 주차장에서 습격을 당한 듯 보였다. 핸드폰 기록이 남아서 유죄 판결로 이어졌다.

이메일 내용은 없이 제목뿐이었지만 의미하는 바는 분명했다. 시신 없이도 나를 집어넣을 수 있다는 거지. 벤이 또 나를 조롱하고 있었다.

"아빠?"

나는 깜짝 놀라 돌아보았다. 나의 아들이 토마스 기차 잠옷 차림에 머리칼은 뻗친 채 문간에 서 있었다.

"벌써 학교 가야 돼?"

"아직 아니야. 나 때문에 깼니?"

윌은 하품을 하며 고개를 저었다. "아빠?"

"왜, 윌?" 나는 내 옆 식탁 의자를 빼주었다.

"엄마 사랑해?"

아이답지 않은 질문.

"그럼, 물론이지." 나는 반사적으로 대답했다.

"나보다 더?"

"너는 빼고, 우리 아들."

"엄마도 아빠 사랑해?"

"그럼." 나는 윌에게 사과주스를 한 잔 따라주었다.

윌은 잠시 생각에 잠겨 식탁 위에서 장난감 자동차를 굴렸다. "그런데 둘 중 하나가 사랑 안 하게 되면 어떻게 해?"

나는 잠시 말문이 막혔다. 윌이 어른들에게서 어떤 모습을 보고, 어떤 말을 듣고 그러는 걸까? 윌은 똑똑한 아이였다. 당시에는 티를 안 내도, 상황 파악이 빨랐다. 그래서 종종, 며칠 혹은 몇 주가 지난 후 난데없는 질문을 던졌다.

나는 마음이 아파오는 것을 느끼며 천천히 대답했다. "글쎄, 그럼 둘 다 서로 정말 잘하고 노력해서 처음에 어떻게 사랑해서 결혼하게 되었는지 기억하고 다시 사랑하도록 만들어야지."

"그럼 아빠도 엄마한테 잘하고 노력할 거야?"

새로운 깨달음이 나를 덮쳤다. 지금까지 일어난 이 모든 상황의 최대 피해자는 나와 베스라고 생각했다. 가장 잃은 것이 많다고. 하지만 그렇지 않았다. 윌리엄이 가장 큰 피해자였다. 일이 바로잡히지 않을 경우 다섯 살도 안 된 윌은 우리 둘 다를 잃을 가능성이 컸다.

"그래, 윌. 최대한 잘하려고 노력할게."

윌은 식탁 위에 흩어져 있던 다른 장난감 자동차를 집어 멍하니 앞, 뒤, 앞, 뒤로 굴렸다.

"나 아침으로 골든 너겟 시리얼 먹어도 돼?"


자신의 비밀 핸드폰을 들킨 걸 아는지 모르는지, 멀은 아무 내

색도 없었다. 평소처럼 출근 준비를 하고 나에게 키스를 했다. 그러고는 두 번이나 괜찮으냐고, 자기가 하루 쉬면서 같이 있어 주지 않아도 되겠냐고 물었다.

"자기가 걱정돼, 조셉."

"괜찮아. 괜찮을 거야. 어서 가. 윌은 내가 데려다줄게."

"정말이야?"

"그럼."

나는 아이를 데리고 학교로 갔다. 윌이 같은 반 아이들과 줄을 서는 동안 곁에 있다가, 애시모어 선생이 나타나 웃어 보이자 나도 웃어주었다.

그러고 나서 집으로 돌아와 아내의 G메일 계정을 해킹하기 시작했다. 멀의 암호는 다 같지 않을까 짐작했는데, 아니나 다를까, 세 번째 만에 맞혔다. WilliamLuke4.

빙고. 멀의 받은 편지함이 나타났다.

나는 이메일 목록을 훑어보았다. 금단의 영역은 낯선 느낌과 함께 죄책감을 가져다주었다. 지난 몇 달, 이따금씩 멀의 이메일 화면을 보게 될 때가 있었지만 멀은 바로 창을 최소화하거나 노트북 뚜껑을 닫아 내용을 가리곤 했다. 왜 그렇게 비밀스레 굴었는지 이제는 알게 됐다.

받은 편지함에는 열여덟 개의 메시지밖에 없었다. 나는 하나하나 확인해본 후 하위 폴더로 들어가 벤과 관련된 것이 없는지 살폈다. 모두 일상적인 이메일들뿐이었고 내가 보기에 벤과 관련돼 보이는 것은 없었다. 이번에는 보낸 편지함으로 갔다. 역시나 꼼꼼히 확인해보았지만 지난 3개월 동안 찾아낼 게 없었다. 벤과 놀아나는 동안 흔적을 열심히 지운 모양이었다. 이제는 끝났다고 약속했으니 그럴 수도 있었다. 그래서 모든 걸 지웠을까? 하지만 정말 모든 것을 지우기는 힘든 법이었다.

휴지통에는 72개의 메일이 있었다. 멀은 받은 편지함 목록을 한 화면에서 확인할 수 없을 때는 가차없었다. 직장 이메일이나 개인 이메일이나 처리하고, 보관하거나 삭제하라가 멀의 모토였다. 삭제 이메일은 대부분 지난 며칠 동안 온 것들이었다. 특가 판매, 판촉, 홍보 광고들. 그중 BD007@yahoo.com이 보낸 메시지를 보고 속이 울렁거렸다. 월요일 저녁, 즉 이틀 전에 받은 이메일이었고 제목은 없었다.

당신이 필요해. 그놈이 망치도록 놔두지 마. 우리는 같이 있어야 하는 운명인 걸 알잖아. 제발 한 번만 더 만나서 얘기하자. 목요일에 집에 가서 옛날 친구를 만나야 하지만 금방 돌아올 거야. 토요일 오전 10시에 늘 보던 장소에서. 제발 부탁할게, 예쁜이. 오늘 밤도 당신 꿈을 꿀 거야.
B 쪽쪽쪽

나는 메일을 읽고, 또 한 번 읽었다. 세 번째 읽는데 이마에서 핏줄이 불뚝거리는 게 느껴졌다. 옆에 있던 메모지에 적었다. 토요일 10시 B+M. 그리고 두 번 밑줄을 그었다. 어디서 만난다는 거지? 토요일 아침 10시면 윌리엄 수영 수업이 9시부터 11시니까

수영장에 가 있을 시간이었다. 어쩌면 바로 우리 집에서 만나려는 건지도 모른다. 윌리엄은 다른 곳에 놀러 가게 해놓고 내가 나타나 깜짝 놀래줄 수도 있지.

그럴 수도 있는 게 아니라 반드시 그렇게 해야 했다. 장소는 내 짐작이 틀렸을 수도 있지만 시간은 분명했다.

다시 보낸 편지함을 확인해보았지만, 답장을 보낸 흔적은 찾을 수 없었다. 답장을 보내고 지워버렸을 수도 있고 답장하지 않고 그냥 받은 편지를 삭제했을 수도 있다. 짧은 희망이 마음속에서 반짝 타올랐다. 정말 끝냈기 때문에 답장을 안 한 걸까?

나는 화면을 잠시 응시했다. 정말 그럴까? 아니, 그냥 나의 헛된 희망일 뿐이었다. 둘은 만나기로 했다. 그리고 나는 그들이 또 무슨 계획을 세우고 있는지 알아야 했다.

나는 그 이메일을 나의 핫메일 계정으로 전달하고 피터 라센에게도 짧은 메모를 붙여 보냈다.

벤에게서 온 메일입니다. 어떻게 생각해요?

그러고 나서 멀의 보낸 편지함에서 지웠다.

그 이메일에는 흥미로운 점이 또 있었다. 목요일에 집에 가서 옛날 친구를 만나야 하지만. 집이라니. 자신의 행방에 대해 확실한 정보를 밝힌 건 이것뿐이었다. 어디를 간다는 말일까? 자신의 집, 그의 실종에 아내가 천천히 무너지고 있는 햄스테드의 주택? 아니면 자신의 고향?

# 50

오전 10시에 나는 라센 변호사에게 전화를 걸어 쇼핑몰에서 벤과 만날 뻔했던 일을 알려주었다. 멀과 벤의 문자 교환에 대해서도. 라센은 듣더니 몇 가지 질문을 하고 CCTV 영상을 요청하겠다고 말했다.

"조셉, 좀 전에 나한테 전달한 이메일 말이에요. 어디서 발견했습니까?"

"멀의 G메일 계정에서요."

"멀도 알고 허락했어요?"

"아뇨."

"흠…… 멀이 이 메시지에 대답한 흔적은 없어요?"

"못 찾았어요."

"그렇군요." 라센은 메모라도 하는 듯했다. "나도 막 조셉에게 전화를 걸려던 참이었어요."

"왜죠?"

"좋은 소식과 나쁜 소식이 있어요."

"나쁜 소식만 있는 것보다는 낫네요. 좋은 소식은 뭐죠?"

"솔직히 정말 좋은 소식은 아니에요."

"그렇군요." 벌써 두려워졌다.

"경찰이 당신 핸드폰을 발견했어요. 목요일 저녁에 잃어버렸던 거요."

"나쁜 소식은요?"

"프라이언트 컨트리 파크에서 발견됐지요."

"그래요? 어디에서요?"

"숲속 낙엽 아래 묻혀 있었대요."

"하지만…… 그럴 리 없는데."

"경찰은 이제 숲을 뒤지고 있어요. 시체를 찾겠다고. 탐지기와 경찰견까지 동원해서. 감식반이 모두 나왔대요. 잠수부들은 호수에서 무기나 그런 걸 찾고 있고. 경찰이 공원을 두 번째 범행 장소로 보고 있죠."

나는 주방 의자에 주저앉았다. 몸에서 혼이 빠져나가 둥둥 떠다니는 느낌이었다. 다른 사람 사이에 벌어지는 대화를 내려다보는 구경꾼처럼.

"그게 내 전화기인지는 어떻게 알죠?"

"IMEI(휴대폰마다 부여되는 고유 번호 - 옮긴이)가 당신으로 등록돼 있어요. 지문도 있고 주소록이랑 사진들도. 당신 전화기 맞아요."

머릿속이 어지러웠다. 온갖 다른 가능성들이 있겠지만 결국 말이 되는 논리는 하나였다.

"누가 일부러 거기 둔 거예요."

"누가요?"

"벤이죠. 벤이 일부러 거기 놔뒀다고요. 나를 함정에 빠뜨리려 하니까. 경찰은 속고 있는 거예요."

"그으래요……." 라센이 발음을 한참 끌며 대답했다.

"벤이 경찰이 오해하도록 일을 꾸미고 내 삶을 끝장내려 하고 있어요."

라센이 들으라는 듯 한숨을 쉬었다.

"조셉, 지금 그런 말을 할 때가 아니에요. 눈앞의 현실에 집중
해야죠." 거의 화를 내다시피 말하고 있었다. "음모론이나 추측
같은 건 그만둬요. 당신이 할 일이 아니기도 하고, 당신이 그런
고집을 부릴수록 내가 일하기가 힘들어집니다."

"내 말이 사실이기 때문에 고집을 부리는 겁니다."

"당신 핸드폰이 범죄 장소일 수도 있는 곳에서 발견되었어요.
당신은 그것에 대해 설명도 못 하고요. 지금쯤 네일러 반장은 아
주 흡족해하고 있을 거예요."

"내가 확실히 말할 수 있는 건 내가 그 전화기를 거기 가지고
간 적이 없다는 거예요. 그게 진실이에요."

"물론 그랬겠죠." 라센의 말투는 평소 범죄자 고객을 상대할
때 사용하던 것 같았다. "하지만 운이 좋지 않은 상황인 건 사실
이네요. 그렇죠?"

라센과 전화를 끊고 나는 베스에게 전화를 걸어 쇼핑몰에서
있었던 일을 알려주려 했다. 앨리스가 다시 전화를 받았다. 잠시
당황스러웠다.

"엄마 계시니?"

"잠들었어요."

"오늘은 괜찮으셔?"

"아뇨. 아직도 아래층으로 안 내려오고 있어요."

"너는 왜 학교 안 갔니, 앨리스?"

잠시 말이 없었다.

"……몸이 좀, 안 좋은 것 같아서요."

거짓말이 분명했다.

"엄마도 돌봐야 할 것 같고."

"너한테 부탁할 것이 있어."

다시 침묵.

"무슨 부탁인데요?"

"선덜랜드의 할머니 주소 좀 알려줄 수 있니?"

"왜요?"

"좀 알아야 할 일이 있어서."

"왜 이유를 말 못 해요?"

"좀…… 조심스러워서."

"날 애 취급 하지 마세요."

앨리스는 분명 아이였다.

하지만 나는 그렇게 말하지 않았다.

"알았어. 네 아빠가 내일 그리로 갈지 몰라서."

"거기는 왜요?" 앨리스는 놀란 목소리였다.

"아직 이유는 몰라. 하지만 거기 갈 거라는 짐작이 가서."

"짐작이라고요?"

"그럴 만한 이유는 있어."

"아빠가 거기 갈 것 같지는 않은데요."

"정말? 왜 그렇지?"

"아빠는…… 늘 선덜랜드가 얼마나 안 좋은 곳인지, 지금 우리가 살고 있는 곳에 비하면 너무 거친 동네라고 얘기해요. 내가 아빠보다 할머니랑 더 자주 통화할걸요."

"할머니도 네 아빠를 찾길, 네 아빠가 나타나길 바랄 거야. 아빠가 안전하다는 소식을 듣고 싶으시겠지."

"그렇겠죠."

"내가 아빠를 찾게 도움이 될 만한 정보 같은 거 없을까? 뭐라도?"

"아뇨, 그런 거 없어요."

"네 아빠만 무사하다는 게 확인되면 모든 게 해결될 거야. 내가 원하는 건 그것뿐이야."

앨리스는 대답하지 않았다.

"앨리스, 듣고 있니?"

"내가 원하는 것도 그것뿐이에요." 앨리스가 작은 목소리로 말했다.

"그럼 나를 좀 도와줘. 아빠를 찾을 수 있게."

그때 수화기 너머에서 딸깍 하는 소리가 들렸다. 문을 닫는 것처럼.

"아저씨가 해결할 수 있어요? 아빠를 찾아서 데려올 거예요?"

"앨리스, 네 아빠를 되찾기 위해 내가 할 수 있는 일은 뭐든 할 거야. 약속해."

"아빠가 보고 싶어요." 앨리스는 조용히 말하고 나서 나에게 주소를 알려주었다.

## 51

내 핸드폰이나 집전화로 전화를 걸 수는 없었다. 벤이 내 번호를 보면 안 되니까. 익명의 번호가 필요했다. 번화가에는 아직도 공중전화가 두 대 있었다. 대부분 핸드폰 때문에 사라졌지만 말이다.

둘 중 하나는 고장 나 있었지만 다른 하나는 괜찮았다. 지켜보는 사람은 없는지 주변을 둘러보고 나서 멀의 비밀 전화기에서 받은 전화번호 중 BW라고 저장된 번호로 전화를 걸었다. 공중전화 부스에서는 담배 냄새와 지린내가 났지만 상관없었다. 어쩐지 어릴 때 이후 바뀌지 않은 것도 있다는 위안마저 주는 듯했다.

여자가 전화를 받았다. "안녕하세요, 사장실입니다."

"아, 죄송합니다. 내가 전화를 잘못 걸었나 보군요. 거기가 어디라고요?"

"제로 원 제로 유한회사입니다. 무슨 일이시죠?"

나는 전화를 끊었다. 다음 번호는 W로 저장돼 있었다. 멀의 비서인 개빈이 전화를 받았다. 즉 멀의 직장 전화였던 것이다. 나는 핸드폰 이외에는 걸어본 적이 없었다. 하지만 왜 이 번호가 저장돼 있는 건지 좀 의아했다. 비밀 전화기에 왜 자기 사무실 전화번호를 저장해두었을까? 나는 전화를 끊었다가 잠시 생각을 하고서 다시 걸었다. 개빈이 똑같은 인사말과 함께 다시 받았다.

나는 목소리의 음색을 높이려 애쓰며 말했다. "안녕하세요, 멀리사 린치 좀 바꿔줄 수 있나요?"

"누구시죠?"

거리 맞은편에 버거킹이 있었다. "킹이라고 합니다."

"전화하기로 하셨나요?"

"네, 그럼요."

개빈이 잠시 후 다시 전화를 받았다. "죄송하지만 린치 씨는 고객을 만나러 가셨습니다, 킹 씨. 오후 3시경 돌아오실 예정입니다. 메모를 남겨드릴까요?"

나는 전화를 끊었다. 다시 한 번, 아내의 하루 일과나 동선에 대해 내가 얼마나 모르고 있는지 실감이 났다. 지금은 누구와 있을까? 그동안 벤을 만나기 위해 가짜 고객과의 회의나 거짓 약속 등 사무실을 비우는 핑계를 대려고 이 번호를 저장하고 있었던 건지도 모른다. 이런저런 수수께끼들이 하나씩 맞춰지고 있었다. 태곳적부터 존재해왔던 죄악을 감추기 위해 이렇게 신기술을 이용하고 있었던 것이다.

공중전화 안은 전혀 따뜻하지 않았지만 등에서는 땀이 흘렀다. 다음 번호는 세 번의 신호음 끝에 젊은 여자가 받았다. 런던 인근 지역 억양에 세련되고 자신감 있는 목소리였다.

"폴러드 앤 클라크입니다. 무엇을 도와드릴까요?"

"안녕하세요, 죄송하지만 거기가 어디죠?"

"폴러드 앤 클라크입니다. 무슨 일이신가요?"

"아, 거기가 뭐 하는 곳인가요?"

"법률회사입니다. 어떤 용무신지요?"

5분 동안 세 번째로 나는 대답 없이 전화를 끊었다. 핸드폰으로 검색해보니 멀의 사무실 바로 옆, 홀런드 파크에 있는 법무법인이었다. 가족법과 이혼 전문이었다.

또 한 번 숨을 쉬기가 힘들었다. 멀이 바람을 피우고 나를 속인 것은 그렇다 쳐도, 변호사까지 만난 것은 우리 관계에 최종 선고나 마찬가지였다. 나는 공중전화 부스에 머리를 기댔다. 가슴이 찌르는 듯 아팠다. 윌리엄에게 어떻게 말해줘야 하나? 네 살짜리에게 부모가 헤어진다는 걸 이해시키는 게 가능할까?

귀에서 맥박이 뛰는 것을 느끼며 다시 전화번호들을 보았다. 다음은 핸드폰이었다. A라고 저장된 첫 번째 번호는 아마 벤과 주로 연락한 번호였을 것이다. 어젯밤 쇼핑몰에서도 이 번호로 경고를 보냈겠지. 나는 동전을 더 넣었다. 하지만 손가락이 숫자판 위에서 망설였다. 벤이 받으면 뭐라고 하지? 무슨 말을 해줘야 하나? 아무 말도 하지 않는 게 나을까?

모르는 것보다는 아는 것이 낫다. 번호를 누르고 응답을 기다리는데 손이 땀으로 축축했다. 여섯 번 신호음이 울리고 음성 사서함으로 넘어갔다. 기본 녹음된 여성 목소리가 나와서 그냥 끊었다. 다시 걸었다. 다시 음성 사서함.

뭐라고 남길까? 안녕, 벤. 나 조셉이야. 네가 우리 가정을 망가뜨리려 하고 있지, 나쁜 놈아. 만나서 얘기나 좀 할까? 나는 다시 끊고 또 전화를 걸려다가 잠시 멈췄다. 모르는 번호로 두 번 전화가 온 것까지는 그렇다 쳐도, 세 번째 같은 번호로 전화가 온다면 벤이 의심을 시작할 것이다.

수화기를 다시 걸고 전화번호 목록을 들여다보았다. 애인, 호텔, 직장, 남편 직장…… 이들은 모두 각각의 역할을 수행하며 멀의 이중생활을 지원했다. 기존의 삶이 위협받지 않도록 조심스레 밀봉시켰다. 두 개의 삶이 겹치지 않도록 막고 분리했다. 늘 평행을 이루며 만나는 일이 없도록. 하지만 두 삶은 결국 충돌하고 말았다. 우리의 네 살 된 아들이 지난 목요일 저녁 차량 행렬 가운데서 엄마의 차를 발견한 순간 이후.

공중전화가 울렸다. 폐쇄된 부스 안을 작지만 또렷한 신호음이 채웠다. 나는 그대로 얼어붙었다. 공중전화의 디지털 화면에 내가 마지막으로 건 핸드폰 번호가 떠 있었다. 벤이 나에게 전화를 건 것이다.

## 52

나는 수화기를 들어 조용히 귀에 댔다. 청력에 최대한 집중해 배경 소음을 들어보았다. 숨소리, 희미한 도로 소리, 바람 소리, 아주 멀리서 들리는 사이렌 소리. 밖에서, 야외에서 거는 전화였다. 거리나 주차장이겠지. 이 전자 장치의 양끝에서 우리는 연결되었으나 또한 우리 사이는 온갖 가능성들로 분리돼 있었다. 서로 몇 백 킬로미터 떨어져 있을 수도 있고 겨우 몇 미터 떨어져 있을 수도 있었다. 벤이 나를 지켜보고 있을 수도 있는 것이다.

"여보세요?" 나는 낮은 소리로 조용히 말했다.

침묵이 더욱 길어졌다. 5초, 10초. 나는 한마디 더 하려다가 참았다. 섣불리 약점을 보여서는 안 된다.

딸깍 소리와 함께 전화가 끊겼다. 말을 하지 않았던 게 후회됐다.

"끊지 마! 이 개자식!" 나는 끊긴 수화기에 대고 외쳤다.

멀리서 사이렌 소리가 들렸다. 그러자 조금 전 들렸던 사이렌 소리가 생각났다. 벤이 가까이에, 같은 지역에 있는 게 아닌가 하는 이상한 생각이 들었다. 아주 가까이에.

10대들이 낄낄대는 소리가 부스 밖에서 들렸다. 비쩍 마른 젊은이 하나가 짜증스레 부스 유리를 동전으로 똑똑 두드렸다. 나는 그를 무시하고 같은 번호로 다시 전화를 걸었다. 마지막 남은 동전이었다. 다시 음성 사서함이 나왔다. 메시지를 남길 수는 없었다. 전화를 끊었다.

목록에는 아직 전화번호가 하나 더 남아 있었다. 가장 의아한 번호, 에스코트 서비스였다. 하지만 동전을 다 썼다. 지갑도 비었다. 근처에 현금인출기가 있었지만, 그새 비쩍 마른 10대가 이 전화 부스를 차지할 것이다. 지금 와서 중단할 수는 없었다. 알아서 하라지.

나는 핸드폰을 꺼내 에스코트 서비스에 전화를 걸었다. 좋은 생각이 번뜩 떠올랐다. 전화는 네 번 울리고 음성 사서함으로 넘어갔다. 허스키하고 굵은 여성 목소리가 말했다.

"안녕하세요, 고객님은 VIP 에스코트 서비스에 연결되었습니다. 우리와 잠깐 대화를 나누고 나면, 지금까지 경험한 것 중에서 가장 놀라운 밤을 선사받을 수 있습니다. 전화번호를 남기면 바로 전화 드리겠습니다."

나는 전화를 끊었다. 내 이름을 사서함에 남기기는 싫었다. 마지막으로 건 전화는 멀의 비밀 전화기에 나와 있지 않은 번호였지만 상관없었다. 수년 동안 외우고 있는, 내 번호보다도 더 잘 알고 있는 번호였다.

나는 리젠트 공원 벤치에 앉았다. 쌀쌀한 날씨에 손을 주머니에 넣고, 호수를 도는 조깅족을 바라보았다. 가을바람에 회색 물결이 일렁였다. 카페 옆에는 낡아 보이는 보트들이 서로 묶인 채 방수포에 덮여 있었다.

타는 듯한 7월 어느 날 바로 이곳 배 안에서 나는 멀에게 결혼해주겠느냐고 물었다. 노를 배 안으로 끌어 넣은 다음, 용기를 짜내 한쪽 무릎을 꿇고 반지를 꺼냈다. 멀이 깜짝 놀라 일어서는 바람에 우리 둘 다 물에 빠질 뻔했다. 하지만 내가 얼른 잡아 앉혔다. 그리고 반지를 끼는 그녀를 보았다. 햇빛에 반짝이는 작은 다이아몬드를 보며 멀은 즐겁게 웃었다. 지금으로부터 10년 전이었다.

다가오는 멀을 보고 일어섰다. 긴 겨울 코트 차림에 주머니 깊숙이 손을 찔러 넣은 그녀는 서둘러 오솔길을 걸어왔다. 얼굴은 창백하고 힘들어 보였다. 우리는 어색하게 포옹했다.

"당신 괜찮아?" 멀이 숨을 몰아쉬며 물었다.

"좋아. 회의에 빠지고 와줘서 고마워."

"괜찮아. 대신 앤드리아를 보냈어."

멀의 사무실은 리젠트 공원에서 5분 거리였다.

"무슨 일이야? 무슨 얘기를 하려고?"

"잠깐 앉아봐."

멀은 우리 사이에 핸드백을 놓았다. 그녀의 은은한 향수가 우리를 감쌌다.

"무슨 일이야?" 멀의 목소리엔 근심이 어려 있었다. 언제든 다시 사과할 준비가 돼 있지만, 무엇에 대해 사과할지는 몰라 자제하고 있는 듯했다. "벤 때문이야? 혹시 전화 받았어?"

"아니, 꼭 그렇지는 않아."

"벤을 봤어?"

"내가 벤에게 전화를 걸었어. 오전에 전화를 거느라 30분을 보냈지."

"벤한테? 벤이 뭐래?"

"아무 말도."

멀은 곤혹스러운 표정을 지었다. "그래…… 무슨 일인지 설명해줄래, 조셉? 누구한테 무슨 전화를 걸었던 거야?"

대답 대신 나는 멀의 핸드백을 들어 지퍼를 열고 안으로 손을 넣었다. 평소라면 멀은 내 손등을 장난스레 때리며 손대지 말라고 했을 것이다. 하지만 오늘은 그러지 않았다. 대신 그저 한 방 먹은 슬픈 표정을 지었다. 죄책감에 나를 말리지 못했다. 그래서 나는 계속 핸드백을 뒤져 바닥의 틈새에 손을 넣었다.

하지만 전화기는 만져지지 않았다. 멀이 꺼내 옮긴 것이었다. 멀은 부인할 터였다. 아니, 뭔가 단단하고 납작한 것이 만져졌다. 전화기는 있었다. 나는 그것을 꺼내 우리 사이에 놓았다. 아무 말도 하지 않았다. 멀은 어깨를 늘어뜨리고 작은 핸드폰을 보았다.

"아, 조셉…… 자기야. 그렇지 않아. 이건……." 멀은 고개를 저으며 말을 잇지 못했다.

"한 가지만 물을게, 멀."

"그래."

"일요일에 내가 여행가방 꺼내면서 했던 말 기억해?"

멀은 떨리는 아랫입술을 깨물며 고개를 끄덕였다.

"당신, 아직도 벤이랑 만나고 있는 거야? 이 전화로 계속 연락한 거야?"

"아니."

"내 눈을 봐."

멀의 아름다운 갈색 눈에서 눈물이 솟아났다. "그랬어. 벤이랑 만나고 있는 동안에는 이 전화로 연락했어. 하지만 더 이상은 아니야. 핸드백에 넣어둔 걸 잊어버렸어. 꺼내서 부숴버렸어야 했는데. 멍청하게."

"정말이야?"

"그래."

"약속해?"

"약속해."

"당신 목숨을 걸고?"

"응."

"우리 아들의 목숨을 걸고?"

"응, 응, 응." 조금도 망설임이 없는 대답이었다. "제발, 조셉. 맹세해. 오직 우리가…… 그 일이 있던 동안뿐이었어. 우리가 처음 만나기 시작했을 때 벤이 사다 줬어. 내 말을 조금이라도 믿는다면, 이 말도 믿어줘. 그와는 정말 끝났어. 애초에 시작한 게 미안하지만, 지금은 완전히 헤어졌어."

"그럼 주말 이후에는 사용을 안 했다고?"

"응."

"그럼 왜 일요일에는 말 안 했어?"

멀이 어깨를 으쓱하며 훌쩍였다. "나도 몰라. 어쩌면…… 당신한테 다 말했으니까. 중요한 건 다. 내 실수를 다 지워버리고 잊고 싶었나 봐. 그러고 나서는 전화기에 대해서는 잊어버렸나 봐. 핸드백에는 온갖 잡동사니가 다 들어 있으니까." 멀이 잠시 생각에 잠겼다. "그런데 전화기는 어떻게 발견했어?"

"어젯밤에 돌아와서 찾아봤어. 벤을 잡을 뻔했는데 놓쳤으니까. 화가 났지."

"내가 벤에게 경고한 줄 알았어?"

"그래."

"아, 조셉. 맹세할게. 난 그러지 않았어. 정말이야. 내 말 믿어줘." 멀이 절박한 눈빛으로 나를 보았다.

나는 아내를 한참 응시했다. 내가 결혼 생활을 끝낼 준비가 돼 있는지 생각해보았다. 내 아내를, 내 가장 친한 친구를 잃을 준비가 돼 있는지. 그러나 이미 우리는 선을 넘은 것 같았다. 나는 이미 그녀를 잃은 듯했다.

멀의 질문을 무시하고 나는 말했다. "벤에게 다시 전화를 걸어줘."


# 53


멀은 깜짝 놀랐다. "벤에게? 지금?"

"지금." 내가 멀에게 전화기를 건넸다.

"전화가 될지 모르겠어. 며칠 전에 기한이 지난 것 같은데."

"한번 해봐."

멀이 전화기를 열어 암호를 입력했다. 배터리가 18퍼센트밖에 남지 않았다. 주소록으로 들어가 벤의 핸드폰을 선택했다. 녹색 통화 버튼 위에서 손가락이 잠시 머뭇거렸다.

"정말 걸어?"

"응. 그리고 스피커폰으로 해."

신호음 두 번 만에 상대가 전화를 받았다.

한 시간 전에 공중전화 부스에서 들었던 희미한 배경음이 들렸다. 도로 소리, 숨소리……

멀이 나를 보고 눈썹을 치켜 올렸다. 나는 고개를 끄덕였다.

"벤, 거기 있어?"

멀의 말에 답은 없었지만 부스럭거리는 소리가 들렸다. 딸깍하는 소리도.

"벤? 말 좀 해봐."

또 딸깍 소리가 나고 전화가 끊겼다.

멀이 한숨을 쉬었다.

"다시 해봐." 내가 말했다.

이번에는 신호음이 여섯 번 울리도록 전화를 받지 않았다. 음성 사서함으로 넘어가 예의 그 여성 목소리가 메시지를 남기라고 했다. 멀은 전화해달라는 말을 남기고 전화를 끊었다.

나는 작은 삼성폰을 내 주머니에 넣었다. "내가 당분간 가지고 있을게."

"알았어. 경찰에게 주는 건 어때? 벤을 찾을 수 있을지도 모르잖아."

"좋은 생각이야."

"정말 미안해, 조셉. 너무 미안해."

나는 호수를 가리켰다. 목이 메었다. "10년 전에 같이 배 탔던 거 기억해?"

"물론이지." 멀이 작은 목소리로 대답했다.

"당신 때문에 우리 둘 다 물에 빠질 뻔했잖아."

"그러려던 건 아니었는데."

"난 당신이 당장 뛰어내려 헤엄이라도 쳐서……."

"조셉." 멀이 갑자기 내 말을 막았다. 얼굴이 더 창백해졌다. 그러더니 시선을 피했다. "아, 맙소사. 아……."

"왜 그래, 멀?"

멀은 고개를 저으며 말을 못 했다. 멀은 한참 동안 말이 없었다. 용기를 내기 위해 안간힘을 쓰는 듯했다. 그러더니 결심했는지 입을 열었다.

"해줄 말이 있어."

"해봐."

"중요한 일이야."

"알았어."

나는 대답하며, 이제는 익숙한 느낌이 된 두려움이 폐부 깊숙이 번지기 시작하는 것을 느꼈다.

멀은 눈을 감고 침을 삼키더니 심호흡을 했다. "조셉, 예전에 얘기했어야 했는데. 시작 때부터, 그랬어야 했는데……."

그때 내 핸드폰이 크게 울렸다. 문자였다.

오후 1:29 피터 핸드폰
최대한 빨리 전화해줘요. 경찰 문제요.

"누구야?" 멀이 물었다.

"내 변호사. 경찰 문제래. 조금 있다 연락해도 돼."

"아냐, 얼른 전화해봐."

"정말?"

"그럼."

나는 그의 번호로 전화를 걸었지만 통화 중 신호가 울렸다. 다시 걸어보았지만 소용없었다. 핸드폰을 주머니에 넣었다.

"미안. 다시 말해봐."

멀은 고개를 돌렸다. 조금 전만 해도 털어놓으려 했는데, 왠지 다시 마음의 문을 닫은 듯했다. 얼굴이 굳어 있었다.

"안 해도 될 것 같아."

"중요한 일이라며?"

멀이 회색 호수를 응시했다. "조셉, 내가 우리 엄마를 닮은 것 같아?"

"눈이 닮았지."

"부모와 같은 길을 가지 않으려고 아무리 애써도, 결국 우린 그들의 실수를 되풀이하게 되는 것 같아. 어떤 식으로든. 그런 생각이 가끔 들어."

"당신은 엄마와 같지 않아. 우리는 우리만의 삶을 찾아가야 해."

멀이 일어서 코트를 꽉 여몄다. "사무실로 돌아가야겠어."

나도 따라 일어섰다. 멀은 다시 나를 포옹할 것처럼 움직이더니 생각을 고쳐먹었는지 뺨에 키스만 했다.

"이따가 봐." 나는 습관적으로 그렇게 인사했다.

멀은 고개를 끄덕이고 몸을 돌렸다. 나는 서둘러 가는 그녀의 뒷모습을, 나무들 사이로 사라질 때까지 바라보았다.

## 54

윌리엄과 나는 학교에서 집으로 돌아오는 길에 사탕 가게에 들렀다. 윌리엄에게 사탕을 사주면 보통 기분이 좋았다. 그러고 나서 놀이터에 잠깐 들러 그네와 미끄럼틀을 탔다.

아들이 노는 동안 애덤에게 전화를 걸었다. 나를 아는 사람, 친구와 얘기를 해야 했다. 예전부터 나를 지지해준 사람. 애덤은 똑똑한 남자이니 지금 일어나고 있는 일들에 대해 조언을 해줄 수 있을 것이다.

세 번 신호음이 울리고 음성 사서함으로 넘어갔다. 두 번째 걸었을 때는 한 번 울리고 애덤의 녹음된 목소리가 나왔다. 나는 전화해달라는 메시지를 남겼다.

그다음에는 윌리엄과 매주 갔던 도서관에 갔다. 거기서 윌리엄이 학교에서 읽는 책 말고 다른 책들에 관심을 가지게 해보려고 노력했지만 지금까지는 별 성과가 없었다. 다섯 살에서 일곱 살용 책장으로 가서 책들을 반쯤 당겨내며 윌리엄에게 제목을 보여주기를 반복했다.

"『차 마시러 온 호랑이』?"

"윽."

"『101가지 동화 이야기』?"

"싫어."

"『투덜이 아저씨』?"

"학교에서 읽었어."

"그럼 어떤 거 읽고 싶어?"

"「슈퍼 배드」."

"그건 영화잖아, 친구."

"영화 보면 안 돼?"

"여긴 영화는 없어. 책들뿐이야."

사실은 아니었지만 나는 DVD 열 개보다 좋은 책 한 권에서 얻을 것이 더 많다고 생각한다.

"왜?"

"여기는 도서관이니까."

윌리엄은 말도 안 된다는 듯 인상을 썼다. "루카스는 「슈퍼 배드」 봤대."

왜 「슈퍼 배드」보다 좋은 책 한 권이 더 나은지 윌리엄에게 설명해주려는데 전화가 울렸다. 진동으로 해놓았지만 윙윙 하는 소리에 도서관 사서가 굳은 표정으로 쳐다보았다. 애덤인가 했는데 멀이었다.

"조셉?" 긴장된 목소리였다.

"멀, 왜 그래?"

"경찰이 왔어. 당신과 얘기하고 싶어 해."

아까 받은 라센의 문자가 생각났다. 젠장. 다시 전화하는 걸 잊었다.

"당신 어디야?"

"집."

나는 윌리엄에게 손을 내밀었다. 윌리엄은 고분고분 내 손을 잡았다. 우리는 재빨리 도서관 밖으로 나와 '핸드폰 금지 구역'이라고 적힌 복도를 지났다.

"내일 내가 전화하겠다고 해."

"당신이 내일 전화를 한다고?"

"응. 내가 강도 신고를 했거든."

"그게 무슨 말이야?"

"어제 누가 집에 침입했어. 누가라기보다 벤이지."

"뭐? 왜 나한테 말 안 했어?" 겁에 질린 목소리였다.

"나중에 말하려고 했는데. 당신이 놀랄 것 같아서."

"난 지금 졸도하기 직전이야, 조셉! 집에 경찰이 잔뜩 왔다고!" 멀이 히스테리를 일으키고 있었다.

"뭐? 자, 자, 진정하고. 몇 명이나 왔는데?"

"많아. 열 명도 넘어. 온갖 걸 뒤지고 있어."

정말 좋은 소식이 아니었다. "뭘 찾는데?"

"나도 몰라."

"알았어. 지금 출발할게. 10분이면 갈 거야."

윌리엄이 내 현대 차 뒷자리 카시트에 앉았다. "나 젤리 먹어도 돼, 아빠?"

"안 돼. 아니, 반만 먹어, 알았지?"

"반이 얼마야?"

"다 먹지는 말라고, 월."

나는 번화가에 잠시 차를 멈췄다. 또다시 불시의 공격을 받은 기분이었다. 머릿속이 멍해졌다. 이렇게 또 당할 수는 없어. 이번엔

**준비를 해둬야 해.** 나는 전화기를 핸즈프리 거치대에 끼우고 피터 라센에게 전화를 걸었다. 급히 전화 달라는 메시지를 남겼다.

멀이 과장한 게 아니었다. 경찰이 사방에 깔려 있었다. 하얀 작업복 차림의 사람들이 정원에 우글댔다. 몇 명은 멀의 차를 검사하고, 또 다른 사람들은 현관문으로 일개미들처럼 끊임없이 드나들었다. 대문 앞에는 트레일러가 주차돼, 경사로를 내리고 자동차를 실어갈 준비를 하고 있었다.

윌리엄이 눈을 휘둥그레 뜨고 입을 약간 벌리고 이 모든 광경을 지켜보았다. 내가 카시트 벨트를 풀고 손을 내밀었지만 아이는 움직이지 않았다.

"경찰이야." 윌리엄이 조용히 말했다. "경찰이 왔어."

"자, 윌, 나와야지."

"경찰이 왜 우리 집에 왔어?"

"엄마를 돌봐주고 있는 거야."

윌리엄은 여전히 카시트에서 움직이려고 하지 않았다.

"하얀 사람들은 뭐야?" 그러면서 하얀 작업복을 입은 감식반을 가리켰다.

"그들도 경찰이야."

나는 윌리엄을 들어올려 차 밖으로 내려놓았다. 내가 현관으로 걸어가는데, 감식복을 입고 마스크와 장갑, 비닐 장화까지 완전 무장을 한 여자가 집에서 나왔다. 무슨 연쇄살인마의 집이라도 되는 것처럼. 뭔가 투명 지퍼백에 싸서 들고 있었다. 내 노트북이었다. 나는 손을 들어올려 그녀를 막았다. 여자가 나를 비켜

가려 했다.

"기다려요. 내 노트북이에요. 뭘 하는 겁니까?"

흰옷의 경찰은 엄지를 들어 뒤를 가리켰다. 그쪽을 보니 현관 복도에서 흰 장화를 신은 네일러 반장이 멀과 이야기를 나누고 있었다. "반장과 얘기하세요." 그러고 나서 여자 경찰은 '과학수사대'라고 쓰인 승합차를 향해 갔다.

윌리엄이 내 손을 꼭 잡았다. 제복 입은 경찰이 현관문 옆에서 있다가 나를 막았다. "더 이상 들어올 수 없습니다."

"뭐요? 여긴 내 집입니다."

"성함이?"

"조셉 린치요. 이제 들어가도 되겠습니까?"

남자 경찰은 잠시 망설이더니 비켜섰다.


# 55


안으로 들어가면서도 윌리엄은 내 손을 꼭 잡고 놓지 않았다. 어제는 고요 속에서, 누가 이곳에 무단 침입한 사실을 알았는데, 같은 일이 벌어지고 있었지만 이번에는 온 집 안이 시끄러웠다. 웅성대는 대화, 발소리, 낯선 사람들, 처음 맡는 냄새. 내 집이 공공의 장소가 돼버렸다.

하얀 정장을 입은 경찰 하나가 우리 집 데스크톱 컴퓨터를 투명 비닐에 싸서 들고 2층 계단을 내려왔다. 또 다른 경찰이 그 뒤에서 투명 비닐봉지에 든 옷들을 잔뜩 들고 내려왔다. 내 셔츠, 양말, 윌리엄의 붉은색 학교 스웨터와 회색 바지가 보였다. 빨래 바구니에 들어 있던 옷들이었다.

"저 사람은 뭐야?" 윌리엄이 큰 소리로 물었다.

"경찰이야. 자, 엄마한테 가보자."

주방도 벌통처럼 분주했다. 감식반이 붓질하고 면봉으로 문지르며 표본을 채취하고 있었다. 한 명은 쓰레기통과 재활용 통을 들어내 역시 투명한 증거물 봉투에 넣었다.

멀은 잔뜩 인상을 쓰고 있었다. 눈가에 마스카라가 번져 있었다. 아직도 출근 복장 그대로, 코트도 벗지 않은 채였다. 그녀는 몇 해 못 봤던 사람처럼 나를 꽉 끌어안았다. 그리고 길 잃은 아이처럼 내 품에 얼굴을 묻었다. 포옹할 때면 늘 그랬듯 우리 몸은 두 개의 조각 퍼즐처럼 딱 맞았다. 이런 일이 벌어졌는데도 너무나 잘 들어맞는, 아프도록 완벽한 결합이었다.

"당신 괜찮아?" 내가 조용히 물었다.

멀은 고개를 끄덕였지만 아무 말도 하지 않았다. 멀이 말을 하지 못할 정도면, 목소리를 내지 못할 정도면 정말 많이 힘든 거였다.

"대체 무슨 일이야?"

멀이 고개를 저었다. 자기도 모른다는 뜻이었다.

윌리엄이 엄마를 향해 양손을 들어올렸다. 우리는 포옹을 풀었다. 멀이 윌리엄을 안아 들었다. 윌리엄은 눈물 흘리는 엄마와 낯선 사람들을 번갈아 쳐다보며, 어느 쪽이 더 걱정해야 할 문제인지 가늠하고 있는 듯했다.

나는 네일러 반장에게 말했다. "대체 무슨 일입니까? 여기 이 사람들은 뭡니까?"

"가택 수색 및 압류 영장을 집행하고 있습니다, 린치 씨."

"나도 그건 알겠어요. 하지만 왜죠? 어제 누가 침입을 했습니다. 내가 신고하긴 했지만, 이건 좀 지나친 것 같은데요."

"침입 때문에 온 게 아닙니다. 벤저민 딜레이니 때문이에요."

"벤이 보낸 겁니까?"

"어떤 면에서는요."

"벤이 당신들을 가지고 놀고 있다는 거 몰라요? 어느 바에 앉아서 경찰을 속이는 게 식은죽먹기라며 웃고 있을 겁니다."

네일러가 나를 똑바로 노려보았다. "어제 우리의 대화 이후 새로운 증거가 발견되었습니다."

"무슨 증거요?"

"차차 얘기하죠. 따로 시간을 잡아서."

우리 사이에 침묵이 흘렀다. 나는 그의 설명이 이어지기를 기다렸지만 네일러는 아무 말 하지 않았다.

"그게 다입니까? 더 이상 할 말 없어요?"

"그렇지는 않습니다."

레드퍼드 형사가 은밀히 신호라도 받은 듯 갑자기 나타났다.

"조셉 린치, 당신을 살인 혐의로 체포합니다."

# 56

살인이라니. 나는 숨을 쉴 수 없었다. 주변 공기가 모두 폐에 걸려 묵직하고 뜨겁게 달아오르는 듯했다. 세상에서 가장 오래되고 중대한 죄악. 한 인간이 다른 인간에게 저지를 수 있는 최악의 일.

어제까지만 해도 실종 사건이었던 것이 이제는 살인 사건이 되었다. 감식반의 부산한 움직임을 배경으로 네일러가 내 권리를 읊어주는 동안 나는 어제 이후 바뀐 것이 대체 무엇인지 추측을 해보려 애썼다. 그저 실종된 남자를 가족에게 되돌려 보내려고 할 뿐이던 경찰이 왜 이렇게 됐는지.

머릿속 한구석에서는 어두운 생각들이 자라나고 있었다. 감옥은 어떤 곳일까? 감옥에서 20년쯤 썩는다는 건 어떤 일일까? 내 아들이 대학 시험을 보고 운전면허를 따고 대학 졸업을 하는 동안 계속 곁에 있을 수 없다는 건?

하지만 그런 일은 일어나지 않을 것이다. 나는 결백하니까. 이 모든 게 다 말도 안 되는 실수니까. 벤은 심지어…….

"린치 씨?"

네일러였다. 나는 눈을 껌뻑이며 반장을 응시했다.

"린치 씨, 방금 내가 한 말 이해했습니까?"

나는 멍하니 고개를 끄덕였다.

반장이 손을 내밀었다. "당신의 자동차 열쇠를 주십시오."

다시 주변 풍경이 눈에 들어왔다. 멀은 절박해 보였다. 내 손을 꼭 쥐고 자기 가슴에 붙이고 있었다. 네일러는 자동차 열쇠를 받아 레드퍼드 형사에게 건넸다.

내가 경찰차로 끌려 나가는 동안 거리에는 관객들이 있었다. 행인들, 구경꾼들, 이웃들. 건넛집 여자 하나는 현관문을 열고 서서 전화기를 들고 우리 집 앞에 펼쳐진 풍경을 어딘가에 중계 방송하고 있었다. 우리가 그녀의 아이를 가끔 봐주었는데. 맞은 편 집의 목소리 작은 홀아비는 레이스 커튼 뒤에 반쯤 몸을 숨긴 채 내다보고 있었다. 그가 북쪽으로 손주들을 보러 간 동안 내가 그의 고양이 세 마리에게 사료를 챙겨주었다.

나의 항의에도 네일러는 수갑을 채워야 한다고 고집했다. 인도의 10대 소년 하나가 이 모든 과정을 핸드폰으로 찍었다. 헤이든 파크의 고1 아이였다. 그의 동영상이 얼마나 빨리 페이스북에 나타날까 궁금했다. 중죄가 아니고서야 수갑까지 채울 리 없다고들 하겠지.

킬번 경찰서 구치소 담당자에게 등록하는 동안 레드퍼드 형사는 말없이 내 곁에 서 있었다. 내 주머니에 들었던 물건들도 모두 투명 비닐봉지에 담겼다. 두 개의 핸드폰, 지갑, 열쇠, 볼펜, 잔돈. 내가 서류 맨 아래 서명하고 나자 증거품 박스 안으로 들어갔다.

구치소 담당자는 문서 두 장을 더 내밀었다. 첫 번째는 내 이름, 주소, 병력 등 기본 정보에 대한 것이었다. 두 번째는 지문과 DNA 채취에 대한 동의서였다. 나는 잘못한 것이 아무것도 없었지만…… 이건 또 다른 선을 넘는 느낌이었다. 정부 데이터 내에 나만의 고유한 정보들이 영원히 컴퓨터 안에 저장돼 언제든 이용될 것이었다. 내 자유의 일부분을 영원히 포기하는 기분이었다. 이제야 체포되었다는 것이 실감나기 시작했다.

서명을 하자 담당자가 나의 지문을 주의 깊게 체계적으로 채취했다. 그다음에는 옆방으로 이동했다. 또 다른 담당자가 내 입에 면봉을 넣어 DNA 표본을 채취했다. 왼쪽 뺨 안쪽으로 한 번, 오른쪽 뺨 안쪽으로 한 번. 그러고 나서 견출지 붙은 병 안에 넣어 봉했다. 그러더니 면봉을 한 개 더 꺼냈다. 똑같은 과정이 이어졌다.

"왜 두 번 하는 겁니까?" 이제 겨우 운전면허를 땄을 듯한 젊은 경찰에게 내가 물었다.

"하나는 통제 표본이고 하나는 보조용입니다. 둘 다 검사해서 서로 일치하는지 확인하죠. 그런 다음 데이터베이스에 넣습니다. 백업본 같은 거예요."

"실수할 경우를 대비하는 건가요?"

경찰이 고개를 저었다. "우리 절차에 빈틈이 없도록 하는 겁니다. DNA는 거짓말을 하지 않아요. 사람과 달리." 그러고는 나를 흘긋 보았다.

레드퍼드가 나를 데리고 보안문을 지나 경찰서 뒤의 작은 면담실로 갔다. 어제보다 더 작고 초라한 방이었다. 그러고 나서 레드퍼드가 사라졌다. 이번에는 차나 커피를 권하지도 않았다.

40분이 지나서야 레드퍼드가 돌아왔다. 노트북을 들고 있는 얼굴에서는 돌처럼 아무 표정도 읽을 수 없었다. 뒤이어 피터 라센이 따라와 옆에 앉았다. 애프터셰이브 냄새가 풍겼다. 마지막으로 네일러가 들어왔다. 넥타이를 끌르더니 셔츠 윗단추를 풀었다. 서류철을 들고 이제는 야비한 표정을 거리낌 없이 짓고 있었다.

라센이 5분 동안 단둘이 이야기하겠다고 말했다. 두 형사가 나가자 나는 멀의 비밀 전화기에 대해 알려주었다. 물론 압수당했다고.

"네일러가 그 전화기를 조사해봐야 해요. 그럼 벤을 찾을 수도 있을 겁니다."

"경찰이 아내분의 평소 핸드폰도 조사할 겁니다."

"왜죠?"

"어제 쇼핑몰에서 벤과 멀이 만나려고 주고받았다는 문자 때문에요. 뭔가 찾아낼 수도 있으니까요."

라센이 수첩에 뭔가 메모를 하고 만년필 뚜껑을 닫았다. 그리고 재빨리 조용히 전투 규칙을 일러주었다. 질문에는 변호사가 답을 한다. 나는 변호사의 승인 없이는 아무 말도, 답도 하지 않는다. 그것도 질문과 직접적으로 관계된 사실만을 짧게 말해야 했다. 이 규칙에는 예외가 없었다. 나는 침착하고 예의 바른 태도를 지켜야 하며 경찰이 자극하더라도 동요해서는 안 됐다. 벤의 행방에 대한 음모론을 늘어놔서도 안 됐다.

"그건 그들이 알아서 할 일입니다. 당신이 할 일이 아니에요." 라센이 힘을 주어 말했다.

무엇보다 나는 벤, 베스, 내 아내와의 관계에 대해서 아무 말도 해서는 안 됐다.

그의 규칙은 명백해 보였다.

"하지만 이해가 안 가요."

"뭐가 이해가 안 가죠?"

"어떻게 벌써 이런 단계까지 올 수가 있었죠? 나를 체포할 정도면 어떤 증거를 발견한 겁니까?"

"이제 알아봅시다, 조셉."

네일러와 레드퍼드가 들어왔다. 긴장되고 떨렸지만 라센이 내 옆에 앉아 있어 든든했다.

레드퍼드가 녹음기를 켰다. "10월 11일 오후 5시 51분 조셉 린치와의 면담." 그러고서 검은 눈을 나에게 돌렸다. "이름과 생년월일, 현재 주소를 말씀해주세요."

레드퍼드는 형식적인 여러 가지 사안들을 챙기고 방 안의 다른 세 사람 이름도 말했다. 네일러가 다시 한 번 내가 혐의를 받고 있으며 진술이 증거로 이용될 수 있다고, 하지만 지금 말하지 않으면 나중에 법정에서 불리하게 작용될 수 있다는 말을 했다. 그리고 나서 네일러는 내 친구라도 되는 것 같은 사람 좋은 미소를 지어 보였다.

"자, 린치 씨, 왜 여기 오게 되었는지 알죠?"

라센이 대답했다. "내 고객은 당신이 체포했기 때문에 여기 온 겁니다."

"물론이죠. 나는 단지 조셉이 이 상황을 파악은 하고 있는지 물어본 겁니다."

"우리에게 영문 좀 설명해주시죠." 라센이 대구했다.

네일러가 월요일 아침의 장광설을 또 늘어놓았다. 벤 딜레이니의 실종 신고가 접수되었고 48시간 동안 생존 증거 조사가 진행되었다고. 그러다가 어제 새로운 증거가 드러나 사건의 방향이 바뀌었다고 말했다.

"말했듯이 이건 더 이상 실종 수사가 아닙니다."

그러고서 잠시 자신이 한 말의 효과를 노리며 나나 라센이 미끼를 물길 기다렸다.

하지만 우리 둘 다 아무 말 하지 않았다.

"이젠 시신 미발견 살인 수사로 진행될 겁니다."

또 저 말. 내 아내와 아이 앞에서 듣는 것만으로도 충분히 끔찍했는데, 이제 경찰서 안에서, 나의 DNA 표본이 실험실로 가고 있는 와중에 또 들으니 더욱 나빴다. 두 글자로 이루어진 한 단어. 살인. 까마득한 바닷속으로 내 삶을 통째로 끌고 내려갈 듯한 무게의 말이었다.

"새로운 증거라는 게 뭐죠?" 라센이 물었다.

"잠시 후 알려드리죠. 지금은 수사의 방향을 바꾸기에 충분한 증거를 확보했다고만 말해두겠습니다."

나는 라센을 한 번 보고 다시 네일러를 쳐다보며 말했다. "시신 미발견 살인이란 모순적인 말로 들리는데요."

라센이 인상을 써 보였지만 아무 말 하지 않았다.

"그렇지도 않아요. 우리는 딜레이니 씨의 안전에 아주 심각한 일이 발생했다고 믿을 만한 증거들을 꾸준히 수집할 수 있었습니다. 시신은 발견되지 않았지만 말이죠."

"시신은 발견되지 않을 겁니다. 아무도 죽지 않았으니까요."

"우리 증거는 다른데요."

내가 고개를 젓자 라센이 나를 한 번 쏘아보았다. 나서지 말라는 뜻이었다.

"드문 일이긴 하지만 일어나기도 합니다, 조셉. 수사를 아주 어렵게 만들긴 하겠지만요." 라센이 말했다.

"그거야 우리가 대신 뭘 발견했느냐에 따라 다르죠." 네일러가 대꾸했다.

"힌트라도 줄 순 없나요?"

"지금 단계에서는 안 밝혀도 된다는 거, 알잖습니까, 피터."

"아, 그렇죠, 물론입니다."

"하지만 어쨌든 알려드릴 겁니다. 두 분을 위해 온전하고도 정확한 정보를 드려야죠. 지난 24시간 동안 발견된, 더욱 강력한 세 가지 증거에 대해서요."

"감사합니다. 그래주면 고맙겠네요."

네일러가 가져온 서류철을 열었다. "조셉, 월요일에 딜레이니 씨 차에서 혈흔이 발견되었다는 얘기를 했죠? 작년 사건 덕에 데이터베이스에 DNA 기록이 있었다고요."

"그의 회사에서 해고된 남자 때문에요."

"그래요. 그리고 브렌트크로스 근처 프리미어 인 주차장에서 발견된 핏자국 역시 딜레이니 씨의 것이었습니다."

벤의 귀에서 흘러나오던 피가 다시 눈앞에 떠올랐다.

"주차장에서 두 번째 핏자국을 발견했습니다. 벤 딜레이니의 것이 아니라서 혐의자의 표본과 비교를 해봐야 하지요."

라센이 수첩에 뭔가 쓰고 동그라미를 쳤다. "그렇겠죠. 또 뭐가 있습니까?"

두 번째 핏자국은 걱정할 게 없다는 투였다. 어떻게 저리도 침착할 수 있는지 믿을 수 없었다.

"현장의 핏자국이 첫 번째 증거고요. 두 번째 역시 같은 현장에서 발견되었습니다."

네일러가 투명 비닐백을 꺼내 탁자 위에 놓았다.

## 57

가늘고 검은, 둥근 물체였다. 내 손목에 딱 맞는. 가죽 팔찌. 내 팔찌. 멀이 세 번째 결혼기념일 때 선물해준 것이었다. 목요일 저녁에 벤과 실랑이를 벌이다가 잃어버렸다.

"증거물 44196/A를 용의자에게 보여주었음." 네일러가 말했다. "이 팔찌에 역시 딜레이니 씨의 피가 묻어 있었죠. 아는 팔찌인가요?"

"내 고객은 대답할 말이 없습니다." 라센이 수첩에서 고개도 들지 않고 말했다.

"정말입니까?" 네일러가 나를 보았다.

나는 아무 말 하지 않았다.

"린치 씨가 알아볼 줄 알았는데요. 목요일 밤 페이스북에 잃어버렸다는 글을 올렸거든요."

"내가 아니라 벤이 올린 겁니다."

"벤이 당신 계정을 해킹했다는 얘긴가요?"

"네. 난 전화기를 잃어버렸고, 그가 주운 거예요."

"어디서요?"

라센이 나를 쏘아보고 말했다. "할 말 없습니다."

"그래서 게시물을 나중에 지운 겁니까?"

나는 아무 말 하지 않았다.

"당연히 그랬겠죠. 하지만 우리는 종종 사람들이 남겨둔 게시물보다 지웠다고 생각한 게시물에서 더 많은 정보를 얻을 수 있습니다. 사실 당신은 목요일에 올린 게시물 두 개를 지웠어요."

"난 절대……."

"내 고객은 대답할 말이 없습니다." 라센이 끼어들었다.

"물론 아무것도 정말 지워지는 일은 없습니다. 언제나 흔적이 남게 마련이죠. 세상 어딘가에 있는 컴퓨터 서버에 기록이 남아 있으니까요. 생각해보세요. 당신이 보낸 메시지, 당신이 방문한 웹사이트, 당신이 SNS에 올린 사진, 모든 것을요. 오늘도 사람들이 자신에 대해 공유 부문에 올리고 있는 정보의 양을요……. 인류 역사상 유례가 없는 일이죠. 모든 정보가 다 나와 있습니다. 당신에 대한 데이터들이 모두 영원히 저장되죠. 어디서 찾아봐야 하는지만 알면 됩니다. 그리고 우리 기술자들이 그걸 찾아내는 데 아주 유능하거든요. 경찰에게는 금광이나 마찬가지예요."

라센이 말했다. "그 금광이라는 것이 다 쓸모없는 돌덩이로 드러나 경찰을 골치 아프게 만들기도 하죠."

"하지만 정말 금덩이를 발견하게 되면 그 모든 수고가 보람 있게 돼요. 우리도 그런 금덩이를 발견했는데요, 그것이 우리를 세 번째 실마리로 인도했죠. 린치 씨의 핸드폰 말입니다."

"내 고객은 이미 핸드폰을 잃어버렸다고 알렸습니다."

"편리한 변명이네요."

"매주 수천 명의 사람들에게 일어나는 일이죠."

네일러가 나에게 물었다. "메타데이터가 뭔지 압니까, 조셉?"

나는 고개를 저었다.

"말 그대로 하자면, 데이터에 대한 데이터입니다." 네일러가 또 다른 종이 한 장을 서류철에서 꺼냈다. "기기를 사용하는 동안 생성되는 정보죠. 보통의 스마트폰인 경우, 메타데이터는 일련의 숫자와 좌표, 날짜, 시간을 알려줍니다."

"그렇군요." 내가 느릿느릿 말했다.

"우리는 목요일 저녁 당신 핸드폰의 메타데이터를 분석했어요. 그날 밤까지 당신의 모든 움직임을 추적할 수 있었죠. 당신은 지난 목요일 프리미어 인에 33분 동안 머물렀더군요. 오후 5시 1분부터 오후 5시 34분까지."

"답변할 것이 없습니다." 라센이 말했다.

벌써 50번째쯤 하는 말인 듯했다.

"당신은 오후 5시 1분에 처음 들어갔지요. 그러고 나서 바로 나왔다가 잠시 후 다시 돌아갔다고 했습니다. 두 번째는 몇 분 머물지 않았고요. 참 이상한 행동 아닙니까?"

"이미 월요일에 말씀드렸습니다. 내 집 전화 기록을 확인해보세요. 집에 도착해서 호텔로 전화를 걸었어요."

"조셉." 라센이 경고했다.

"집에서 호텔로 전화를 걸긴 한 것 같습니다. 하지만 누가 그 전화를 했는지는 증명할 길이 없어요. 당시 호텔 안내 데스크 담당자는 기억을 못 하더군요. 대화가 녹음된 것도 아니고요. 그러니 상황이 바뀌긴 힘들겠네요. 우리한테도, 당신한테도 도움이 안 돼요. 왜 호텔로 돌아갔죠? 전화기를 두고 온 것을 깨닫고 범죄의 증거가 될 게 두려워서요?"

라센이 말했다. "답변할 것이 없습니다."

"어쩌면 잃어버린 팔찌도 찾으러 갔을지 모르죠. 그야말로 범죄의 증거가 될 테니까요. 이미 딜레이니 씨의 시체는 자동차 트렁크에 넣어둔 상태였겠죠."

나도 모르게 고개를 작게 한 번 저었다.

"아니라고 하는 겁니까?"

라센이 다시 말했다. "답변할 것이 없습니다."

"어쨌거나 당신은 엉망이 된 상황을 수습할 필요가 있었어요." 네일러는 서류철의 문서에서 숫자 한 줄을 손으로 짚었다. "그래서 오후 5시 34분에 다시 움직입니다. 북서쪽으로요. 거기서 다시 24분을 머물죠. 여기서 당신 전화기를 껐고요. 이미 좀 늦은 상황이죠. 핸드폰의 위치 흔적이 남은 상태니까요. 실은요, 조셉. 핸드폰을 끄면, 전화기는 마지막으로 통신한 기지국을 기록해놓습니다. 다시 기계를 켜면 빨리 찾을 수 있게요. 목요일 밤 당신 핸드폰이 꺼졌을 때 가장 가까운 기지국은 킹스베리 레저 센터의 지붕에 있었습니다. 프라이언트 컨트리 파크 바로 옆이죠."

네일러가 잠시 말을 멈추고 또 다른 페이지를 넘겼다. 이틀 전 공원에서 네일러를 처음 만났을 때가 기억났다. 네일러가 차에서 막 내릴 때 나는 흙투성이 상태로 헐떡이며 덤불에서 뛰쳐나왔다. 손등이 까진 채 벤의 빈 스포츠백을 들고 말이다.

네일러가 말했다. "그때 왜 전화기를 껐죠?"

"난 끄지 않았어요. 프리미어 인에서 잃어버렸습니다."

"딜레이니 씨와 싸울 때 말입니까?"

라센이 또 답변할 것이 없다고 말했다.

"당신 전화의 메타데이터는 당신이 네스덴에서 노스서큘러를 빠져나와 A4140을 타고 북서쪽으로 향했음을 알려줍니다. 프라이언트 컨트리 파크로 간 것이죠."

"내 전화기는 그랬을지 몰라도 나는 아닙니다. 난 곧장 집으로 가서 윌리엄의 천식 발작을 가라앉혀야 했어요. 그리고 나서 다시 호텔로 갔다가 돌아왔고요. 밤에는 맥주 하나를 따고 내 아들을 목욕시켰습니다."

"월요일 아침에는 프라이언트 컨트리 파크에 다시 갔죠. 왜입니까?"

나는 변호사를 쳐다보았다. 그는 짧게 고개를 끄덕였다.

"벤이 만나자고 해서요. 나에게 보여줄 것이 있다고 했습니다. 이틀 전에 말씀드렸는데요."

"뭔가 찾으러 갔던 게 아닙니까? 뭔가 떨어뜨렸기 때문에요. 아니면 목요일 밤에 시작한 은폐 작업을 마무리하러 간 걸 수도 있죠."

"내 고객은 답변할 말이 없습니다."

"당신은 아내의 정부를 죽이고 시체를 공원에 묻었죠?"

"내 고객은 답변할 말이 없습니다."

"어떻게 죽였습니까? 주먹으로요?"

"내 고객은 답변할 말이 없습니다."

"그자는 당신 아내와 잤어요. 그자가 맞아서 기절한 후에도 계속 때렸던 거 아닌가요?"

"내 고객은 답변할 말이 없습니다."

"아니면 발로 차서 죽였나요? 기분이 좋던가요?"

"웃기는 소리 좀 마세요." 내가 결국 말했다.

"조셉!" 라센이 날카롭게 소리쳤다.

네일러가 말했다. "어떤 점에서 웃기다는 거죠?"

"내 고객은 답변할 말이 없습니다." 라센이 다시 말했다.

네일러가 괴로운 표정으로 기대앉았다. "잘못한 게 없다는 사람치고는 묵비권을 많이도 행사하네요."

레드퍼드 형사가 심문을 이어받았다. "당신은 벤 딜레이니가 아내와 친밀한 관계를 맺고 있다는 걸 발견한 거 아닌가요? 질투와 분노로 당신은 그를 죽였습니다. 죽일 생각은 아니었던 건지도 모르죠. 그저 약간의 가르침만 줄 의도였을지도 모릅니다. 하지만 당신은 분노에 눈이 멀었고 제대로 주먹을 휘둘렀습니다. 깨닫지도 못하는 사이 그는 콘크리트 바닥에 피를 흘리며 누워 있었습니다. 아마 당신은 생각했겠죠. 내가 무슨 짓을 한 거지? 그래서 당신은 그의 시신을 숨기고 그의 핸드폰을 가져가 이런저런 페이스북 포스팅으로 행적을 지우려고 했습니다. 게다가 그에게서 온 것처럼 문자를 보내…….”

“바보 같은 소리 그만해요!” 생각보다 목소리가 크게 나왔다. “당신들은 벤이 의도한 그대로 따라가고 있는 것뿐이에요. 어떻게 아무도 안 죽었는데 살인이 됩니까? 내가 그를 봤고 통화도 했고 SNS로 대화도 나눴어요. 어이가 없네요.”

“조셉…….” 라센이 말했다.

레드퍼드가 말했다. “쉽게 흥분하는 성격이군요, 조셉?”

“내 고객은 답변할 말이 없습니다.” 라센이 마치 사람 많은 곳에서 부끄럽게 행동한 아이에게 실망한 부모처럼 말했다. 그러고는 아예 의자를 돌려 나를 보며 말했다. “몇 분 전에 이 방에서 우리가 나눴던 대화, 기억하죠, 조셉?”

“그래요, 기억합니다.”

“내가 해줬던 조언도요?”

“그래요.”

“내 말을 듣고 따라야만 당신에게 이득이 된다는 것, 동의합니까?”

침착하고 입은 닥치라는 것이었다.

"알았습니다."

네일러가 머리 뒤에 깍지를 끼고 의자를 조금 뒤로 젖혔다. "얼마나 흔한 일인지 알면 놀랄 겁니다."

"뭐가요?"

"용의자가 범죄 현장으로 돌아가는 거요. 개가 자신의 토사물 냄새를 맡아보는 것처럼. 대부분 자기도 어쩔 수가 없는 겁니다. 그렇게 되면 의심받을 게 뻔한데도 안 가고는 못 배기는 거죠. 때로는 자기가 똑똑하다는 걸 경찰에게 보여주고 싶어서 그러기도 하고요."

"말했잖아요. 벤이 그 공원에서 만나자고 했다고요."

"당신은 그렇게 말할 수 있죠. 곧 진실을 알게 될 겁니다. 오늘 밤 공원에 감식반을 전부 풀었습니다. 의심스러운 근방을 샅샅이 뒤지고 있어요."

한 줄기 공포가 몸을 훑고 지나갔다. 레이저 날이 내 척추를 가르고 내려가는 듯했다.

라센이 물었다. "어느 근방을 말하는 거죠?"

"숲에 의심이 가는 지역들이 있어요. 외진 곳이라든가 도로에서 멀지 않아도 아무도 안 가는 곳, 특히 우리가 자세히 살펴보는 지점들이 있습니다."

"왜요?"

"최근 지면을 건드린 흔적이 보이니까요."

# 58

라센이 천천히, 조금도 헷갈릴 여지가 없도록 하려는 듯 또박 또박 말했다. "지면을 건드린 흔적이라는 게 무슨 뜻이죠? 좀 더 정확히 말해줄 수 있나요?"

"매장 가능성이 있는 장소들이죠."

갑자기 방 안 공기가 답답해지며 숨통이 조였다. 이곳을 뛰쳐나가고 싶은 마음이 굴뚝같았다. 이곳만 아니면 그 어디라도 상관없을 듯했다.

"뭘 묻었다는 건가요?" 라센이 말했다.

"대충 파고 묻은 사람의 유해 말입니다."

"경찰에 대해 무한한 존경심을 품고 있는 저이지만, 지금 수사 단계에서는 믿을 수 없을 만큼 지나친 추정이 아닌가 싶네요."

"그런가요? 마지막으로 피해자를 목격한 장소 이후 핸드폰 기록에 의거해 찾아낸 곳입니다. 린치 부인과 딜레이니 씨의 관계에 대해서도 알고요. 불에 탄 자동차에 남아 있는 핏자국과 월요일에 프라이언트 컨트리 파크로 돌아간 당신 고객도 만났습니다. 게다가 숲에서 최근에 2미터가량 길이의 흙이 파헤쳐진 곳도 발견했지요. 월요일 날 당신 고객이 뛰쳐나온 숲에서 아주 가까운 곳입니다. 흙투성이가 돼서 숨을 헐떡이고 있더군요. 당신 고객의 전화기도 2차 범죄 현장인 프라이언트 컨트리 파크에서 발견했습니다. 그리고 오늘 오후에 감식반이 딜레이니 씨의 DNA가 묻은 담배 라이터를 발견했죠. 이 정도면 지나친 추정이라고 할 수가 없답니다."

네일러는 잠시 시간을 둔 후 다음 질문을 이어갔다.

"다시 말해보세요, 조셉. 지난 목요일 딜레이니 씨와의 만남을 한 단어로 뭐라고 표현해야 할까요?"

라센이 말했다. "답변할 말 없습니다."

"그 뒤 두 시간 동안 한 일을 다시 설명해보세요."

라센이 작게 고개를 끄덕였다. 그래서 나는 다시 최대한 간략하게 동선을 설명했다. 집으로 와서 윌리엄의 천식 흡입기를 찾고 주차장으로 돌아갔다가 다시 집으로 와서 목욕을 시키고 저녁을 먹은 다음 씻고 텔레비전을 보다가 잤다고.

네일러가 이번에는 라센을 직접 보며 말했다. "상황은 정반대로 보이지만 당신들에게 이 모든 사건 관련 자료들을 보여준 이유는, 내가 워낙 사람이 좋은 데다가 당신과 친구가 되고 싶어서가 아닙니다, 피터. 내가 좀 전에 보여준 자료들로 당신 고객도 우리가 이미 확보한 증거들의 심각성에 대해 명확히 알게 됐겠죠. 그렇다면 우리는 온갖 복잡한 절차와 고생과 피해자 가족의 고통을 되도록 짧게 줄일 수 있을지도 모르겠습니다. 그 점을 염두에 두고, 또한 당신 고객의 차와 컴퓨터, 집에 대한 조사를 이제 막 시작했다는 점도 기억하십시오."

"허심탄회하게 말씀해주셔서 감사합니다." 라센이 대답했다.

"이런 새로운 증거들을 보고 나서, 뭐 우리에게 하고 싶은 말은 없습니까?"

"고객과 잠시 얘기할 수 있을까요?"

"물론이죠."

레드퍼드가 녹음기를 들고 말했다. "오후 7시 26분 녹음 중단." 버튼을 누른 다음 네일러를 따라 방을 나갔다.

라센이 의자를 반쯤 돌리더니 처음 보는 강렬한 눈빛으로 나를 쏘아보았다. "자, 조셉?"

"뭡니까?"

"경찰이 그동안 많이 바빴겠네요."

"엉뚱한 사람을 쫓느라 바빴죠."

"하지만 짧은 시간 내에 상당한 양의 증거를 모은 듯하군요."

나는 라센을 살펴보며 그가 나를 믿는지 알아내고자 했다. 정말 내 편이 돼줄 것인지, 내 편에서 싸워줄 것인지. 지금으로선 그래 줄 사람이 많지 않은 듯 보였다.

"이런 일은 처음이에요. 체포된 적도 처음이고요. 정말 상황이 많이 나쁜가요?"

"내가 지금 상황에 대해서 얼마나 정직하게 말해주기를 바라나요?"

나는 마른침을 삼켰다. "전문가로서 말해줘요."

"경찰은 핸드폰 데이터, DNA, 소지품을 다 증거로 확보했어요. 부인의 불륜이라는 동기도 가지고 있고요. 게다가 그날 저녁 호텔에서 만날 기회가 확보됐었다는 것도 밝혀졌어요. 게다가 매장지까지 찾고 있다니…… 다소…… 불운한 상황이군요."

"내가 저지르지도 않은 일인데 이렇게까지 되다니 끔찍한 상황이군요."

"뭘 저지르지 않았다는 거죠?"

"나는 그를 죽이지 않았다고요."

라센이 잠시 생각하며 다음 질문을 골랐다. "정말 확실해요?"

나는 땅이 꺼지는 기분이었다. 잠시 라센을 노려보았다. 가장 친한 친구라고 여겼던, 내 뒤를 지켜주고 있다고 생각했던 사람이 실은 나한테 전혀 관심이 없다는 걸 알아낸 기분이었다.

"네, 분명합니다."

"평소에 카드놀이를 하나요, 조셉?"

"몇 달 전에 벤과 포커를 했죠. 나는 정말 엉망이었어요."

"그래요, 지금은 게임에서 당신이 가진 패를 보여주어야 할 시점이에요."

"알았어요." 내가 천천히 말했다.

"진실을 말이죠."

"그래요."

"목요일 저녁 당신의 동선을 확인해줄 사람이 있나요?"

"내 아들뿐입니다."

"당신 아내는요?"

"테니스를 치고 7시 조금 전에 돌아왔어요."

라센이 수첩에 기록했다. "당신과 벤이 만나고 한 시간 45분 후네요."

"비슷해요."

"당신이 프라이언트 컨트리 파크에서 시체를 버리고 집으로 오기에 충분한 시간이죠."

"네 살짜리를 데리고 말입니까? 목요일 저녁 교통 체증 속에서요? 아무도 본 사람 없이?"

"현재 네일러의 가정이 그래요."

"정신 나간 가정이죠."

"물론이죠. 하지만 오늘 당신 집에서 가져온 감식 결과에 대비해야 해요. 지난 3개월간 벤이 당신 집에 오거나 자동차에 탄 일이 있나요? 경찰이 증거를 찾아낼 때를 대비해서 기억을 해내야 해요."

"벤은 내 차에 탄 적이 없어요. 하지만 집에는 가끔 왔죠." 그러고 나서 불륜 동안의 동선을 떠올렸다. "물론 벤이 우리 집에 온 다른 경우도 있을 수 있죠. 멀을 만나려고."

"그랬군요." 라센이 유감이라는 듯 고개를 끄덕였다.

"정말 시신도 없는데 살인죄를 적용시킬 수 있는 건가요?"

"드문 경우지만 다른 증거가 강력할 때는 그러기도 합니다. 예전에는 시신이 없으면 살인도 없다는 원칙이 있었지만 요즘엔 바뀌어서 시신 없이도 유죄를 받은 경우가 몇 건 있어요."

"벤이 보낸 블레스데일 사건처럼요?"

"그렇죠."

"네일러가 페이스북 게시물에 대해서는 뭐라고 합니까? 데이비드 브램리 계정요. 벤이 아직 지랄 맞게 살아 있다는 증거로 안 보이나요?" 나는 울분을 숨기지 못하며 말했다.

라센은 전혀 동조하지 않고 어깨만 으쓱했다. "벤이 쓴 거라는 증거가 없어요. 누구든 쓸 수 있지 않습니까."

"IP 주소를 추적할 수 있잖아요? 계정도 추적 가능하고요."

"보통은 그렇겠지만 자기 핸드폰이나 개인 컴퓨터로 접속하지 않았다면 힘들죠. 레드퍼드 형사가 그러는데 브램리 계정도 그렇고 메신저도 그렇고 선불폰에서 보낸 거라고 하더군요. 더구나 어플도 아닌 웹 브라우저를 이용해서."

"그래서요?"

"결국 흔적을 찾을 수 없었던 거예요. 게다가 선불폰으로는 IP 주소 추적도 소용없어요. 그 전화기에서는 다른 문자나 전화는 사용되지 않았다고 하네요. 신용카드 같은 걸로 구매한 전화기도 아니니 그렇게 추적할 수도 없고요. 결국 경찰이 아무것도 건질 수 없는 몇 안 되는 완벽한 방법을 사용한 거죠."

나는 고개를 절레절레 저었다. "대체 이런 걸 누가 다 알고 했다는 말이에요?"

"아주 똑똑한 사람이겠죠. 최신 기술의 작동 방식에 대해 속속들이 아는 사람."

"벤이 그렇죠. 지금 벤은 멀쩡히 살아 있어요. 당신도 알잖습니까?"

라센은 만년필 뚜껑을 닫고 수첩 위에 놓았다. "만일 경찰이 시신을 발견했다면 벌써 기소했을 거예요. 네일러가 이런 증거들을 괜히 다 늘어놓을 사람이 아니죠."

"그럼 왜……?"

"당신이 겁을 먹고 자백하길 바라니까요. 시신이 없는 상태에서는 차선책을 찾을 수밖에 없죠."

"나한테서 자백을 받아내는 일은 없을 겁니다. 그럼 우리 작전은 어떻게 되죠?"

"작전요?"

"이젠 어떻게 하나요?"

"간단히 말해서 상황을 버텨야죠. 저들은 다시 들어와서 모든 질문을 다 되풀이할 겁니다. 처음부터 끝까지요." 라센이 시계를 확인했다. "그런 다음 보석 신청을 하고 오늘 밤 내로 집에 돌아갈 수 있도록 노력해야죠. 그다음엔 경찰이 무슨 증거를 찾아내는지 봐야 합니다. 침착하고, 만약의 상황에 대비하세요."

"그것뿐입니까?"

라센이 무표정하고 감정 없는 얼굴로 나를 보았다. "경찰이 그 공원에서 아무것도 찾지 못하기만을 기도하세요."


## 59

11시 직전에 드디어 집에 돌아오자 멀이 위스키를 가득 따라서 내밀었다. 우리는 소개팅에서 어울리지 않는 상대와 만난 것처럼 주방 식탁에 어색하게 마주 앉았다. 나는 경찰서에서 있었던 일에 대해 알려주었다. 페이스북 게시물과 핸드폰 데이터에 대해서도. 다음에 일어날 일들에 대한 예상도. 나의 아내를, 영혼의 짝이어야 하는 사람을 믿지 못하는 심정은 정말 묘했다. 변호사 이외의 사람에게 모든 걸 털어놓고 싶었음에도 본능적으로 멀을 믿을 수 없다는 생각이 들었다. 그래서 나는 되도록 짧고 기본적인 대답만 했다.

멀은 내가 충격 상태에 빠진 것이라고 판단하고 내 손을 감싸며 토닥였다. "불쌍한 조셉, 어떻게 하면 좋아. 완전히 지쳤나봐, 이런 끔찍한 일을 겪었으니 당연하지."

그녀의 꽃향이 온갖 멋진 추억을 일깨워주었다. 너무나 기분 좋은 손길에 정말이지 모든 방어벽이 무너질 뻔했다. 그녀를 안고 그 품에 얼굴을 묻고 싶었다. 모두 용서한다고, 모든 것을 목요일 이전으로 되돌릴 수만 있으면 좋겠다고 말하고 싶었다. 모두 말해주고 싶었다. 하지만 배신의 상처는 깊이 박혔고 멀을 쳐다볼 때마다 슬픔으로 심장이 아렸다.

"다 잘될 거야." 멀이 조용히 말했다.

"지금으로선 별로 좋아 보이지 않아."

"경찰은 당신에게 아무 짓도 못해. 당신이 벤에게 아무 짓도 안 했으니까."

"오늘은 별짓 다 하던데."

"조만간 다들 사실을 알게 될 거야."

나는 위스키를 들이켰다. 강렬한 목넘김이 아주 약간의 위안이 되어주었다. "벤을 한 번만, 딱 한 번만 모습을 드러내게 만들면 되는데. 멀쩡히 살아 있다는 걸 경찰도 알 수가 있게. 그럼 나도 내 삶을 되찾을 수 있고."

멀이 울 것처럼 얼굴을 구겼다. "내가 어쩜 이렇게 멍청했는지 모르겠어, 조셉. 날 용서해줄 수 있겠어?"

나는 여전히 멀과 함께하고 싶었지만 어쩌면 그건 이제 꿈일 뿐인지도 몰랐다. 온갖 감정이 들끓는 지금은 용서란 너무나 먼 말처럼 느껴졌다. 내가 닿을 수 없는 곳까지 멀어져버린.

"멀……."

멀이 내 입술 위에 손가락을 올렸다. "실은 말할 필요 없어. 시간을 가져. 난 당신이 정말 말을 하고 싶을 때까지 제대로 알 자격도 없어." 그녀가 내 손을 꼭 쥐었다. "난 침대로 갈 건데, 당신도 올래?"

나는 멀을 보았다. 나의 아름다운 아내. 가슴이 그 어느 때보다 아팠다. "조금 있다가."

위스키를 또 한 잔 따르고 주방 식탁에 한동안 앉아서 어떻게 이리도 빨리 내 인생이 엉망이 될 수 있는지 생각했다. 6일. 겨우 6일이 걸렸다. 끔찍했던 6일…….

내가 올라가자 멀은 벌써 잠이 들었다. 한 시간 정도 깜빡 잠든 사이에 지하 주차장에서 벤에게 쫓기는 꿈을 꾸었다. 커다란 흰 포르쉐에서 내게 달려드는 놈의 피 흘리는 얼굴을 보고 퍼뜩 잠에서 깼다. 어둠 속을 노려보는데, 블라인드를 내린 창밖에서 가로등 불빛이 비쳐 들어왔다. 멀의 느리고 고른 숨소리가 들렸다.

라센은 경찰이 결국 나를 살인죄로 기소할 경우 보석 없이 구속될 가능성이 크다고 했다. 내일 기소된다면 오늘이 내 집에서 보내는 마지막 밤이 될지도 모른다. 앞으로 수개월, 수년 동안 집을 떠나 있게 될지도. 그 생각이 들자 잠은 완전히 달아났다. 벤은 또 무슨 일을 꾸미고 있을까. 네일러는 또 나에게 어떤 증거를 들이댈까.

나는 일어나 아래층으로 내려갔다. 벽시계의 붉은 숫자들이 새벽 3시 6분을 가리키고 있었다. 집 안은 엉망이었다. 강도를 당하거나 무슨 싸움이라도 벌어진 집 같았다. 경찰이 옷과 컴퓨터, 지하실의 연장들과 헛간의 삽, 구두, 집 안팎의 쓰레기봉투를 가지고 갔다. 수색을 당하고 난 물건들이 사방에 아무렇게나 널려 있었다. 그제야 벤이 남겨놓은 탄창과 메모가 생각났다. 물어보는 걸 잊어버렸지만, 경찰이 가져갔을 가능성이 컸다.

내 차도 사라졌다. 노트북도 데스크톱도, 내 핸드폰도. 결국 경찰은 나를 1900년대로 돌려보낸 셈이었다.

# 목요일

## 60

윌리엄은 다음 날 아침 나에게서 거리를 유지했다. 짖는 개나 지하철의 노숙자를 볼 때처럼 불안하게 나를 바라보았다. 아이에게 세상은 흑과 백으로 나뉜다. 좋은 사람이 아니면 나쁜 사람인 것이다. 그리고 좋은 사람은 수갑을 차고 경찰에 끌려가지 않는다.

나는 윌리엄에게 시리얼을 갖다주고 아이가 먹는 동안 함께 식당에 앉아 진한 커피를 마셨다. 보통 윌리엄은 나에게 말을 걸며 온갖 종류의 질문을 던지고 네 살 아이다운 엉뚱한 얘기들을 늘어놓는다. 앵그리버드 중에 어떤 녀석을 제일 좋아하는지, 전날 몇 번이나 오줌을 누었는지, 시트로엥이 포드보다 좋다는 둥. 하지만 오늘은 말없이 먹었다. 내 눈을 마주 보는 것마저 조심스러운 듯했다. 나에게 말 걸길 겁내는 내 아들의 모습을 보는 것은 가슴 아픈 일이었다.

윌리엄은 시리얼을 다 먹고 식탁 의자를 쩍 밀더니 시키지도 않았는데 그릇을 개수대로 가지고 갔다. 주방으로 가서 엄마와 이야기를 하며 신발을 신고 코트를 입었다. 나는 윌리엄의 말소리가 듣기 좋았다. 헤이든 파크의 아이들 절반에게 배어 있는 빈정대거나 잘난 척하는 말투가 전혀 없었다. 정중한 척하는 태도도, 남을 속이려는 의도도 보이지 않았다. 그저 있는 그대로일 뿐이었다.

"오늘은 엄마가 학교에 데려다줄 거야?"

"그래, 윌."

"왜?"

"아빠 차가 없어서."

"왜?"

"경찰이 며칠 빌려갔어."

윌리엄은 잠시 생각에 잠겼다. 아무래도 이것이 부모의 거짓말임을 눈치챈 것 같았다. 똑똑한 녀석이었다.

"왜?"

내가 말했다. "가끔 다른 차가 필요해서 그래. 오늘은 엄마 차 타는 날이다, 친구."

멀이 다가와서 주저하며 뺨에 키스했다. 나보다는 윌리엄을 위해 한 키스라는 생각이 들었다. 멀은 다시 갑옷 같은 근무복을 차려입고 있었다. 빳빳한 흰 블라우스, 사람도 죽일 수 있을 것 같은 하이힐, 미모를 강조하는 완벽한 화장.

"오늘 정말 내가 같이 있어주지 않아도 괜찮겠어? 나 월차 하루 남았어. 하루 동안 둘이 같이 있을 수 있어."

"출근해. 괜찮을 거야."

"정말?" 멀이 내 얼굴을 뜯어보면서 서류가방을 들었다. "실은 아침에는 회의가 있지만, 오후에는 반차를 낼까 해. 윌리엄이 방과 후 활동 안 가도 되게 맞춰서 데리고 올게. 다 같이 오후에 차 마시자."

"그래."

"좋아. 그럼 오전에는 뭐 할 거야?"

"정리 좀 해야지. 경찰이 당신 직장에서 쓰는 아이패드도 가지고 갔어?"

"아니."

"빌려줄 수 있어?"

멀이 망설였다. "회의 때문에……."

"하루만 안 될까? 이메일은 아이폰으로 보면 되잖아."

"그렇지." 멀은 어쩔 수 없다는 듯 가방 안에서 아이패드를 꺼냈다.

"고마워."

윌리엄에게 키스를 하고 엄마 차로 걸어가는 뒷모습을 지켜보는데 갑자기 아이가 큰 소리로 부른다.

"엄마?"

"응?"

"아빠는 감옥 가는 거야?"

직구. 에두르거나 떠보는 일이 없었다.

"아니, 물론 아니야, 윌리엄."

"정말?"

"그럼."

"하지만 만일 아빠가 감옥에 가면 우리도 따라가야 해?"

"아니, 윌리엄. 그리고 아빠도 감옥에 안 가. 그러니 걱정할 필요 없어."

"제이컵이 아빠가 나쁜 사람이래."

윌리엄이 멀의 폭스바겐 뒷자리에 올라타고 멀이 카시트 벨트를 채워주느라 대답은 들리지 않았다. 나는 현관에 팔짱을 끼고 서서 폭스바겐이 떠나가는 모습을 지켜보았다. 그러고 나서 멀의 차가 있던 공간을 한참 노려보았다. 제이컵이 아빠가 나쁜 사람이래. 그렇다면 윌리엄의 학교에도 소식이 퍼지고 있는 것이다. 옛날식 소문 퍼뜨리기에 페이스북까지 결합했다.

이런 때 스마트폰까지 없으니 매우 불리한 상태 같다. 멀이 서랍에서 옛날 기계, 2년 된 아이폰을 꺼내 빌려주었다. 번화가까지 걸어가 '카폰 창고'라는 곳에서 현금을 내고 새로운 심카드를 샀다. 가게 안에서 아이폰에 심카드를 꽂자 다시 21세기로 돌아온 듯했다.

벤치에 앉아 멀, 라센, 베스와 다른 몇 명에게 새 전화번호를 문자로 보냈다. 어플도 몇 개 다운받았다. 그러고 나서 좀 헤매다가 VIP 에스코트로 전화를 걸었다. 역시 음성 사서함이 나왔다. 그냥 끊고 아이폰의 저장소를 들어가보았다. 깨끗이 지워놨다고 하더니 멀의 말이 맞았다. 윌리엄이 찍은 우스운 셀카 몇 장밖에 안 남아 있었다.

잠옷을 입은 아들의 흐릿한 사진에 미소를 지을 수밖에 없었다. 엄마 몰래 찍은 것 같았다. 윌리엄은 아침에 먹는 시리얼 사진도 세 장 찍고 숟가락 하나와 발가락도 찍었다. 하지만 그 밖에는 아무것도 없었다. 이 전화기의 주인이 한때 저장하고 있던 번호도, 문자도, 음악도 다 지워지고 없었다.

나의 핫메일 계정을 낡은 아이폰에 입력시켰다. bret911에게서 두 번째 이메일이 와 있었다. 내용은 없고 사진만 한 장 첨부돼 있었다. 편지를 찍은 사진이었다. 공식 문서 같은 편지의 윗부분으로, 수신자가 벤으로 돼 있으며 그의 집주소가 쓰여 있었다. 발신자는 처음 들어보는 회사였다. 스미스 앤 리버스.

딜레이니 씨께
오늘 우리의 전화 통화와 관련해, 의논한 문제에 대하여 우리가 당신의 법률 대리인을 맡게 된 것을 기쁘게 생각합니다. 스미스 앤 리버스는 첨부한 사규에 따라 최고의 전문적 조언과 지원을 제공합니다. 그러기 위해 가급적 빨리 만나, 의논한 문제를 진행할 근거가 되는 당신 아내의 비합리적 행동들에 대해 자세한 내용을 듣고자 합니다. 말씀하신 심각한 혐의들도……

뒷부분은 잘려 있었다. 이 사진이 첨부된 이메일의 제목은 전과 같았다. 다음은 당신.

이 편지의 날짜는 지난 10월 2일 월요일이었다. 지금으로부터 9일 전. 다음은 당신이라니, 무슨 말일까?

나는 이 이메일을 라센에게 전달하고 bret911에게 한 줄 답장을 보냈다. 당신 누구야?

검색해보니 스미스 앤 리버스는 벤의 회사 가까이에 있는 해머스미스의 법률회사였다. 가족법 전문이었다. 당신 아내의 비합리적 행동들에 대해 자세한 내용을 듣고자 한다고? 그렇다면 벤은 자기 아이 어머니의 평판도 기꺼이 뭉개려고 했던 것이다. 그저 이기기 위해서. 자신이 원하는 것을 얻기 위해서. 모든 게 엉망이 돼도 상관없는 거구나. 베스도 당연히 무슨 일이 벌어지고 있는지, 무슨 일이 다가오고 있는지 알아야 했다. 나는 베스에게 문자를 보냈다. 오후에 만날 수 있느냐고.

생각을 해야 했다. 어제 온 이메일, 시신 없는 살인 사건에 대한 링크는 벤에게서 온 것이 아니었나 보다. 놀리는 것이 아니었을 수 있다. 다음은 당신. 그것은 경고일지도 몰랐다.

bret911에게서 답장이 없어서 나는 라센에게 전화를 했다.

"수사 방향에 혼선을 주려는 것으로 보일 수 있는 행동은 더 이상 하지 않는 게 중요해요. 조셉, 알아듣겠습니까?"

"무슨 행동을 말하는 거죠?"

"이쪽저쪽 쑤시고 돌아다니면서 벤을 찾는 것 같은 행동요. 사람들에게 벤에 대해 묻고 경찰이 해야 할 일을 혼자 힘으로 해결하려는 행동을 말한 겁니다. 조용히 엎드려 있어야 해요. 더이상 그들이 당신을 잡아넣을 구실을 주어서는 안 됩니다."

"하지만 우리가 벤을 발견하면 사건도 끝나는 거잖아요."

"뭐, 그렇겠죠."

"어제 전달한 링컨셔의 사건에 대한 링크는 생각 더 안 해봤어요?"

"블레스데일 살인 사건 말입니까? 당신 이메일을 알고 있는 사람은 누구든 보낼 수 있죠. 심술궂은 사람이 말입니다."

"오늘 보낸 이메일은 그런 게 아니었어요. 방금 보낸 이메일 봤어요? 벤이 이혼 전문 변호사와 연락을 하고 있었어요."

라센이 자세히 보겠노라며 전화를 끊었다.

페이스북에서도 알림이 떴다. 또 다른 사용자가 만난 적도 없는 나를 자신의 인터넷 친구 망에 받아주었다. 20년 전 학교 연극 사진들을 올린 마크 러딩턴, 멀의 학교 친구였다. 그는 멀의 남자친구였기도 했다. 아마 첫 남자친구였으리라. 사진 아래 대화에서 수수께끼 같은 말을 남기기도 했다. 이자가 나보다 내 아내를 더 잘 아는 건 아닐까.

나는 메신저로 들어가 짧은 메시지를 보냈다.

안녕, 마크. '만나게' 돼서 반가워. 이상하게 생각할 수도 있는데, 나한테 전화 좀 줄 수 있을까? 멀에 관해 물어볼 것이 있어서. 둘이 학교 친구였던 것 같은데, 도와주면 고맙겠다. 조셉 린치.

내 핸드폰 번호를 넣고 전송 버튼을 눌렀다. 꽤 자주 들어오는 남자 같다. 어젯밤에도 페이스북에 10킬로미터를 달린 후 땀에 젖은 셀카를 올렸다. 그 전날엔 작은 남자아이 셋이 모두 슈퍼맨 복장을 하고 있는 아들들 사진을 올렸다. 낯선 이의 페이스북 게시물만 보면 왜곡된 인상을 받을 수밖에 없다는 점을 다시 한 번 생각했다.

라센의 조언은 무시하기로 했다. 벤이 살아 있다는 증거를 보여줄 수 있으면 내 삶을 되찾을 수 있을 테니까. 애덤에게 문자와 이메일을 다시 보냈다. 혹시 이전 연락을 못 받았을 수도 있으니까. 나로서는 달리 어쩔 수 없기도 했다. 정말 친구와 얘기를 나눠보고 싶었다. 친구의 의견이 필요했다. 요 며칠 이상하게 행동하긴 했지만……. 사실 거리를 두고 싶어 하는 듯했다. 마치 내 문제가 자신의 가족에게도 전염이 될까 두려워하는 것처럼.

# 61

차가 없으니, 차고 한쪽에 거의 1년째 서서 먼지를 뒤집어쓰고 있는 멀의 낡은 전동자전거를 타는 수밖에 없었다. 멀이 출근길에 지하철 대신 타려고 했던 것인데, 알고 보니 런던 중심가로 매일 전동자전거를 타고 들어간다는 것은 내 아내 같은 사람에게도 너무 무모한 일이었다. 헬멧도 찾아서 슬슬 몰고 나왔다.

15분 후 나는 골더스 힐 파크의 벤치에 베스와 나란히 앉았다. 우리 집과 그녀의 집 중간 지점이었다. 서너 살쯤 돼 보이는 소년이 미끄럼틀 계단을 올라가 꼭대기에 앉았다. 한동안 움직이지 않더니 굳은 결심을 한 표정으로, 엉덩이를 한 번, 두 번, 세 번 밀어 앞으로 나아갔다. 그리고 미끄럼틀 위에서 천천히 아래로 내려갔다.

"앨리스가 저 나이 때 어땠는지 기억이 잘 안 나. 어릴 때 기억은 다 좀 흐릿하지 않아? 아침에 일어나서 식사하고 학교로 달려가 놀고 이야기 듣고 잠자리에 들고. 앨리스가 작을 때 잠깐 멈춰서 더 자세히 들여다볼걸 하는 생각이 들어. 그때는 깨닫지 못했지. 그저 그런 시절이 영원히 계속될 것만 같았어." 베스가 크림색 캐시미어 코트를 여미며 말했다.

"우린 모두 해야 할 일을 하며 살아왔을 뿐이야. 앨리스는 좋은 아이고. 베스도 자랑스러워해야 해."

"아, 물론 자랑스럽지. 말로 다 할 수 없을 만큼. 그저 시계를 다시 돌려서 어릴 때로 돌아갔으면 하는 것뿐. 그때는 복잡할 게 없었으니까."

소년은 미끄럼틀을 빙 둘러 달려가 다시 계단을 오르기 시작했다.

"어떻게 지내고 있어?" 내가 물었다.

베스가 어깨를 으쓱했다. "뭐, 알다시피. 아주 잘 지내지는 못하지."

내가 법률사무소에서 온 편지와 킹스웨이 몰에서 벤을 잡을 뻔한 얘기를 하는 동안 베스는 말없이 들었다. 그리고 어제 경찰서에 갔던 일도. 베스는 반신반의하는 표정이었다. 더 이상 두려워하지는 않았다. 그 단계는 지난 모양이었다. 하지만 아직도 나를 완전히 믿을 수 있는지는 확신이 안 서는 모양이었다.

"경찰이 조셉에게 모든 에너지를 쏟고 있는 것 같네."

"벤이 그렇게 만들었지."

"아무리 그래도 이렇게 오래 숨어서 일을 진행시키다니……
믿기가 힘들어."

"언제나 자기밖에 모르는 사람이었으니까. 안 그래?"

그 말에 베스가 조용히 반박했다. "그렇지 않아. 늘 그런 건
아니었어. 우리가 처음 만났을 때는 아주 다정했어. 앨리스가 태어났을 때도."

"최근 몇 년 동안은 아니었잖아."

베스는 아무 말 하지 않았다. 고개를 돌리고 울기 시작했다.
눈물이 하염없이 뺨으로 흘러내렸다. 벤에 대해서라면 완전히
무방비한 사람이었다. 얼마나 깊이, 얼마나 오래 떨어져 내렸던
걸까 의아했다.

"베스, 괜찮아질 거야. 우리가 함께 해결하면 돼."

베스는 주머니에서 휴지 뭉치를 꺼내 눈물을 닦았다.

"바보 같아. 내 영성 지도자도 결국은 괜찮아질 거라고 했어.
모든 게 일종의 균형을 찾아가게 돼 있다고. 음과 양처럼. 하지
만 이제는 그게 정답인지 모르겠어. 때로는 잘못된 건 줄 알면서
도 그냥 놔두는 것 같아. 손써볼 여지도 없이."

"난 그렇게 생각 안 해, 베스."

베스가 살짝 웃었다. "조셉, 마치 중력을 안 믿는다는 사람 같아. 아무리 그래도 중력은 존재한다고."

"우리가 팀이 될 수도 있어."

"팀?"

"힘을 합해 이 일을 멈춰야만 해. 벤이 정신을 차리게 만들어야 해."

"우리가 벤과 싸워야 한다는 말처럼 들리네."

"글쎄, 베스. 사실 거칠게 말하긴 싫지만, 지금 상황이 그렇게 됐어."

"꼭 그래야 해? 그냥 벤만 다시 돌아오도록 만들 수는 없어? 꼭 나한테 돌아오진 않아도 돼. 그저 벤이 다시 나타나서, 그가 무사하다는 걸 앨리스가 알 수 있으면 돼. 다른 건 필요 없어. 그거면 돼."

"내가 원하는 것도 그거야."

"벤이 알면 엄청 화낼 거야."

"우리가 힘을 합하면 가능성이 훨씬 커져."

베스가 잠시 생각에 잠겼다. 그러더니 내 얼굴을 뚫어지게 보며 결정을 내리려 애썼다. "알았어. 하지만 벤이 돌아올 때까지만이야."

"좋아."

우리는 조금은 어색하게 짧은 악수를 나누었다.

잠시 후 베스가 손을 뺐다. 베스는 다시 뭔가 생각하며 망설이는 듯했다.

"우리가 팀이 됐으면 이걸 보여줘야겠네. 오늘 도착했어." 베스가 찢긴 봉투를 꺼냈다. 벤에게 온 것이었다.

"이게 뭐야?"

"직접 봐. 난 뭐라도 찾지 않을까 싶어서 벤 앞으로 온 우편물을 전부 열어보고 있어."

처음엔 신용카드인 줄 알았다. 고지서 비슷한 문서에 카드 같은 것이 붙어 있었다. 하지만 열어보니 미라지 카지노라는 곳에서 온 플래티넘 회원 카드였다.

딜레이니 씨

10월 4일 보내주신 이메일 감사합니다. 다시 우리 특별 회원권을 드리게 되어 무척 기쁩니다. 우리 미라지 카지노의 플래티넘 회원 라운지는······

"선덜랜드에서 벤이 자주 가던 카지노였어. 몇 년 전만 해도 고향 친구들을 만나러 가끔 갔지."

"그런데 지난주에 회원권을 다시 신청했네." 주차장 사건 바로 전날이었다.

편지에는 플래티넘 회원의 특전 목록이 있었다. 들어본 적 있는 곳이었지만 기억이 잘 나지 않았다.

베스가 다시 말했다. "내가 왜 이걸 가지고 왔는지 모르겠어. 그저 너무 이상해서. 여기 일도 바쁜데 왜 거기 회원권이 필요한 거지? 자기 고향에 대한 향수에 젖어서 그랬다는 것도 전혀 요즘의 벤답지 않아."

편지의 두 번째 장은 '라스베이거스 플래티넘 대회'라는 포커 게임 행사를 홍보하고 있었다. 1인당 참가금이 1,000파운드였고, 1등상은 최소 3만 5,000파운드가 보장돼 있었다. 사진에는 매력적인 젊은 금발 딜러가 목이 깊이 파인 톱을 입고 10파운드 지폐 다발이 쌓인 포커 테이블 위로 몸을 숙이고 있었다. 그 양옆에는 턱시도를 입은 날카로운 눈매의 문지기 둘이 돈을 지키고 있었다.

"설마 이런 포커 게임을 하려고 그가 고향에 이따금씩 가려는 걸까?"

"벤은 뛰어난 플레이어야. 침착하고 예리하고 직감도 대단하지. 사람들 마음도 잘 읽어내고." 내 마음 역시 포함해서. 나는 사진을 한참 들여다보다가 베스에게 편지를 돌려주었다. "하지만 포커하러 가는 건 아닐 거야."

"그럼?"

나는 지갑을 꺼내 벤의 서재에서 가져온 포스트잇을 꺼냈다.

STEB?

그런데 자세히 보니 한 단어가 아니었다. 세 번째 글자와 네 번째 글자 사이가 좀 떨어져 있었다.

STE B?

단어가 아니라 사람을 가리켰다. 이름과 이니셜. 연결해내자 세상이 잠시 멈춘 듯했다.

둘은 하나고 하나는 아무것도 아니다.

벤의 고향 지역 신문에 실린 예전 기사에서 본 이름이었다. 나는 전화기를 꺼내 '선덜랜드 에코 벤 딜레이니'를 검색했다. 예전에 본 기사가 네 번째 결과로 나왔다. 클릭해서 사진을 들여다보았다. 스티븐 비첨. 줄여서 STE B라고 부르는 남자였다. 목에 켈트 문신을 휘감은 거대한 문지기의 사진을 확대했다.

"이 남자 말이야, 스티븐 비첨. 벤이 고향에서 포커를 하기 위해 미라지 카지노에 다닐 때 알게 된 자야. 몇 년 전에 돈을 받고 쇠막대로 한 남자를 죽기 직전까지 팬 혐의로 기소되었어. 하지만 절차상 문제로 풀려났지. 재판 중에 벤의 이름이 거론됐어. 비첨의 전화기에 벤의 번호가 저장돼 있어서. 벤도 이자를 안다고 인정했지."

베스는 어리둥절한 표정을 지었다. "그럼 정말 포커를 하러 간 거라고?"

"벤의 서재 책상에 있는 검은 대리석 네모 조각 알지?"

"기억은 나."

"거기에 둘은 하나고 하나는 아무것도 아니라고 적혀 있었어.

검색을 해봤더니 미국 특수 부대의 모토더라고. 한 가지 작전만으로는 충분치 않다는 뜻이었어. 한 가지 작전만 있으면 아무 작전도 없는 거나 마찬가지라고."

"미안하지만 조셉, 못 알아듣겠어. 이게 다 무슨 소리야?"

"내 생각에 벤은 만약을 대비해 스티븐 비첨을 준비해둔 것 같아. 나를 모함하려는 작전이 먹히지 않을 경우 선덜랜드로 가서 비첨에게 부탁하려는 거지. 내가 결코 잊지 못할 가르침을 주라고."

무릎, 발목, 팔꿈치 모두 쇠막대로 산산조각을 냈다는 것이 비첨이 기소된 이유였다.

"벤은 그런 짓 하지 않아." 베스가 조용히 말했다.

"그래, 벤은 안 하지. 대신 다른 사람에게 해달라고 돈을 주는 거야."

베스는 믿을 수 없다는 듯 고개를 저었다. "난 믿을 수 없어."

"벤이 고향으로 간다는 건 알고 있었어. 언제 가는지도. 이제야 이유를 알겠네."

"매일 모든 게 점점 더 엉망이 돼가는 것 같아."

"벤한테 온 다른 우편물은 없었어?"

"별로." 베스가 핸드백에서 봉투 꾸러미를 꺼냈다. 묶고 있던 고무줄을 빼서 나에게 건넸다. "볼래?"

나는 손으로 제지했다. 필요 이상 파고들기는 싫었다. 베스는 봉투들을 다시 핸드백에 넣었다. 우리는 잠시 조용히 앉아 있었다. 베스는 조용히 훌쩍이며 눈가를 티슈로 찍었다. 놀이터에는 사람이 많지 않았다. 아이 여섯과 어른 다섯. 남자 어른은 하나였다. 아무도 청부 폭력배처럼 보이진 않았다. 주차장 근처에는 개와 산책하는 남자가 있었다.

"한 가지 더 물어볼 게 있어." 내가 말했다.

"응."

"지난주에 알렉스 콜닉이 왔을 때 뭐 기억나는 거 있어?"

"누구?" 베스는 갑자기 화제가 전환돼 의아한 듯했다.

"알렉스 콜닉 말이야. 벤 회사에서 일하다가 창업했는데 망했다던. 지난주에 친구 몇 명 데리고 베스의 집으로 찾아왔다며. 그 사람에 대해 또 기억나는 거 있어?"

"아니, 별것 없어. 별로 오래 있지도 않았고. 벤이랑 현관 앞에서 1분 정도 얘기한 게 다야. 소리도 지르긴 했지만 곧 갔어."

"벤이 뭐라고 했는데?"

"뭣같이 돌아오면 뭣같이 총으로 쏴주겠다고."

"그들 차는 어땠다고 했지?"

베스가 어깨를 으쓱했다. "레인지로버."

"혹시 선팅이 짙게 되어 있었어?"

베스가 인상을 찌푸리며 나를 보았다. "창문도 까맸지. 그건 어떻게 알아?"

나는 소름이 쫙 끼치는 것을 느꼈다. "베스, 내가 이 말을 해도 돌아보면 안 돼, 알았지?"

"무슨 말?"

"지금 주차장에 선팅한 레인지로버가 있어."

# 62

베스는 자기도 모르게 돌아보려 했다. 나는 팔을 잡으며 제지했다. 그녀는 움직임을 멈추고 두려운 얼굴로 나를 보았다.

"이제 어쩌지?"

"몇 분 전에 들어왔어. 눈치채게 만들지 말자, 알았지?"

"알았어." 베스는 경계하는 눈으로 말했다. 손은 무릎 위에서 꼭 움켜쥐고 있었다. "운전사는 보여?"

나는 되도록 고개를 숙인 채 실눈을 뜨고 보았다. 카메라나 망원경으로 보고 있을 터였다. 레인지로버는 우리와 대각선 방향으로 30미터쯤 떨어져 비스듬히 주차돼 있었다.

"선팅이 너무 짙어."

베스는 꼼짝 못 하고 앞만 노려보았다. "이제 어떻게 해?"

"잠시만 기다려보자. 곧 갈 것 같아."

"어째서?"

"저들은 벤을 찾고 있으니까. 베스가 여기서 만나려 한다고 생각했겠지. 안 나타나면 갈 거야."

베스는 말이 없었다.

내가 말했다. "벤은 안 나타날 테니까. 그렇지 않아?"

"누가 알겠어? 만일……." 베스가 간신히 말문을 열었다.

"뭐?"

"만일…… 벤 찾는 건 포기하고 대신 나를 찾으면 어쩌지?"

"그렇게 되지는 않을 거야. 내가 막아줄게."

"난 무서워."

"별일 없을 거야. 내가 곁에 있을 테니까."

"집으로 다시 찾아오면 어떡해? 앨리스도 있을 때?"

"그럼 나를 불러."

"하지만 내일은?" 베스의 목소리가 올라갔다. "그리고 그다음 날은? 그다음엔 어떻게 해? 누가 우리를 돌봐줄 수 있어?"

"베스, 내 말 들어. 저들이 널 해치게 그냥 두지 않을 거야. 우린 지금 공공장소에 있으니 저들이 어쩌진 못해."

"난 이런 거 못 견뎌. 혼자선 못 해. 벤이 있어야 해."

마음속 깊숙한 곳에서 분노가 일었다. 남편을 잘못 선택한 죄밖에 없는 선량한 여성을 겁주는 이 남자들 때문에. 그리고 이 미친 상황을 기어코 만들어내고야 만 벤 때문에. 베스가 겁에 질려 있었다. 나도 겁에 질려 있었다. 나는 이제 두려움에 떠는 데 지쳤다.

얼른 증거를 찾아 네일러에게 보여주어야 해.

나는 펜을 찾아 차량 번호를 손등에 썼다. 전화기를 최대한 아래쪽으로 내리고 자동차 사진을 세 장 찍었다. 그러고 나서 비디오로 바꿨다. 레인지로버는 천천히 차를 빼더니 떠나갔다.

베스가 집으로 따라와달라고 해서 그렇게 했다. 전동자전거를 진입로 입구에 멈추고 베스와 함께 집으로 갔다. 데본셔 애버뉴의 커다란 집 현관으로. 검은색 레인지로버는 보이지 않았지만 베스는 여전히 겁에 질려 있었다.

"이제 괜찮겠어?" 내가 문간에 서서 물었다.

"응, 조셉. 고마워."

"필요하면 전화해. 알렉스 콜닉이 다시 오거나 하면."

"그럴게. 우린 팀이니까."

"그렇지."

베스가 잠깐 미소를 지었다. "그래도 다행이다."

"나도 그렇게 생각해."

"잘 가, 조셉."

베스가 문을 천천히 닫았다. 두 가지 걸쇠가 잠기는 소리가 들렸다. 물론 금속 체인도. 나는 엉망이 된 빈집으로 돌아가기 싫었다. 벌써 갈 수는 없었다. 계속 움직이고 싶었다. 먼저 라센에게 레인지로버 사진을 전송했다. 그리고 경찰이 차 번호를 조회해줄 수 없는지 물었다. 그다음 전동자전거를 타고 에지웨어 도로로 갔다.

헬멧을 벗는데 전화가 왔다. 라센이었다. 운전 중인지 스피커폰인 듯했다.

"조셉, 어디예요?" 다급한 목소리였다.

"크리클우드예요. 난……"

"실은 당신 집으로 가는 중이었어요. 하지만 지금 그곳으로 가리다."

"좋아요. 무슨 일이죠?"

"크리클우드 브로드웨이에 '몽키 트리'라는 와인 바가 있어요. 압니까?"

"여기서 멀지 않은 곳이죠. 무슨 일입니까, 피터?"

"만나서 얘기해요. 10분이면 가니까."

몽키 트리는 세련되고 밝은 분위기에 벽마다 거울이 많았다. 내가 자주 갈 만한 곳은 아니었다. 나는 소박하고 정겨운 분위기에 생맥주가 맛있고 벽난로에서는 모닥불이 타닥거리는 곳을 좋아한다. 나는 블랙커피를 시키고 구석 자리에 앉았다. 계속 문을 주시하며 높이 달린 거대한 플라스마 텔레비전으로 지역 정오 뉴스를 보았다.

경찰의 프라이언트 컨트리 파크 수색이 톱뉴스였다. 수색 장면을 원거리에서 찍은 영상이 나왔다. 가까이 오지는 못하게 한 모양이었다. 숲속 호수 옆에 하얀 텐트 두 채가 서 있고, 대여섯 명의 감식반이 상자들을 옮기거나 쭈그리고 앉아 땅을 파고 사진을 찍었다.

그럴 줄 알고는 있었지만 막상 보니 모골이 송연했다. 3일 전 저 야외극장, 다리, 호수 옆에 가서 벤을 만났다. 공복감과 함께 파멸이 닥쳐오고 있는 기분이었다. 뭔가 나쁜 일이 기다리고 있는데 그냥 계속 나아가 부딪히는 수밖에 없는 느낌. 텔레비전 소리는 들리지 않았지만 자막이 나왔다.

경찰이 런던 북서쪽 공원에서 살인 사건 탐색을 벌이고 있다.

–한 시민의 제보에 따라 벌써 24시간도 넘게 킹스베리의 프라이언트 컨트리 파크에서 증거를 찾는 감식반.

라센이 상기된 얼굴로 헐떡이며 들어왔다. 나를 찾아 서둘러 다가와 앉더니 자기 아이패드를 꺼냈다. 나는 그에게 그동안 있었던 일을 설명했지만 라센이 말을 중간에 잘랐다.

"이럴 시간이 없어요. 최대한 빨리 설명할게요."

# 63

"두 가지 일이 있었어요. 경찰이 어제 당신 집을 압수 수색했죠? 당신의 핸드폰도 가지고 가고요?"

나는 고개를 끄덕이고 블랙커피를 마셨다. 뜨겁고 썼다. 텅 빈 위에 카페인이 일시에 퍼지는 듯했다. 커피를 마시면 두통이 생겼다. 늘 그랬다. 하지만 너무 여러 밤을 제대로 자지 못해 지친 몸을 깨우는 길은 이것밖에 없었다.

"겨우 4일 전에 받은 새거였는데."

"런던 경찰청 데이터 감식반이 검사하고 있어요."

"데이터 감식반요?"

"전화기와 컴퓨터 증거, 용의자의 디지털 흔적을 분석하는 팀인데, 10년 전에는 아동 학대나 아동 성애, 경제 사범 같은 데만 투입되더니 요즘에는 거의 모든 중범죄 수사에 투입되죠. 핸드폰 데이터가 안 필요한 데가 없으니."

내 전화로 누구에게 전화하고 문자를 주고받았는지 돌이켜봤다. 벤, 멀, 우리 집 전화. 그리고 몇 명 더 있었지만 의심스러운 곳은 없었다.

"그래서요?"

"그 팀에서 당신 전화기에서 발견된 어떤 인터넷 검색 결과에 특히 관심을 보이고 있어요."

또 두려움이 밀려왔다. "무슨 검색요? 겨우 토요일에 받아서 어제 뺏겼는데, 브라우저는 별로 쓴 적도 없는데요."

"그럼 살인과 과실치사의 법적 차이에 대해 검색하지 않았단 말입니까?"

"전혀요."

"치정 범죄면 형량이 얼마나 줄어드는지도?"

"그런 적 없습니다."

"DNA 비교를 하려면 얼마큼의 피와 침이 필요한지도? 당신 집에서 가장 가까운 쓰레기 매립지는?"

나는 고개를 저었다. 기가 막혔다. "내 전화기에서 그런 검색 기록이 나왔다고요?"

"그렇다더군요."

"난 그런 거 검색 안 했어요. 그럴 이유가 없으니까."

"누군가 했더군요."

설마 멀이?

하지만 나는 멀이 모르는 암호로 전화기를 잠갔다. 멀이 물어본 적도 없고 내가 알려준 적도 없었다. 어쨌든 그 망할 전화기를 겨우 며칠 가지고 있었는데, 중간에 바꿔치기 되었나? 해킹을 당했나? 스마트폰을 속속들이 아는 자나 보안 체계를 뚫고 술수를 부릴 수 있는 자, 벤 같은 자에 의해서 말이다.

"월요일에 내 PC에 나타난 메시지는 어떻게 된 건데요? 벤이 위협 메시지를 보낸 거요. 감식반에서 그것도 찾았대요?"

라센이 어깨를 으쓱했다. "트로이 목마 바이러스인 것 같다고 하더군요. 의도적으로 내려받거나 이메일로 감염되거나 직접 설치한 거요. 어느 쪽인지는 아직 모르겠다고 하더군요. 하지만 최근에 감염된 건 분명하대요. 다른 바이러스들도 있었다면서. 당신 컴퓨터를 원격 조종해서 '좀비'로 만들어버릴 수 있는 것들요. 드문 건 아니라고 하더군요."

"벤을 추적할 순 없었대요?"

"그렇진 못한 것 같습니다. 그보다는 당신이 피해자인 척하기 위해 심었다고 생각해요."

나는 믿을 수 없어 고개를 흔들었다. 바깥 거리에서 버스 한 대가 멈춰 서더니 많은 승객을 크리클우드 브로드웨이에 토해놓고 다시 떠나갔다. 사람들은 쇼핑을 하고 늦은 점심을 먹고 친구들을 만나고 잠깐이라도 한잔하려고 펍으로 갔다. 꽤 즐겁게 각자의 삶을 살고 있었다. 내 삶은 어지러운 속도로 조각나고 있는데.

라센이 물었다. "지난 4일간 당신 전화를 쓴 사람이 있나요?"

"아니요. ……모르겠어요. 아내는 가능했을지도. 하지만 내 암호를 모를 텐데."

"알아냈을 수도 있죠." 라센이 말했다.

맞는 말이었다. 나도 암호를 알아냈는데, 아내는 그렇게 못 하란 법 없지.

"그래서 이제 어떻게 되는 거죠?"

라센이 자기 라테를 한 모금 마셨다. "네일러는 또 한 조각을 찾아냈다고 생각할 거예요. 정황 증거이긴 하지만 배심원들에겐 먹힐 수 있죠."

"배심원이라고요?"

"네."

"기소당해 법원에서 재판을 받아야 한다는 말인가요?"

"네, 조셉. 우린 준비를 시작해야 해요."

"며칠 전만 해도 이 단계까지 오기 한참 전에 흐지부지 끝날 거라고 하지 않았나요?"

"며칠 전에는 경찰이 이런 증거들을 안 갖고 있었잖아요. 시체 찾는다고 공원을 다 파헤치고 있지도 않았고."

"아, 맙소사." 나는 얼굴을 마구 문질러 비볐다. "미치겠네요."

잠시 둘 다 말이 없었다. 밖에서 자동차 소리가 희미하게 들렸다. 허기지고 지친 데다 그저 이 모든 걸 끝내고 싶었다.

라센이 조용히, 거의 미안하다는 투로 입을 또 열었다. "그게 다가 아니에요, 조셉."

"뭔데요?"

"최악은…… 이제부터예요."

내 커피는 반도 안 마신 상태였지만 더 이상 보기도 싫었다. 토할 것 같았다.

"당신 차도 압수되지 않았습니까?"

"그렇죠."

라센이 목소리를 잔뜩 낮춰 나는 몸을 앞으로 내밀어야 했다.

"감식반이 이런저런 테스트를 했는데요⋯⋯." 그는 뒤까지 돌아보며 주위를 살폈다. "믿을 만한 소식통한테 들었거든요. 당신 차 트렁크에서 혈흔과 머리카락을 찾아냈대요."

"혈흔요?"

"적은 양이긴 하지만 두 사람 게 나왔대요."

나도 모르게 부르르 떨었다. 누가 내 무덤을 파고 있구나.

"청소를 하다가 손을 벤 적도 있고 하니 그럴 수 있겠죠."

라센이 라테를 휘휘 젓다가 스푼을 조심스레 내려놓았다. 그리고 내 쪽으로 당겨 앉았다. 와인 바의 소음들이 저 멀리 물러가고 세상에 나와 내 변호사 둘만 남은 듯했다. 내 심장은 공포로 고동쳤다.

"하나는 당신 거였고, 다른 하나는 벤 딜레이니 거였습니다."


## 64


나는 잠시 말을 잃고 라센의 얼굴만 바라보았다. 가슴은 물론 손발까지 모두 무감각해지는 느낌이었다.

"무슨 말인지 알겠습니까, 조셉? 혈액과 머리카락 샘플이 벤 딜레이니의 DNA와 일치했어요."

"벤."

"그래요. 당신 차 트렁크 안에서 나왔죠."

"혈액이 얼마나?"

"DNA 확인에 충분한 양이었어요. 많이도 필요 없어요. 아주 약간 묻은 것도 가능합니다."

"이건 말도 안 돼요."

"왜죠?"

"벤이 내 차에 탄 적이 없기도 하고."

라센이 고개를 저었다. "조셉, 무슨 소리예요? 조수석이나 그런 데서 발견됐다는 게 아니잖아요. 트렁크에서 발견됐다고요."

나는 눈을 껌뻑이며 그를 노려보았다. 카페인 두통이 점점 심해졌다. 아예 머리가 욱신거렸다.

"대체 이런 걸 다 어떻게 아는 거예요? 누구한테 들었어요?"

"묻지 마세요."

"물을게요. 지금 나한테는 너무 중요한 일입니다."

라센은 잠시 생각을 하더니 말했다. "내 아내한테서요."

"아내분이 어떻게……."

"묻지 말아요, 제발. 요점은, 우리가 준비를 해야 한다는 거예요. 여러 가능성을 생각해봐야 해요. 지금 상황에서 제일 현명한 방법을 궁리해야 해요."

"별로 좋은 소리가 나오진 않을 것 같아요."

"형사 변호사로 20년을 일해온 경험으로 볼 때, 당신에게 현명한 행동은 오늘 오후 킬번 경찰서에 자진 출두해서 네일러에게 기꺼이 협조하겠다고 하는 겁니다. 당신은 아무것도 숨길 게 없으니까요. 그들에게 주도권을 뺏기지 않는 겁니다."

"진심이에요?"

"곧 기소될 때를 대비해야 해요. 지금까지의 상황을 볼 때 그게 최선입니다."

나는 말이 제대로 나오지 않았다. "난, 난…… 이해가 안 가요. 기소라니……."

"24시간 이내 경찰이 당신을 기소할 겁니다. 마음의 준비를 하세요. 증거가 모여도 너무 많이 모였어요. 당신은 곧 다시 구속될 거예요."

나는 입을 열었다가 다시 닫았다. 말해봐야 무슨 소용일까. "그럴 수 없어요."

라센이 내 팔에 손을 올렸다. "조셉, 집으로 가서 아내에게 이런 상황을 말씀하세요. 아들에게도요. 마음의 준비를 할 시간을 주세요. 갑자기 당하는 것만큼 충격적인 일도 없으니까요."

"오늘 구속당할 거라고 보세요?"

"네일러로서는 이제 와서 더 이상 늑장 부릴 이유가 없을 겁니다."

"하지만 확실하길 바랄 거라고 하지 않았나요?"

라센이 커피를 다 마셨다.

"아, 그 단계는 이미 지나갔어요."

# 65

전동자전거를 타고 집으로 오면서 아내에게 뭐라고 할지 생각해봤다. 살인죄로 구속된다는 말을 어떻게 설명해야 하나? 멀, 할 말이 있어. 당신도 말이 안 된다는 건 알겠지. 난 이런 짓을 저지를 사람이 아니야……. 윌리엄에게는 뭐라고 해야 할까. 윌리엄을 겁주기는 싫었다. 슬프거나 걱정하게 만들고 싶지도 않았다. 우린 그저…….

집 앞에 경찰차 두 대가 서 있고 두 명이 우리 진입로로 걸어 올라갔다. 한 명은 네일러 반장이었다. 나는 브레이크를 급하게 걸어 길옆에 전동자전거를 세웠다. 네일러가 벌써 왔다. 레드퍼드도. 제복 차림의 키 큰 경찰 둘도 데리고 왔다. 차 두 대에 우리 집이 꽉 찼다. 장비를 다 갖춘 우락부락한 경찰 둘이 형사 둘을 호위하고 있었다. 내가 멍청한 짓을 못 하도록 위압감을 주려는 거였다.

현관문이 열리고 멀이 나왔다. 네일러와 경찰들을 보더니 화들짝 놀랐다. 이 모든 게 이해가 안 간다는 듯이. 그 옆에서 윌리엄이 엄마 다리에 몸을 반쯤 숨기고 내다보았다.

네일러가 멀에게 이야기하고 멀이 고개를 저었다. 그러다가 멀이 나를 보았다. 길 건너에서 자기 전동자전거에 앉아 있는 나를. 네일러는 헬멧을 쓴 나를 알아보지 못한 것이다. 멀은 잠시 어쩔 줄 모르다가 서둘러 움직여 윌리엄의 시야를 가린다. 어쩌면 멀이 나를 향해 손가락질을 할지도 모른다고 생각했지만, 그녀는 나를 못 본 척 다시 네일러와 얘기를 시작했다.

관자놀이로 식은땀이 흘러내렸다. 지금이야말로 항복하거나 남은 칩을 모두 테이블 가운데로 밀고 마지막 카드를 뒤집어봐야 할 순간이었다. 나는 전동자전거를 다시 켜서 속도를 냈다. 우리 집에서 2킬로미터 안 되는 곳에 작은 상가가 있었다. 세인스버리 슈퍼마켓과 다른 체인점들이 있고, 끝에는 프랭키 앤 베니 펍도 있다. 나는 들어가 벡스 맥주를 한 병 사고 맨 뒤쪽 칸막이 좌석에 앉았다. 나무판자를 댄 벽에 머리를 기대고 눈을 감았다.

평생 법을 지키고 세금을 내며 성실하게 살아왔다. 규율을 지키며……. 벤이 완전히 다른 규칙을 가지고 게임을 걸어오기 전까지는 말이다. 이것은 정글의 법칙, 이빨과 손톱을 가지고 벌이는 피의 규칙, 상대방은 죽어도 나만 잘 먹고 잘 살면 되는 규칙이었다. 내가 이기는 것으로는 충분치 않고, 나머지는 모두 져야만 하는, 그런 규칙이었다. 그리고 지금 벤은 너무나 손쉽게 이 게임에서 이기려 하고 있었다.

나에게는 도움이, 조언이 절실했다. 애덤에게 전화를 걸었다.

"네."

"나야, 친구. 조셉이야. 얘기 좀 할 수 있을까?"

"지금은 좀…….."

"1분도 안 돼? 네 조언이 정말 필요해."

"전화 받기 좀 곤란해."

"내가 지금 완전 엉망진창으로…….."

애덤의 목소리가 갑자기 낮고도 거세졌다. 책상 밑으로라도 들어가 남들이 안 듣게 속삭이고 있는 듯했다.

"이 번호로 전화 좀 그만 걸라고, 알아들어? 변호사를 찾아가. 나한테 전화 걸지 말고. 너랑 얘기하면 내가 곤란해져. 넌 지금 경찰 수사 대상이잖아. 너랑 이렇게 얘기하는 걸 내 상사가 알았다간 난 완전 좆 되는 거라고."

한마디 한마디가 내 심장을 찢어발기는 듯했다. 나는 벼랑에 밧줄 하나로 매달린 기분이었다. 발아래는 깊은 심연이 내려다보이는데 내 친구가 그 밧줄을 잘라버리려 하고 있었다.

"애덤, 제발…… 네 도움이 그 어느 때보다 절실해."

딸깍 소리와 함께 전화가 끊겼다. 전화기를 노려보며 15년의 우정이 어떻게 이리도 빨리 증발할 수 있는지 생각했다. 맥주를 꿀꺽꿀꺽 들이켰다. 차가운 액체가 얼얼하도록 목을 타고 내려갔다.

그 무렵 전화기가 울리기 시작했다. 라센의 번호였다. 나는 통화 거부를 눌렀다. 다시 얘기하기 전에 생각을 좀 해봐야 했다. 이제 집으로 돌아갈 수는 없었다. 갈 곳은 한 군데밖에 생각나지 않았다. 해답을 얻을 수 있을지도 모르는 단 한 곳. 벤을 찾아내야 했다. 경찰이 나를 찾아내기 전에.

벤은 멀에게 보낸 이메일에서 고향 친구를 만나야 한다고 했다. 그리고 고향에서 다니던 카지노의 회원권을 갱신했다. 우연일 리 없다. 나는 검색을 하고 시간을 확인했다. 시간이 빠듯했지만 헤매지만 않으면 가능한 시간이었다. 맥주를 한 모금 더 마시는데 핸드폰이 울렸다. 라센이 음성 메시지를 남겼다. 전화기 배터리가 50퍼센트 남았다. 앞으로 해야 할 일들을 생각할 때 전화가 방전되면 끝장이었다. 이제 의지할 건 전화기밖에 없었다.

펍을 나와 옆의 세인스버리 슈퍼마켓으로 가서 애플 충전기를 샀다. 그런 다음 바깥의 현금인출기에서 200파운드를 찾았다. 하루 최대 인출 가능 금액이었다. 전화가 다시 울렸다. 알 수 없는 번호였다.

"여보세요?"

허스키한 여자 목소리였다. "안녕하세요? 전 로나예요. 아까 전화하셨죠?"

로나?

"제가요?"

"오늘 아침에요. VIP 서비스의 로나입니다. 음성은 남기지 않았더군요."

"아, 예, 그래요…… 전화해줘서 고맙습니다."

에스코트 서비스였다.

"그래서 어떤 종류를 찾고 계신가요? 예컨대 어떤 환상을 가지고 있죠?"

이들은 데이트, 외출, 성관계를 위한 남성과 여성 동반자를 제공하는 업체였다. 이들이 멀과 벤의 불륜에 어떤 관계가 있는지는 알 수 없지만 관계가 있는 것은 분명했다. 그렇지 않으면 숨기려고 했을 리 없으니까.

"난…… 실은 전에 했던 예약을 다시 하려고요. 아내랑 그쪽 서비스를 최근에 이용하고 아주 만족스러운 저녁을 보냈거든요. 다시 한 번 같은 예약을 할 수 있을까 해서요."

"성이 어떻게 되시죠?"

내 이름을 말해주었다.

"미안합니다. 그 성으로는 기록이 없는데요."

물론 실제 성을 쓸 리는 없겠지. 처녀 때 성을 썼을 것이다.

"그럼 아내가 베일리라는 성으로 예약했을 것 같네요."

키보드를 두드리는 소리. "아, 네. 여기 있군요."

"똑같은 예약을 원하시는 거 맞나요? 다른 에스코트를 만나고 싶을 경우 몇 명 추천해드릴 수 있는데요."

시간을 확인해보았다. 서둘러야 했다.

"아, 저…… 로나, 미안한데요. 내가 조금 있다가 다시 전화해도 될까요? 어디 가야 할 데가 있어서요."

"물론이죠, 자기. 우리 웹사이트의 링크를 몇 개 보낼게요. 아내분이 좋아할지 고려해보세요."

"지난번 예약했던 사람도 포함시켜줄 거죠?"

"물론이죠."

"훌륭할 것 같네요."

"아, 우리 아이들은 언제나 훌륭하답니다." 능숙한 마담의 입에 붙은 선전 문구였다. "아주, 아주 훌륭하죠."

나는 다시 전동자전거를 타고 킹스크로스로 향했다. 최대한 빨리 달리며 빨간 불도 그냥 지나쳤고, 교통 체증을 피하려 몇 번은 인도로 올라갔다. 5시 10분이 지나서야 선덜랜드로 가는 오후 5시 18분 편도 표를 끊었다. 그러고 나서 역사를 달려 출입구를 지나 승강장으로 내려가 문이 막 닫히려던 기차에 올라탔다. 답을 찾아 북쪽으로 향했다.

# 66

북런던이 창밖으로 지나갔다. 빅토리아 시대의 벽돌과 그래피티가 그려진 콘크리트 터널들, 머리 위로 어지러이 지나가는 고속도로, 철길에 너무 바싹 붙은 오래된 연립주택들은 세월 속에 칙칙하게 낡아가고 있었다.

벤이 저기 어딘가에 숨어 웃으며 자기가 얼마나 대단하게 모두를 속여 넘겼는지 자축하고 있을 것이다. 대체 얼마나 오래 있다가 돌아오려는 걸까? 이 게임은 결국 멀을 차지하기 위한 것이다. 멀과 나 사이를 벌리고 약점을 파고들어 우리 결혼을 끝장내려는 것이다. 내 평판을 망가뜨리는 것도 그래서다. 충분히 망가뜨려서 다시 회복하기 어렵도록. 그래서 내가 늘 흙탕물을 묻히고 살아가도록. 결국은 자기가 원할 때 돌아올 것이다. 나는 확신했다. 그는 돌아올 것이다. 누가 이겼는지 보여주기 위해. 누가 최고인지를 알려주기 위해. 그리고 전리품은 승리자의 차지가 된다.

나는 완전히 혼자였다. 모든 삶으로부터 끊겨 나와 거센 조류에 휩쓸리고 있었다.

충전되고 있던 전화기에서 알림이 울렸다.

오후 5:25 멀 핸드폰
어디 있어? 너무 걱정하고 있어. 경찰이 방금 떠났어. 전화해줘. 쪽쪽쪽

나는 전화기를 잠시 노려보았다. 답장을 쓰고 지우길 두 차례……. 세 번째 답장을 고민하고 있을 때 전화벨이 울리기 시작했다. 반쯤 빈 객차 안에서 소리가 너무 크게 들렸다. 라센의 핸드폰이었다.

"조셉?"

"네."

"당신 괜찮아요?"

"그래요."

기차가 속력을 높이며 경적을 울렸다.

라센이 잠시 침묵하더니 천천히 물었다.

"당신 어디예요?"

"기차 안입니다."

라센이 실망한 듯 한숨을 쉬었다. "어디로 가는 기차죠?"

나는 그에게 상황을 설명했다.

반대하는 라센의 표정이 눈에 선했다. "그래서 대체 언제 돌

아온다는 겁니까?"

"벤을 발견하면 바로요."

"그게 며칠, 몇 주 걸리는 건데요?"

"오래 안 걸려요. 하루나 이틀뿐입니다."

"당신이 오래 떠나 있을수록 면담 기회가 더 멀어지고, 내 일이 더 힘들어져요. 내가 당신을 효과적으로 변호하기가 힘들어진다는 뜻입니다."

"압니다. 미안해요. 그저 말리려고 전화한 겁니까, 아니면 다른 할 말이 있어서 전화를 건 겁니까?"

"당신이 전화하라고 했잖아요."

"내가요?"

"아까 공원에서 본 레인지로버 번호판을 조회해달라면서요."

갑자기 흥분이 밀려오며 몸을 일으켜 앉았다. "소유주를 찾아냈나요?"

"내가 아까 한 말 기억합니까? 내가 알아서는 안 되는 정보들에 접근이 가능하다고 했잖아요."

제발 좋은 소식이어야 했다, 이번만은. 다른 때랑 좀 달랐으면.

"알겠습니다."

"지금 이 정보도 마찬가지입니다. 어떻게 알았는지는 묻지 말아요."

"알았어요, 이해합니다. 그래서 소유주가 누구라고요?"

"사람이 아니라 회사 소유예요."

"혹시 유령 회사 같은 데입니까?"

"아뇨, 렌터카 회사요. 하지만 번호판을 바꿔 달았을 수도 있을 것 같더군요."

"누가 빌린 건지는 알 수 없을까요?"

"경찰 서버에는 소유주만 기록돼 있어요. 렌터카 회사에 가서 기록을 요구하기 전에는 고객 이름을 알 수 없어요."

"네일러한테 얘기하면 알아볼까요?"

"주차장에서 본 차 한 대가 수상했다고요? 바랄 걸 바라시죠, 조셉."

"무작위는 아니었어요. 분명히 베스를 쫓아다니고 있었다고요. 그 남편을 찾으려고."

"그렇다고 해도 더 구체적인 근거 없이는 네일러 반장을 설득할 수 없어요."

"이 알렉스 콜닉이라는 자가 뭔가 일을 벌이고 있어요. 벤의 집에도 왔었다고 해요. 벤의 아내를 괴롭히고 있고요. 레인지로버가 그의 차예요. 뭔지는 몰라도 뭔가 있다니까요. 네일러에게 알렉스 콜닉에 대해 물어봤어요?"

"물론 물어볼 순 있죠." 라센은 내키지 않는 말투였다.

"그러면 누가 그 차를 빌렸는지 알아낼 수 있지 않을까요?"

"아뇨, 그럴 수 없어요. 이유는 말해주지 않을 겁니다. 그러니 돌아와요."

나는 기운이 빠져 다시 물러나 앉았다. "그럼 레인지로버에 대해 알아내기는 틀렸군요."

"그럴 거예요."

"네일러가 아까 우리 집에 또 온 거 알아요? 파트너에 제복 경찰까지 둘 데리고."

"내가 아까 경고했잖아요. 오늘 아니면 내일이라고. 도망칠 길은 없어요, 조셉. 정면으로 맞서는 수밖에 없다고요."

"도망치지 않아요."

"아까 와인 바에서 해준 조언과 정반대로 행동하고 있잖아요. 내가 뭐랬죠? 자진 출두해서 수사에 협조하겠다는 의지를 보이고, 경찰에게 주도권을 뺏기지 말라고 했죠?"

"그래서 앞으로 6개월을, 벌어지지도 않은 범죄 때문에 감옥에서 살라고요?"

"그건 아주 비관적인 생각이에요."

"현실적인 생각일 수도 있죠. 미안합니다, 피터. 하지만 난 이렇게 할 수밖에 없어요."

잠시 동안 라센은 말이 없었다.

"……계속 그 말이군요, 조셉. 하지만 당신은 내가 당신을 위해서 무슨 일을 하고 있는지 잊고 있어요."

"경찰이 아직 시체를 못 찾았죠, 그렇죠? 그 많은 인력을 공원에 쏟아붓고, 전문가와 첨단 기술과 개들까지 동원하고도 그렇게 좁은 지역에서 시체 하나 찾아내지 못했어요. 왜 그런지 압니까?"

다시 침묵이 흘렀다.

"피터?"

"조셉, 아무래도 우리가 서로 합의점을 잘못 알고 있는 것 같다는 생각이 들기 시작하네요."

별로 좋은 말이 나올 것 같지 않았다.

"내가 당신에게 수임료를 지불하고 법률 자문을 받기로 한 걸로 아는데요."

"그래요. 하지만 당신이 다음 정거장에 내려서 바로 런던으로 돌아오지 않는다면, 우리 계약을 재고할 수밖에 없어요."

"그게 무슨 말이에요?"

"그러니까 내 말은, 우리 관계가 지속되는 것이 과연 우리 양측의 이득을 위해서 최선인지 고민해볼 수밖에 없다는 뜻입니다." 라센의 말이 뚝뚝 끊기고 있었다. 기차가 터널을 통과하고 있기 때문이었다. "아니면 …… 관련된 모두에게 …… 수밖에 없어서 …… 우리 계약 관계는 이 단계에서 종료가 …… 당신은 다른 변호사를 ……."

전화가 끊겼다. 또 터널로 들어갔다. 상관없었다. 들을 말은 다 들었으니까. 나는 전화기를 내려놓았다. 도시를 벗어난 기차는 속도를 내며 터널에서 나와 교량 위로 올라왔다. 저 아래 고속도로가 보였다. 수백 대의 자동차들 역시 붉은 후미등을 밝히고, 우리를 따라잡으려 애쓰며 구불구불 북쪽으로 가고 있었다.

진동으로 바꿔놓은 전화기가 다시 부르르 울렸다. 라센이 다시 전화를 걸었다. 나는 수신 거부를 누르고 무음으로 바꿨다. 선덜랜드까지는 네 시간이 걸렸다. 어둠이 내려앉으며 내 얼굴이 차창에 비쳤다. 눈 밑에 다크서클이 짙게 드리웠고, 뺨에는 이틀분의 수염이 까칠하게 자라 있었다. 피곤하고 겁먹고 쫓기는 표정. 이미 재판에서 유죄 선고를 받은 남자의 얼굴이었다.

내 아내가 나를 배신했다. 아내의 전 애인이 나를 살인죄로 엮으려 하고 있었다. 가장 친한 친구가 등을 돌렸다. 변호사는 벌써 나를 유죄 선고 받은 사람처럼 포기하려 하고 있었다. 이제부터 나는 완전히 혼자였다.


## 67

미라지 카지노는 어둡고 분주했다. 내가 들어가자 문지기 둘이 험상궂은 시선으로 바라봤다. 둘 다 비첨은 아닌 듯했다. 그때 내 뒤로 시끌벅적하게 들어오는 무리에게로 그들의 주의가 분산되었다. 5년 전 라스베이거스로 애덤의 총각 파티 여행을 다녀온 이래 카지노는 처음이었다. 그 죄악의 도시와 선덜랜드가 닮은 점은 거의 없었지만, 모든 카지노는 비슷한 점이 있었다. 넘쳐나는 술에, 시계와 창문이 없고, 멋진 외모의 딜러들과 자기가 이길 거라고 생각하는 행복한 술꾼들.

블랙잭 게임판은 안쪽에 있었다. 가는 길에 룰렛 테이블과 슬롯머신, 소액의 포커판들이 나왔다. 포커 대회가 시작된 듯했다. 20~30명의 플레이어들이 4인용 탁자에 색색의 칩을 쌓아놓고 웅크리고 앉아 있었다. 포커를 제외하면 벤이 제일 좋아하는 게임은 블랙잭이었다. 하우스와 승률이 반반까지도 갈 수 있는, 플레이어에게 가장 유리한 게임이었기 때문이다. 영리한 두뇌와 좋은 기억력을 가진 사람이라면 잘할 수 있으리라. 벤은 둘 다를 가졌으니, 내 직감에 오늘 밤 그가 여기 와 있다면, 가장 많이 딸 수 있는 곳으로 갈 것이었다.

바에서는 보이지 않았다. 너무 어둡고 사람도 많았다. 그래서 맥주를 한 병 사고 블랙잭 테이블로 천천히 걸어갔다. 다섯 명의 플레이어가 최소 10파운드로 베팅을 하고 있었다. 벤에게는 너무 작은 판이었다. 더 안쪽의 테이블들은 20~40파운드 베팅이었지만, 한 벌에 3,000파운드짜리 정장을 입는 남자에게는 여전히 너무 푼돈이었다. 나는 포커 테이블 쪽을 천천히 주의 깊게 살폈다. 거기도 없었다.

그때 저 안쪽의 또 다른 문지기 한 명이 눈에 띄었다. 검은 이중문을 가리는 묵직한 검정 커튼 앞에 서 있었다. 작은 청동 안내판에 '특별 회원 라운지'라고 쓰여 있었다. 큰돈을 쓰는 자들이 저기 있을 것이다. 어중이떠중이들과는 약간 떨어진 곳에서 공짜 음료를 마시고 세심한 서비스를 받으며 제일 예쁜 딜러들을 상대할 터였다.

나는 그쪽으로 어슬렁어슬렁 다가갔다. 문지기는 나보다 좀 작았지만 몸집은 더 좋았고 탄탄한 근육을 감싼 정장 윗도리가 터질 듯했다. 금발 머리는 아주 짧게 깎았고 눈은 파란 얼음 조각 같았다. 나는 회원인 척 그를 지나쳐 문으로 갔다. 그는 커다란 손을 내밀어 나를 막았다.

"여기는 특별 회원 라운지입니다."

"특별 회원인데요."

문지기가 조금 미소를 띠었다. "아뇨, 아니신데요."

그의 거칠 것 없는 선덜랜드 억양은 침착하고 조용해서 더욱 위협적이었다.

"저기, 잠깐만 들어갔다 오면 돼요. 내 친구 벤을 찾고 있다고요. 아까 같이 왔는데 잠시 딴 데 갔다 왔어요. 여기서 만나기로 했는데."

문지기는 조금도 동요하지 않았다.

"그 녀석 생일이라고요."

"회원만 입장 가능합니다."

"30초면 돼요, 정말. 잘 들어갔는지만 보면 되니까."

문지기가 고개를 갸우뚱했다. "전화는 해봤습니까?"

"꺼놨더라고요."

"그거 안됐군요."

미니스커트의 웨이트리스가 모에 샴페인 한 병과 잔 네 개를 가지고 지나가자 문지기가 잠시 비켜섰다. 그녀는 10센티미터도 넘는 힐을 신고 완벽하게 균형을 잡으며 커튼 뒤로 사라졌다. 웨이트리스 뒤로 이중문이 닫히는데, 저 안쪽에서 벤의 것인 듯한 웃음소리와 외침에 가까운 말소리가 들렸다. 알코올과 강한 수컷의 자신감으로 증폭된 소리.

일주일 전만 해도 벤이 저 안의 커튼 뒤에 앉아 샴페인을 마시며 도박하고 웃는 동안 덕분에 내 자유가 경각에 달린 상황에 화가 났을 것이다. 하지만 지난 이틀 동안 슬슬 익숙해졌다. 이럴 걸 당연히 기대했다고나 할까. 삶이 불공평하다는 사실을 잘 보여주는 일들이 일어날 거라 예상하고 있었다. 징징대봐야 소용없다. 인정하고 수용하면서 이용할 기회를 엿볼 필요가 있었다.

이봐, 그게 바로 정글의 법칙이야. 나는 점점 벤처럼 생각하기 시작했다.

"회원이 되려면 어떻게 해야 하죠?" 나는 문지기에게 물었다.

그의 코는 적어도 한 번 이상 부러진 적이 있었다. 그렇게 만들었던 사람은 어떻게 됐을까 궁금했다.

문지기가 출구를 가리켰다. "안내 데스크로 가세요."

"그럼 나도 저 안에서 게임할 수 있는 겁니까?"

"물론이죠."

"좋아요." 나는 돌아섰다.

"하지만 등록에는 24시간이 걸립니다."

나는 돌아섰다. "뭐라고요?"

"등록하고 승인이 되려면 24시간이 걸려요. 그다음에 들어갈 수 있습니다."

"정말 이러기예요?"

"회사 방침입니다."

"하지만 나는 돈이 있고 이쪽 테이블들은 영 아니올시다예요. 판돈이 너무 작단 말예요."

"24시간 있어야 합니다."

"참 나, 안타깝기 짝이 없군."

문지기가 파란 얼음 조각 같은 눈으로 잠시 나를 뜯어보았다.

"당신 친구가 누구라고요?"

"벤 딜레이니요."

문지기는 아무 표정도 드러내지 않았지만 뭔가 아는 게 분명했다.

"안에 있어요?" 내가 물었다.

"당신 경찰입니까?" 문지기가 의심스레 물었다.

"아뇨, 그저 런던에서 온 친구예요. 하지만 걱정이 돼서."

"당신 친구는 조만간 나올 겁니다."

"닫는 시간이 몇 시죠?"

"새벽 4시요."

망할.

네 시간이나 더 있어야 했다.

나는 안내 데스크로 갔지만 직원으로부터 같은 대답을 들었다. 보송보송한 턱수염에 나풀거리는 금발의 20대 초반 녀석이 카운터 위로 서류와 펜을 내밀었다.

"양식 여기 있습니다. 24시간 걸리고요."

직원 뒤의 유리문 너머 작은 사무실에서 정장 차림의 나이 든 남자가 한 손을 엉덩이에 얹은 채 전화를 하고 있었다.

"하룻밤 임시 회원권을 줄 수는 없나요?"

"죄송하지만, 그런 건 없습니다."

"그럼 매니저랑 얘기 좀 하게 해주세요." 나는 뒤쪽 사무실의 남자를 가리켰다. "불러줄 수 있죠?"

녀석은 나 대신 덜 짜증나는 고객을 상대하고 싶은 눈빛으로 내 뒤쪽을 건너다보았다. 결국 내가 포기하지 않으리라는 걸 알고 녀석은 말했다. "잠시만 기다려주세요." 그리고 사무실로 들어갔다.

이제 할 수 있는 게 별로 없었다. 나 때문에 규칙을 어기진 않을 터였다. 내가 들어갈 수 없다면 벤이 나올 때까지 기다려야 했다. 안내 데스크 뒤 벽에 작고 빨간 덮개가 있었다. 검정 바탕에 하얀 글씨가 쓰여 있었다. 유리를 깨고 이곳을 누르시오. 정글의 법칙을 따라야 했다.

직원은 등을 보이며 매니저와 얘기 중이었다. 내 쪽으로 엄지를 가리켰다. 출입구 근처에 몇 명이 있었다. 들어오는 사람 두 명, 다른 곳으로 떠나는 젊은 여성 무리가 술 취해 떠들며 웃음을 터뜨렸다. 나는 안내 데스크 위로 몸을 내밀어 화재경보기 유리를 깼다.

# 68

경보음이 귀를 찢을 듯 커다랗게 울려 신경이 쓰였다. 나는 안내 데스크에서 보이지 않는 곳으로 몸을 숙였고, 뒤쪽 사무실에서 달려 나온 직원도 그런 나를 보지 못한 듯했다. 어차피 금방 끝나니까 상관없었다.

카지노 전체에 불이 환하게 들어왔다. 출구로 밀려나오는 사람들을 뚫고 들어가며 내 전화기의 카메라 앱을 켰다. 도박꾼들의 물결 속에서 벤을 찾았다. 이제 몇 초만 있으면 놈과 마주칠 것이다. 다시 얼굴을 맞닥뜨릴 것이다. 한 손으로 붙잡고 사진을 찍어야지. 그 얼굴에 떠오른 표정은 평생 잊히지 않을 것이다. 그러고 나서 이번에는 내가 페이스북에 사진을 올릴 차례다. 경찰과 변호사, 그의 아내에게 먼저 보내고 나서 말이다.

"모두 나가요." 문지기들이 큰 소리로 외치고 있었지만 문을 향해 손을 흔드는 태도는 다소 심드렁해 보였다.

도박장 중앙 홀 양옆의 비상구가 주차장을 향해 활짝 열렸다. 차가운 밤바람이 밀려 들어왔다. 모두 정면 출구로 나갈 줄 알았는데, 망했다. 귀 아픈 경보음에 인상을 쓰며 술잔을 든 채 도박꾼들이 비상구 두 곳으로 주춤주춤 나갔고 나는 블랙잭 테이블 옆의 그늘진 곳으로 가서 섰다. 시선은 특별 회원 라운지에 고정시켰다. 중년 남자 둘이 가죽 재킷을 입으며 나왔다. 경보음 때문에 주고받는 말소리가 높았는데 러시아어 같았다. 한 명이 담배를 꺼내 물고 다른 한 명에게도 주었다. 그리고 비상구로 나갔다.

나는 특별 회원 라운지 문 옆으로 가서 기다렸다. 벤이 금방이라도 나올 듯해 잔뜩 준비를 하고 있었다. 파란 눈의 문지기가 다시 나타나더니 미친놈 보듯 쳐다봤다. 내 팔꿈치를 꽉 잡더니 비상구 밖으로 끌고 나갔다.

"모두 나가야 합니다."

따뜻한 카지노 안에 있다가 밖으로 나오니 차가운 10월 밤공기가 따귀라도 때리는 듯했다. 내가 늦은 것이 분명했다. 내가 아직 앞쪽 출입구에 있을 때 벤이 벌써 옆쪽 비상구로 빠져나간 것 같았다.

주차장에는 수백 명의 사람들이 모여 있었다. 보안등이 환하게 밝혀져 눈이 부셨다. 벤이 여기 어딘가 있는 게 분명했다. 나는 천천히 걷기 시작했다. 삼삼오오 모인 사람들을 확인하고 좌우를 살폈다. 한쪽을 다 찾아보고 다른 쪽으로 가려는데 파란 눈의 문지기가 눈썹을 잔뜩 찌푸리고 나를 노려보고 있었다. 그 옆에는 안내 데스크의 직원이 귓속말을 하며 나를 가리키고 있었다. 나는 휙 돌아서 군중 속으로 들어갔다.

그때 벤이 보였다. 10여 미터 떨어진 곳에서 등을 보이고 있었다. 검은 머리, 170센티미터, 멋진 재킷. 늘 그렇듯 담배를 피우고 있었다. 나는 누군가를 확 밀치고 한 무리의 사람들을 헤치며 그 뒤통수에 시선을 고정하고 나아갔다. 갑자기 화재 경보가 멈췄다. 그러자 귀가 먹먹한 고요가 잠시 찾아왔고, 덜덜 떨던 도박꾼들 사이에서 작은 환호성이 터졌다. 그리고 다들 문쪽으로 움직이며 내 시야를 가렸다. 나는 누군가를 어깨로 밀고 계속 나아갔다. 벤이 분명했다. 바로 그 키, 그 체격, 그 머리색. 그 자식도 재빨리 나에게서 멀어지기 시작했다. 한 번 돌아보지도 않고. 나는 핸드폰을 높이 들어 사진을 찍었다. 거의 잡을 뻔했는데.

그때 포클레인 같은 강력한 손이 내 어깨를 잡고 뒤로 끌었다. 나는 비틀거리며 넘어질 뻔했다. 엄청난 근육질에 스포츠 머리 헤어스타일의 문지기였다. 목 옆면에 켈트 문신이 있었다. 스티븐 비첨. 생각만 했지 입 밖으로 아는 척하지는 않았다. 그자다. 또 다른 손, 아까 만난 파란 눈의 문지기가 내 다른 팔을 잡았다. 둘이 나를 끌고 갔다. 거의 넘어질 뻔하며 카지노 옆의 좁은 골목으로 끌려갔다. 몇몇 도박꾼이 호기심을 보였지만 대부분은 도박장 안의 따뜻한 바와 테이블로 가서 다시 게임을 하는 데만 관심이 있었다.

골목으로 깊이 들어가 다른 고객들이 보이지 않게 되자 파란 눈이 나를 돌려세우더니 무슨 말을 하기도 전에 얼굴부터 갈겼다. 주먹이 얼마나 강했던지 꼭 방망이로 얻어맞은 느낌이었다. 목은 돌아가고 입안은 찝찔한 피 맛으로 가득 찼다. 비틀거리긴 했지만 넘어지지는 않았다.

"망할, 런던으로 돌아가." 파란 눈이 말했다.

비첨도 거대한 주먹을 꽉 쥐고 그 옆에 서 있었다. 나는 고개를 저으며 정신을 차리려고 애썼다. 이 하나가 나간 듯했다.

"네가 무슨 일을 벌인지 알지? 망할, 화재 경보가 울리면 고객들이 다 나와야 한다고."

"저기, 여러분, 난 그저……." 나는 피를 뱉어냈다.

"고객들이 돈 쓰기를 멈추면 보스는 화가 나."

"그리고 이렇게 되지."

"난 그저 벤 딜……."

이번에는 비첨이 나를 때릴 차례였다. 나는 정신을 잃었다.

# 69

정신이 들었다. **통증**. 침대 위가 아니었다. 실내도 아니었다. 바깥이고 어두웠다. 딱딱한 길바닥인 데다가 축축했다.

턱과 머리 한쪽에 날카로운 통증이 느껴졌다. 자갈 위에 뺨이 쓸렸다. 눈을 껌뻑이다 신음을 흘리며 일어나 앉았다. 구토를 참으려 애썼다. 얼굴에 손을 대보니 피가 끈끈했다. 아까 그 카지노 옆 골목이었다. 커다란 쓰레기통들이 벽에 줄지어 놓여 있었다. 지린내와 비 냄새, 음식 썩는 냄새가 한데 뒤섞였다.

카지노 문지기들이 나를 기절시키고 덤으로 발길질까지 한 모양이었다. 얼마나 기절해 있었지? 10분? 한 시간? 알 수 없었다. 어금니가 하나 사라지고 잇몸에서 피가 계속 새어나왔다. 얼굴에 묻은 모래를 털어내고 일어섰다. 세상이 여전히 빙빙 돌았다.

비틀거리며 골목을 나와보니 주차장의 군중은 사라지고 없었다. 카지노도 닫혔다. 안에서는 희미한 음악 소리가 흘러나왔다. 다시 들어갈까 잠시 생각해보았지만, 출입구 유리문으로 들여다보니 파란 눈의 문지기가 정면에 서 있었다. 나를 보더니 똑바로 노려보며 고개를 가로저었다. 오늘 밤은 안 돼, 친구.

내 핸드폰. 문지기에게 끌려가기 전에 사진을 찍었는데. 머리에 통증이 느껴지는 와중에도 약간의 흥분이 일었다. 어쩌면……. 사진 앱을 열었다. 어둡고 희미한 사람 머리들 사진을 불러냈다. 위에서 찍힌 얼굴들. 반쯤 뭉개진 색에 빛도 충분치 않았다. 벤은 왼쪽으로 얼굴을 돌리고 있었다. 두 번 두드려 확대해봤다. 머리 선, 턱선, 코 모양. 이걸로 될까?

얼굴을 찡그리며 자세히 들여다보았다. 사진 상태가 나빠 알아보기 힘들었다. 심지어 나조차도 벤인지 확신하기가 힘들 정도로. 더 자세히 들여다보다가 희망이 사라졌다. 사진 속 남자에겐 턱수염이 있었다. 벤이 아니었던 것이다. 나는 욕설을 뱉으며 사진을 지우려고 화면을 꾹 눌렀다. 초미니 스커트를 입고 지나가던 여자애 둘이 화들짝 놀랐다.

거리엔 사람을 찾기 힘들었다. 택시도 보이지 않았다. 근처 호텔을 검색해보았다. 지도에서 제일 가까워 보이는 호텔 체인 트래블로지를 골라 걸어가기 시작했다. 다시 도시 중심 쪽이었다. 경찰서로 가봐야 시간 낭비일 뿐이었다. 내가 이런 꼴을 당해도 싸다고 생각할 가능성이 컸다. 게다가 네일러가 체포 영장을 발부했을 가능성도 있었다.

10대 남자애들 무리가 내 쪽으로 걸어왔다. 거리 한복판으로 활보하는 패거리는 이 날씨에도 반소매 티셔츠 차림이었다. 서로 떠들면서 스티로폼에 담긴 감자튀김을 먹었다. 그중 하나가 내 상처를 보더니 씩 웃었다. 나는 시선을 피한 채 주머니에 손을 꾹 집어넣고 지나쳤다. 알지 못하는 도시의 어두운 거리.

그때 요란한 사이렌 소리와 함께 푸른 불빛이 번쩍거리며 다가오는 통에 얼른 건물들 사이로 뛰어들었다. 문이 닫히고 셔터까지 내린 상점 사이였다. 어둠 속을 비틀거리다가 쓰레기통 뒤에 쭈그리고 앉아 사이렌이 지나가는 소리를 들었다. 멀어지는 듯하더니 다시 가까워졌다. 그러고서 바로 옆을 지나갔다. 나는 더 많은 경찰이 밀려들 경우를 대비해서 잠시 기다렸다. 그리고 또 몇 분.

이런 외로움은 처음이었다. 아는 사람도 없고 속한 데도 없이 낯선 도시에서 철저한 이방인으로 떠도는 기분이었다. 분명 이곳은 내 도시가 아니었다. 내 목표는 벤을 발견하는 것이었지만, 대신 흠씬 얻어맞고 끝났다.

나는 호텔로 들어갔다. 접수대에서 내 얼굴을 보고 의심스레 노려보았지만 무시했다. 방으로 들어가 문을 잠그고 조그만 화장실에서 얼굴을 씻고 또 씻었다. 베인 곳과 긁힌 자국들이 따가웠다. 물이 금세 붉게 물들었다. 눈 위에도 상처가 나 있었다. 거울 속의 남자는 전형적인 피해자였다. 베이고 멍들고 피투성이에, 피로에 찌든 얼굴. 집으로부터 너무나 멀리 떠나왔다.

나는 몸을 펴고 숨을 깊이 들이마신 다음 고개를 들고 어깨를 젖혔다. 흠씬 얻어맞았을망정, 패배하지는 않았다. 아직은 아니었다. 나에겐 아직 몇 장의 카드가 남아 있었다.

# 금요일

## 70

잠을 설치다 욱신거리는 두통에 일찍 일어났다. 얼굴의 상처와 갈비뼈도 쑤셨다. 혹시 중요한 전화가 걸려올까 싶어 핸드폰을 밤새 켜두었다. 계속 삑삑거려서 잠을 더 못 잔 것이다. 팔다리가 천근만근이었다. 잠결에 문자와 이메일을 대충 확인해보았지만 중요한 건 없었다.

10분 이상 더운물로 샤워하며, 머리를 숙이고 눈을 감은 채 물줄기가 뒷목을 때리는 느낌에 몸을 맡겼다. 무슨 꿈을 꾸었던지 기억해보려 애썼다. 뭔가 중요하고, 잡힐 듯 잡히지 않는 어떤 단서가 될 만한 것 같았다. 간과하고 있던 어떤 사실 혹은 연결점이 있었던 것도 같고. 하지만 생각이 안 났다. 아무리 애를 써도 흐릿하게 흩어지기만 했다.

옷을 입고 나자 7시 20분이었다. 내 계획을 시행하기엔 너무 이른 시간이었다. 그래서 침대에 앉아 내 페이스북에 들어갔다. 세 개의 알림이 있었다. 동료 교사의 생일, 일주일 전 내가 올린 윌리엄의 사진에 뒤늦게 달린 댓글. 내가 불가촉천민이 되었다는 걸 모르는 사람이 한 명은 있는 것이다.

마지막 알림이 가장 흥미로웠다. 멀의 친구인 마크 러딩턴이 메신저로 답을 보냈다.

안녕, 조셉. '만나서' 반갑다. 그래, 전화할 수 있지. 무슨 얘길 하고 싶은데?

나도 답장을 썼다.

결혼 10주년 파티를 계획하고 있는데, 멀의 학교 때 이야기들을 모아볼까 해서. 그녀가 그때 어땠는지 나는 모르니까. 네가 좀 알려줄 수 있을까 했지.

마크가 바로 답장을 보냈다.

가능하지. 지금은 출근해야 하지만 조금 있다 오전 중에 전화할게.

한 시간 후 나는 택시 뒷좌석에 앉아 연립주택이 늘어선 거리를 내다보았다. 서민 주거 지역이 부둣가에 형성돼 있었다. 쨍한 푸른 하늘에 공기는 차갑고, 일터로 가려고 걷거나 버스를 기다리는 사람들이 담배를 피우거나 전화기를 들여다보았다. 10대들은 어깨를 늘어뜨리고 학교로 향했다. 아침 교통 체증에 차들이 느릿느릿 움직였다.

전화가 울렸다. 멀이었다. "조셉, 당신 괜찮아? 어디야?"

멀은 연락할 때마다 늘 저 두 질문을 함께 던졌다. 두 번째 질문은 왜 하는 걸까?

"난 괜찮아." 내가 조용히 말했다.

"걱정했어. 집에는 언제 올 거야? 윌리엄이 계속 물어봤어. 무슨 일이냐고, 아빠가 어디 갔냐고."

"뭐라고 해줬어?"

"친구 만나러 갔다고 했지."

나는 하마터면 웃을 뻔했다. "그래, 친구."

"뭐라고 해?"

"누구?"

"벤 말이야. 그가 지난 며칠간 어디 있었다고 얘기해?"

"물어볼 기회가 없었어."

"아……." 멀은 실망한 티를 내지 않으려고 애썼다. "보기는 했어?"

"저기, 내가 지금 일이 있어서. 끊어야 할 것 같아."

"당신 정말 괜찮은 거야, 조셉? 당신 목소리가 좀 이상해."

"피곤해서."

이번 주는 나에게도 정말 이상한 주였다.

"내가 도와줄 일 없어?"

"우리 아들을 부탁해."

"물론이지. 혹시 무슨 일 있으면 말해줄 거지?"

택시가 모퉁이를 돌아 길옆에 섰다.

"가야겠다."

"사랑해, 조. 언제 돌아오는지……."

나는 전화를 끊었다.

잘 관리된 고풍스러운 주택들이 늘어선 널찍한 거리에 택시가 멈춰 섰다. 경찰은 없는지 확인해보았다. 벤도 보이지 않았다. 8시 51분이니 낯선 사람이 현관문을 노크해도 그리 무례하진 않은 시간이었다.

33번지의 정원은 말끔히 가꿔져 있었다. 깨끗이 깎은 잔디, 잘 다듬은 덤불, 가지치기가 된 나무들. 흠 하나 없는 크림색 메르세데스A 클래스가 진입로에 주차돼 있었다. 몇 달밖에 안 된 최근 번호판이었다. 위층도 아래층도 앞창의 커튼이 벌어져 있었다. 나는 현관 초인종을 누르고 물러섰다. 벤의 어머니는 몇 년 전 남편과 사별한 후 혼자 살고 있었다. 말도 나눠보기 전에 겁을 주고 싶지는 않았다.

사람이 나오는 소리가 들렸다. 불투명 유리를 통해 흐릿한 형체만 보였다. 캥캥거리는 작은 개들도 따라왔다. 문득 혹시 벤이 나오는 건 아닐까 하는 생각이 들었다. 아니면 내가 들어갔을 때, 잠옷 차림으로 소파에 앉아 토스트를 우적거리는 벤과 마주칠지도 모르지. 숨어 지내기에 런던에서 300킬로미터 떨어진 엄마네 집 손님방보다 더 나은 곳이 있을까?

현관문이 열리고 문틈으로 두꺼운 체인이 팽팽하게 쳐졌다.


## 71


벤은 아니었다. 50대 여성이 문틈으로 나를 내다보았다. 생각보다 젊었고 단정한 매무새에 피부는 그을려 있었다. 하얀 바지와 긴 회색 카디건에 벨트를 하고 있었다. 벤과 같은 기름한 얼굴형에 흑갈색 눈이 문간의 낯선 사람을 보고 찌푸렸다. 잭 러셀 테리어 두 마리가 으르렁거리면서 펄쩍펄쩍 뛰어오르며 문을 할퀴었다.

여자는 아무 말 없이 나를 한참 보았다.

"딜레이니 부인이신가요?"

"그런데요."

"저는 아드님의 런던 친구입니다."

벤의 엄마는 표정이 풀어지면서도 근심스레 이마에 주름이 잡혔다.

"무슨 일이에요? 혹시 그 애에게서 소식이 있나요?"

"저도 같은 질문을 하려고 했는데요."

여자가 고개를 저었다. "경찰이 실종됐다고 하더군요."

"들어가서 잠시 얘기 나눌 수 있을까요, 딜레이니 부인?"

"아뇨, 그건 안 돼요."

벤이 여기 숨어 있을지도 모른다는 생각이 터무니없진 않은 듯했다.

"잠시도 안 될까요?" 나는 시선을 계속 맞추며 물었다.

"누구신데요?"

진짜 이름을 말하려다가 본능적으로 멈췄다. 다른 친구의 이름이 기억났다.

"저는 샘 킹이라고, 벤의 포커 친구예요."

딜레이니 부인은 나를 찬찬히 뜯어보았다. 내 멍 자국을 보는 것이었다. 개들이 계속 낑낑거리고 으르렁거리며 문틈을 앞발로 긁어대자 그녀가 잠시 주의를 개들에게 돌렸다.

"메이지! 빌리! 침대로 가. 어서!"

개들은 끄응 하더니 목조 바닥을 탁탁거리며 순순히 집 안으로 들어갔다.

부인은 이제 더 캐묻는 시선으로 나를 보았다. "내 주소는 어떻게 알았죠?"

"베스가 알려주었어요."

"내 며느리?"

"네."

"왜요?"

"우리 모두 벤을 걱정하고 있거든요. 잘 있나 알아보려고요. 제가 마침 선덜랜드에서 회의가 있어서 벤이 다니던 곳을 가보고 있어요. 누구 본 사람이 없는지."

부인이 눈을 가늘게 떴다. "그러려고 런던에서 여기까지 왔다고요?"

"올 일이 있었으니까요. 돕고 싶기도 했고. 최근에 벤한테서 연락 받으셨나요?"

"이번 주는 못 받았어요. 어쨌든 화요일에 온 경찰에게 다 말했으니까."

"그 경찰이 아직도 있나요?"

"물론 돌아갔지, 왜 여기 남아 있겠어요."

부인의 목소리에는 긴장감이 역력했다. 아들이 실종돼서인지, 아니면 거짓말을 하고 있어서인지는 알 수 없었다.

"이번 주에 벤이 오지 않았습니까?"

부인은 내 질문은 무시하고 내 멍을 가리키며 물었다. "얼굴은 왜 그렇게 됐죠?"

"어제 벤을 찾아 카지노에 갔었는데요. 몇 가지 물었더니 문지기들이 성을 내더라고요."

"그럴 수도 있겠지. 내 아들이랑 정말 잘 아는 사이인가요?"

"잠깐 안에 들어가서 얘기하면 안 될까요?"

부인은 팔짱을 끼고 날카롭게 대꾸했다. "당신이 얼마나 수상해 보이는지 잘 모르시나 보군요, 킹 씨. 미리 연락도 없고 소개도 없이 불쑥 집까지 찾아와서 내 아들에 대해 묻다니 말입니다."

"압니다. 죄송해요. 좀 급하게 돼서요. 미처 전화할 시간이 없었어요."

"정상적인 행동이 아니잖아요."

"정상적인 상황이 아니니까요."

부인이 노려보았다. "난 당신이 누군지 몰라요. 거짓말하는지도 알 수가 없지."

"벤의 친구라니까요."

"그거야 당신 말이지. 벤이 당신 얼굴을 그렇게 만든 건지도 모르잖아요?"

이거야말로 불편할 정도로 진실에 근접한 말이네.

나는 손을 들어올렸다. "딜레이니 부인, 난 그저 아드님이 괜찮은지 확인하려는 것뿐이에요. 벤은 좋은 녀석이고, 내가 실종됐다면 그도 이렇게 할 거예요."

부인의 의심이 조금 풀리는 듯했다. "벤에게 무슨 문제가 생겼다고 생각하나요?"

"연락이 안 돼요. 벤답지 않아요. 그리고……."

"그리고?"

나는 주변을 확인했다. 누가 듣지는 않고 있는 듯했다.

"베스랑 좀…… 문제가 있었거든요."

"경찰도 그럽디다. 하지만 난 안 믿어요. 내 아들이 그럴 리 없어요."

"사실이랍니다. 저도 아니길 바라지만."

부인은 나를 노려보았다. 자신의 안전에 대한 걱정보다 아들에 대한 염려가 더 클 것이었다. 잠시 갈등하는 눈치더니 어머니다운 관심이 이겼다. 부인은 개들을 다시 곁으로 부르더니 문을 열었다.

"여기까지 왔다고 하니 잠깐 들어와요."

# 72

딜레이니 부인이 공 들여 꾸민 듯한 거실로 나를 안내한 후 주방으로 가서 갓 내린 커피를 가져왔다. 벽과 벽난로 위는 딜레이니 가족사진들로 장식돼 있었다. 시드니, 리오, 플로리다, 이집트에 갔던 모양이었다. 벤의 서재에 있는 사진과 같은 것이 많았다.

개들이 딜레이니 부인 바로 곁에 바짝 따라다녔다. 그녀는 본차이나 커피 잔을 건네주고 나와 함께 10대의 벤이 반장 배지를 달고 있는 사진을 보았다.

"벤이 학교장 상을 타는 사진이죠. 정말 똑똑한 아이였지."

커피를 한 모금 마셨다. 훌륭했다. 부드러우면서도 강한 향이 풍겼다.

"제가 다녔던 학교보다 세련돼 보이네요."

"북동부에서 세 손가락 안에 드는 곳이죠."

"베스는 벤이 지역 공립학교에 안 갔다고 하더군요."

"브레이필드? 절대 안 되지. 거기에 보내느니 차라리 홈스쿨링을 하지. 끔찍한 곳이에요. 문제투성이다. 지금은 벤저민 어릴 때보다 더 심해졌어요."

부인이 나에게 안락의자에 앉으라고 손짓했다. 나는 그녀가 마음에 들었다. 내 이야기를 들어주고 집으로 들여보내주어 고마웠다. 대부분의 사람은 무조건 나를 유죄로 몰아 눈앞에서 문을 쾅 닫아버렸는데 말이다. 부인은 솔직했고 진심으로 아들을 걱정하고 있었다.

"내 이름은 루스예요."

"들여보내주셔서 감사합니다." 나는 푹신한 가죽 안락의자에 앉았다. "벤이 이렇게 오래 연락이 안 되다니 믿을 수 없어요. 걱정 많이 하셨겠어요."

"잠도 잘 못 잤어요."

"언제 마지막으로 소식을 들으셨죠?"

"벤이 연락을 잘하는 편은 아니니까요. 보통은 2주에 한 번, 주말에 연락했죠. 회사일이 워낙 바쁘면 거르기도 하고. 지난 주말에도 연락이 없었어요."

"어젯밤에 런던에서 이리로 온 것 같아요. 혹시 어머님을 뵈러 들르지 않았을까 했죠."

"벤저민은 여름 이후 온 적이 없어요."

그때 내 전화기가 울렸다. 모르는 번호였다. 광고 전화일 것 같아 수신 거부해버렸다.

"죄송합니다."

"그…… 관계있다는 여자에 대해서 얘기를 좀 해봐요." 부인이 천천히 말했다. "경찰이 그러는데, 친구 아내라던데."

"저는 잘 모릅니다." 나는 거짓말을 했다. "하지만 몇 달 만났던 것 같더군요. 그랬다가 여자가 끝내자고 했다고요."

"아마 돈을 뜯어낼 수 없다는 걸 깨달은 모양이지. 그런 매춘부들은 늘 그러더군."

나도 모르게 경직되었다. "그랬던 건지는 잘 모르겠네요."

"정말?" 말투가 바뀌며 부인이 느리게 말했다. "그럼 어떻게 된 거라고 생각하는데요?"

"제가 듣기로는 서로……."

벽난로 위 유리 액자에 빛이 반짝거리는 게 비쳤다. 푸른 경광등이었다. 집 밖에 순찰차가 서 있었다. 곧이어 양쪽 차 문이 열리며 제복 입은 경찰들이 뛰어나왔다.

루스 딜레이니도 벌떡 일어서더니 언제 챙겼는지 모를 부엌칼을 들고 나에게 겨눴다. "당신이 그자 맞지?"

"누구 말이죠?"

"그 여자 남편! 벤저민에게 들러붙었던 여자 남편이잖아. 보는 순간 알아챘어."

"경찰을 불렀군요." 나는 현실이 믿기지 않았다.

"경찰이 경고를 해줬지."

나도 벌떡 일어났다. 아드레날린이 온몸을 휘감았다. 경찰이 길을 건너 무전기에 대고 말하며 오고 있었다.

"무슨 경고요?"

"당신이 올지도 모른다고 했어. 그러면 경찰을 부르라고. 자, 이제 내 아들에게 무슨 짓을 했는지 사실대로 말해!"

진입로에서 자갈 밟는 소리가 요란하게 들렸다. 몇 초밖에 여유가 없었다. 나는 현관 쪽으로 나가며 말했다.

"딜레이니 부인, 나는 아무⋯⋯."

"내 쪽으로 오지 마!"

부인이 칼을 휘둘렀고 개들도 털을 잔뜩 곤두세우고 송곳니를 드러내며 으르렁거렸다.

나는 손을 앞으로 뻗고 그녀를 피해 지나가며 말했다. "난 부인을 해칠 생각이 없어요."

잭 러셀 테리어 한 마리가 펄쩍 뛰어 내 무릎을 물고 늘어졌다. 나는 뒷걸음치며 현관으로 갔다. 날카로운 이빨을 내 살에 박은 개도 함께 딸려왔다. 경찰 둘이 현관문을 쾅쾅 두드리며 외쳤다. 현관 유리 너머로 그들의 모습이 어른거렸다. 여기를 빠져나가야 해.

개는 계속 으르렁거리며 물어대고 나는 떼어내려 애쓰며 주방 쪽으로 갔다. 피가 구두로 흘러내렸다. 겨우 떨쳐내고 돌아서 달리는데 루스 딜레이니가 고함을 치기 시작했다.

"이건 다 네 아내 년 때문이야. 정말 네가 벤저민을 어떻게 했으면, 하늘이 도우사 내가 직접 너를 죽여버릴 거야, 이 자식아!"

나는 오른쪽의 테라스로 뛰어나가 고리버들 탁자를 밀쳐내고 열린 유리문으로 나갔다. 뒤도 안 돌아보고 정원을 가로질러 울타리를 부수고 옆집 정원으로 고꾸라지는데 뒤에서 계속 고함소리와 개 짖는 소리가 들렸다. 옆집 울타리를 넘어뜨리고 계속 달렸다.

# 73

울타리들을 부수고 뛰어넘다가 일곱 조각의 파편이 손바닥에 박혔다. 나무 파편 네 조각은 꺼냈지만 다른 세 개는 너무 깊이 박혀 나오지 않았다. 빼내려고 할수록 더 깊이 박히는 듯했다. 발버둥 칠수록 더욱 곤경에 빠지기만 하는 내 상황과 너무 비슷했다.

후드티를 뒤집어쓰고 선덜랜드 기차역 승강장 맨 끝의 벤치에 앉았다. 들어오는 길에 젊은 경찰 하나가 누군가를 찾아 역사 내를 이리저리 훑어보는 것을 보았다. 오른팔도 벽에서 뛰어내리다가 착지를 잘못했는지 쑤시고 있었고, 개에게 물린 왼쪽 무릎에선 계속 피가 흘렀다. 네 개의 이빨 자국이 선명했다. 이제 관절까지 욱신거리며 굳어가서 걷기가 힘들었다. 다리를 구부리고 돌려보았다. 통증에 이를 악물어야 했다. 10년 전 철심을 박은 이후 영 시원찮아진 무릎이었다. 하룻밤 과음이 내 운동선수로서의 인생을 망가뜨렸다.

라센에게 전화를 걸었다. 첫 신호음에 받았다.

"조셉, 전화가 꺼져 있던데. 뭘 하고 있었어요?"

"이것저것요."

"당신 괜찮아요? 목소리가 안 좋은데."

"아주 좋지 않죠. 하지만 뭐."

"어디예요?"

"기차를 기다리고 있습니다."

"런던으로 돌아오려고요?"

"네."

"좋아요. 이제 어떻게 할지 얘기를 해봐야겠군요."

나는 긴장하며 또 다른 불시의 타격을 예상했다. 지금 이 시점보다 더 나빠질 수 있을지는 모를 일이었다.

"또 무슨 일이 있나요?"

"지금 상황에서 최선의 대응책을 생각해보자는 겁니다."

나는 숨을 크게 들이마셨다가 천천히 내쉬었다. 승강장을 둘러보니 아까의 젊은 경찰이 들어와서 형광 조끼를 입은 역무원과 얘기하고 있었다.

"내가 어떻게 하면 될까요?"

"조셉, 경찰은 당신이 사건 현장에 있었다는 자백을 받아냈고 과학 수사 증거까지 가지고 있어요. 매장지로 추정되는 곳에서 당신 핸드폰도 찾았고. 당신 차 트렁크에 딜레이니 씨의 혈흔도 있었죠. 게다가 당신 전화기의 수상한 검색 기록도 있지 않습니까. 딜레이니 씨의 핸드폰을 당신이 사용한 듯한 메타데이터도 나왔고요. 페이스북 게시물 분석 결과도 딜레이니 씨가 아닌 것 같다고 나왔습니다. 게다가 이 모든 결과를 뒷받침하는 동기로, 당신 아내의 부정이 있어요."

라센은 잠시 아무 말 하지 않고 기다렸다. 나에게 떠오르는 거라고는 벤의 히죽대는 얼굴뿐이었다. 게임은 끝났다고, 이 덩치야. 네가 졌어.

기차 철로가 겨우 몇 미터 앞에 놓여 있었다. 나는 빛나는 금속 철로를 노려보았다. 시속 100킬로미터도 넘는 열차에 충돌하면 어떤 고통을 느끼게 될까? 아마 아무것도 못 느끼겠지. 기껏해야 1초? 너무 빨리 끝나리라. 1초면 살아 숨 쉬고 생각하던 내가 사라지리라. 인류의 효율적인 구성원이던 내가. 1초면 산산이 부서져 파괴되고 소멸되는 것이다.

라센이 말했다. "조셉, 듣고 있어요?"

"난 끝난 거죠. 안 그래요?"

"우리 차분히 앉아서 제대로 얘기해봅시다, 조셉. 얼굴을 맞대고. 더 이상 전화나 기차 타고 지방으로 돌아다니지 말고요. 그게 내가 해줄 수 있는 최선의 충고입니다."

"아직도 나를 변호해줄 건가요?"

라센이 머뭇거렸다. 두 사람의 핸드폰이 잠시 침묵했다.

"이제부터는 내 식대로 따라오겠다고 하면요."

"거기에는 내가 이제 경찰서로 가서 자수하는 것도 포함돼 있나요?"

"범죄라도 저지르고 돌아다니던 사람같이 말하네요."

"질문에 대답해줘요."

"내가 어제 한 조언은 아직 유효합니다."

"그럼 이제 끝이군요."

"무슨 뜻이에요?"

"경찰, 살인 혐의, 정말 운이 좋을 경우 보석."

"지금 단계에서는 아무것도 확실하지 않아요. 하지만 이제부터라도 최대한 현명하게 대처해봐야죠."

"보석으로 나올 수 있을 거라고 생각해요?"

라센은 다시 한 번 내 질문을 피했다. "지금 런던으로 오는 길이에요?"

"세 시간 반이면 도착할 거예요."

나는 킹스크로스에서 내려 택시를 타고 곧장 그의 사무실로 가기로 했다. 아무데도 들르지 않고 곧장. 도착해서 한 시간 정도 전략을 논의하고 보조 변호사 하나를 내 집으로 보내 갈아입을 옷을 가져오게 할 터였다. 그다음 라센이 직접 킬번 경찰서로 나를 데리고 가 네일러 반장에게 자수시킬 것이다. 다만 라센은 자수라는 말 대신 심화된 수사에 협조할 수 있도록 한다는 표현을 썼다.

이제 오전 11시 5분 전이었다. 일주일하고도 하루 전에, 바로 이 시간에 나는 고1 수업에서 『생쥐와 인간』에 대해 토론하고 있었다. 8일 전이다. 나는 라센에게 오후 3시까지 가겠다고 약속했다.

# 74

기차에서 나는 맨 뒤칸에 탔다. 최대한 다른 승객과 떨어진 구석에 앉아 후드를 뒤집어썼다. 아무 할 일이 없었다. 읽을거리도 없었다. 얘기를 나눌 사람도 없었다. 경찰서와 DNA 증거에 대해서 생각했다. 그리고 내 아들에게 뭐라고 해야 할지도.

기차 테이블 위에 놓인 내 핸드폰만이 유일한 친구였다. 기차가 영국 동부를 지날 때 창밖을 보려 애썼지만, 어느새 눈은 몇 번이고 아이폰을 향했다. 내 가족과의 유일한 연결 수단이자 싸움 무기였다. 비록 전임자 둘 다 이미 나를 배신했지만……. 첫 번째 전화기는 수상한 장소에서 발견되었고, 두 번째 전화기는 수상한 검색 기록을 저장하고 있다가 그랬다. 어쩌면 고도의 전자 기술이 집적된 이 세 번째 기기도 나를 배신할 준비를 하고 있을지 몰랐다. 또 어떤 걸 숨기고 있을까? 나는 구글로 들어가 검색 기록을 살폈다. 이런 걸 어떻게 해킹하지? 기록은 다 낯이 익었다. 기차 시간표, 지도, 선덜랜드와 카지노.

또 뭐가 있지? 문자 메시지도 다 본 것들이었다. 전화기를 뒤집어보았다. 카메라 렌즈가 보였다. 우리 집 컴퓨터의 웹캠이 생각났다. 일요일 밤에 나를 지켜보던 모습이 말이다. 어쩌면 내가 하는 행동이 아니라 전화기가 하는 행동을 감시당하고 있었던 것인지도 모른다.

이제 기차는 뉴어크 노스게이트 역을 지나고 있었다. 런던까지 반쯤 남았다. 슬슬 기차가 속력을 올렸고, 겨울로 향해 가는 갈색의 시골 풍경이 나왔다.

이놈의 전화기가 또 무슨 짓을 꾸미고 있을까? 전화기 안에는 10여 개의 앱이 깔려 있었다. 대부분 낯이 익지만 하나가 이상했다. SysAdminTrack이라는 앱이었다. 다운받은 기억이 없었다. 톱니바퀴 안에 한 쌍의 스패너가 엇갈려 있는 아이콘이었다.

앱을 열자 왼쪽에 메뉴가 네 개 나타났다. 시작, 버전, 업그레이드, 승인. 첫 세 개는 별것 아니었지만 승인 탭을 누르자 세부 메뉴가 나타났다. 앱에서 전화기의 어떤 기능을 사용할 수 있는지 알려주고 있었다. 전방과 후방 카메라의 스틸 사진과 비디오, 오디오용 마이크, GPS 위치, 인터넷 브라우저, 텍스트 메시지, 이메일, 앱, 내부 저장 장치. 즉 내 전화기의 모든 기능에 접근이 가능한 거였다.

구글로 검색하자 위키가 제일 위에 떴다. SysAdminTrack이란 해커들이 핸드폰 운영 체제의 취약점과 외부 조종 가능성을 시범으로 보이려고 개발한 프로그램이었다. 다른 핸드폰 사용자가 이 앱이 깔린 전화의 기능들을 원격으로 조종할 수 있도록 해주었다. 카메라 역시 아무 시각적 표시 없이 작동시킬 수 있었다. 여러 국가에서 사용 금지된 앱이었다.

충격이 밀려왔다. 음성도 들을 수 있다면 내 이전 전화 통화도 모두 들었을 것이다. 내가 나눈 대화도 모두 기록됐을 수 있다. 변호사, 경찰, 내가 만난 모두. 나는 전화기를 늘 가지고 다녔다. 게다가 문자와 이메일에까지도 접근할 수 있다면……. 하지만 누가 그랬을까? 벤일 수밖에 없다. 이런 기술을 사용해 원하는 것을 얻고 자신이 얼마나 영리한지를 보여주는 것이다.

파일 매니저를 열어보니 음성 파일이 하나 있었다. 겨우 14초짜리였다. 두 개의 목소리 중 하나는 내 것이었다.

"우리가 팀이 될 수도 있어."

"팀?"

"힘을 합해 이 일을 멈춰야 해. 벤이 정신을 차리게 만들어야 해."

"우리가 벤과 싸워야 한다는 말처럼 들리네."

"글쎄, 베스. 사실 거칠게 말하긴 싫지만, 지금 상황이 그렇게 됐어……."


그러고 나서 잘렸다. 마치 테스트라도 했던 것처럼. 아니면 실수가 있었던 것처럼. 베스와 어제 공원에서 나눈 대화였다. 벤이 내내 듣고 있었던 것이다. 베스와 내가 협력하고 있다는 것을 벤도 알고 있었다. 베스에게 가까이 가지 말라는 자신의 경고를 내가 어겼다는 것도 알 것이었다.

이제는 베스도 위험했다.

나는 SysAdminTrack 앱을 지우고 의자에 기대앉았다. 얼굴의 멍이 천천히 지속적으로 쿡쿡 쑤시고 있었다. 멍하니 창밖을 내다보다가, 아까 루스 딜레이니의 집에서 수신 거부했던 전화가 생각났다. 그녀가 칼을 들고 날뛰기 직전. 그 번호는 받은 전화 목록에 저장돼 있었다. 아마 보험을 들라는 자동 안내 목소리가 나오겠지. 지울까 하다가 그냥 통화 버튼을 눌러보았다.

남자 목소리였다.

"안녕, 조셉. 지금 전화 괜찮지?"

"어, 응. 누구지?"

"마크야, 마크 러딩턴. 페이스북으로 메시지를 보냈잖아."

보아하니 운전 중인 듯했다.

"아, 그래, 미안. 그랬지. 전화 줘서 고마워."

"그래서 네가 멀리사의 반쪽이 되었군?"

"그래."

"좋겠네. 멀리사는 어떻게 지내? 잘 지내지?"

"잘 지내. 고마워."

"좋네. 이거 좀 어색하긴 한데…… 멀리사는 말하자면 나 학교 때 첫 여친이었거든. 그런데 20년 후에 남편이 연락을 주다니. 그것도 SNS로…… 이건 참…… 놀라운 일이잖아? 솔직히 생각도 못 했거든."

이런 얘기나 하고 있을 순 없었다.

"사실 내가 10주년 파티에서 낭독할 기념사를 쓰고 있거든. 그러다가 학교 때 재미있는 얘기가 있으면 넣어도 좋겠다 싶었지. 그런데 네가 페이스북에서 궁금해 보이는 언급을 했더라고. 학교 때 했던 「맥베스」 연극에 대해서 말이야."

"아, 그거." 마크의 말투가 좀 바뀌었다. "뒤풀이 파티 얘기?" 그러고 나서 한숨을 쉬는 것 같았다. "멀리사가 남편한테는 얘기 안 했겠지?"

"나도 모르지. 안 하지 않았을까?"

"뭐, 재미있는 이야기는 아니야." 목소리가 갑자기 심각해졌다. "적어도 당시에는 그랬지."

"왜?"

마크가 다시 머뭇거렸다. "정말 알고 싶어? 파티 기념사랑은 안 어울릴 텐데."

"그냥 일단 다 모아보려고. 그럼 적당히 편집해서 쓸 수 있지 않을까? 너무 창피한 이야기면 빼놔야지."

"그래야 할 거야."

"걱정 마, 그저 참고삼아 알아두기만 할게."

"참고만 삼는다고?"

"물론이지."

"그럼, 좋아. 너희 파티니까 알아서 하겠지." 그러고 나서 마크는 이야기를 들려주었다.


## 75


런던의 매력은 강력했다.

마치 저항할 수 없는 중력과도 같이 모든 것의 중심이 되어 모든 것을 끌어들였다. 나의 가족, 나의 집, 나의 운명. 나는 완전히 지쳐, 우리의 수도로 다가가는 20여 분을 꾸벅꾸벅 졸았다. 이상한 꿈과 상념 사이를 넘나드는 동안 이미지들과 사실들이 단편적으로 나타났다. 교복을 입은 윌리엄, 베스의 눈물, 벤이 내 얼굴에 대고 으르렁거리는 모습, 우리 주방에서 상의를 벗고 웃음 짓는 멀.

기차가 킹스크로스 역으로 덜컹이며 들어가는 바람에 놀라

잠에서 깼다. 감전이라도 된 듯 펄쩍 뛰어 일어났다. 건너편의 노인이 불안한 시선을 보냈다. 우리 주방에서 다른 남자를 위해 윗옷을 벗고 찍은 멀의 셀카 사진……. 갑자기 나는 왜 그 사진에 뭔가 이상한 점이 있다고 느꼈는지 깨달았다.

내 손의 아이폰이 진동하더니 모르는 번호로 문자 메시지가 들어왔다.

> 오후 2:08
>
> 안녕, 조셉. www.vipescortservices/33605 이건 당신이 예전에 예약했던 사람이고요. 아내분과 함께 마음에 들어 할 선택지도 보내 드립니다. www.vipescortservices/33699 혹은 www.vipescortservices/33681을 확인해보세요. 우리는 언제나 열려 있답니다. :-) 로나

VIP 에스코트의 안내원이었다. 첫 번째 링크를 눌러보았다. 브라우저가 열리는 데 너무 시간이 오래 걸렸다. 기차는 천천히 멈춰 섰다. 아직도 브라우저는 결과를 보여주지 못하고 진행 중 표시만 빙글빙글 돌아갔다.

나는 더 기다리지 못하고 일어나서 사람들 틈에 섞여 고개를 숙이고 걸어 나왔다. 계속 전화기를 흘긋거리면서 출구를 찾았다. 고풍스러운 천장이 높이 솟은 중앙 홀로 걸어 나올 때까지 웹페이지는 뜨지 않았다. 금요일 이른 오후라 아직 퇴근 인파가 몰릴 시간이 아닌데도 기차역은 일찍 사무실을 빠져나온 사람

들과 주말 방문객들로 북적였다.

마침내 페이지가 떴다. 멀이 예전에 VIP에서 예약했던 에스코트의 상반신 사진이었다. 나는 그 사진을 노려보며 걸음을 멈췄다. 내 뒤에서 걸어오던 남자가 등에 그대로 부딪혔다. 사과의 말을 중얼거린 나는 그가 지나쳐간 후에도 움직일 수 없었다. 입을 헤벌리고 눈을 껌뻑인 다음, 다시 사진을 뚫어져라 바라보았다. 페이지를 내려 이름과 소개를 확인하고, 다시 페이지를 올려 사진을 보았다.

주변의 소란과 혼잡이 저만치 물러가고 나 혼자 침묵 중에 서 있는 듯했다. 머릿속 깊은 어둠 속에서부터 끔찍한 생각 하나가 스멀스멀 기어 올라왔다. 너무 끔찍해서 정면으로 응시하기조차 싫은 생각. 그게 정말 사실이 될까 봐 다시 쳐다보기도 싫은 생각이었다. 하지만 그 생각은 머릿속에서 점점 더 또렷해졌다. 내가 아는 게 뭘까? 내가 실제로 확실하게 알고 있는 게 대체 뭘까? 이 모든 것이 결국 무슨 의미지?

이제 그 생각을 떨칠 수 없었다. 하지만 그럴 리 없지 않은가? 내가 지난 8일간 모든 것을 완전히 잘못 생각해왔다면, 이제는 조금이라도 바로잡을 수 있는지 알아낼 차례였다. 드디어 해답이, 진실이 드러날 때였다. 모든 것을 라센과 네일러 앞에 조각조각 펼쳐 보이고 그들의 결정을 기다려야 할 때였다.

다시 문자 메시지가 들어왔다. 사진이었다. 검은 레인지로버가 베스의 집 앞에 서 있었다. 그 집 2층에서 찍은 사진이었다. 그 아래 세 단어가 쓰여 있었다.

제발 우리를 도와주세요

발신인의 번호는 모르는 번호였다. 베스 것은 아니었다. 베스 번호는 저장해두었으니까. 그렇다면 앨리스가 보낸 것이었다. 그래야 했다. 콜닉이 다시 와서 위협하고 복수를 하려 한다. 앨리스가 겁에 질려 있다. 이 모든 와중에 아무것도 모르고 말려들었다.

라센과 네일러는 조금 기다려도 되리라. 나는 재빨리 답장을 보냈다.

오후 2:13 나
내가 갈 테니 먼저 경찰에 전화하렴

그러고 나서 라센에게 문자를 보냈다.

오후 2:14 나
회의를 4시로 미뤄도 될까요?

답장이 바로 왔다.

오후 2:15 피터 핸드폰
알았어요. 왜요?

오후 2:15 나
먼저 들러야 할 데가 있어요

나는 전화기를 주머니에 넣고 택시를 향해 달렸다.


# 76


검은 레인지로버는 벤의 집 진입로에 비스듬히 주차되어 베스의 메르세데스를 막고 있었다. 나는 뛰어가 레인지로버 안을 들여다보았지만 비어 있었다. 현관으로 가서 벨을 울리며 문을 두드렸다. 하지만 답이 없었다. 잔디밭으로 들어가 거실 창문을 들여다보다가 집의 오른쪽으로 돌아갔다. 정원 문을 지나 뒤뜰로 들어갔지만 오늘은 인부들이 보이지 않았다. 새 정자는 아직 기초만 닦여 있었다.

조용히 일광욕실의 큰 창으로 다가가 들여다보았다. 거실로 연결된 입구에서 아까와 같은 풍경이 보였다. 일광욕실로 들어가는 문이 살짝 열려 있었다. 유리문이 깨져 두꺼운 양탄자에 조각들이 떨어져 있었다.

젠장, 이미 늦었나 보다.

나는 문을 더 열고 안으로 들어갔다. 귀를 기울여보았지만 아무 소리도 들리지 않았다.

"앨리스? 베스? 안에 있어?"

대답이 없었다. 나는 가만가만 더 안쪽으로 들어가보았다.

"앨리스?"

집 안 전체가 조용했다. 핸드폰을 꺼내서 아까 번호로 전화를 걸었다. 어디선가 수신음이 들리는지 귀를 기울였다.

그때 위층에서 쿵 소리가 났다. 나는 그대로 얼어붙었다. 이미 들어왔구나 싶었다. 또 소리가 났다. 쿵. 희미하게 여자 목소리가 들렸다. 한 발짝 계단을 올라서면서 망설였다. 이번에는 더 크게 쿵.

위층에서 무슨 일이 일어나고 있는지는 알 수 없지만, 좋은 일일 수는 없었다. 누군가 곤경에 처한 듯했다. 다시 겁에 질린 여자의 목소리가 들렸는데, 무슨 말인지는 알 수 없었다. 나는 최대한 조용히 위층으로 올라갔다. 올라가는 동안에도 쨍그랑하고 유리 부서지는 소리와 비명이 들렸다. 베스의 목소리 같았다.

2층의 문은 다섯 개였고 모두 열려 있었다. 나는 한 층계를 더 올라 3층으로 갔다. 이제 베스의 목소리가 똑똑히 들렸다.

"아무 말도 안 했어, 제발! 맹세해! 때리지 마!"

복도 끝의 부부 침실이었다. 문은 닫혀 있었다.

"제발! 안 돼!"

요란한 총성이 들렸다. 나는 복도를 뛰어가 어깨로 문을 들이받았다. 문짝이 조각나면서 침실의 출입구가 내 앞에서 열렸다. 헐떡거리는 내 몸으로 아드레날린이 관통했다. 그 밖의 모든 것은 잊었다. 침대 옆 바닥에 누군가 널브러져 있었다.

아, 너무 늦었다.

## 77

여자라는 건 알 수 있었다. 짙은 푸른색 가운이 밀려 올라가 창백한 맨다리가 드러나 있었다. 한쪽 발에만 폭신한 슬리퍼가 끼워져 있었다.

다른 사람은 보이지 않았다. 나는 쓰러진 여자 옆으로 가서 무릎을 꿇었다. 그녀는 두꺼운 양탄자에 엎드려 있었다. 검은 머리를 뒤로 묶었고, 그 옆에는 한쪽 다리가 부러진 안경이 떨어져 있었다.

나는 여자의 어깨를 건드리며 불러보았다. "베스?"

아무 답이 없었다.

화약 냄새가 느껴지는 가운데 핏자국을 찾아 두리번거리며 그녀를 살짝 흔들어보았다.

"베스?"

나는 낮은 목소리로 다시 불러보았다. 그리고 목을 손으로 더듬어 맥박을 찾아보았다.

그러자 베스가 눈을 깜박거리며 떴다.

"조셉."

"베스, 괜찮아? 무슨 일이야?"

베스가 옆으로 누워 천천히 눈을 깜빡였다. "벤?"

"나 조셉이야."

베스가 정신을 차리려 애쓰며 내 팔을 꽉 잡았다. "그가 여기 와 있어."

"누가? 알렉스 콜닉?"

"뭐?" 베스가 어리둥절한 표정을 지었다. "그게 무슨……."

"어쨌든 앨리스는? 앨리스는 어디 있어?"

"욕실에서 문을 잠그고 있어."

"몸은 어때? 다친 거야?"

베스가 고개를 저었다. 그리고 울먹였다. 나는 갑자기 어지러웠다. 마치 회전목마 한가운데 뛰어든 것처럼 빙빙 돌았다. 뭘 어떻게 해야 할지 알 수 없었다. 이럴 때가 아니었다. 방 안을 둘러보았다. 뭐라도 무기가 될 만한 것을 찾아보았다. 방 안은 난장판이었다. 의자는 뒤집히고 옷과 액자는 사방에 흩어져 있고 옷장 옆의 커다란 거울은 세 조각으로 깨졌다. 그 옆 벽에는 불똥이라도 튀긴 듯한 검은 구멍들이 여러 개 뚫려 있었다. 방금 들었던 산탄총 발사 자국이었다.

"저 총은 뭐야? 벤의 엽총이야?"

"아니, 엽총은 다 식당 금고 안에 있어."

"놈은 어디로 갔어?"

"아래층으로." 베스가 침실 다른 쪽 끝의 열린 문을 가리켰다. "서재로 가는 문인데 뒷계단을 통해서 식품 저장실로 내려갈 수 있어. 그는 탄창을 더 가지러 갔어."

"엽총 탄창?"

"응."

젠장. 나는 화장대로 가서 가위를 찾았다. 칼은 없을까? 무기로 쓸 만한 게 필요했다. 아무것도 없었다. 내 시선은 다시 아래에서 위까지 금이 사방으로 가 있는 거대한 전면 거울로 향했다. 팔꿈치로 세 번 쳐서 조각들이 바닥으로 떨어지자, 근처에서 뒹굴던 티셔츠로 제일 큰 조각을 감았다. 낫처럼 날카롭게 휘어진 20센티미터가량의 조각이었다. 이거야말로 정글의 법칙이었다.

베스가 낮은 소리로 외쳤다. "올라와!"

뒷계단에서 누가 올라오고 있었다. 빠르지도 느리지도 않은 침착한 발걸음, 나무 계단을 밟는 삐걱, 삐걱, 삐걱 소리가 점점 가까워졌다.

"숨어."

내가 말했을 때 베스는 이미 초대형 침대 뒤로 숨은 상태였다. 나는 문 쪽으로 가서 한쪽 벽 옆에 섰다.

삐걱, 삐걱, 삐걱. 발소리가 계단 맨 위로 올라왔다. 나는 유리 조각을 티셔츠로 감은 임시 무기를 꽉 잡았다. 두꺼운 양탄자를 밟는 소리가 점점 다가왔다. 나는 유리 조각을 들어올렸다. 이 미친 짓들은 여기서 끝나야 했다. 지금 당장. 나를 보호하기 위해 필요한 일을 해야 했다.

문간에 사람이 나타났다.

## 78

"안녕, 조셉." 내 아내가 말했다.

멀. 나는 입을 벌렸지만 아무 말도 나오지 않았다.

멀은 내 손을 가리키며 물었다. "그걸로 나 안 찌를 거지?"

나는 유리 조각을 내리며 그녀를 노려보았다. 모든 일이 맞아 떨어졌다. 한꺼번에. 알렉스 콜닉도 벤도 아니고 내 아내가 여기 있었다.

멀이 손을 들어올려 무기가 없다는 것을 보여주었다. 손에는 그저 하얀 아이폰을 들고 있을 뿐이었다. 처음 보는 기기였다.

"당신⋯⋯." 내가 겨우 말했다.

"나야." 멀이 말하며 손을 내렸다.

나는 한 걸음 다가갔다.

베스의 목소리가 내 뒤에서 들렸다. "그만 움직여, 조셉."

돌아보니 베스가 침대 뒤에서 나와 서 있었다. 얼굴에서 두려움은 사라지고 없었다. 눈물도 보이지 않고 오히려 힘이 넘쳐 보였다. 연극이 끝나고 인사하던 여자 주인공처럼 기분이 좋아 보였다. 그녀가 나를 향해 겨눈 엽총은 기다란 검은색이었다. 엽총의 총구멍이 블랙홀처럼 나를 빨아들이는 듯했다.

"유리 조각 버려."

베스가 엽총의 공이치기를 따각 소리와 함께 당겼다. 완전히 손에 익은 무기처럼 보였다.

나는 유리 조각을 버리며 생각했다. 베스가 얼마나 침착하고 자신감 넘치는지. 그제야 베스가 대학에서 뭘 전공했던지 또렷이 생각났다. 또 다른 퍼즐 조각이 맞춰졌다.

베스가 또 말했다. "네 전화기. 화장대 위에 올려."

나는 시키는 대로 했다.

"그 옆에 앉아." 베스가 총신으로 안락의자를 가리켰다. "손은 팔걸이에 놓고."

내가 움직이는 동안 총신도 따라왔다. 멀이 내 아이폰을 가져가 끄고는 자기 주머니에 넣었다. 그러고는 베스에게 가서 분홍색 탄창을 한 주먹 건네주고 뺨에 키스했다.

드디어 모든 것을 알게 된 나는 그들을 노려볼 수밖에 없었다. 지난 8일간 온갖 바보 같은 짓을 하고 돌아다닌 끝에 이제야 겨우 진실을 알아냈다. 말이 되는 단 하나의 결론에 도착했다. 하지만 아직도 내 눈으로 본 진실을 믿을 수가 없었다.

"당신이랑 베스가…… 둘이 계속 그랬던 거야?"

멀이 작게 고개를 끄덕였다. "그래."


# 79

식은땀이 가슴에서 흘러내렸다.

나는 함정에 빠진 쥐였다. 미끼를 따라 여기까지 왔는데, 이제 덫의 문이 닫히려 하고 있었다.

베스가 말했다. "시선 끌기가 뭔지 알아, 조셉?"

"마술사들이 하는 거잖아."

"바로 그거야. 마술사의 왼손이 비밀의 공간을 살짝 열 동안 오른손은 화려한 동작을 펼치며 시선을 끌지. 관객들이 엉뚱한 곳을 보도록 말이야. 우리도 차곡차곡 카드를 쌓아가는 동안 네가 엉뚱한 곳만 보도록 만들었어. 경찰도 마찬가지고. 우리가 던져주는 대로 전부 받아 삼키면서 착실히 나아가더군."

나는 그들을 노려보았다. 질문할 게 너무 많았다.

"페이스북 게시물, 문자들, 컴퓨터에 나타난 메시지, 다 당신이었어?"

"우리 둘 다 한 거야." 내 아내가 말했다.

베스가 말했다. "시선 끌기와 즉석 연기가 오늘날 세상에선 훨씬 잘 먹히잖아. 사람들은 정말 이상하게도, 실제로 볼 수도 없는 것은 믿고 바로 눈앞에 있는 건 믿기를 거부하지."

"하지만 벤이랑 전화 통화를 했잖아. 목소리를 들었다고." 내가 일요일을 떠올리며 물었다.

"녹음된 목소리를 들은 거지. 벤은 일 관련 전화를 집에서 다 녹음해 USB 메모리에 저장해두곤 했어. 난 그저 몇 구절만 찾아내서 편집해두면 됐으니까."

나는 고개를 저었다. 내가 얼마나 멍청했는지 믿을 수가 없었다. 심지어 나도 벤의 책상에서 그 USB 메모리들을 봤는데.

베스가 계속 말을 이었다. "사실 상황은 네가 제공했지. 우리는 오스카 배우들처럼 즉석 연기를 펼쳤던 거야. 운도 좋았고.

하지만 말이야, 다른 모든 것과 마찬가지로 연기도 할수록 더 자연스러워지더라. 그리고 우린 정말 타고났다는 걸 깨달았어."

"거짓말을 타고났겠지. 축하해." 내가 대꾸했다.

"거짓말이 아냐. 연기야." 베스가 말했다.

"대학에서 연기를 전공했지?"

"기억력 좋은데? 벤 때문에 결국 못 끝냈지만. 배우도 포기해야 했고. 내가 좋아하는 일을 하게 해준 적이 없었지. 하지만 내가 수년 동안 연기를 하고 있다는 건 깨닫지 못했지. 충실한 가정주부 역할을 연기하고 있다는 걸. 완벽하고 침착하고, 늘 남편의 그늘 아래서 만족하고 행복해하는 여자. 하지만 지난주야말로 내 인생 최고의 연기였어. 안 그래? 너도 너무 잘 따라와주었고. 자기가 무슨 일을 하고 있는지도 깨닫지 못하면서!"

"알렉스 콜닉은 뭐였어?" 내가 지쳐서 물었다.

"다 헛소리지. 그 남자를 본 적도 없어. 벤이 접근 금지 명령을 신청하려고는 했었지만."

"그걸 이용하려고 검은 레인지로버까지 빌린 거야?"

"네가 준 아이디어잖아. 목요일 저녁에 호텔에서 검은 레인지로버를 봤다며. 우린 그것도 이용해볼 수 있겠다 싶었지. 일주일 빌려서 차고에 넣어놨다가 너랑 내가 어제 공원에서 만날 때 멀이 몰고 나왔던 거야. 오늘도 마침 유용하게 썼고."

"벤이 '집에 간다'고 한 이메일은? 심지어 지운 편지함에 들어 있었잖아. 내가 발견 못 했으면 어쩌려고?"

"우린 네가 볼 줄 알았어, 결국은. 넌 예측하기 아주 쉬운 사람이니까. 다만, 정말 뻔한 암호를 쓰는 멀의 이메일 계정 하나 해킹하는 데 그렇게 시간이 오래 걸릴 줄은 몰랐지."

"하지만 내가 이메일을 본 건 어떻게 알았어?"

"꽤 간단한 프로그램 하나면 네가 뭘 열어봤는지 다 알 수 있어. 게다가 네가 경찰 체포 직전에 북쪽으로 내뺐잖아. 미끼를 문 거지. 그러니 더욱 죄가 있어 보여 잘됐고."

멀의 이메일 계정에는 목요일 이전에는 벤에게서 온 이메일이 없었다. 프리미어 인에서 만난 이후에는 다 지운 줄만 알았다. 하지만 이제야 진실을 알게 됐다. 그날 이전에는 받은 이메일이 아예 없었다. 벤과의 관계라는 것 자체가 없었으니까. 다 허구였던 거다. 온라인에 구축되어 SNS에 의해 소비되고, 그럴듯한 구식의 의심과 질투가 불을 지핀 허구. 그런데도 나는 그 말을 남김없이 믿었다.


## 80

나는 마른침을 괴로이 삼키며 물었다. "벤이 접근 금지 명령을 신청하려 했었다고?"

베스가 말했다. "그래, 그랬지."

"과거형으로 말하네?"

"결국 그렇게 됐어."

잠시 침묵이 흘렀다.

나는 다음 말을 신중히 선택했다. "그럼 네가 한 거구나."

"뭘 했다는 거지?"

"네가 벤을 죽였어."

"하지만 네가 그런 걸 수도 있잖아, 조셉? 내 불쌍한 남편, 네가 그를 다치게 하고 남겨둔 채 가버렸잖아. 네가 그를 유기했어. 네가 정말 살인자일 수도 있는 거야."

"정말 그랬다면 이 모든 짓거리가 쓸데없겠지." 내가 엉망인 방과 두 여자를 가리키며 말했다. "이 모든 거짓말이나 시선 끌기가 필요 없었겠지. 내가 제 발로 끌려갔을 테니. 정의가 알아서 일처리를 했을 거야."

"하지만 네가 우리에게 그를 갖다 바쳤어. 의식이 없는 남자를 질식시켜 죽이는 건 훨씬 쉬운 일이거든." 베스는 마치 날씨를 화제 삼는 것처럼 덤덤하게 얘기했다.

"너도 그날 지하 주차장에 있었던 거야?"

"그래. 벤이 멀과 호텔에서 둘만 만나자고 했지만 나는 벤을 믿을 수 없었어. 그래서 혹시 멀을 해칠까 봐 근처에서 지켜보고 있었지."

"나랑 벤이 다투는 걸 봤구나."

"다 봤지. 차 안에서."

"그때 죽인 거야?"

기억을 떠올리는 베스의 표정이 딱딱해졌다. "넌 부리나케 도망치더군. 그리고 나서 주차장에는 나와 내 개자식 남편만 남았지. 제발 네가 내 대신 일을 끝내줬기를 바라며 차에서 나왔어. 근데 아니더군. 그래서 트렁크에서 담요를 가져왔어. 누가 보면 베개를 만들어주려고 했다고 하려고. 하지만 아무도 안 왔어."

"그래서?"

"둘뿐이라는 확신이 들 때까지 잠시 담요를 들고 서 있었지. 그러고 있는데 아이디어가 하나 떠오르더라." 베스의 눈이 어둡 게 빛났다. "그다음에 질식시켰지."

무거운 침묵이 흘렀다.

"정말이지 너무 쉬웠어." 베스가 침묵을 깼다.

나도 말했다. "멀에게 전화를 걸었겠네. 둘이서 시신을 네 차로 옮기고."

"그래. 그리고 나서 둘이 드라이브를 갔지."

"내 핸드폰을 공원에 버리고, 내 차 트렁크에도 증거를 심어 놓고, 핸드폰에 의심스러운 검색 기록도 만들고." 나는 고개를 저었다. "지독하군. 믿을 수 없어."

베스가 웃었다. "그게 핵심이야! 이런 얘기를 누가 믿겠어? 바람난 아내를 둔 남편이 아내의 애인에게 복수했다는 게 더 말이 되지. 아주 오래전부터 늘 벌어지던 일이잖아. 그런데도 넌 아무 일도 없었던 것처럼 행동하고, 그러니 경찰이 더 의심을 할 수밖에."

"결국 내가 희생양이구나."

"그럴 만한 이유가 있는 희생양이지. 동기가 확실한 용의자."

"핸드폰에 들어 있던 멀의 누드 셀카는 뭐였어?"

이번엔 아내가 말했다. "당신이 풀장에 가고 윌이랑 파티에 간 동안 나도 바빴어."

다음 질문의 답은 이미 알고 있었지만 그래도 물어보았다. "그럼 벤과는 자지 않은 거야?"

"그는 애 타입이 아니야. 일요일에 말했을 텐데." 베스가 끼어들었다.

나는 잠시 가만히 있었다. 이 모든 상황을 이해해보려 애썼다. 내 감정이 어떤지 나도 잘 알 수 없었다. 기가 막히고 분노가 솟았다. 그리고 가슴이 찢어졌다.

"어떻게 이럴 수가 있어?" 내가 멀에게 조용히 물었다.

멀은 아무 말 하지 않았다.

"우리에겐 선택의 여지가 없었어." 베스가 대신 대답했다.

베스가 모든 걸 주도하고 있는 게 분명했다. 그녀가 우두머리 암컷이었고 나의 자신감 있고 활달한 아내 멀은 종속적인 존재였다. 결국 자기 엄마와 마찬가지로 멀도 강력하고 압제적인 인간에게 끌려다니며 장단이나 맞추는 신세가 되었다. 항상 고요했던 베스, 늘 벤의 그늘에 있는 듯 보였던 수줍은 베스가 지휘권을 휘두르고 있었다. 그녀가 대장이었다. 어쩌면 평생 처음인지도 몰랐다.

"난 내 아내에게 물었어." 내가 말했다.

멀은 시선을 피했다.

"멀?" 내가 다시 물었다.

"우리가 가진 걸 보호해야 했어." 멀이 바닥을 내려다보며 말했다.

"그게 뭔데?"

"우리 둘이 함께하는 인생."

"살인까지 저질러가면서?"

"당연하지!" 베스가 외치며 끼어들었다.

내가 마지막으로 둘이 같은 장소에 있는 걸 본 건, 일요일 펍에서였다. 한 명은 욕설을 고래고래 지르고 다른 한 명은 울고. 다 거짓이었다. 나를 위해서. 내 친구들과 수십 명의 목격자들을 위해서, 배반당한 아내와 탄로 난 정부 둘이 난리법석을 연기한 거였다.

"얼마나 오래됐어?"

"뭐가?"

"둘이."

"그게 중요해? 중요한 건, 우리가 너무 오래 서로를 잃고 지냈다는 거야. 그러다가 마침내 다시 만났고."

"너희 둘이 열다섯 살 때 바람을 피웠지?"

"마크 러딩턴에게 들었구나."

"학교 연극이 끝나고 뒤풀이 때가 처음이었지?" 손에 쥐고 있던 또 다른 실마리가 제자리를 찾아 들어갔지만, 이렇게까지는 예상을 못 했다. "하지만 그건 10대 때잖아. 어째서 이렇게까지 된 거야?"

"10대 때가 진짜지." 멀이 조용히 말했다. "길을 잃고 자신이 정말 누구인지 잊어버리는 건 어른들이야."

"이러지 마, 멀. 당신은 그보단 더 나은 사람이잖아. 나야, 당신 남편이라고. 당신을 아는 사람."

"아직도 이해를 못 하는구나, 그렇지? 10대들은 정직해. 그들이 진짜지. 그래서 그렇게 다치기 쉬운 거야. 나이가 들면서 잊어버리기 쉽지. 직장, 결혼, 아이, 주택 대출금, 온갖 쓰레기들이 끼어들면서. 어느 날 아침 일어나 보니 내가 전혀 모르는 사람으로 바뀌어 있다는 걸 깨달았어. 심지어 좋아하지도 않는 사람으로. 그러다 몇 년 전 베스와 나는 샬럿과 게리의 결혼식에서 우연히 다시 마주쳤지. 모든 것이 다시 10대 때로 돌아가는 듯했어."

"그게 벤과 취해서 키스했다던, 그 후로 벤이 집착하기 시작했다던 파티였어?"

베스가 말했다. "그래, 취해서 키스한 건 맞아. 하지만 지겨운 헌 남자와는 아니었어."

"그때부터 다시 만나기 시작했다고?"

"20년간의 혼수상태에서 깨어난 것처럼." 멀이 담담하게 말했다.

"이건 당신이 아니야, 멀. 이건 현실이 아니라고."

"뭐가 현실인지 잊고 있었어. 내가 진짜 누구인지."

"그럼 우리 아들은? 윌리엄은 어쩌고? 나는 어쩌고?"

베스가 말했다. "네가 우리를 이렇게 몰아붙였어. 네가 10년 동안 그랬던 것처럼 계속 틀에 박힌 생활을 하면서 우직하게 선량한 조셉 역할을 했으면 이런 일에 끼어들 필요가 없었지. 하지만 보다시피……."

"내가 저지르지도 않은 죄를 뒤집어씌웠지."

베스가 엽총을 들어올렸다. "네가 선택한 거야. 전혀 그럴 필요 없었는데 괜히 끼어든 건 너였어. 그러고 나서 마치 운명처럼 그냥 지나치기에는 너무 좋은 기회를 우리에게 선사했지. 잘 포장해 리본까지 묶어서."

이제 충격은 가라앉고 점점 또렷해지는 생각은 이 집에서 나가야 한다는 것이었다. 윌리엄을 찾아서 안전한 곳으로 데리고 가야 했다. 이 둘로부터 멀리 떨어진 곳으로…… 내가 상황을 끌고 가야 했다.

"하지만 너희 둘이 알아야 할 게 있어."

"뭔데?"

"네일러 반장이랑 여기서 만나기로 했거든." 나는 손목시계를 보며 거짓말을 했다.

"전화했다고?"

"킹스크로스 역에서."

"아니, 너는 그러지 않았어. 변호사에게 문자를 보내고 바로 이리로 왔지."

"네일러가 오고 있어." 다시 말했지만 절박한 거짓말은 내가 들어도 바보 같았다.

베스가 고개를 저으며 말했다. "그렇지 않아. 내가 어떻게 아는지 알아? 네 핸드폰에 심은 스파이를 지워버린 줄 알았겠지? 이젠 안심하고 사용할 수 있다고."

"시스템 뭐라는 앱이었지."

"내 평생 최고로 잘 쓴 60파운드였어. 공원에서 잃어버린 핸드폰에도, 임시 전화기에도, 지금 가지고 있던 거에도 다 깔려 있었지."

"내가 지웠는데."

"지웠다고 생각한 거지. 시스템 메모리에 그대로 남아 있어. 숨어 있지. 제대로 지우는 길은 전화기를 공장 초기화시키는 것뿐이야."

"꼭 전문가 같네."

"작년에 앨리스가 방과 후에 남자애들과 공원에 다니기에 설치해봤지. 어쨌든 난 늘 벤의 회사에서 하는 일을 파악하고 있었으니까. 벤이 우리를 부자로 만들어준 회사 이야기를 잘해주지는 않았지만 나는 늘 동향을 따라잡으려 노력해왔어. 언젠가는 참여시켜줄 날을 기다리며. 물론 그런 일은 일어나지 않았지. 내가 그럴 자격이 있다고 생각하지도 않았고."

"그래서 죽인 거야?"

베스가 내 질문을 무시하고 차가운 눈빛을 쏘았다. "넌 반장에게 전화하지 않았어. 거짓말 정말 못 하는 조셉. 너한테는 참 안타까운 일이지."

"전문가께서 그렇게 말씀하시니 사실이겠지."

"대신 완벽한 호구가 되어주었어. 너무 예측이 가능한 데다가 그 앱까지 심어놓으니 일거수일투족을 감시할 수 있었지. 어디로 가는지, 뭘 하는지, GPS와 카메라, 마이크가 모두 보여주고 들려주었어. 브라우저에서 무엇을 검색하는지도."

"선덜랜드의 호텔도 봤겠군."

"그래! 그 끔찍한 카지노 역시. 킹스크로스의 기차 시간표와 프라이언트 컨트리 파크, 스티븐 비첨을 향한 관심도. 비록 'STEB'라는 건 어디서 찾아냈는지 대체 알 수가 없었지만. 아무리 간단한 검색도 다 알고 있었지. 어쩔 때 보면 검색을 안 하고는 홍차 한 잔 못 끓이는 것 같더라. 심지어 앱을 발견하고서도 검색을 하니, 우리도 바로 알아낼 수밖에 없지."

그러고 보니 또 다른 퍼즐 조각이 풀렸다. "벤의 전화기에도 심어놓았구나?"

베스가 미소 지었다. "몇 달이나. 그래서 우린 벤이 무슨 짓을 벌이는지 알고 있었어."

# 81

"벤이 무슨 짓을 벌였는데?"

"나에게 두 가지 선택지를 주었지. 하나는 완전한 굴복. 내 죄를 인정하고 한 번만 봐달라고 비는 거였지. 또 다른 하나는 이혼. 하지만 우호적이고, 아이를 생각해서 교양 있게 헤어지자는 게 아니었지. 벤은 그런 스타일이 전혀 아니었으니까."

"그냥 이기기만 해서는 안 됐지. 다른 사람은 모두 져야 했으니까. 그렇지?"

"맞았어. 나를 완전히 엿 먹일 작정이었지. 두 가지 선택지 다 그런 거였어. 남자도 아니고 여자와 그런다며 더욱 화를 냈어. 내 모든 몫을 빼앗기고 쫓겨날 뻔했지. 일명 **초토화** 작전에 의해. 그동안 나의 모든 희생에도 불구하고 말이야. 학위도, 젊음도, 자유도, 경력도. 인생 전체를 포기했는데. 그의 말처럼 끝날 순 없었지. 하지만 이렇게 내 방식대로 하면 우리가 모든 걸 차지할 수 있어."

"벤이 너희 둘에 대해 알아냈구나."

"너보다 한참 똑똑한 남자야."

"대부분의 사람들이 그렇게 보여." 나는 혼잣말처럼 중얼거렸다.

멀이 말했다. "목요일에 벤이 회사 인사 문제로 은밀히 조언을 구할 게 있다고 만나자고 했어. 하지만 가봤더니 나랑 베스 사진이더라고. 다 알고 있다며 최후통첩을 하더라."

"무슨?"

"끝내라고. 관계를 끝내고 자기와 당신에게 전부 사과하는 문서를 작성하라고. 심지어 자기 딸과 자기 어머니에게도 용서를 구하라고. 베스가 말한 것처럼 완전히 엿 먹이려 했지."

베스가 끼어들었다. "그리고 나서 나는 우리 결혼 전 약속을 깨고 새로운 서약서를 작성해야 했어. 또 불륜을 저지를 경우 재산을 모두 빼앗기고 앨리스에 대한 친권도 박탈당하는."

"그때 벤이 멀에게 그런 이야기를 하고 있었구나."

"그래. 그리고 누가 대장인지를 보여주었지."

"하지만 핸드폰을 감시하고 있었다며. 무슨 일을 꾸미는지 알고 있었잖아."

"알고는 있었지만 언제 터뜨릴지는 몰랐어. 알고 보니 웬 평일 저녁 거지 같은 호텔에서더라고."

주차장에서 마주쳤을 때 벤이 나랑 말을 하고 싶어 하지 않는 것도 당연했다. 이미 머릿속이 복잡한 상태였던 것이다.

또 다른 생각도 떠올랐다. "어차피 벤이 멀을 만날 때 베스도 듣고 있었겠지."

베스가 고개를 끄덕였다. "주차장 내 차 안에 앉아서 듣고 있었지." 그녀가 엽총의 총구를 내 머리로 겨누었다. "그런데 갑자기 누가 나타났게?"

"나구나."

"착한 조셉. 게임판이 벌어지고 있는 줄도 모르고……. 하지만 지난 한 주 동안 넌 꽤 많이 알아냈어. 눈치챘나 싶을 때도 있었는데, 넌 도무지 발상의 전환을 못 하더라."

"결국 알아는 냈지."

베스는 재미있다는 표정을 지었다. "그래서 뭘 알아냈지?"

"멀의 비밀 전화기에 있던 셀카. 주방에서 윗옷을 벗고 찍은 거. 네가 일요일에 펍에서 보여준 사진. 하지만 뭔가 이상했어. 뭔지 몰랐는데 오늘 기차에서야 깨달았어."

"뭔데?"

"찍힌 시간. 날짜와 시간 정보는 지워졌지만, 배경에 주방 게

시판이 보였거든. 윌리엄의 상장이 붙어 있었어. 목요일에 받아온 건데 말이야. 벤과 만나서 다툰 후에 찍은 사진이었던 거야. 그러니 이 상황에 멀이 관련됐다는 걸 알 수 있었지. 여전히 거짓말을 하고 있다는 것도. 너희 둘의 관계 때문이라는 건 몰랐지만."

베스가 반쯤 미소를 띠며 말했다. "정말 그래. 그런 못된 사진들이 대개 그렇듯이, 말보다 더 사람을 잘 속이는 법이지."

"그리고 VIP 에스코트 서비스. 기꺼이 지난 예약 자료를 보내주더군."

"아, 그렇지. 줄스."

"사진을 보는 순간 알았어. 월요일 아침 프라이언트 컨트리 파크에서 본 남자더라. 벤이 아니라 대역이었어. 같은 키에, 같은 체격. 벤의 재킷을 입혀놓으니 네 남편과 똑같더라. 적어도 50미터 떨어져서 봤을 때는."

"경찰 조사가 시작된 다음에는 입을 다물고 있을까 걱정이 됐는데, 매춘부들은 입막음하기 쉽더라."

"그래, 네가 이겼어."

베스는 엽총을 슬쩍 바꿔 잡았다. "오늘 아침, 네가 드디어 눈치채기 직전이라는 걸 알 수 있었어. 그래서 이리 불러야겠다고 결심했지. 앨리스를 위해서라면 말 탄 기사 역할을 하러 달려올 테니까."

"그래서 이제 어떻게 하려고?"

"대단원의 막을 내려야지. 멀?"

멀이 주머니에서 실리콘 장갑을 꺼내어 손에 꼈다. 장갑이 찰싹 소리를 내며 손목에 붙었다. 그리고 핸드백에서 검은 손잡이의 주방 칼, 빨랫줄, 박스 테이프, 검은 가죽 장갑, 검은 스키 마스크를 꺼냈다. 모두 내가 아는 물건이었다. 지난 크리스마스에 받은 장갑, 윌리엄이 태어나기 전에 놀러 가서 쓰던 스키 마스크, 박스 테이프와 빨랫줄은 내 공구 상자에 몇 년째 들어 있던 것이었다.

"뭐 하는 거야?" 나는 아내에게 물었다.

몸속 깊은 곳에서부터 텅 비어가는 느낌이었다.

멀은 대답하지 않았다. 손에 칼을 들고 베스의 소매를 걷었다. 그리고 망설였다.

베스가 말했다. "얼른 해."

멀이 베스의 팔뚝을 칼로 그었지만 피부를 가를 정도로 힘을 주지는 못했다. "난 못 해."

"할 수 있어. 더 세게."

멀이 한 번 더 시도하고 베스도 자기 팔을 칼에 눌러 댔다. 빨간 선이 나타나기 시작했다.

"이거면 되겠네." 베스의 팔에서 피가 흘러내렸다.

"아프지 않아?" 멀이 떨리는 목소리로 물었다.

"괜찮아. 이제 마저 처리해."

멀이 박스 테이프와 빨랫줄을 침대 옆에 떨어뜨리고 피 묻은 칼은 내게서 2미터쯤 떨어진 곳에 놓았다. 내가 뛰어들면 베스가 쏘기 전에 잡을 수도 있을 듯했다.

나는 앉은 자리에서 발을 좀 더 벌렸다.

베스가 말했다. "오늘 이 집에서 끔찍한 일이 일어난 거야, 조셉. 네가 우리 집을 부수고 들어온 거지."

"난 널 보호하러 왔어. 네가 위험에 빠진 줄 알고."

"다정하기도 하지. 하지만 실제로 일어난 일은, 네가 아래층으로 침입해 그 칼을 가지고 왔어."

칼을 보니 낯이 익었다. 내가 멀에게 진 토닉을 만들어줄 때 레몬을 자르던 칼이었다.

"넌 일주일 전에 시작했던 일을 끝마치러 왔어." 베스의 팔에서 계속 피가 흘러 크림색 양탄자 위에 떨어졌다. "자기 아내와 자고 네 평판을 망친 벤에게 복수하기 위해서는 죽인 것만으로는 충분하지가 않아서, 다른 방식으로, 그의 아내를 가지려고 한 거야."

"넌 미쳤어, 베스."

"넌 나를 강간하려 했어."

"물론 나는 그러지 않았어." 나는 의자에서 몸을 좀 더 세우며 중심을 앞으로 옮겼다.

"네 지문밖에 묻지 않은 칼을 가지고 달려들었지. 나를 칼로 베고 엽총도 빼앗으려 하면서 지문을 또 묻히고."

"난 총은 건드리지도 않았어."

"조금 있다가 만지게 될 거야."

"이건 미친 짓이야. 이런 게 먹힐 거라고 생각해?"

"그래? 난 너도 이해할 거라고 생각했는데."

"이제 그만해. 이건 너무 지나쳐. 그만하면 충분하잖아."

베스가 눈을 가늘게 뜨며 엽총을 조준하고 한 걸음 다가왔다.

"이래라, 저래라, 하지 마." 목소리에서 팽팽한 긴장감이 느껴졌다.

나는 손을 들어올렸다. "알았어, 알았어."

그러고 나서 다시 손을 내려 팔걸이 앞쪽을 지그시 눌렀다. 행동할 준비를 했다. 아들을 지켜야 한다.

"네가 대장이야."

"그렇지. 내 인생 처음으로 그렇게 됐어. 18년 동안 내가 누구인지 정해주는 아버지에게 지시를 받으며, 우정도 시키는 대로, 사랑도 시키는 대로 했어. 그러다가 또 16년 동안 벤에게 똑같은 일을 당했지. 조심할 필요 없다고, 대학 4학년 때 임신했는데도 낙태할 수는 없다고, 집에서 앨리스를 돌보라고, 배우 일을 하지 말라고. 그러고 나서는 앨리스가 대학 갈 때까지는 일하지 말라고. 그러고 났는데 네가, 벤의 뒤라도 잇겠다는 거야? 그래, 오늘 아주 끝장내주지."

나는 복도로 열린 문을 향해 고갯짓을 했다. "네일러는 어떻게 하고?"

둘의 고개가 반쯤 돌아가는 순간 나는 펄쩍 뛰어 의자에서 일어났다. 베스와 총을 향해 달려들었다. 저 시커먼 총구를 내 앞에서 치울 수만 있다면 어떻게든 해보려 했다.

순간 모든 것이 느려지는 듯했다. 멀이 놀라 작게 비명을 질렀다. 베스가 고개를 돌리고 달려드는 나를 보았다. 내 손이 막 총을 잡으려던 찰나, 베스가 총신을 휙 내렸다. 그래서 대신 베스에게 달려드나 싶었지만…… 베스가 총을 발사했다.

## 82

총탄이 나를 망치처럼 가격했고 나는 그대로 양탄자 위에 엎어졌다. 신음을 흘리며 허벅지를 움켜잡았다. 피가 끈적이며 흘러나왔다.

그때 멀이 내 앞을 가로막았다. 솔직히 생각 못 한 일이었다.

"안 돼, 베스! 이럴 생각은 아니었잖아."

"네 남편은 다른 방법이 없어, 멀."

"안 돼! 우리가 상황을 정리하는 동안, 그냥 경찰의 주의만 돌려놓는 역할이었잖아. 그렇게 약속했잖아."

"우리를 대신할 남자라고."

"하지만 그건 법원에 대해서, 경찰과 검사에 대해서 한 말이었잖아! 이렇게는 아니야!"

"우리가 그럴 수 없게 만든 건 이자야. 이자가 탐정 행세를 시작했을 때, 네 비밀 전화기를 찾아내고 경찰에 말했을 때, 자기 사망 증명서에 서명한 거나 마찬가지라고. 너도 알잖아. 우리 둘 다 알 수 있었지."

"조셉이 다치는 건 싫어." 멀이 작은 목소리로 말했다.

"이제 어쩔 수 없어. 끝까지 가는 수밖에, 다른 방법이 없어."

멀은 움직이지 않았다.

"멀리사? 이럴 때가 아니야."

아내가 눈물을 가득 담고 나를 보았다. "이러려던 건 아니었어. 이렇게는 아니었다고."

"아직 끝나지 않았어." 목소리가 제대로 나오지 않았다. 통증이 너무 극심했다. "아직 멈출 수 있어. 베스를 막아."

멀이 작게 고개를 저었다. "그럴 수 없어."

불에 지지는 듯한 다리 통증과 대조되는 커다란 구멍이 가슴에 뚫리는 듯했다. 내 아내가, 내 옆에서, 나를 어루만지며 지켜주고 있었지만 나는 아무 감정도 느낄 수 없었다.

멀이 나를 사랑하지 않은 지 수개월, 수년이 된 것은 분명했다. 이제야 이해할 수 있었다. 우리 사이 유대감은 깨졌다는 것을. 이제 윌리엄과 나, 우리 둘뿐이었다. 윌이 나의 유일한 희망이었다.

베스가 엽총을 꺾어 열고 사용된 탄창을 떨어뜨렸다. 팔에서는 계속 피가 흘렀다. 양탄자에도, 침대 시트에도, 가운에도 묻었다.

"네 선택을 기억해, 멀. 넌 이미 선택을 했어."

"멀, 이러지 마. 평생 어떻게 살아가려고 그래?" 내가 말했다.

베스가 주머니에서 분홍색 탄창을 꺼냈다. 전에 싱크대 위에 놓여 있던 바로 그 Eley Hi-Power였다. 이런 게 왜 쓸데없이 기억나지? 베스가 엽총을 능숙하게 장전했다.

"일어나, 멀."

멀이 천천히, 나를 외면한 채 일어섰다.

"저리 비켜."

멀은 베스의 말대로 했다.

"지금 네 다리에 박힌 건 새잡이용이야. 이번에 넣은 건 큰 사냥감을 위한 거지." 베스가 말과 함께 엽총을 닫고 나를 겨눴다. "사슴도, 삵도, 사람에도 충분한."

"살인에 충분한 거겠지." 내가 이를 악물고 말했다.

"정당방위야, 조셉. 넌 내 덩치의 두 배잖아."

우리는 잠시 서로를 노려보았다.

내가 말했다. "벤은 어딨지?"

베스가 내 질문을 무시하고 말했다. "나랑 네 아름다운 아내가 지난 몇 달간 해온 가장 즐거웠던 대화가 뭔지 알아?"

"살인?"

"우리가 어떻게 같이 살 수 있을까 궁리해보는 거였어. 남자 없이, 아이들만 데리고. 물론 집과 돈도 함께. 지저분하고 복잡한 이혼 과정 없이 말이야. 그러다가 어느 날, 둘 다 취했을 때 내가 말했지. 어쩌면 최선은 한 명이 죽고 다른 하나가 그 일로 감옥에 가는 거라고. 한 방에 모두 풀리는 거지. 두 남자 다 사라지고 우리는 사람들에게 동정을 받고. 얼마나 멋진 일이야. 그런데 신이 도우사 네가 뭣 같은 지하 주차장에서 일을 벌였어. 나는 차 안에 앉아서 어떻게 이런 행운이 있을 수 있나 생각했지. 하지만 넌 제대로 못 하더군."

"벤은 어디 있냐니까?"

"목요일 이후 내내 같은 곳에 있지."

"프라이언트 컨트리 파크에?"

베스가 웃었다. "아니! 거기 가보긴 했지만 사람이 너무 많았어. 게다가 우리 둘이 숲속으로 옮기기에 놈은 더럽게 무거웠고. 대신 네 전화기만 두고 왔지. 더 좋은 수가 생각났거든. 그래서 집으로 데리고 왔어."

"집?"

"얼마 전 페이스북에 이미 자신의 마지막 안식처 사진을 올렸더라고. 오싹하지 않아?"

벤이 지난주에 뭘 올렸던가? 아, 정자! 굴착 공사를 하는 사진이었다. "뒤뜰의 정자 밑이구나."

베스가 엽총을 들어올렸다. "벤은 이 집을 좋아했어. 이제 영원히 이 일부가 될 거야."

"결국은 다 들통날 거야."

"결국 들통난 건 너잖아."

베스에게 계속 말을 시켜야 한다. 생각을 떠올리자, 생각을.

"아래층 사진, 학교 연극 끝나고 인사하는 사진 말이야. 마크가 페이스북에 올린."

"그게 뭐?"

"너 맥베스 부인 역이었지?"

베스가 끄덕이며 그때의 대사를 기억해내느라 총신을 조금 낮추었다.

"우리가 두려워해야 할 게 무엇인지 누가 아는가, 아무도 우리 권력에 의문을 제기할 수 없는데? 하지만 누가 생각이나 했겠는가, 저 늙은 남자가 그렇게 많은 피를 품고 있었을 줄?"

"벤의 피는 어쩔 셈이야?"

"그게 왜?"

"네 손에서 씻어낼 수 있을 것 같아?"

베스가 인상을 쓰며 또 다른 대사를 기억해냈다. "이미 저질러진 일은 되돌릴 수 없느니."

나는 베스를 향해 기어갔다. 너덜거리는 다리가 핏자국을 그렸다. 공포와 고통……. 이제 어쩔 수 없다. 죽이지 않으면 죽는다. 윌리엄을 위해서라도, 내가 할 수 있을까? 맨손으로 죽일 수 있을까? 그래, 가까이 가야 한다.

"이럴 순 없어, 베스."

베스가 앞으로 나오며 다시 내 머리를 겨눴다. "미안, 조셉. 하지만 해야 해."

내가 재빨리 말했다. "내가 말해봤자 아무도 안 믿을 거야. 넌 손 하나 안 대고 이기게 돼. 넌 나보다 훨씬 뛰어나. 이번 주 내내 증명해 보였잖아. 네가 이긴 거야."

"이게 마지막 장이 될 거야, 조셉." 베스가 나를 기분 나쁘게 노려보았다.

"생각을 해봐. 아무도 내 말을 안 믿을 거라고. 정신이 온전히 박힌 사람이면 당연히 네 말을 믿지."

베스가 뭐라고 하려는데 누가 끼어들었다.

어리고 불안한, 울음을 참는 목소리가 문 쪽에서 들려왔다.

"아니, 아저씨. 전 아저씨 말을 믿을 거예요."

앨리스였다.


# 83


앨리스는 울고 있었다. "엄마, 어떻게⋯⋯."

나를 곁눈질하면서 베스가 딸에게 고개를 돌렸다. "아래층으로 내려가, 얘야. 내가 곧 내려갈게. 여긴 안전하지 않아."

"어떻게 그럴 수가 있어?" 앨리스가 손에 분홍 전화기를 들고 문가에서 소리쳤다.

베스는 꿈쩍도 하지 않았다. "앨리스, 너는 상황을 모르잖아. 아래층으로 내려가, 제발. 더 이상 좋게 얘기 안 한다."

"나도 무슨 일인지 다 알아."

"아니. 넌 몰라."

"다 들었어."

"언제부터 들었는데?"

"처음부터."

"그렇지 않아, 앨리스. 멀 이모가 방금 전에 확인하고 왔는데 넌 밖에 없었어."

"방에 있었어."

"그럼 못 들은 거네."

"아빠에 대해 한 말 들었어!" 앨리스가 비명을 질렀다. "아빠한테 무슨 짓을 했는지!"

"무슨 말을 듣고 그러는지 모르지만 넌 잘못 들은 거야."

"엄마가 똑똑히 말했잖아!"

"대체 무슨 말을 하는 거니, 얘야?"

"엄마가 그렇게 대단한 줄 알아? 그래서 그렇게 대단한 작전을 세우고 대단한 연기를 하고 페이스북에서 아빠인 척을 하고? 전혀 아니야." 앨리스가 방으로 한 걸음 더 들어왔다. 내 밑의 바닥을 시커멓게 물들인 피를 보더니 떨면서 말했다. "엄마가 쐈어?"

"앨리스, 사람들이 내 말을 믿는다고?" 내가 물었다.

베스가 다시 엽총을 나에게 돌렸다. "닥쳐!"

앨리스가 대답했다. "녹음 때문에."

멀이 멍하니 앨리스를 보았다. "무슨 녹음?"

"방금 멀 이모 전화기로 녹음했어. 그리고 엄마 전화기에서도 했어."

베스의 얼굴이 창백해지며 엽총이 내려갔다. "얘야, 무슨 말을 하는 거니?"

"앱을 사서 다른 사람 전화기에 심을 줄 아는 사람이 엄마뿐인 줄 알아? 내 전화기에 심어놓은 걸 내가 영영 모를 줄 알았어? 남의 사생활을 엿들을 수 있는 것도? 둘 다 최근에 전화기 검사해본 적 없지?"

"무슨 짓을 한 거니, 앨리스?" 베스의 목소리가 분노로 떨렸다. "이게 무슨 짓이야?"

"난 엄마 말 하나도 믿지 않았어. 아빠가 그냥 떠나버렸다는 말, 안 믿었어. 아빠가 전화도 안 하고 문자만 보낸다는 것도. 엄마가 아빠를 어떻게 바라보는지, 난 알고 있었어. 마치 아빠가 그냥……."

멀이 베스의 전화기를 확인해보더니 다급한 목소리로 말했다. "9분가량 녹음이 돼 있어."

"지워." 베스가 말했다.

앨리스가 자기 핸드폰을 꼭 쥐고 말했다. "소용없어. 벌써 내 폰으로 이메일을 보냈어."

"둘 다 지워."

"안 돼! 경찰에 보낼 거야." 앨리스가 외쳤다.

베스가 총신을 딸에게 향했다. "그러지 마, 얘야. 후회하게 될 거야. 우리 모두 후회하게 돼."

"엄마가 아빠에게 무슨 짓을 했는지 모두 알아야 해."

"경고했다."

"경찰에 보낼 거야. 엄마 핸드백에서 명함을 봤어. 이메일 주소도 있더라. 마커스 네일러 반장." 앨리스가 전화기를 들어올리며 화면 위로 엄지를 세웠다. "지금 바로 보낼 거야."

베스가 딸을 향해 한 발 더 내디뎠다. 여전히 총을 딸에게 겨눴다. 앨리스가 다칠까 봐 나는 움직이지도 못했다. 아무리 똑똑하고 용감하고 올바르다고 해도 아직 아이일 뿐인데…….

"당장 전화기 내려놔, 앨리스!"

"어쩔 건데? 날 쏠 거야? 아빠처럼 죽일 거야?"

베스가 잠시 멈칫하더니 총신을 다시 나에게로 향했다. "아니, 하지만 조셉을 쏠 거야." 그러고서 내가 엎어져 있는 곳으로 와 머리에 총을 겨눴다.

앨리스는 전화기를 내렸지만 바닥에 놓지는 않았다.

나는 총구멍을 올려다보았다. 가까이서 보는 구멍이 커다랬다. 공포는 여전히 생생하고 강력했지만 이제는 다른 감정도 느꼈다. 더욱 강한 힘으로 공포를 밀쳐버리는 감정이 있었다. 베스를 막아야 했다. 진실을 드러낼 수 있는 길은 하나뿐이었다. 벤은 구하지 못했지만, 결국 죄 없이 죽었지만, 내 아들은 구할 수 있었다. 윌리엄이 살인자의 손에 크지 않도록 하는 길은 하나뿐이었다.

아들을 지켜야 한다.

나는 말했다. "앨리스, 어서 보내! 어서 해!"

엄마를 보던 앨리스가 내게로 시선을 돌렸다가 다시 자기 엄마를 보았다. "난······."

베스가 총구를 내 머리에 대고 눌렀다. 딱딱한 금속이 피부를 파고들었다. "조셉의 목숨은 네 손에 달렸어."

"엄마, 그러지 마."

"쏴버릴 거야."

내가 앨리스에게 말했다. "어서 보내!"

베스가 말했다. "셋을 센다. 전화기 내려놓지 않으면······."

내가 다시 말했다. "벤을 위해서 해, 앨리스. 죽은 네 아빠를 위해서."

앨리스가 잠시 생각하더니 고개를 끄덕하고 전송 버튼을 눌렀다. 나도 기회를 놓치지 않고 총을 잡아챘다.

## 3개월 후

부검 결과 벤은 무의식 상태에서 질식사한 것으로 밝혀졌다. 그의 얼굴 위에 덮여 있던 담요 섬유가 호흡기 안에서 나왔다. 콘크리트 바닥에 누워 있다가 질식사한 그는 베스의 자동차 트렁크에 있던 같은 담요에 둘둘 말려 반쯤 공사가 끝난 정자 기단부 아래 묻혔다. 부검 결과 벤은 몇 분간 기절할 정도로 머리에 혹이 생기고 고막이 파열되었지만 두개골에 금이 가진 않았다. 그러니 치명적인 부상은 아니었다.

그렇다고 해도 죄책감은 덜어지지 않아 잠을 이룰 수 없었다. 그 밖에도 여전히 많은 일이 내 책임이었다. 이 죄책감이 앞으로도 사라질 것 같지 않았다. 그날 저녁 벤을 내버려두고 도망쳤으니까. 벤이 정신이 돌아올 때까지 기다렸더라면……. 그래봤자 피할 수 없는 음모를 잠시 미룬 것에 지나지 않았을까? 그럴 수도 있고 그렇지 않을 수도 있다. 어쩌면 운명이었는지도. 어쨌든 경찰은 나를 폭행죄로 기소하지 않기로 결정했다. 내 아내와 그녀의 애인에 대해 모든 것을 밝히고 협조하는 대가였다.

경찰은 그 이후로도 베스가 작년부터 세운 상당히 정교한 다수의 계획들을 발견했다. 수은 중독, 브레이크 고장, 어설픈 강도 계획도 있었는데, 결국 벤이 자기 엽총에 맞아 사망하도록 꾸민 것이었다. 술에 약을 타서 기절한 벤을 수영장으로 밀어 넣는 계획도 있었다. 하지만 어느 것도 실현시킬 기회를 잡지 못했다.

내가 나타나기 전까지는. 윌리엄이 제 엄마의 차를 발견하고 우리가 호텔로 따라가기 전까지는. 나는 무슨 일인지도 모르면서 엉겁결에 절호의 기회를 제공했다.

그리고 앨리스가 결국 나를 구했다. 부모를 모두 잃은, 가장 잃은 것이 많은 아이가……. bret911이라는 계정으로 나에게 이메일을 보내 도와주려고 한 것도 그 아이였다. 지금은 선덜랜드의 할머니와 살고 있다. 하지만 나는 계속 연락하며 언젠가 빚을 갚으려 한다.

나는 아직 다리가 다 낫지 않아서 요양 중이다. 다시는 100미터를 12초에 달리지 못할 테지만, 어쨌든 그럴 수 있었던 건 오래전 일이니까.

사람을 믿는 게 힘들다. 특히나 얼굴을 맞대고 목소리를 들으며 눈을 들여다보지 못할 때는. 그래서 세상엔 나와 윌리엄뿐이다. 그래도 우리는 좋은 팀이다. 전화기에 한눈팔지 않고 윌리엄에게 온 주의를 쏟으며 그냥 시간을 보내는 즐거움을 다시 배워가고 있다. 더 침착해지고 분명해지고, 중요한 일에 신경을 더 쓰려 한다.

그런 일이 있고 난 후에는 SNS를 완전히 끊었다. 매사를, 모든 감정을, 이런저런 생각들을, 조금이라도 재미있었던 대화를 다른 사람에게 알리려는 우리 세대의 강박증에 냉담해졌다. 뭔가를 사진 찍고 나누고 광고하지 않는다고 해서 그것이 사라지는 것은 아니다. 행동, 존재, 경험이 세상을 만든다. 아들이 해주는 놀라울 정도로 재미없는 농담, 거리에서 마주친 낯선 사람의 미소, 외출 경험, 토요일의 푸른 하늘, 뜻밖의 친절, 그 밖에 우리에게 아침에 일어날 힘을 주는 수많은 다른 것들. 그게 진짜다. 그게 진실이다.

결국 윌리엄이 바라는 대로 반려동물을 구해주었다. 햄스터는 아니다. 햄스터는 먹이 동물이니까. 대신 보호소에서 고양이를 데려왔다. 커다란 검은 수고양이로 이름을 '그림자'라고 지었다. 고양이는 다른 사람을 필요로 하지 않는다. 혼자서도 잘 산다. 현재를 살고 자신의 눈과 귀를, 눈앞에 보이는 것을 믿는다. 우리가 배울 점이다.

때로 윌리엄이 엄마는 언제 집에 오느냐고 묻는다. 윌리엄에게는 엄마가 일 때문에 잠시 어디를 가야 했다고 말했다. 멀이 언제 돌아올지는 모르겠다, 당분간은 우리 둘이 잘 지내자고 말한다. 그러면 엄마가 언젠가 곧 돌아올 거라고. 다시 집으로 돌아와 예전처럼 세 식구가 살게 될 거라고. 그 거짓말 하나만큼은 최대한 오래하게 될 것 같다.

**감사의 말**

# 이 책이 세상에 나오기까지

이 책이 세상에 나오기까지 많은 사람의 도움을 받았다. 에이전트 '달리 앤더슨'의 커밀라 레이는 나에게 기회를 주었고 이후로도 조언과 지도, 지원을 아끼지 않았다. 그녀가 아니었다면 이 글을 쓰고 있지도 못했을 것이다. 셀린 켈리의 감각적인 편집과 세세한 사항에까지 두루 미친 감식안도 너무 고맙다. 여기까지 나를 끌어준 '달리 앤더슨'의 나오미 페리에게 역시 (그리고 내가 받은 최고의 메일에 대해서도) 감사한다.

조엘 리처드슨의 기술, 통찰, 열정은 이 이야기를 놀라우리만치 향상시켰다. 조엘과 '보니에르 재퍼 앤 트웬티세븐'의 모든 팀에 큰 감사를 보낸다.

실종과 다른 경찰 업무에 대한 노팅엄셔 경찰서의 롭 그리핀

서장의 전문 지식과 지도에도 감사한다. 그럼에도 이 부분에 어떤 실수가 있었다면 그것은 전적으로 내 탓이다. 우리를 소개해준 친구이자 동료 작가 폴 커피에게 특별히 감사한다.

데본 펍에서 이 이야기의 구성을 놓고 여러 번 기나긴 토론을 함께해준 남동생 올리에게도 감사하고 싶다. 그 늦은 밤의 아이디어들이 하나 이상 사용되었을 것이나, 다음 날 내가 도무지 기억을 못 하다 보니 확실히는 알 수 없다. (메모를 시작하긴 해야겠다.) 부모님과 형 랠프도 오랜 세월 용기를 주고 관심을 기울여주어 고맙다. 특히 제니, 버나드, 존, 수는 의무를 뛰어넘어 육아를 도와주고 그 밖에도 많은 친절을 베풀어 글 쓸 시간을 마련해주었다.

마지막으로 나의 가족에게 감사를 보낸다. 나의 놀라운 아이들, 소피는 SNS에 대한 나의 의문들에 답을 주었고, 톰은 1장의 첫 문장을 마련해주었다. 무엇보다 아내 샐리는 이 이야기가 탄생하던 순간 곁에 있었고 이 책이 빛을 보도록 도와주었다. 늘 믿어주어서 고맙다. 이 책은 당신 거다.

T. M. 로건

# 가장 가까운 타인들의 사랑과 믿음, 집착과 배신

요즘 서유럽에서는 육아에 적극적으로 참여하는 아빠들이 생기면서 '라테 파파'라는 칭송에 가까운 호칭이 등장했다고 한다. 아내 없이도 어린아이를 데리고 동네 카페에 가서 카페라테라도 한잔 마시며 가정적이되 여유 있는 시간을 즐기는 아빠들을 일컫는 말이다. 한국에서는 이제야 겨우 엄마들도 유모차를 끌고 카페에 갈 수 있게 되었지만 이를 바라보는 시선조차 곱지 않은 상황인데 말이다.

그러나 아무리 라테 파파가 칭송을 받고 힙한 부족으로 떠오른다고 해도, 아직은 사회적 편견의 시선이 남아 있는 것이 사실이다. 마초적이고 가부장적인 남자들이 라테 파파를 적대적 시선으로 바라보고, 심지어는 처음엔 좋아하고 부러워했던 아내들도 약간은 한심하다는 시선을 던지는 듯하다.

이 소설의 주인공 조셉 린치는 가정적인 아빠다. 어린 아들을 아내보다 더 잘 돌보고 집안일에 아내보다 더 많은 시간을 쏟는다. 아내보다 수입이 적은 것은 물론이다. 중고등학교 영어 교사로 근무하고는 있지만 경력이 쌓여가도 딱히 교감 같은 걸로 승진하겠다는 욕심이 없다. 오히려 아들 윌리엄을 더 많이 돌보기 위해 수업 시간을 최대한 줄인다.

나는 멀이 독립적인 사람이라는 걸 알고 결혼했다. 그 점을 존중하고 좋아하기도 했다. 멀은 자기만의 시간과 취미와 친구가 필요한 사람이었다. 같은 방식으로 멀은 내가 그녀의 친구들 남편과 다르다는 점을 알고 존중해주었다. 나는 윌리엄과 집에 있는 걸, 아이와 시간을 보내는 걸 좋아했으니까. 윌리엄이 태어난 후 좀 더 많은 시간을 함께 보낼 수 있도록, 나는 일주일에 3일로 일을 줄였고 그걸 후회해본 적이 없었다. 멀은 네 달의 출산 휴가 후 다시 전일제로 직장에 복귀했다. 나는 그녀의 선택을 이해하고 전적으로 동의했다. 교사인 나보다는 그녀의 월급이 더 많았고 자기 일을 좋아했으며 그것도 무척 잘해냈다. 우리는 퍼즐 조각이 하나로 맞춰지듯 완벽한 짝을 이뤘다.

조셉과 멀리사 부부는 그렇게 10년의 행복한 결혼 생활을 보냈다. 아니, 보내는 줄 알았다. 하지만 아내 멀이, 더 잘나가는 남자와 바람을 피웠다고, 인생이 지루하게 느껴져서 그랬다고 고백한다. 조셉은 괴로워하면서도 다시 아내를 용서해주려 노력한다. 더 많은 거짓말들이 밝혀지기 전까지는, 더 심각한 배신의 징후들이 포착되기 전까지는 말이다.

"조셉, 당신 정말 노력했어? 솔직히? 아니면 그냥 적당히 해나가는 데 만족하는 거야? 대충 물에만 떠서 흘러가는 대로 내버려두고, 편하게, 판에 박힌 생활에 안주하면서?"

멀이 조용히 말했다. "길을 잃고 자신이 정말 누구인지 잊어버리는 건 어른들이야. (……) 10대들은 정직해. 그들이 진짜지. 그래서 그렇게 다치기 쉬운 거야."

이 작품은 아내에게 배신당한 라테 파파가 점점 더 지독한 시련 속으로 빠져드는 이야기다. 조셉의 아내 멀과 바람을 피웠던 잘나가는 스마트폰 앱 사업가 벤은 조셉에게 미안해하기는커녕 오히려 앙심을 품는다. 조셉을 사회적으로 매장시켜버리려 한다. 조셉의 페이스북 계정을 가로채 이상한 게시물을 올린다. 능숙한 테크놀로지 지식을 이용해 핸드폰 데이터까지 조작하면서.

"물론 아무것도 정말 지워지는 일은 없습니다. 언제나 흔적이 남게 마련이죠. 세상 어딘가에 있는 컴퓨터 서버에 기록이 남아 있으니까요. 생각해보세요. 당신이 보낸 메시지, 당신이 방문한 웹사이트, 당신이 SNS에 올린 사진, 모든 것을요. 오늘도

사람들이 자신에 대해 공유 부문에 올리고 있는 정보의 양을
요……. 인류 역사상 유례가 없는 일이죠. 모든 정보가 다 나와
있습니다. 당신에 대한 데이터들이 모두 영원히 저장되죠. 어
디서 찾아봐야 하는지만 알면 됩니다.

게다가 조셉과 다시 잘 지내고 싶다고, 진정으로 사랑하는 건
조셉뿐이라고 용서를 빈 아내도 점점 이상해 보인다. 아무래도
더 속이는 게 있는 것 같다. 혹시 벤과 한통속인 건 아닐까? 조
셉은 자신을 옥죄어오는 음모에서 벗어나려 애쓰는 한편, 아내
의 진실도 캐내려 한다.

사실 조셉도 잘못한 게 있었다. 지하 주차장에서 벤과 실랑이
를 벌이다가 그를 세게 밀치고 말았다. 벤은 쓰러지며 머리를 부
딪히고 기절한 듯 보였다. 그러나 공교롭게도 그 순간 아들의 천
식 발작이 시작돼, 조셉은 부득이 쓰러진 벤을 방치하고 떠날 수
밖에 없었다.

그 사건 이후 다행히 깨어나 집으로 돌아간 듯 보였던 벤은
조셉의 아내를 완전히 차지하기 위해 자신의 실종을 꾸며낸다.
그리고 조셉에게 살인죄 혐의를 씌운다. 조셉은 억울해서 미칠
지경이지만, 경찰도, 변호사도 조셉의 말을 믿어주지 않는다. 조
셉은 더욱 동분서주하며 자신의 결백을 밝혀내려 애쓴다.

작가 T. M. 로건이 리더스클럽에 남긴 글에 따르면, 그는 늘
한순간의 결정으로 운명이 바뀌어버린 사람들의 이야기에 매혹
되어왔다고 한다. 그리고 거짓말들에 대해서도, 절대 완벽히 알

수는 없는 가장 가까운 타인들의 사랑과 믿음, 집착과 배신에 대해서도, 오래 생각해왔다고 한다. 한편 이 소설은 현대의 테크놀로지 발달로 더욱 복잡하게 꼬여버린 이 관계들에 관심을 기울인다.

이 소설의 직접적 실마리는, T. M. 로건이 가족과 함께 여름휴가를 떠난 차 안에서 시작되었다고 한다. 갑갑한 자동차 안에서 아내와 나란히 앉아 새벽까지 장시간 운전을 하며, 아내의 지인이 페이스북에서 겪은 이야기를 화제에 올렸고 작가는 거기서 어두운 상상력과 통찰을 더욱 발전시켰다. 그리고 다시 일상으로 복귀해서, 퇴근 후 저녁마다 동생과 펍에서 맥주를 마시며 여러 갈래로 갈라지는 길고 긴 이야기의 구성을 의논했다.

작가의 집필 환경은 독자에게도 좋은 독서 환경이 될 것이다. 느긋하게 맥주 한잔하면서 이 풍성하고 흥미진진한 이야기들을 즐기고 나서, 여름휴가 때 겪어야 하는 길고 긴 길 위에서의 시간 동안, 내가 조셉이라면, 내가 멀이라면, 어땠을지 동행들과 이야기를 나눠보고, 혼자 상념에도 빠져보는 것 말이다.

2018년 8월
이수영

# 리얼 라이즈

1판 1쇄 발행 2018년 8월 31일
1판 5쇄 발행 2020년 11월 23일

**지은이** T. M. 로건 **옮긴이** 이수영
**펴낸이** 김영곤 **펴낸곳** (주)북이십일 아르테
**문학사업본부 이사** 신승철
**문학팀** 김지현
**해외기획팀** 장수연 이윤경 **디자인** 이혜경
**영업본부 본부장** 한충희 **출판영업팀** 김한성 이광호 오서영
**마케팅** 정유진 **제작팀** 이영민 권경민

**출판등록** 2000년 5월 6일 제406-2003-061호
**주소** (우 10881) 경기도 파주시 회동길 201(문발동)
**대표전화** 031-955-2100 **팩스** 031-955-2151

ISBN 978-89-509-7664-4 03840

아르테는 (주)북이십일의 문학 브랜드입니다.

**(주)북이십일** 경계를 허무는 콘텐츠 리더

아르테 채널에서 도서 정보와 다양한 영상자료, 이벤트를 만나세요!
네이버오디오클립 / 팟캐스트 [클래식클라우드] 김태훈의 책보다 여행
**네이버 포스트** post.naver.com/classic_cloud
**페이스북** www.facebook.com/21classiccloud